Gard Sveen
Die stille Tochter

Gard Sveen

Die stille Tochter

Kriminalroman

Aus dem Norwegischen
von Günther Frauenlob

List

Die norwegische Originalausgabe erschien 2016
unter dem Titel *Bjørnen*
bei Cappelen Damm, Oslo

List ist ein Verlag
der Ullstein Buchverlage GmbH

ISBN: 978-3-471-36002-6

Gesetzt aus Adobe Caslon
Satz: Pinkuin Satz und Datentechnik, Berlin
Druck und Bindearbeiten: CPI books Gmbh, Leck
Printed in Germany

Oktober 2016
Nes, Akershus

Arvid Storholt stand oben im Dachzimmer, als es unten klingelte. Mit einem Mal fühlte er sich krank, als würde er Fieber bekommen. Wer klingelte denn jetzt? So weit ab vom Schuss, wie er wohnte?

Er warf einen Blick auf seine Armbanduhr und dachte, dass er sich ihrer längst hätte entledigen sollen. Sie erinnerte ihn an Dinge, an die er sich eigentlich nicht mehr erinnern wollte.

Unten an der Tür klingelte es ein weiteres Mal.

Er beugte sich zu dem Teleskop vor, das er im Dachzimmer aufgestellt hatte, und studierte den dunklen Himmel über der hügeligen Landschaft am westlichen Ufer der Glomma.

»Alexia, kannst du aufmachen?«, rief er.

»So spät nicht mehr«, sagte sie. Dem Klang nach stand sie direkt unter der Treppe.

Storholt ging zum Treppenhaus und schrie fast nach unten: »Du musst keine Angst haben. Das ist bestimmt nur der Nachbar.«

Mit dem Nachbarn meinte er den Bauern auf dem Hof, oder besser Gut, das fast einen Kilometer entfernt lag. Arvid Storholt hatte dieses sogenannte Gesindehaus vor fünfzehn Jahren im Netz gefunden und ungesehen gekauft. Es kam tatsächlich vor, dass der Bauer vorbeikam, manchmal sogar zu den merkwürdigsten Zeiten, als gehörte das Haus noch immer ihm. Er hatte es seinerzeit für seine Tochter renoviert, die sich aber hatte scheiden lassen und nach Oslo gezogen war.

»Okay«, sagte Alexia widerwillig.

Sie hatte sich in Norwegen nie richtig eingelebt und spürte noch immer, wie die Leute im Supermarkt sie anstarrten.

Manchmal kamen alte Kommunisten zu ihm und sagten, dass sie es gut fänden, was er getan hatte. Dass er dem Imperialismus die Stirn geboten habe … Die meisten behandelten ihn aber wie einen Zurückgebliebenen. In zwei Wochen wollten sie zurück in ihr Haus in Glyfada bei Athen und dort bis Anfang April bleiben. Er wollte nur noch den letzten Rest des norwegischen Herbstes genießen. Außerdem hatte er Kinder und Enkel hier, die ihn trotz der Erniedrigung, die sie durch ihn erfahren hatten, gernhatten.

Storholt sah noch einmal durch das Teleskop, aber der Himmel hatte sich in der letzten halben Stunde mehr und mehr zugezogen. Dann drückte er es etwas nach unten und verfolgte ein paar Autos auf dem Weg in Richtung Kongsvinger. Scheinwerfer huschten über die Hauptstraße, unterbrochen durch die lange Reihe der Bäume, die am anderen Ufer der Glomma standen.

War er auf der Suche nach der Vergangenheit? Nach einem Helikopter, der ohne Licht über die Glomma flog und das Feuer auf das Fenster eröffnete, hinter dem er stand? Begnadigt nach acht Jahren. Er war wirklich verflucht billig davongekommen. Nachdem er die Strafe abgesessen hatte, war es ihm gelungen, in Griechenland, Russland und zuletzt auch in Norwegen das reinste Geschäftsimperium aufzubauen.

Eine Minute verging, vielleicht auch mehr. Unten im Erdgeschoss war es seltsam leise.

Er hätte sich kein so großes Haus kaufen sollen, dachte er, lieber zu jeder Zeit den kompletten Überblick haben. Sein Führungsoffizier, Sascha, hätte das Haus nicht gemocht. Wegen der fehlenden Fluchtmöglichkeiten. Storholt hatte sich aber nicht einmal die Mühe gemacht, oben im ersten Stock eine Feuerleiter zu montieren.

»Alexia?«

Keine Antwort von unten.

Mit einem Anflug von schlechtem Gewissen wurde ihm bewusst, dass er Alexia zu öffnen gebeten hatte, weil er selbst Angst hatte.

Was für ein Scheiß!, dachte er gleich darauf, ließ das Teleskop stehen und ging mit raschen Schritten zur Treppe und nach unten.

»Alexia? Verdammt! Jetzt gib doch Antwort.«

Als er am Fuß der Treppe stand, sah er, warum sie nicht geantwortet hatte.

Sie lag im Flur, das Gesicht ihm zugewandt, blendend weiß, als hätte sie schon jetzt alles Blut verloren.

Er versuchte einen Schritt auf sie zuzugehen, aber seine Beine wollten ihm nicht gehorchen.

»Weißt du noch, was Sascha immer gesagt hat?«, hörte Storholt irgendwo von links. »Einem Mann, der sein Land freiwillig verrät, kann man nicht trauen.«

Storholt schüttelte langsam den Kopf, doch es gelang ihm nicht, sich umzudrehen. Er blieb wie angewurzelt auf dem afghanischen Teppich vor der Treppe stehen. Seine Hand tastete nach dem Handlauf.

Er riss den Blick von seiner Frau los und sah zu den Schuhen am Ende des Teppichs hinüber.

Dann erblickte er das Messer, es war so klein, dass man es im Ärmel der Jacke verstecken konnte.

Erst jetzt erkannte Storholt das Gesicht.

»Du?«, rutschte es ihm heraus.

»Sascha ist bald tot, Arvid.«

»Tot?«, wiederholte Storholt, als hätte er diesen Gedanken selbst noch nie gehabt.

»Er hat mich gebeten, dir noch einen letzten Besuch abzustatten.«

Teil 1

Vier Monate zuvor
Juni 2016
Enebakk

1

Piotr Woźniak umklammerte die Ruder fest mit seinen Händen und dachte, dass er in ein paar Minuten am Storholmen sein würde, wenn er einfach weiterruderte. Wenn er zu oft über die Schulter schaute, würde er aus dem Takt kommen. Er musste seinen Blick auf das Heck des Boots heften, nur dann fühlte sich die Strecke bis zur größten der beiden Inseln im See Mjær nicht so lang an. Es war warm, viel wärmer, als er es hier oben für möglich gehalten hatte. Ob es stimmte, was gesagt wurde? War das Fischfleisch bei dieser Wärme wirklich schlechter? Wenn er denn überhaupt etwas fing.

Er hielt die Angel mit dem Fuß fest, damit sie nicht ins Wasser rutschte, sollte ihm beim Schleppen wider Erwarten etwas an den Haken gehen.

Sein Vermieter, Petter Bruvik, dem der gut einen Kilometer nördlich gelegene Hof gehörte, schüttelte immer nur den Kopf über ihn. »Die Fische da unten kannst du nicht essen, auch wenn das Angeln da nichts kostet«, hatte er gleich gesagt, als Piotr im Mai zum ersten Mal zum Fischen gegangen war. »Solltest du es trotzdem tun, denk dran, dass Brachsen voller Gräten sind und Barsche allenfalls als Katzenfutter taugen. Und was Hechte machen, weißt du, oder?«

Piotr hatte nur den Kopf geschüttelt und gesagt, dass es ihm egal sei, was der Hecht mache, solange das Fischen nur nichts koste.

»Hechte fressen tote Menschen«, hatte der Bauer gesagt.

»Du machst Witze.«

»Warum, glaubst du, werden die so groß?«, hatte der Bauer gesagt. »Das sind Krokodile, Piotr. So etwas darfst du deinem Kind nicht vorsetzen. Und von dem Seeungeheuer in der Telemark hast du doch wohl schon gehört, oder? Das lebt auch in einem See.«

Piotr hatte nur gelacht. Er wusste, dass Norweger seltsam waren, aber Petter Bruvik übertrieb es wirklich mit seinen Ungeheuern.

Er hatte am nördlichen Ende des Sees, wo der Hof lag, schon eine halbe Stunde vergeblich gefischt und sich dann entschieden, der südlichen Strömung, die durch den See zog, zu folgen, um sein Glück vor dem Schilfgürtel am Südende zu versuchen, unweit des Ausflusses.

Nach ein paar Minuten war er an der Insel. Er legte an und blieb einen Moment beunruhigt sitzen. Eigentlich mochte er diese Seen nicht. Besonders diesen. Das Wasser war so schwarz, dass man nichts sehen konnte, und wenn es regnete, wurde es gleich braun und schlammig. Er zog das kleine Ruderboot an Land, legte die Angel auf den Boden und vertäute das Boot an einer Kiefer, die sich an der spärlichen Erdkruste der Felseninsel festklammerte.

Er wedelte eine aufdringliche Libelle weg und ließ seinen Blick über die stille Wasserfläche schweifen.

Wie tief mochte es hier sein? Vermutlich ziemlich flach, dachte er beruhigt und spürte, wie müde er war. Er hatte die ganze Woche bei einem örtlichen Schreiner gearbeitet und dem Bauer nach Arbeitsschluss dann noch in der Scheune geholfen. Und nachts hatte ihn seine knapp acht Monate alte Tochter wachgehalten.

Eine halbe Stunde blieb er dösend unter den Bäumen auf der Insel liegen.

Als die Hunde auf dem Hof auf der Ostseite des Sees anschlugen, schrak er auf. Der schwache Wind musste gedreht und die Laute mit sich gebracht haben. Eben war außer dem leisen Rauschen des Verkehrs auf der Westseite des Sees noch nichts zu hören gewesen.

Fische, die Tote fressen? Was für ein Blödsinn, dachte Piotr und schüttelte den Gedanken ab. Petter Bruvik war wirklich ein Idiot.

Piotr war noch immer warm, sodass er sich auszog und die Füße prüfend ins Wasser steckte. Vorsichtig trat er auf die Steine unter der Oberfläche, ehe der Grund unter ihm plötzlich verschwand und er in das kalte, schwarze Wasser eintauchte. Er tauchte unter. Als er die Augen öffnete, reichte sein Blick allenfalls einen Meter weit. Trotzdem tauchte er in fünfzehn Zügen von der Insel weg, ehe er nach Luft ringend wieder an die Oberfläche kam.

Als er nach unten blickte, sah er seine Füße nicht, so gering war die Sichttiefe in diesem von dunklem Wald und Feldern gesäumten See.

Er dachte, dass er sich jetzt genug abgekühlt hatte, und schwamm schnell zurück zur Insel. Die Angst vor dem Unbekannten, das aus der Tiefe auftauchen konnte, trieb ihn mit einem Mal an.

Er schwamm zur Südseite der Insel, entschied sich dann aber anders und schwamm zurück zur Nordseite, wo das Boot lag. Er war fast am Ufer, als etwas sein Bein berührte.

Er zuckte zusammen und hätte fast aufgeschrien. Bei dem Gedanken, was das gewesen sein konnte, bekam er Gänsehaut. Wollte ein Hecht ihm das Allerheiligste abbeißen, damit er nicht noch mehr Kinder bekam?

Dann stellte er fest, dass es vermutlich nur der Stängel einer Seerose gewesen war. Andererseits hatte er von Menschen gehört, die sich in Seerosenfeldern mit den Beinen in den

Stängeln verheddert hatten, sodass sie nie wieder ans Ufer gekommen waren.

Sein Blick heftete sich auf eine Wurzel, die von der Insel bis unter das Wasser gewachsen war. Jedenfalls sah es so aus. Etwas weiter rechts, wo die Zweige hinter seinem Arm im Wasser verschwanden, war noch etwas anderes. Das scharfe Abendlicht ließ keinen Zweifel zu. Er versuchte, seinen Körper unter Kontrolle zu bekommen und so schnell wie möglich zurück auf die Insel zu gelangen, aber es war unmöglich.

Das Spiegelbild seines eigenen Gesichts auf der Wasserfläche vereinigte sich mit den Resten des Gesichts darunter. Für einen Moment glaubte er, eine lange Strähne am Schädel kleben zu sehen, dann wurde das Wasser ganz schwarz. Eine Wolke hatte sich vor die Sonne geschoben.

Eine Frau, dachte er.

Januar 1987
Arrestzelle, Polizeipräsidium Oslo

2

Arvid Storholt wurde von dem Geräusch von Metall auf Metall geweckt. Er glaubte unmittelbar, es sei bereits Morgen, sein Körper war aber noch so benommen, dass er höchstens ein paar Stunden geschlafen haben konnte. Er griff zu der goldenen Schweizer Armbanduhr, die Sascha ihm zum vierzigsten Geburtstag geschenkt hatte und die noch viel teurer war als die, die er viele Jahre zuvor bekommen hatte. Er musste die Augen zusammenkneifen, um lesen zu können, was die beleuchteten Zeiger ihm mitzuteilen versuchten.

Viertel nach zwei. Es war noch mitten in der Nacht.

Er drehte sich um und wollte sich an Beate schmiegen, knallte mit dem Kopf aber gegen die Wand. Für einen Moment hatte er vergessen, was geschehen war, hatte alles für einen bösen Traum gehalten und sich zu Hause gewähnt. Als er dann aber den Schlüssel im Schloss der massiven Stahltür hörte, stieg das unbeschreibliche Unbehagen in ihm wieder auf.

Die Kinder mussten heute in die Schule.

Nein, mussten sie nicht. Am besten gingen sie nie mehr aus dem Haus. Wie würde ihr Leben von nun an aussehen? Er durfte keine Zeitung lesen, kein Radio hören und auch nicht fernsehen. Trotzdem wusste er, welche Hysterie außerhalb dieser Wände herrschen musste.

Im Laufe der nächsten Sekunden ging ihm noch einmal alles durch den Kopf, als wäre dort oben plötzlich mehr Platz. Wie lange hatte die erste Vernehmung gedauert? Fünf Stunden, sechs? Sieben, vielleicht acht? Er hatte jegliches Zeitgefühl verloren, dabei wusste er ganz genau, dass er erst seit sechsunddreißig Stunden in Untersuchungshaft saß. Er hatte sich entschieden, alles zu gestehen, ohne Anwalt, ganz im Gegensatz zu dem, was Sascha und Spitskjin ihm eingeschärft hatten. Er konnte nicht leugnen, dass er fünfundsechzig geheime Dokumente in seiner Aktentasche gehabt hatte, als er am Flughafen Fornebu verhaftet worden war. Aber was war mit den Treffen mit Sascha, und später mit Spitskjin in Oslo, Helsinki, Wien? Wie dumm konnte man sein? Und das Motiv? Was sollte er sagen, außer dass er an ein anderes Gesellschaftsmodell als den Kapitalismus glaubte? Alles hatte bei den vielen Solidaritätsbesuchen in Griechenland begonnen, als die Militärdiktatur auf ihrem Höhepunkt gewesen war, damals war er Kommunist geworden. Zu klar war ihm geworden, was für Regime die USA und der jämmerliche Marionettenstaat Norwegen unterstützten und welche Leiden der Kapitalismus und die fetten Direktoren der wichtigsten, weltumspannenden Gesellschaften den Menschen in der Dritten Welt zufügten. Und nicht nur da, sondern auch in Europa – in Spanien, Portugal und Griechenland. Er hatte deshalb freiwillig zugegeben, dass ihn die Russen 1971 in Athen rekrutiert hatten.

Als er wieder zu Hause gewesen war, hatte ihn der damalige Kulturattaché der sowjetischen Botschaft in Oslo, Alexander Iljawitsch Maximow, besucht. Sascha, wie er unter Freunden genannt wurde, hatte Storholts Potenzial erkannt und gesehen, dass der junge, in Politikwissenschaft promovierte Politiker eine große Zukunft vor sich haben konnte.

Tja, dachte Arvid Storholt. Er hatte es also wieder einmal nicht geschafft, den Mund zu halten. Aber noch war das keine Katastrophe. Er konnte noch immer einen Anwalt benennen und beim Termin vor dem Haftrichter alle gemachten Aussagen zurückziehen. Sascha und Spitskjin erwarteten von ihm, dass er alles leugnete und nichts gestand. Das einfache Modell. Er könnte angeben, zu seinem Geständnis gedrängt worden zu sein, dass die Beamten seine mentale Schieflage ausgenutzt hätten. Das wäre keine große Sache.

Die Zellentür wurde weit geöffnet. Arvid Storholt richtete sich auf und wurde im selben Augenblick von der Angst gepackt, die er auch bei seiner Festnahme gespürt hatte: Sascha wird mich umbringen. Nicht Spitskjin, vor dem hatte er aus unerklärlichen Gründen keine Angst. Aber Sascha würde ihm das Herz herausreißen und in den Rachen stopfen. Sascha hatte als Kind die deutsche Belagerung von Leningrad überlebt, hatte Zeitungspapier und Tapeten gegessen und von Müttern erzählt, die ihre Neugeborenen erwürgt hätten, damit die Familie etwas zu essen hatte. Er hatte es selbst gesehen, wie er auch gesehen hatte, wie ein Mann die Leber seiner Großmutter gebraten und wie ein ausgehungertes Tier heruntergeschlungen hatte. Würde ein solcher Mann einen Verräter wie ihn überleben lassen? Jemanden, der es nicht einmal geschafft hatte, seinen Mund zu halten?

Für einen Moment glaubte Arvid Storholt, dass tatsächlich Sascha in der Tür stand. Er hob die Hand, um das grelle Flurlicht abzuschirmen, das auf ihn fiel. Storholt hatte geglaubt, in Sicherheit zu sein, solange er in Untersuchungshaft saß. Dass ihn dort niemand erreichen könne. Am meisten Sorge machten ihm die Transporte. Dann konnte ein Scharfschütze ihn erschießen, wenn er nicht aus nächster Nähe erschossen wurde, so wie Jack Ruby damals Lee Harvey Oswald erschossen hatte. Kamen sie schon jetzt, um ihn wegzubringen?

Ein Mann trat in seine Zelle, gefolgt von zwei weiteren Männern in Zivil. Bei einem der beiden glaubte er Schulterklappen unter dem Mantel zu erkennen.

»Ziehen Sie sich an, Storholt.« Er erkannte die Stimme von Jan Amundsen wieder, der bei der Verhaftung in Fornebu dabei gewesen war.

»Eine einzige Chance wollen wir Ihnen noch geben. Vielleicht können wir Sie dann auf freien Fuß setzen.«

Juni 2016
Enebakk

3

Tommy Bergmann fuhr auf den Parkplatz südlich des alten Grenzsteins zwischen den Bezirken Akershus und Østfold. Es war kurz vor halb elf am Abend, der letzte Mittwoch im Juni.

Der Kriminalchef des Polizeidistrikts Follo war im Urlaub, sodass Tommy und ein Kriminaltechniker von Polizeipräsident Fredrik Reuter persönlich an den äußersten Rand des Distrikts geschickt worden waren. Reuter und der damalige Staatsanwalt hatten Tommys Karriere vor zehn Jahren gerettet, doch damit stand er in ihrer Schuld und musste tun, was immer sie wollten. Eigentlich hatte auch er gerade Urlaub, aber daran war jetzt nichts zu ändern.

Tommy ergriff die unglaublich breite Hand des Mannes, der die Polizei verständigt hatte. Tommy hatte vor seinem Kommen Erkundigungen über ihn eingeholt. Petter Bruvik war Bauer und Immobilieninvestor.

»Unser kleiner slawischer Freund hier mietet das Brauhäuschen von mir«, sagte er und schlug dem Polen auf die Schulter. Dann holte Bruvik eine Snusdose aus der Hosentasche und schob sich eine Portion unter die Lippe.

»Sind Sie okay?«, fragte Tommy den Polen.

Der junge Mann zuckte mit den Schultern und gab leise murmelnd eine unverständliche Antwort.

»Der kommt schon klar«, sagte Petter Bruvik.

»Wir sollten rüberfahren, bevor es zu dunkel wird«, sagte er und führte Tommy zu dem Boot, das halb an Land gezogen worden war. Tommy dachte, dass jetzt nicht der richtige Zeitpunkt war, um zu überprüfen, ob Außenbordmotoren hier überhaupt erlaubt waren. Er drehte sich nach Westen und sah, dass die Sonne längst hinter dem Höhenzug verschwunden war. Sie hatten bestenfalls noch eine Stunde, bis es dunkel war.

Tommy kletterte als Erster an Land, dann folgte der Kriminaltechniker und zuletzt Piotr Woźniak. Der junge Pole war beinahe noch blasser als der Körper im Wasser.

Tommy hatte in seinem Leben schon viel gesehen, musste aber anerkennen, dass der Anblick, der ihn am Ufer der kleinen Insel erwartete, speziell war. Von dem Menschen, der direkt unter der Wasseroberfläche lag, war kaum noch etwas vorhanden. Reste von Kleidung, ein Seil und irgendwelche Fetzen, bei denen es sich möglicherweise einmal um Haut gehandelt hatte. An einer Strähne am Schädel hatten ein paar seltsame Gewächse Fuß gefasst. Die langen, braunen, schleimigen Tentakel ließen es fast so aussehen, als hätte die tote Person lange Haare gehabt.

»Ich bin direkt daneben geschwommen«, sagte Piotr.

Tommy nickte und hockte sich hin. Ein kräftiges Seil schien um den Körper gewickelt zu sein. Die Kleiderreste ließen ihn an Winter denken, auf jeden Fall nicht an einen warmen Sommertag wie diesen.

»Ich bin mir sicher, dass es eine Frau ist«, sagte Piotr.

Darauf erwiderte Tommy nichts. Er drehte sich um und sah zum Boot hinüber.

Dann schob er seine Armbanduhr zurecht und sah nach, wie spät es war. Das Armband der alten Seiko-Uhr war zu locker, sodass sie häufig nur lose ums Handgelenk hing. Im letzten Sonnenlicht waren die dicken Narben zu erkennen, die quer über sein Handgelenk verliefen.

Als Tommy wieder aufsah, begegnete er den Augen des jungen Polen. Er sah Tommy mit einem Blick an, der Entsetzen, aber auch Mitgefühl ausdrückte.

Glotz mich nicht so an, dachte Tommy.

Nach einer halbstündigen Vorbereitung bekamen sie die Reste des Körpers aus dem Wasser gezogen.

Tommy wusste nicht, wie er beschreiben sollte, was vor ihnen lag. Es waren tatsächlich die sterblichen Überreste einer Frau, wie der Pole es vermutet hatte. Die Körpergröße und die Breite des Hüftknochens waren klare Indizien. Es sah so aus, als trüge sie die Reste eines Schafspelzmantels.

»Am Grund dieses Sees ist vermutlich sehr wenig Sauerstoff«, sagte der Kriminaltechniker. »Vielleicht gar keiner. Die Verwesung geht dann unglaublich langsam vor sich, die Sedimente sind wie ein Gefrierschrank. Sie liegt hier sicher schon seit vielen Jahren.«

»Nein, sie ist von der Strömung mitgerissen worden«, sagte Petter Bruvik, als es dunkel geworden war.

Tommy dachte, dass er die beiden Zivilisten längst vom Fundort hätte verweisen müssen, aber besonders der Bauer wirkte wacher als so mancher Polizist.

»Warum glauben Sie das?«, fragte Tommy.

»Zum einen glaube ich nicht, dass sie hier an dieser Insel abgelegt worden ist, das nehmen Sie doch auch nicht an. Dafür ist es hier viel zu offen. Schlimmstenfalls könnte man sogar von der Straße oder vom Hof da drüben gesehen werden, auch wenn beide weit weg sind. Zum anderen muss sie mit Steinen oder einem Bleigewicht beschwert gewesen sein, sonst wäre sie längst an die Oberfläche gekommen. Ich nehme an, dass sie irgendwo am Nordende des Sees versenkt worden ist. Ihre Kleider haben sich aufgelöst, das Tau hat sich gelockert und mit jedem Jahr, das vergangen ist, ist sie ein bisschen weiter in Richtung Seeausfluss getrieben.«

»Mag sein«, sagte Tommy. Der Mann war nicht dumm.

»Steine in den Taschen«, sagte der Kriminaltechniker. »Auf jeden Fall in denen, die noch übrig sind.« Er hatte sich vor den Überresten hingekniet, einen Atemschutz angelegt und hielt eine Taschenlampe in der linken Hand. Es war ein Wunder, dass er sich nicht erbrach, andererseits hatte er viel Erfahrung und gehörte wohl eher zu den Typen, die in einer solchen Situation auch noch ein Sandwich essen konnten.

»Ich kann Ihnen zeigen, wo ich sie versenkt hätte«, sagte Petter Bruvik.

Tommy fuhr mit Bruvik zurück an Land. Er saß im Bug und betrachtete die hell erleuchtete Insel mitten im See. Die

Leiche der Frau musste bis zum nächsten Tag dort bleiben. Legten sie sie ins Boot, bestand die Gefahr, dass der Leichnam noch weiter Schaden nahm. Im schlimmsten Fall fiel das Skelett komplett auseinander.

Petter Bruvik fuhr mit Tommy über die am See entlang führende Straße nach Norden.

Ein paar Zigeunerwohnwagen standen auf einem Rastplatz. Vereinzelte Häuser und zwei Bauernhöfe waren das Einzige, was Tommy an der kurvigen Straße erkennen konnte.

Nach zwei engen Kurven sagte Petter Bruvik: »Das hier ist mein Hof.« Er zeigte nach links, aber Tommy konnte nichts erkennen. Bruvik bremste kurz darauf und fuhr von der Straße auf eine Wiese. In der Nähe war ein Hügel zu sehen, der Tommy an alte Wikingergräber erinnerte.

Links der Straße war der Hang mit Wald bewachsen, aber auf der Seite, auf der sie standen, waren in allen Richtungen Felder und Wiesen. Sie gingen wenige Minuten an einem Kornfeld entlang, bis sie zu ein paar Bäumen auf der anderen Seite des Feldes kamen. Kurz darauf waren sie am Seeufer.

Petter Bruvik ging bis nach unten ans Wasser.

Der See vor ihm badete in magischem Licht. Eine Mischung aus Tag und Nacht, wie man sie nur im Norden fand, sodass man sich fragen konnte, ob man wach war oder träumte, dachte Tommy. Nicht ein Laut war zu hören, sogar die Baumkronen über ihnen schwiegen.

»Ein ganz besonderer Ort«, sagte Petter Bruvik leise.

Tommy konnte ihm nur recht geben.

Das gegenüberliegende Seeufer schien steiler und ganz von Wald bewachsen zu sein.

Der See selbst war an dieser Stelle recht schmal, ein Sund umrahmt von Hügeln. Nirgendwo war Licht zu sehen.

»Wenn sie im Winter versenkt worden ist, hätte der Täter über das Eis in die Seemitte gehen und ein Loch bohren können. Das wäre im Laufe der Nacht dann wieder zugefroren.«

Sie standen eine Weile schweigend da.

Tommy dachte an den Schaffellmantel, den die Frau getragen hatte. So etwas war schon lange außer Mode. Zuletzt trug man das wohl in den Siebzigern oder frühen Achtzigern. Und waren diese Mäntel damals nicht auch sehr teuer gewesen?

Er glaubte sich daran zu erinnern, dass seine Mutter manchmal erwogen hatte, sich einen solchen Mantel zu kaufen, aber nie genug Geld dafür gehabt hatte.

»Ist hier am See viel Verkehr?«, fragte er.

»Jetzt ja. Früher war das aber weniger. An Tagen wie diesem verging gerne mal eine halbe Stunde zwischen den einzelnen Autos. Auf der großen Straße sind wir damals Fahrrad gefahren. Und wir konnten lange fahren, bis da mal ein Auto kam. Selbst im Sommer. Im Winter war es wie auf dem Mond. Komplett menschenleer.«

»Der perfekte Ort für Landstreicher«, sagte Tommy.

»Es gab damals schon ein paar seltsame Gestalten. Leute wie mein Mieter jetzt«, sagte Petter Bruvik.

Tommy schüttelte den Kopf. Er versuchte einen Schwarm Mücken zu vertreiben und trat einen Schritt zur Seite, mit geringem Erfolg.

»Was meinen Sie mit früher und mit den seltsamen Gestalten?«

»Na, die Siebziger oder Achtziger. Damals waren hier immer wieder Osteuropäer. Bulgaren, Tschechen, Polen, Russen. Ich weiß echt nicht, was die hier wollten, aber die hatten was Merkwürdiges an sich. Sie haben im See geangelt oder so getan, als würden sie das tun. Manchmal waren sie sogar im Winter hier. Mein Vater hat im Auftrag der Polizei die Autokennzeichen notiert. Osteuropäische Diplomatenfahrzeuge brauchten eine Sondergenehmigung, um mehr als dreißig Kilometer aus Oslo herauszufahren. Der See hier liegt direkt an der Grenze. Wir hielten das für ungefährlich, aber vermutlich haben die die Radarstation oben am Bindingsvann abgehört oder den Einflug der Militärmaschinen aus dem Flugfeld Rygge beobachtet. Solange sie das Getreide nicht kaputtmachten, war das für meinen Vater aber alles okay.«

Tommy schnitt eine Grimasse. Ein merkwürdiger Typ, dachte er.

»Einmal – ich war damals noch ein Kind – war ich mit einem Freund und einem der Hunde in einer kalten Frühlingsnacht draußen. Da haben wir mitten im Wald ein sowjetisches Auto gesehen, ich glaube jedenfalls, dass es aus der Sowjetunion war. Auf jeden Fall war es ein Wolga. Neben dem Auto stand ein Mann mit Mütze und rauchte. Die Glut seiner Zigarette sehe ich noch immer vor mir.« Bruvik zeigte zur anderen Seite der großen Straße hinüber, wo sich die Silhouette der Berge scharf im Mondlicht abzeichnete.

»In der Kurve da zweigt ein Waldweg nach links ab. Gar nicht weit von der Stelle, wo wir den Wagen geparkt haben.«

»Und was haben Sie gemacht, als Sie das Auto bemerkt haben?«

»Wir sind mit dem Hund so leise wie nur möglich wieder zurückgelaufen. Wir wollten ja nicht kaltgemacht werden. Ich dachte, wenn der Hund jetzt bellt, sind wir alle tot.«

»Wohin führt die Straße da?«, fragte Tommy und streckte den Arm nach Süden aus.

»Die Straße gabelt sich am Ende des Sees. In der einen Richtung kommt man bis nach Stockholm, folgt man der anderen, geht's entweder zurück nach Oslo oder Richtung Südwesten nach Son oder Moss und von dort über die E6 nach Göteborg.«

»Wie weit ist es bis Moss?«, fragte Tommy. »Und Son?«

»Fünfundvierzig Minuten sind das sicher, nach Son etwas weniger«, sagte der Bauer mit einem Nicken. »Ja, diese Gegend ist wirklich perfekt für Landstreicher und Vagabunden, wenn Sie daran denken.«

Mit anderen Worten ein perfekter Ort, um jemanden zu töten, dachte Tommy. Oder um eine Leiche zu entsorgen.

Januar 1987
Oslo

4

Jan Amundsen hatte ihm einen Schal um Kopf und Augen gewickelt, sodass er nicht sehen konnte, wohin sie fuhren. Die einzigen Sinnesorgane, die Arvid Storholt noch zur Verfügung standen, waren die Ohren, aber die halfen ihm nicht sonderlich, sich zu orientieren. Er hörte nur das Rollen der Reifen auf dem gefrorenen Boden.

Er hatte versucht, nachzuvollziehen, wohin sie fuhren, hatte dieses Unterfangen aber irgendwann aufgeben müssen. Nach rechts, nach links, das spielte doch alles keine Rolle mehr. Stattdessen hätte er zählen sollen, um die Zeit zu messen, aber auch das hatte vermutlich keinen Zweck. Dabei war er sich sicher, dass sie noch immer unten in der Stadt waren und nicht aufs Land oder gar auf eine Autobahn gefahren waren.

Er murmelte die Worte vor sich hin: *Eine einzige Chance, auf freien Fuß gesetzt zu werden.*

Er glaubte, zu wissen, was er dafür tun sollte, und das konnte er nicht tun.

Als der Wagen anhielt, hatte er das Gefühl, als wären sie die letzte Viertelstunde im Kreis gefahren.

Er wurde vom Auto weg geführt. Dem Geräusch nach zu urteilen, das seine Schuhe auf dem Schnee machten, musste es fünfzehn Grad minus sein, mindestens. Er stolperte über etwas, das er für eine Bordsteinkante hielt, bevor er durch eine Tür in einen warmen Raum geschoben wurde. Dann ging es über eine Treppe nach unten, einen Flur entlang und von dort noch weiter nach unten.

Zu guter Letzt wurde er auf einen Stuhl gedrückt, wo er – den Schal noch immer vor den Augen – sitzen blieb. Seine Schultern und beide Arme schmerzten. Er verstand nicht, warum sie ihm wie einem Mörder Handschellen angelegt hatten.

Nach ein paar Minuten hörte er, dass links vor ihm eine Tür geöffnet wurde.

Zwei Hände nahmen ihm mit schnellen Bewegungen den Schal ab.

Arvid Storholt sah in die blauen Augen von Jan Amundsen. Für einen Moment sah es so aus, als mäßen die beiden ihre Kräfte, ein wortloser Kampf, den einer der beiden gewinnen sollte. Oder nein, dachte Storholt, den sie beide möglicherweise verlieren würden.

Amundsen nickte dem Polizeibeamten neben sich zu. Es war im wahrsten Sinne des Wortes eine Befreiung, als dieser ihm die Handschellen abnahm.

Er wurde weiter in einen kleinen Kellerraum geführt, der ihn an die Szenerie eines Films erinnerte, den er einmal gesehen hatte. Mitten im Raum stand ein Schreibtisch, hinter dem ein Mann saß. Rechter Hand stand ein Paravent, wie man sie in Krankenhäusern nutzte, um in Mehrbettzimmern ein Minimum an Privatsphäre sicherzustellen. Auf dem einfachen Stahlrohrstuhl, der vor dem Schreibtisch stand, lagen eine Fingerklammer und vier Elektroden. Arvid Storholt folgte den dünnen Leitungen, die von den Sensoren über den Boden bis zum Paravent führten. Der Mann hinter dem Schreibtisch stand auf und begegnete seinem Blick.

Er trat ein paar Schritte vor und ergriff Storholts verschwitzte Hand.

Verdammt, dachte er. Wenn er auf irgendetwas nicht vorbereitet war, dann auf einen Lügendetektortest. Sascha hatte ihm erzählt, dass die CIA in den letzten Jahren immer häufiger darauf zurückgriff. Dabei erkannten diese Geräte in Wahrheit keine Lügen, sondern maßen lediglich Puls, Blutdruck und Schweißaktivität, um so das Stressniveau effektiv zu bestimmen. Was hatte Sascha sonst noch gesagt?

Ja, dass eine Person, die sich an zu viele Details erinnerte und eine zu umständliche Erklärung vorbrachte, immer log. Daran musste er denken. An verdammt vieles musste er denken.

»Das Ganze ist natürlich vollkommen freiwillig«, sagte der Mann ohne Namen. Storholt ließ seine Hand los und sah erst jetzt den goldenen Ring mit dem Pentagramm auf schwarzem Grund, den der Mann am Ringfinger trug. Der Walkürenring der Marineschule. Das Gesicht des Mannes hatte rote Flecken, sein Atem ging flach, als hätte er eine halbe Flasche Mundwasser geleert, um den Alkoholgeruch zu verbergen.

»So freiwillig, dass ich morgen früh nicht wieder ins Gefängnis muss?«

Der namenlose Mann rang sich ein Lächeln ab und gab Storholt zu verstehen, dass er auf dem Stuhl Platz nehmen sollte.

Ein junger Mann kam hinter dem Paravent zum Vorschein. Er entfernte die Sensoren, die auf dem Stuhl lagen, und machte mit der Hand eine einladende Geste, als handelte es sich wirklich nur um einen Friseurbesuch.

Arvid Storholt dachte, dass seine Passivität als Einwilligung gedeutet wurde, und der junge Mann – er war tatsächlich Amerikaner – bat ihn, den Pullover auszuziehen und sein Hemd zu öffnen.

Nach ein paar Minuten hatte der Amerikaner Storholts Brust rasiert, die Elektroden platziert und ihm einen Gürtel um die Hüfte gebunden.

Der Mann mit dem Ring setzte sich wieder hinter den Schreibtisch und schaltete eine kräftige Leselampe ein. Dann wurde die Deckenlampe ausgeschaltet. Jan Amundsen trat neben Storholt; er drehte den Schirm der Leselampe so, dass sie Storholt direkt ins Gesicht schien, sodass dieser nichts mehr sah.

»Sind Sie bereit?«, fragte Jan Amundsen irgendwo hinter der Lampe.

»So bereit wie Frankenstein«, sagte Storholt. »So sehe ich jetzt doch wohl aus, oder?«

Keiner im Raum reagierte auf seinen Witz. Storholt dachte, dass Humorlosigkeit ein Kriterium für die Rekrutierung zum Geheimdienst sein musste. Und ein niedriger Ruhepuls. Er selbst spürte es in seinen Ohren sausen, sein Puls hämmerte, als liefe er den letzten Kilometer des New-York-Marathons.

»Nehmen Sie sich Zeit«, sagte Jan Amundsen. »Wenn Sie bei etwas unsicher sind oder sich nicht mehr richtig erinnern, sagen Sie es einfach.«

Storholt nickte und schluckte ein paarmal. Es schien im ganzen Raum nichts zu trinken zu geben und er wollte keine Schwäche zeigen und um ein Glas Wasser bitten.

»Wir fangen dann an, wenn Ihr Puls wieder auf einem normalen Niveau ist«, sagte Jan Amundsen.

Storholt atmete tief durch und schloss die Augen. Er sah sich selbst in Fornebu, umgeben von Menschen, die an ihm vorbeieilten, spürte, wie sein Blick sich in Amundsens verhakte, wie Amundsen die Lippen bewegte und die Worte nur in Bruchstücken und mit Riesenverzögerung zu ihm vordrangen, gemischt mit den Aufrufen für den nächsten Flug nach Tromsø. *»Abteilungsleiter Arvid Storholt? Kommen Sie bitte mit uns. Gegen Sie besteht Verdacht der Spionage für die Sowjetunion.«* Das Gefühl, dass das alles nicht wahr sein konnte, war so überwältigend gewesen, dass er einen Schritt zur Seite hatte machen müssen, um nicht das Gleichgewicht zu verlieren.

»Wir können genauso gut jetzt anfangen«, sagte Storholt. »Es ist Ihnen doch wohl klar, dass ich hier keinen Ruhepuls kriegen werde?«

»Es gibt keinen Grund, sich aufzuregen«, sagte Amundsen. »Wir erkennen natürlich an, dass die Situation für Sie nicht leicht ist.«

»Fangen Sie einfach an«, sagte Storholt.

»Sagt Ihnen der Name Christel Heinze etwas?«, fragte der Mann mit dem Walkürenring ohne jede Einleitung.

Arvid Storholt war vollkommen überrumpelt. Er hatte erwartet, dass sie mit ein paar einfachen Kontrollfragen begännen, oder mit irgendeiner Behauptung, aber sie schienen wenig Zeit zu haben. Sie hatten nur ein paar Stunden, bis er dem Haftrichter vorgeführt werden musste. Storholt fragte sich, wie er die Tatsache, dass sie unter Zeitdruck standen, zu seinem Vorteil nutzen konnte, aber sein Hirn wollte nicht mitarbeiten. Stattdessen spürte er, wie müde er war, wie grell die Lampe ihm ins Gesicht leuchtete und wie sehr er fror. Er starrte einen Augenblick nach unten und bemerkte, dass seine Brustwarzen steif geworden waren.

»Antworten Sie«, forderte der Mann. »Sagt Ihnen der Name Christel Heinze etwas?«

Storholt verspürte einen unbändigen Drang, sich die Klammer vom rechten Zeigefinger zu reißen, den Gürtel vom Leib und die vier Elektroden von der Brust, aber es gelang ihm, sich zusammenzureißen.

»Ja.«

»Margaret Meyer?«

»Nein.«

Er hätte seinen rechten Arm gegeben, um die Ausschläge des Polygraphen zu sehen, dabei tat er nur, was Sascha ihm gesagt hatte. Er antwortete mit betont ruhiger Stimme und versuchte, eine Art innere Ruhe aufzubauen. Wurde es zu schlimm, konnte er die Antwort ja auch verweigern.

»Bjørn?«, fragte der Mann mit dem Ring. »Sagt Ihnen der Name auch etwas? Oder Bjørnen – ›der Bär‹?«

Arvid Storholt spürte, dass es ihm, wie immer, wenn er nervös wurde, die Kehle zuschnürte. Dass er an den Handflächen schwitzte, begleitete ihn schon seit seiner Kindheit, aber er konnte jetzt ja nicht sagen, dass das normal sei.

»Der Bär?«, fragte nun auch Amundsen.

Storholt schüttelte den Kopf und versuchte, ein Lächeln zu unterdrücken. »Was soll damit gemeint sein?«

Es machte den Eindruck, als müssten weder der Amerikaner noch der Mann mit dem Walkürenring oder Amundsen auf den Zeiger schauen, der hinter dem Paravent ausschlug.

»Kommen wir zurück zu Christel Heinze, hat Maximow jemals über sie geredet?«

»Nein.«

»Sind Sie sicher?«

»Ja.«

»Wie haben Sie sich kennengelernt?«

»Wir waren beide Mitglieder der sozialdemokratischen Studentenvereinigung, Arbeiderpartiets Studentlag. Ich habe sie bei einem Sommerkurs unterrichtet. Das muss 1974 gewesen sein, glaube ich. Da sind wir uns das erste Mal begegnet.«

»Hatten Sie eine sexuelle Beziehung?«

»Was hat das mit der Sache zu tun?«

»Sie haben die Frage nicht beantwortet.«

»Warum soll ich sie beantworten?«

Jan Amundsen trat aus dem Dunkel und stellte sich vor die Leselampe.

»Antworten Sie einfach.«

»Nein, wir hatten keinen Sex. Wir waren kein Liebespaar.«

»Aber Sie waren in sie verliebt?«

»Nein.«

»Wissen Sie, wo sie sich zurzeit aufhält?«

»Nein.«

»Ist sie noch am Leben?«

»Das weiß ich nicht.«

»Haben Sie heute noch Kontakt zu ihr?«

Storholt antwortete nicht.

Amundsen blieb unmittelbar vor ihm stehen.

»Glauben Sie, dass sie als Agentin für uns gearbeitet hat?«, fragte der namenlose Mann hinter dem Schreibtisch.

Arvid Storholt gab sich alle Mühe, damit sein Mund ihm gehorchte.

Was sollte er antworten? Ja? Keine Ahnung?

»Worauf wollen Sie hinaus?«, fragte er schließlich.

»Haben Sie sie getötet, Storholt?«

»Mein Gott, nein!«

Es wurde still im Raum.

»Ich frage Sie noch einmal. Worauf wollen Sie hinaus?«

»Sie wissen, was wir wollen. Codename Bär«, sagte der namenlose Mann. »Medwedew. Ich bin mir sicher, dass Sie das wissen.«

Storholt schloss die Augen. Er hörte ein Sturmfeuerzeug klicken, er roch erst das Benzin und dann den Zigarettenrauch.

»Erzählen Sie mir vom Bären. Oder von Bjørn. Christel

Heinze hatte ein Verhältnis mit einem Mann namens Bjørn«, sagte Jan Amundsen. »Hat sie jemals mit Ihnen über diesen Mann gesprochen?«

Storholt antwortete nicht. Er öffnete die Augen, blieb aber still sitzen und schüttelte den Kopf.

»Ist Bjørn der Bär? Storholt?«

Jan Amundsen hatte sich vor ihm hingekniet, die angezündete Zigarette in der rechten Hand, und sah Storholt mit aufgesetzt mitfühlender Miene an, als wollte er ihn trösten. Langsam entfernte er die vier Elektroden, die Storholt auf der Brust hatte. Storholt senkte den Blick und starrte auf die vier rasierten, hellrosa Felder. Dann nahm Amundsen ihm die Fingerklammer ab.

»Es hat keinen Zweck«, sagte Amundsen in den Raum hinein. Seine Stimme klang freundlich, als hätte er bereits erkannt, dass Arvid Storholt wie ein normaler Mensch angesprochen werden wollte. »Sie werden von diesem Zeugs nur nervös, oder?«

Storholt nickte heftig. Er knöpfte sich sein Hemd zu, fror aber noch immer.

»Hat Christel Heinze den Bären rekrutiert?«

»Nein«, antwortete Storholt unmittelbar. »Warum sollte sie das tun? Sie war ein Flüchtling. War vor ihrer Familie davongelaufen.«

Erst eine Sekunde später erkannte er, welch schwerwiegenden Fehler er gemacht hatte.

»Erzählen Sie uns von dem Bären, und wir tun alles, was in unserer Macht steht, um Ihnen zu helfen«, sagte Amundsen.

5

Ende Juni übernahm das Kriminalamt den Fall, und noch ehe es August war, waren die Ermittlungen so gut wie abgeschlossen – beides zu Tommy Bergmanns großem Missfallen. Wie üblich sah niemand einen Nutzen darin, Ressourcen auf einen derart alten Fall zu verwenden. Man schob das Problem in der Hoffnung, dass es mit der Zeit schon von selbst verschwinden werde, vor sich her. Andererseits musste sich auch Tommy im Laufe des Herbstes eingestehen, dass eine Mordermittlung mit einem unbekannten Opfer und einem unbekannten Täter ebenso verlockend war wie ein Kampf gegen Windmühlenflügel. Vier Frauen waren zwischen 1970 bis etwa Mitte der Achtzigerjahre verschwunden. Sie alle stimmten in gewissen Merkmalen mit der Toten überein. Alle vier waren Norwegerinnen, und sie waren bei ihrem Verschwinden zwischen neunzehn und dreißig Jahre alt gewesen. Kurz nach dem Fund der Leiche hatte alles dafür gesprochen, dass es sich bei der Toten um die im Winter 1975 verschwundene Trondheimer Medizinstudentin Anne Grete Torvaldsen handelte. Die Eltern waren sich sicher, dass es ihre Tochter war, und das Kriminalamt schien diese Theorie wohlwollend anzunehmen. Die junge Torvaldsen stammte tatsächlich von der Halbinsel Nesodden, was nur rund dreißig Kilometer entfernt war, und sie war während der Weihnachtsferien bei ihren Eltern verschwunden. Aber was Anne Grete Torvaldsen in Enebakk wollte und wer ihr mit Präzision und Kraft den Hals gebrochen hatte, wusste niemand zu sagen. Die Tatsache, dass der Körper der Toten vier bis fünf Zentimeter kleiner war als Anne Grete Torvaldsens angegebenes Körpermaß, kümmerte die Familie nicht.

Tommy Bergmann war nicht gerade bekannt dafür, zurückhaltend zu sein, trotzdem hatte er sich an diesem Punkt noch nicht eingemischt. Es war nicht seine Aufgabe, Familie Torvaldsen zu sagen, dass sie allem Anschein nach die falsche Tote betrauerten. Doch was sollte eine zweiundzwanzigjährige Medizinstudentin angestellt haben, um von einem Profi getötet zu werden?

Als der Herbst kam, hatten die Rechtsmediziner ermittelt, dass das Alter der Toten zwischen achtzehn und dreißig lag, die DNA-Analyse ergab aber keinen Treffer. Die Zähne waren der Toten bis auf den letzten Rest ausgeschlagen worden, professionell und kaltblütig, sodass alles dafür sprach, dass die Frau von einem Auftragsmörder getötet worden war. Der Kriminalreporter der Zeitung Dagbladet, Frank Krokhol, bekam ein Interview mit der Mutter von Anne Grete Torvaldsen, in dem die ältere Frau voller Emotionalität betonte, dass die Tote ihre Tochter sei. Trotzdem war das alles nur eine vage Hoffnung. Da der Körper so lange unter Wasser gelegen hatte, war es schlichtweg unmöglich, mit Sicherheit festzustellen, ob es Torvaldsen war oder nicht.

Kein Mediziner der Welt war bereit, nur auf Basis von Vermutungen einen Totenschein auszustellen, sodass die sterblichen Überreste nie einen Namen bekamen. Die tote junge Frau aus dem See bei Enebakk galt deshalb offiziell nicht als Torvaldsens Tochter. Sonst aber schien sie niemand zu vermissen.

Die Unbekannte wurde schließlich Anfang September auf Kosten der Gemeinde Enebakk in einem neu angelegten Teil des örtlichen Friedhofs beigesetzt. Nur wenige Meter vom angrenzenden Golfplatz entfernt.

Fast vier Wochen nach der Beerdigung, es war Anfang Oktober, hatte Tommy Bergmann wie der Rest des Landes den Fall vergessen, wenn er auch noch immer eine Kopie der Fallakte bei sich zu Hause auf dem Schreibtisch liegen hatte.

Das Handy klingelte auf seinem Tisch und ein seltenes Mal freute Tommy sich über die Unterbrechung.

Sein Kopf dröhnte nach einem halbstündigen Sparringskampf am Morgen in der Boxhalle unter dem Sandakerzentrum. Ein junger, vielversprechender Marokkaner hatte einen Gegner gebraucht, sein üblicher Sparringspartner war krank, weshalb Tommy, der eigentlich nur für eine kurze Trainingseinheit gekommen war, spontan eingesprungen war. Eine dumme Entscheidung.

Er massierte sich den Nacken und versuchte zum x-ten Mal, einen Bericht über die anstehende Reorganisation des Polizeidistrikts zu lesen. Vielleicht sollte er wirklich etwas anderes tun, als die erneute Umstrukturierung des ohnehin schon am stärksten gebeutelten öffentlichen Ressorts verstehen zu wollen.

Die Stimme am Telefon erkannte er aus unerfindlichen Gründen gleich wieder. Tommy erinnerte sich an die Beerdigungszeremonie in der alten Holzkirche Mari in Ytre Enebakk.

Außer ihm waren nur die Pastorin, der Küster und die Eltern von Anne Grete Torvaldsen dort gewesen.

»Ich dachte nur, Sie sollten das wissen«, sagte die junge Pastorin.

»Was wissen?«, fragte Tommy und fischte die hellblaue Mappe aus dem Stapel der Dokumente, der rechts vor ihm lag. Eine Serie von Fotos des Schädels der Toten kamen zum Vorschein.

»Heute Morgen ist etwas Seltsames passiert«, sagte die Pastorin und hörte sich fast so an, als hätte sie Jesu Auferstehung beobachtet.

»Ja?«

»Ein Mitarbeiter des Friedhofs hat mich darauf aufmerksam gemacht.«

Tommy wartete. Pastoren brauchten immer eine Ewigkeit, bis sie zur Sache kamen, vielleicht eine Berufskrankheit, hervorgerufen durch zu viele Todesbotschaften. Er heftete seinen Blick auf den Bahnhof, das trostlose, riesige Einkaufszentrum jenseits der Gleise und die grauen, regenschweren Wolken.

»Auf dem Grab des Mädchens, Sie wissen schon welches, steht ein Grablicht …«

Tommy bemerkte, dass er die Stirn in Falten zog und sich aufrichtete.

»Was?«

»Ein Grablicht. Und ein Rosenstrauß mit einer Karte.«

»Was steht auf der Karte?«, fragte Tommy.

»Nichts.«

»Das waren bestimmt nur die Torvaldsens«, sagte Tommy. »Die Eltern.«

»Nein«, sagte die Pastorin. »Ich habe sie angerufen.«

»Fassen Sie nichts an«, sagte Tommy.

Als er den Friedhof erreichte, hatte es bereits kräftig zu regnen begonnen.

»Zur Hölle noch mal!«, sagte er laut, bevor er es bereute und seinen Blick über die Gräber schweifen ließ. Dies war kein Ort für Flüche, aber Gott wusste sicher, wie verflucht dieser Regen war, da mögliche Fuß- oder Fingerabdrücke jetzt verloren waren.

Das Grablicht brannte noch immer.

Die Pastorin wiederholte das Offensichtliche und Tommy spürte, dass der Schauer, der ihm über den Rücken lief, nichts mit dem kalten Regen zu tun hatte.

»Jemand war heute Nacht hier.«

Rosen, dachte Tommy. Ein großer Strauß Rosen, unten mit einem Band zusammengefasst. Oben am Strauß hing eine kleine Karte. Die Blumen waren sicher in Zellophan oder Papier eingepackt, dachte Tommy. Es wäre wesentlich leichter, wenn er wüsste, wo sie gekauft worden waren. Aber wer auch immer in der Nacht am Grab gewesen war, war sicher kein Amateur gewesen.

Er beugte sich vor, und der Regen fiel ihm in den Nacken und lief an seinem Rücken herunter. Er hob die durchnässten Blumen hoch.

»In der Mitte ist eine Nelke«, sagte die Pastorin.

Erst jetzt bemerkte Tommy, dass eine der roten Blumen keine Rose war.

»Nelken sind als Trauerblumen ziemlich normal, oder?«

Die Pastorin nickte.

»Bitte reden Sie mit niemandem darüber«, sagte Tommy. »Kein Wort über die Blumen, verstanden?«

Vorsichtig nahm er die kleine Karte, die sich im Regen bereits aufzulösen begann. Auf der Vorderseite war ein Foto von Blumen, die ihn an Margeriten erinnerten. Innen stand ganz richtig nichts. Auch die Rückseite war leer, keine Information, ob die Karte aus Norwegen oder dem Ausland stammte.

»Das sind keine Margeriten, oder?«, fragte er und hielt der Pastorin die Karte vorsichtig mit Daumen und Zeigefinger hin.

»Doch.«

»Margeriten? Sind das denn auch Trauerblumen?«

»Nein.«

Er drückte die Blumen vorsichtig auseinander, damit sich das Band nicht löste, und zählte sie.

»Vierunddreißig rote Rosen«, sagte er leise vor sich hin. »Und eine Nelke.« Und eine verdammte Karte mit Margeriten.

Er suchte den Küster und schärfte ihm ein, nicht zu sagen, dass jemand am Grab der namenlosen Toten gewesen war. Dann rief er Familie Torvaldsen an und teilte ihnen mit, dass auch sie aus Rücksicht auf die Ermittlungen nichts sagen durften.

Er nahm das Grablicht, die Blumen und die Karte in einer großen Plastiktüte mit.

Unterwegs widerstand er dem Drang, in den Supermarkt und das Einkaufszentrum zu fahren und sich zu erkundigen, ob jemand tags zuvor ein Grablicht gekauft habe.

An der Tankstelle, an der sie auch Grablichter verkauften, trat er extra fest aufs Gaspedal. Es hatte keinen Zweck, anzuhalten und zu fragen, ob er sich die Videoaufzeichnung der letzten Tage anschauen dürfe. Zum einen war es nicht sein Fall, zum anderen war er sich sicher, dass derjenige, der das Grablicht und die Blumen gebracht hatte, nicht unerfahren war. Dass sie es nicht mit einem Amateur zu tun hatten, bestätigte sich, als Tommy das Grablicht im Präsidium auf Fingerabdrücke untersuchen ließ.

Sowohl das Glas als auch der Deckel waren blitzsauber und auch auf der Karte mit den Margeriten waren keine Abdrücke.

Der Mann – denn Tommy war überzeugt, dass es ein Mann war – hatte mitten in der Nacht mit einem Grablicht auf dem Friedhof gestanden und Handschuhe getragen, um keine Spuren zu hinterlassen.

Margeriten. Rosen. Und eine einzige Nelke.

Die Wahl der Blumen konnte kein Zufall sein. Eine mögliche Deutung lag auf der Hand: Liebe und Tod. Aber was hatte es mit der kleinen Karte auf sich?

Als Tommy nach Hause kam, googelte er »Margerite« im Internet, fand aber nichts, auf das er reagierte. Dann kam ihm der Name Tausendschön in den Kopf, aber er wusste nicht, ob das dieselbe Pflanze war, und verwarf den Gedanken gleich wieder.

Dann schaltete er Susannes Mac wieder aus und schlief fast unmittelbar auf ihrem viel zu teuren Designersofa ein.

Oktober 2016

6

Es war draußen bereits dunkel, als ihn die Frau weckte, die ihn vor zehn Jahren aus der Finsternis der Psychiatrischen Klinik Dikemark gezogen und zweimal pro Woche besucht hatte.

»Bist du eingeschlafen?«, fragte Susanne und streichelte ihm über die Haare. Aus Matheas Raum war das dumpfe Dröhnen von Musik zu hören. Vor langer Zeit einmal hatte er den Entschluss gefasst zu kämpfen, damit jemand für Mathea da war, sollte Susanne nicht überleben. Sie hatte überlebt, womit sein Auftrag hier auf Erden eigentlich zu Ende gewesen war. Eigentlich.

»Es ist Fredrik«, sagte Susanne und hielt ihm das Handy hin.

»Komm mal zu mir hoch«, sagte Reuter. »Zu mir nach Hause.« Dem Tonfall nach handelte es sich um einen Befehl und nicht um eine Einladung.

»Geht es um sie?«

»Um sie?«, fragte Reuter. »Wen meinst du?«

»Enebakk, die unbekannte Frau.«

Reuter schnaubte resigniert, als wäre Tommy fünf und nicht fünfzig Jahre alt.

Fredrik Reuter selbst öffnete ihm die Tür der Patriziervilla im Pareliusveien. Er sagte nichts, als er Tommy durch das Erdgeschoss des riesigen Hauses führte, das hoch über dem Oslofjord thronte. Schon Susanne gehörte in eine andere Liga als Tommy Bergmann, was ihre Herkunft und ihren Hintergrund anging, aber das war nichts im Vergleich zu seinem Chef, Fredrik Reuter. Während Susannes Großvater ein einfacher Büroangestellter gewesen war, der die Chance erkannt und genutzt hatte, im Kielwasser des Krieges von einem alten Nazi ein Haus auf Nesøya sehr günstig zu kaufen, gehörte Reuters Familie zu einer der »Tausend Familien«, die schon vor Jahrhunderten die Privilegien des Königs genossen hatten, was dem Anwesen in Bækkelaget noch heute deutlich anzusehen war. Reuter war auch die einzige Person, die Tommy kannte, die an der linken Hand einen Siegelring mit eingraviertem Familienwappen trug. In Tveita, wo Tommy zwischen gigantischen Wohnblocks aufgewachsen war, war die einzige Art von Gravur, die man kannte, die am Boden der Duralexgläser.

Trotzdem schien dieser Unterschied komplett ausgelöscht zu sein, als Reuter und Tommy das Arbeitszimmer betraten, das von Menschen mit ähnlich bescheidenem Hintergrund wie Tommy am ehesten als Bibliothek bezeichnet werden würde.

»Er ist da«, sagte Reuter ins Zimmer hinein und schloss die Tür.

Es war ziemlich dunkel im Raum, sodass Tommy den Mann, der hinten am Fenster saß, nicht gleich bemerkte. Er sah nur sein Profil. Die dünnen Beine übereinandergeschlagen, betrachtete der Mann den Himmel über Nesodden, wo das letzte Sonnenlicht langsam verschwand. Er war älter als Reuter, ging sicher auf die siebzig zu, und machte keine Anstalten, sich zu erheben.

In der rechten Hand hielt er eine nicht angezündete Zigarette.

Reuter hasste Zigaretten, woraus Tommy schloss, dass der Mann in dem Ohrensessel wichtig sein musste. Wie recht er hatte, begriff er, als Reuter ihm den Alten vorstellte.

»Tommy, das ist Jan Amundsen.«

Der anonyme, nichtssagende Name war wie geschaffen für die Arbeit, die er machte. Tommy wusste, dass Jan Amundsen der Vizekommandant des Polizeilichen Sicherheitsdienstes PST war. Und dass dieser Mann der eigentliche Chef war, nicht die Quotenjuristin mit Parteibuch der Arbeiterpartei, die im Fernsehen vorgezeigt werden konnte und sich Chefin des Dienstes nennen durfte. Amundsen leitete seit Jahrzehnten die operative Abteilung und hatte Ende der Achtziger die Überwachung von Arvid Storholt koordiniert. Vor noch längerer Zeit hatten Reuter und Amundsen gemeinsam beim Sicherheitsdienst der Polizei gearbeitet, weshalb Tommy die eine oder andere seltsame Geschichte über Amundsen kannte. In all den idiotischen Ranglisten über die mächtigsten Männer des Landes war Jan Amundsen nie vertreten gewesen, trotzdem wusste jeder, der sich ein bisschen auskannte, dass zwischen Gott und Jan Amundsen kaum Platz für andere war.

Auch deshalb war Tommy etwas desillusioniert, denn trotz der Ehrfurcht, die der Name weckte, wirkte der in die Jahre gekommene Mann so, als würde er sich einen Gefallen tun, endlich in Rente zu gehen, statt Tage und Nächte oben in Nydalen durchzuarbeiten und die Regierung mit guten und weniger guten Ratschlägen zu füttern.

Der alte, dünne Mann nickte Tommy stumm zu.

»Ja, also …«, begann Reuter, bevor er wieder verstummte und sich die Stille bedrückend über sie legte.

Tommy hatte das Gefühl, in eine Falle gegangen zu sein,

ohne sagen zu können, warum. Es konnte nichts mit der Toten in Enebakk zu tun haben. Es musste etwas anderes sein.

»Kennen Sie jemanden bei den Streitkräften?«, fragte Jan Amundsen leise.

»Nein.«

Jan Amundsen holte tief Luft, ehe er seine Zigarette anzündete. Es machte beinahe den Eindruck, als wollte er ihm nur diese eine Frage stellen, bis er dann noch hinzufügte: »Kennt jemand bei den Streitkräften *Sie*?«

Tommy schüttelte den Kopf. »Nicht, dass ich wüsste.«

»Gut. Was Sie machen sollen, verstößt nämlich gegen alle Gesetze.«

November 1973
Oslo

7

Der Wind war kälter, als Christel Heinze ihn aus Berlin gewohnt war, obwohl es auch dort im Winter eisig werden konnte. Besonders, wenn der kalte, sibirische Ostwind die Stadt noch fester umklammerte, als es die sowjetische Okkupationsmacht tat. Die Türen des Munchmuseums knirschten in der polaren Kälte. Es fühlte sich fast so an, als gefrören auch ihre Haare, dabei hatte sie nach dem Schwimmtraining in der Sporthochschule akribisch darauf geachtet, sie richtig trocken zu föhnen. Trotzdem waren ihre Ohren sofort zu Papier geworden, als wären sie noch immer von einer dünnen Schicht Chlorwasser umgeben. Eigentlich war das seit ihrer Kindheit so gewesen, auf jeden Fall nachdem ihre Eltern von den Stasitrainern besucht worden waren, die das Talent ihrer

Tochter eines Morgens im Stadtbad Oderberger Straße im Prenzlauer Berg erkannt hatten.

Sie blieb für einen Moment im Eingangsbereich des Museums stehen, als zögerte sie. Die Busse standen am hinteren Ende des Parkplatzes, und es sah fast so aus, als versteckte der Bus der Schwimmmannschaft aus der Deutschen, sogenannten Demokratischen Republik sich hinter den anderen, größeren Bussen.

Es war ein Nachwuchswettkampf, an dem sie am nächsten Tag teilnehmen sollte, sonst nichts. Keiner in ihrer Mannschaft würde dadurch irgendwie weiterkommen. Es war ohnehin schwer genug, wenn nicht unmöglich, zur Elite aufzusteigen, doch wenn es einem gelang, wurde man von Honeckers Marionetten sogleich gezwungen, die Medizin zu schlucken, die auch die anderen der A-Mannschaft nahmen. Große, hässliche Lesben, dachte sie, wenn sie mal eine von denen sah. Sie mussten ihre Körper rasieren, sonst wuchsen überall dicke schwarze Haare, wie bei Männern. Vielleicht war sie nur neidisch. Sie war nicht so kräftig gewachsen, wie die Trainer es zu Beginn der Pubertät angenommen hatten, war ein feingliederiges Mädchen mit zu großen Brüsten geworden – ein echtes Hindernis, wenn man schnell durchs Wasser kommen wollte.

Nein, die B-Mannschaft ist doch ein Scheiß, dachte Christel und ließ die eiskalte Türklinke los. Sie schob die Hand in die Tasche der dünnen, graublauen Daunenjacke und holte das kleine Stück Seife hervor, das sie eingesteckt hatte.

Vor drei Tagen hatte sie es früh am Morgen aus Magdas Nachtschränkchen genommen, als hätte sie bereits da den Entschluss gefasst, abzuhauen und eine Erinnerung an die Zeit der Schlafsäle mitzunehmen. Christel hielt sich das kreisrunde, verpackte Stück Seife unter die Nase und sog den bekannten Geruch ein. Die Seife brachten ihre Tante und ihr Onkel immer aus Westdeutschland mit. Christel hatte all ihre kleinen Seifen Magda geschenkt, für sie waren diese Mitbringsel Kinderkram, immerhin wurde sie bald achtzehn. Ob Magda die Seifen in ihrer Schublade nachgezählt hatte? Bestimmt ging sie dann davon aus, dass Christel sich eine genommen hatte. Aber warum? Der Duft der Seife war für sie immer ein Duft der Freiheit gewesen, was Magda darüber dachte, wusste sie aber nicht. Vielleicht dachte sie an überhaupt nichts. Vielleicht hatte ihre Schwester längst eine Gehirnwäsche verpasst bekommen, was alle ja auch von ihr selbst vermuteten.

Auf die anderen in der Schwimmmannschaft traf das mit Sicherheit zu. Es war Christel ein Rätsel, warum sie für diese Mädchen überhaupt ein Kulturprogramm anboten. Eine Stunde lang waren sie durch Munchs Angst und Depressionen geführt worden, aber niemand von ihnen schien begriffen zu haben, dass das, was sie sahen, nur ein Blick in ihre eigenen Leben war.

Vielleicht waren die Trainer deshalb auch so nachlässig geworden, was die innere Sicherheit anging, wie die Stasi-Wachen genannt wurden, die sie daran hindern sollten, in Kontakt mit der Dekadenz des westlichen Verfalls zu kommen.

»Christel!«, hörte sie jemanden hinter sich rufen, aber der Klang der Stimme erstickte fast im Motorenbrummen der Busse.

Dieses Mal wurden sie nur von einem einzigen Stasi-Aufpasser begleitet, der kaum zu sehen war. Offiziell rangierte er als einer der Leiter, aber Christel ließ sich nicht täuschen, sie vermutete sogar, dass der Mann nicht einmal schwimmen konnte. Manfred, so hieß er, war mittleren Alters und sah mit seiner Kunstfaserhose und der viel zu dünnen Daunenjacke, die im Westen vermutlich gar nicht erst auf den Markt gekommen wäre, genau wie all seine Artgenossen aus. Auch die Militärfrisur ließ erkennen, dass er kein gewöhnlicher Zivilist war.

Manfred kam hinter dem letzten Bus auf dem Parkplatz zum Vorschein. Er winkte.

»Ich habe meine Tasche auf dem Klo vergessen!«, rief sie. »Ich komme gleich.«

Manfred breitete die Arme aus und schüttelte den Kopf, ging aber zurück zum Bus, als schluckte er ihre Entschuldigung. Die Tatsache, dass Christel mehr und mehr zum Paradiesvogel geworden war, zum hoffnungslosen Fall, hatte ihn nachlässig werden lassen, was ihre Person anging. »Wie soll das mit dir nur weitergehen?«, fragte er sie immer wieder.

»Und mit Ihnen?«, erwiderte sie dann jedes Mal.

»Was willst du denn mit der blöden Tasche?«, hatte er sie im Museum gefragt. »Die hättest du doch wie die anderen im Bus lassen können.« Trotz seines Einwandes hatte er sie die Tasche mitnehmen lassen.

Sie ging zurück zur Kasse des Museums, wo er sie nicht sehen konnte, und warf einen Blick auf die kleine Armbanduhr, die sie von Großvater geerbt hatte. Sie stammte noch aus Kriegszeiten. Wenn sie richtig ging und die U-Bahn in dieser Stadt pünktlich fuhr, sollte alles klappen.

11, 16, 25, dachte sie.

In fünf Minuten war es 4.16 Uhr. Die Tasche lag noch dort, wo sie sie zurückgelassen hatte. Hinter der Toilette in der letzten Kabine.

Wie üblich war sie wieder einmal als Letzte aus der Umkleide der Schwimmhalle gekommen, nur dass sie heute einen konkreten Grund dafür gehabt hatte, denn kaum dass die Garderobe vollkommen leer gewesen war, hatte sie sich eine dunkelblaue Daunenjacke geklaut und in ihre Tasche gestopft, um später nicht aufzufallen. Auch eine Jeans und eine rote Skimütze hatten ihren Weg in die hässliche blaue Tasche mit der Aufschrift DDR gefunden. Ihr Handtuch und ihre Schwimmsachen hatte sie in der Umkleide gelassen, damit die Tasche nicht ungewöhnlich voll wirkte.

Die Fahrzeiten der U-Bahn wusste sie aus der Broschüre, die in dem Hotel auslag, in dem sie wohnten. Sie nahm an, dass eine Unterführung unter den Geleisen hindurchführte und sich an der Haltestelle mehrere Linien kreuzten. Auf der Broschüre war auch ein Kartenausschnitt der Museumsgegend abgebildet gewesen, den sie gründlich studiert hatte. Danach hatte sie sich für den Weg entschieden, der oberhalb am Museum vorbeiführte: Es sah so aus, als wären dort die meisten Leute und der dichteste Verkehr. Manfred würde dort kein zu großes Aufsehen machen, da war sie sich sicher.

Sie legte die Hände fest um den Griff der Tasche und öffnete die Ausgangstür, wobei sie fast eine Mutter mit Kinderwagen übersehen hätte.

»Sorry«, flüsterte sie. Dann wurde alles zu einem schwarzen, finsteren Tunnel, obwohl es auf der Straße oberhalb des Museums nur so von Autos wimmelte. Die roten Rücklichter zeigten ihr die Richtung an. Sie ging mit raschen Schritten an dem vordersten Bus vorbei. Als sie zu dem Weg kam, der zur U-Bahn-Station führte, wusste sie, dass sie von ihrem Teambus aus gesehen werden konnte.

Drehte sich eines der Mädchen, die ganz hinten saßen, um, würde es sehen, dass sie bereits oben an der Straße war und ihre Schritte immer weiter beschleunigte. Sie glaubte, jemanden hinter sich rufen zu hören, reagierte aber nicht. Ein leises, kaum hörbares »Christel!«, das vom Verkehr geschluckt wurde und nicht weiter durch die eiskalte Abgasluft zwischen ihr und dem Museumsparkplatz drang. Sie folgte weiter dem Weg in Richtung U-Bahn. Über ihr brannten bereits die Laternen, bald würde der Himmel ganz dunkel sein.

Aber all das bemerkte sie nicht, sie spürte nur die kalte Luft in den Lungen und das Pochen ihres Herzens.

Es mussten weniger als hundert Meter bis zum U-Bahnhof sein. Sie lief im selben Tempo weiter und zwang sich, sich nicht umzudrehen.

Die Station war ein Verkehrsknotenpunkt, so viele Menschen drängten sich nach unten, dass sie in der Menge verschwand und problemlos an den offenen Sperren und dem Ticketschalter vorbeikam.

Die Uhr an der Wand neben dem Zugang zu den nach Osten und in Richtung Zentrum verkehrenden Zügen zeigte ihr, dass sie noch eine Minute hatte. Sie tat so, als wollte sie ins Zentrum, und lief so schnell es ging im Zickzack zwischen den Menschen hindurch die Treppe hinunter.

Statt nach rechts in Richtung des Zentrumgleises zu gehen, bog sie unten zu den Zügen in Richtung Osten ab. Mit jeder Stufe, die sie nahm, schien die Treppe länger zu werden.

Über sich hörte sie das Rumpeln der Züge. In der Unterführung unter den Geleisen, in der es nach fauligem Wasser, nasser Erde, Urin und Erbrochenem stank, zog sie die dünne Daunenjacke aus und nahm die teure, dunkelblaue Jacke und die rote Skimütze aus der Tasche. Dann hörte sie den Zug einfahren und oben über sich bremsen.

Sie zog sich die Mütze tief in die Stirn und rannte mit letzter Kraft hoch zum Gleis.

Der Zug hatte bereits die Türen geöffnet und wirkte auf sie wie ein wartendes Tier. Christel fühlte sich mit einem Mal unglaublich müde, und auf den letzten Metern wollten ihre Beine sie kaum mehr tragen. Hinter ihr war irgendwo Manfred. Sie fühlte, dass er bereits im Bahnhof war, und taumelte wie eine Pennerin, die unten in der Unterführung in ihrer eigenen Pisse geschlafen hatte, auf die offenen Türen zu.

Die anderen Passagiere sahen sie an, nur um ihre Blicke

gleich wieder abzuwenden. Typisch Norweger, dachte sie, neugierig und doch voller Angst, auf jemanden stoßen zu können, der ihnen Schwierigkeiten machen könnte.

Sie stolperte in den Waggon und stellte sich auf die andere Seite. Ließ die Tasche und die Jacke auf den Boden fallen und hielt sich an der Stange fest, die vom Boden zur Decke führte.

Sie erwartete, dass die Türen sich unmittelbar schließen würden, doch sie blieben offen.

Es knackte im Lautsprecher, als eine müde Stimme eine unverständliche Durchsage machte.

Eine Verspätung, dachte sie und hielt den Blick auf die offene Tür gerichtet. Auf die Gesichter der Menschen, die auf dem Gleis warteten.

»Geh zu, geh zu!«, flehte sie vor sich hin. »Bitte, geh zu!«

Der Zugführer machte eine weitere Durchsage. Ihr Blick klebte an den offenen Türen.

Und dann kam hinter einem jungen Ehepaar ein rotes Gesicht zum Vorschein. Es näherte sich wie in Zeitlupe, dabei ging sicher alles ganz schnell.

Manfred versuchte sich einen Weg zwischen der Frau und dem Mann hindurch zu bahnen. Er war nur noch wenige Meter von ihr entfernt, hatte sie aber noch nicht erblickt.

In diesem Moment gab die Hydraulik ein Seufzen von sich und die zwei roten Türen schlossen sich. Manfred hob den Kopf und für eine Sekunde begegneten sich ihre Blicke durch das Glas der Tür. Der Zug setzte sich in Bewegung und fuhr langsam auf die östliche Tunnelöffnung zu.

Manfred ging über den Bahnsteig und starrte sie an.

»Christel!«, hörte sie ihn rufen. »Christel!«

Christel biss sich auf die Unterlippe und senkte den Blick.

Sie musste laut mit sich selbst gesprochen haben: »Nicht anhalten, bitte, nicht anhalten.«

Der Zugführer musste ihr Flehen gehört haben, denn die Bahn wurde immer schneller und verschwand im Tunnel.

Christel hielt sich an der Stange fest. Erst jetzt realisierte sie, wie schwer sie atmete und dass die Menschen um sie herum sie jetzt wirklich anstarrten. Sie stand da, die Mütze in der Hand. Der blaue Trainingsanzug und die beiden Daunenjacken lagen auf der Tasche und bedeckten den DDR-Schriftzug. Nur das Emblem auf der Trainingsjacke war zu erkennen. Sie schwitzte am ganzen Körper. Ihr Gesicht musste so nass sein, als wäre sie gerade erst aus dem Schwimmbecken gestiegen. Trotzdem musste sie die blaue Daunenjacke anziehen, die sie gestohlen hatte, ehe jemand das kleine DDR-Logo auf ihrer Brust erkannte.

Für ein paar Sekunden schloss sie die Augen und spürte den Zug hin und her rucken. Vor ihrem inneren Auge sah sie den Sommer. Magda und sie im Riesenrad im Kulturpark Plänterwald. Wie sie es geliebt hatte, dort zu sitzen und ihren Blick über Westberlin schweifen zu lassen. Jedes Mal, wenn sie zu einer Kranzniederlegung am sowjetischen Kriegerdenkmal im Treptower Park gewesen waren, waren sie anschließend dorthin gegangen. Der Park lag ja gleich nebenan. Erst der bombastische Anblick der zwölf Meter hohen Statue des sowjetischen Soldaten mit dem Schwert in der einen Hand und dem kleinen deutschen Mädchen an der anderen, und dann die Aussicht über die Bäume in die Freiheit. Sie trugen ihre Uniformen und hatten schulfrei, natürlich hatten sie an solchen Tagen schulfrei.

Sie wusste nicht, wie lange sie schon mit geschlossenen Augen im Zug stand, aber irgendwann wurde ihr kalt. Der Zug musste an der Oberfläche gehalten haben, ohne dass sie es mitbekommen hatte. Sie drückte sich die Mütze noch etwas tiefer ins Gesicht und zog den Reißverschluss der Daunenjacke bis zum Kinn zu. Für einen Moment gab die dicke Jacke ihr Wärme, doch dann begann sie erneut zu frieren.

Durch den Lautsprecher wurde krächzend die nächste Haltestelle angekündigt. Der Zug bog ziemlich abrupt nach links ab und kämpfte sich dann eine lange Steigung hoch. Links unter sich sah sie beinahe die gesamte Stadt, überall blinkten Lichter im Winterdunkel. Irgendwo da unten suchte Manfred nach ihr, wenn er es nicht bereits aufgegeben und die ostdeutsche Botschaft informiert hatte.

Etwa ein Viertel der Passagiere des Waggons stiegen an der nächsten Station aus. Nur wenige neue kamen hinzu. Auf der anderen Seite einer großen Straße lagen hohe Wohnblocks. Der Zug bog nach rechts ab und fuhr dann durch ein Villenviertel mit älteren, großen Häusern und Gärten voller Obstbäume. Vielleicht werde ich hier mal wohnen, dachte sie. Ja. Sie prägte sich den Namen der nächsten Haltestelle ein und nahm sich vor, ihn niemals wieder zu vergessen. Sie wollte einer dieser Menschen hier werden, sie wirkten so gepflegt, trugen gute Kleider. Die Männer mit Aktentaschen unter dem Arm, Anzügen und feinen Wollmänteln und die Frauen in Pelz und schwarzen Lederhandschuhen. Und Frisuren, wie sie sie allenfalls in den USA erwartet hatte.

Dann begann sie darüber nachzudenken, wo Manfred und die anderen Leiter am ehesten nach ihr suchen würden.

Vermutlich an der Endhaltestelle. Sicher hatte er längst herausgefunden, welche U-Bahn sie genommen hatte. Natürlich hätte sie auch an einer früheren Haltestelle aussteigen und wieder nach unten ins Zentrum fahren können, aber trotzdem glaubte sie, dass sie sie an der Endhaltestelle vermuteten. Wäre sie an Manfreds Stelle gewesen, hätte sie direkt den Notruf der ostdeutschen Botschaft gewählt und ein Diplomatenfahrzeug an die Endhaltestelle beordert. Danach würden die Wölfe der Hauptverwaltung Aufklärung sicher die Strecke abfahren und jeden Bahnhof und das umliegende Gelände genau unter die Lupe nehmen.

Sie entschloss sich deshalb, an der vorletzten Haltestelle auszusteigen und eine Stunde oder mehr zu warten, bevor sie mit der U-Bahn wieder nach unten in die Stadt fuhr, um dann zur westdeutschen Botschaft zu gehen.

Eine ganze Reihe großer Wohnblocks kamen an der nächsten Haltestelle zum Vorschein, drei riesige Klötze nebeneinander. Sie erinnerten an die Karl-Marx-Allee und passten so gar nicht in die sie umgebende Natur.

Trotzdem stieg sie mit den anderen Passagieren aus. Nur einer blieb im Zug.

Gott sei Dank, dachte sie. Was, wenn sie fast allein in Richtung Endhaltestelle gefahren wäre?

Sie folgte ein paar Jugendlichen, die aufgedreht miteinander redeten und wild gestikulierten. Ein Mädchen in ihrem Alter lachte schrill und blieb auf einer Stufe der Treppe nach oben stehen. Auch die anderen verharrten und lachten.

Christel ging an ihnen vorbei.

Was habe ich nur getan?, dachte sie mit einem Mal wie gelähmt, zwang sich aber weiterzugehen.

Sie überquerte die Straße und bemerkte einen Taxistand und eine Telefonzelle. Die Nummer der westdeutschen Botschaft hatte sie auswendig gelernt, nachdem sie sie aus dem Telefonbuch im Hotel herausgesucht hatte. Ihre rechte Hand zuckte zu dem Portemonnaie in ihrer rechten Brusttasche. Es war noch da. Eine ganze Weile schlenderte sie durch das kleine Einkaufszentrum, das direkt neben den Wohnblocks lag. Noch vor einer halben Stunde hatte sie von all den Sachen geträumt, die man hier kaufen konnte. Jetzt war alles nur noch fremd, als befände sie sich nicht mehr in derselben Wirklichkeit wie in der Umkleide, als sie alle möglichen Schränke zu öffnen versucht hatte.

Nachdem sie zwischen den Geschäften hin und her gelaufen war, um sich ein bisschen aufzuwärmen, ging sie zurück nach draußen in die Kälte. Vielleicht hatte Manfred sie auch einfach als vermisst gemeldet. Vielleicht suchte die Polizei nach ihr. Konnte sie bei der norwegischen Polizei Asyl beantragen? Ja, dachte sie. Oder nein, sie wusste es nicht. Wenn Manfred die norwegische Polizei eingeschaltet hatte, würde die ihr vielleicht nicht glauben, sie wusste es nicht. Er würde mit Sicherheit ihre Eltern ins Spiel bringen, sie wusste genau, wie schwer sie ihre Flucht nehmen würden und wie die Scham sie von innen auffressen würde.

Hinter dem Einkaufszentrum und den Blocks lag der Wald, durch den kreuz und quer Pfade führten. Einige davon waren sogar beleuchtet und gar nicht so verschneit. Nach ein paar hundert Metern warf sie ihre DDR-Tasche weg. Nur die Seife, ihren Pass und die U-Bahn-Fahrkarte nahm sie mit.

Anderthalb Stunden lief sie am Waldrand entlang, ehe sie es wagte, zurück in Richtung Einkaufszentrum zu gehen. Immer wieder hatte sie in dieser Zeit die Seife hervorgeholt und daran gerochen, doch irgendwann hatten ihre Finger vor Kälte gebrannt. Was gäbe sie nicht für ein paar Handschuhe? Sie hatte Durst und musste pinkeln, traute sich aber nicht noch einmal zurück ins Einkaufszentrum.

Sie holte das Portemonnaie aus der Innentasche der geklauten Jacke. Dreihundert Kronen waren darin. Es sah nach viel Geld aus. Den Ausweis und die Passfotos, die in der Geldbörse waren, warf sie zwischen den dunklen Bäumen weg, ohne einen Blick darauf zu werfen.

Sie zitterte, ihre Schuhe mit dem billigen Kunststofffutter waren nicht für diese Kälte gemacht. Am Taxistand wartete ein einzelner Wagen. Der Fahrer, ein älterer Mann, der sie an den Großvater einer Freundin erinnerte, musterte sie über den Rückspiegel. Sah sie so verzweifelt aus?

»Sie müssen hier auf mich warten«, sagte sie und gab ihm einen der Hunderter.

Er sprach schlecht Englisch, verstand aber, dass sie zurückkommen wollte. Die Telefonzelle war gleich daneben. Wenn Manfred und Markus Wolfs Sicherheitsoffiziere jetzt kamen, würde sie es noch in das Taxi schaffen.

In der Telefonzelle stank es wie in der Unterführung am Bahnhof nach Urin. In der Geldbörse waren vier einzelne Kronen, die sie nebeneinander vor den schmalen Schlitz des Apparates stellte. Hoffentlich reichte das!

Abwechselnd huschte ihr Blick vom Taxi zu den Autos, die durch den Lichtschein der Laterne fuhren.

Es klingelte lange, bis es endlich für einen Moment still wurde.

Sie sah auf ihre Armbanduhr. Die Botschaft war sicher bereits geschlossen, aber vielleicht gab es ja einen Nachtdienst.

»Botschaft der Bundesrepublik Deutschland«, ertönte eine Männerstimme, erst schleppend auf Hochdeutsch, dann auf Norwegisch. Der Mann hörte sich abwartend an, metallisch und kalt wie die Telefonzelle selbst.

Christel öffnete den Mund, doch im selben Moment kamen ihr die Tränen, sodass sie nur ein stummes Schluchzen herausbrachte. Genau wie damals, als sie noch ein Kind gewesen war. Das stille Weinen hatte ihre Mutter das immer genannt, wenn sie Christel wieder mal eine Ohrfeige verpasst hatte. Was oft vorgekommen war.

Jetzt könntest du noch einen Rückzieher machen, dachte Christel. Ja, verdammt, jetzt kannst du noch einen Rückzieher machen.

Es gelang ihr, den Mund zu öffnen, ihre Lippen klebten trocken aneinander.

»Hallo?«, sagte der Mann.

»Mein Name ist Christel Heinze«, begann sie.

Dann sagte sie schnell, was sie sagen musste, damit sie ja keinen Rückzieher mehr machen konnte.

Der Mann am anderen Ende blieb vollkommen still. Flüchtlinge aus der Deutschen Demokratischen Republik schienen in Oslo nicht an der Tagesordnung zu sein.

Christel wollte gerade nachfragen, als er ihr zuvorkam: »Ich verstehe«, sagte er, als hätte Christel ihn zu einer Art von Nähe eingeladen, die er nicht zu teilen bereit war. »Die Botschaft ist jetzt geschlossen«, fuhr er fort.

Christel legte den Kopf an das kalte Glas der Telefonzelle. Eiskalter Wind fegte durch die Öffnung am Boden direkt in die Beine ihrer Trainingshose.

Er will mich nicht da haben. Natürlich will er mich nicht da haben.

»Aber es gibt einen Wachdienst. Und ich kann in fünfzehn Minuten da sein. Ich darf Sie aber nicht abholen, Sie müssen eigenständig auf westdeutschen Boden kommen. Also in die Botschaft. Verstehen Sie?«

Als sie auf der Treppe der Botschaft in der Oscars gate stand, sah der Wachmann sie mit einem Blick an, den sie nicht deuten konnte. Als wäre sie eine linksradikale RAF-Terroristin, die ihn und das ganze Gebäude in die Luft sprengen wollte, vielleicht war aber auch das nur wieder die Überlegenheit und Arroganz, die sie schon so oft gespürt hatte. Derselbe Blick, mit dem die westdeutschen Sportler sie immer angesehen hatten, als wollten sie sagen: Die echten Deutschen sind wir, nicht solche wie du.

Sie drehte sich zum Taxi um, das noch immer mit laufendem Motor wartete.

Der Fahrer duckte sich etwas und winkte ihr zu. Er hatte an einer Esso-Tankstelle an einer großen Kreuzung gehalten, sodass sie auf die Toilette gehen und sich das Gesicht waschen konnte. Er hatte ihr in der Zwischenzeit sogar eine Flasche Cola gekauft. Sie hatten kaum miteinander geredet, sie glaubte aber trotzdem, dass er sie verstanden hatte.

Sie hatte das gesamte Geld aus ihrer Börse auf seine Rückbank gelegt und jeden Protest abgelehnt.

Zwei Tage später stand sie mit einem Flüchtlingspass in den Händen auf der Fähre nach Kiel. Die erste richtig schöne Fähre, auf der sie jemals gewesen war, nicht so eine schäbige, laute Autofähre.

Auf dem Achterdeck zog sie ihr Haargummi aus den Haaren. Der straffe Pferdeschwanz, den sie immer trug, war wie eine Zwangsjacke. »Warum musst du dich immer allem widersetzen?«, hatte ihre Mutter geschimpft. »Schwimmer müssen kurze Haare haben, das ist doch klar.« Christel ließ den Wind mit ihren Haaren spielen und stand regungslos an der Reling, bis sie Gesicht, Ohren und Finger nicht mehr spürte.

Sie stand dort, seit das Schiff abgelegt hatte, und inzwischen sah sie nicht einmal mehr die Stadt.

Ein paarmal drehte sie sich zur Sicherheit ganz langsam um. Keine Männer mit Militärfrisur und billigen Kunstfaserhosen.

Sie nahm die Seife aus der Tasche der blauen Daunenjacke, die sie behalten hatte. Die Besitzerin hatte sich bestimmt eine neue leisten können. Nach was roch die Seife jetzt? Nach Freiheit? Nein, nicht mehr. Jetzt roch sie nur noch nach Magda. Nach der kleinen, lustigen Magda.

Und nach dieser Stadt. Dieser besonderen Stadt, die ihr die Freiheit geschenkt hatte.

Oktober 2016

8

Keiner von ihnen hatte während der kurzen Fahrt von Reuters Villa im Pareliusveien auch nur ein Wort gesagt. Jan Amundsen stellte den Wagen auf dem Parkplatz am Nordende der Ekebergsletta ab und ließ den irischen Setter aus dem Laderaum seines Kombis.

Schweigend gingen sie über die nassen Wiesen. Tommy hörte in der Ferne ein Fußballspiel. Das Pfeifen des Schiedsrichters weckte Tommys Kopfschmerzen. Als wäre die Innenseite seines Kopfs mit demselben undurchdringlichen Nebel erfüllt, der sie auch hier umgab.

Amundsen blieb stehen und ließ den Hund von der Leine. Das Tier stürmte in Richtung des Waldstücks davon, das den riesigen Park von der Bebauung trennte. Schon nach wenigen Sekunden war das Tier nicht mehr zu sehen.

»Was für Blumen waren das noch mal?«, fragte Jan Amundsen.

Tommy hatte das Gefühl, dass es in Wahrheit gar nicht um die Tote in Enebakk ging, wollte aber nicht wie ein Idiot dastehen und sagte nur: »Vierunddreißig Rosen und eine Nelke.«

»Aha«, sagte Amundsen. Tommy musterte die Hände des Mannes, die an einer Schachtel Zigaretten herumfingerten und ihm dann eine anboten. Tommy schüttelte den Kopf. Er rauchte exakt zehn Zigaretten am Tag, das war wie eine religiöse Überzeugung, die ihn schon vor einiger Zeit überkommen hatte. Ihm blieb an diesem Tag nur noch eine, und die wollte er zu Hause bei Susanne rauchen.

»Und eine Karte, nicht wahr?«, fragte Amundsen.

»Mit einem Bild von Margeriten.«

»Was glauben Sie?«, fragte Amundsen. »Zufall oder Botschaft?«

»Ich habe mir schon meine Gedanken gemacht«, sagte Tommy und hörte, wie dumm das klang.

»Ein guter Anfang«, erwiderte Amundsen und ließ Tommy verstehen, dass er weiterreden sollte.

»Argyranthemum frutescens«, versuchte Tommy vom Display seines Handys abzulesen. *»Familie der Korbblütler. Die Zungenblüten sind weiß, rosa oder gelb, die Röhrenblüten dagegen goldgelb.«* Er las noch einige weitere Zeilen, was Amundsen aber nicht sonderlich zu beeindrucken schien.

»Es handelte sich also um Margeriten, nicht um Gänseblümchen?«

»Das nehme ich an, die Pastorin meinte auf jeden Fall, das wären Margeriten, weshalb ich die im Netz nachgeschlagen habe.«

»Sie nehmen das an«, wiederholte Amundsen. »Botanik war vermutlich nicht Ihr Lieblingsfach in der Schule. Also Margeriten.«

»Sie können gerne selbst einen Blick auf die Karte werfen. Die müsste jetzt im Kriminalamt sein.«

Tommy überlegte, was er noch sagen konnte, kam dann aber zu dem Schluss, dass es vermutlich besser war, den Mund zu halten.

»Nicht nötig, das sagt mir so oder so nichts«, sagte Amundsen. »Aber die Margeriten könnten der Schlüssel zu diesem Fall sein, meinen Sie nicht auch, Bergmann?«

»Vielleicht«, erwiderte Tommy.

»Aber egal, so wichtig ist das auch nicht. Nur zwei Personen können dort am Grab gewesen sein: der Mörder selbst oder eine Frau, die sich einmal Margaret Meyer genannt hat.«

»Wer ist die Tote?«, fragte Tommy. »Ich gehe davon aus, dass Sie es wissen, sonst wären wir doch wohl kaum hier.«

»Wer glauben Sie, dass es ist?«, fragte Jan Amundsen.

Tommy blieb die Antwort schuldig.

Er dachte an Amundsens Worte zu Hause bei Reuter. *Was Sie machen sollen, verstößt nämlich gegen alle Gesetze.*

Jan Amundsen ging langsam in Richtung des Waldstücks, wo der Hund nun schemenhaft vor ihnen zu erkennen war. Er lief nach unten in Richtung des Plateaus, auf dem die deutsche Kriegsgräberstätte gelegen hatte.

»1982«, begann Amundsen, »ging unmittelbar vor Weihnachten eine Vermisstenmeldung bei der Polizeistelle Majorstua ein. Eine Frau meldete unter falschem Namen eine westdeutsche Frau als vermisst. Der Name der Vermissten war Christel Heinze. Sie war damals siebenundzwanzig Jahre alt. Bei der Anruferin, die sich als Margaret Meyer vorstellte, handelte es sich vermutlich ebenfalls um eine Deutsche, sie sprach aber gut Englisch. Der Name war aller Wahrscheinlichkeit nach falsch. Christel Heinze arbeitete bei einem westdeutschen Wirtschaftsverband im Drammensveien, das war eine halbstaatliche Organisation, wenn Sie wollen eine Art Vorläufer der heutigen Handelskammer. Meyer gab an, dass sie und Heinze Geschäftsfreunde seien.«

»Und was hat diese Margaret Meyer sonst noch gesagt?«

»Sie meinte, Christel habe ein Verhältnis mit einem verheirateten Mann gehabt. Das war eigentlich die einzige interessante Angabe. Den Rest wussten wir ohnehin schon. Die Nummer, von der diese Meyer angerufen hatte, konnte nach Ostdeutschland zurückverfolgt werden, aber damit hört unser Wissen über Margaret Meyer auch schon auf.«

»Es ist nicht gegen das Gesetz, eine Beziehung zu einem verheirateten Mann zu haben.«

Amundsen lachte leise, der Rauch quoll dabei langsam aus seiner Nase und mischte sich mit dem Nebel.

»Dieser Mann hieß Bjørn. Wenn er sich nicht bloß Bjørn nannte.«

»Bjørn?«

»Ja, und mehr müssen Sie im Moment auch nicht wissen.«

»Und Sie glauben jetzt, dass dieser Bjørn Christel Heinze getötet hat?«

Tommy zuckte zusammen, als Amundsens Hund plötzlich aus dem Nebel auf sie zugestürmt kam. Gleich darauf war er wieder weg.

»Vielleicht«, sagte Jan Amundsen. »So ganz unwahrscheinlich ist das nicht.«

»Und was hat das mit dem Sicherheitsdienst zu tun? Warum haben Sie so schnell reagiert?«

»Die Russen waren da draußen rund um Enebakk sehr aktiv. Deshalb habe ich Fredrik gebeten, die Augen offen zu halten, Bergmann. Mehr kann ich im Moment nicht sagen. Ich kann Ihnen aber noch mitteilen, dass wir vier Wochen nach Heinzes Verschwinden einen Brief von ihr erhalten haben, Neujahr 1983. Sie schrieb darin, sie habe sich entschieden, zurück nach Ostdeutschland zu ziehen. Bei der Handschrift handelte es sich zweifelsohne um die der Vermissten. Auch die Unterschrift stimmte. Der Brief war in Ostberlin abgestempelt worden.«

»Zurück nach Ostdeutschland? Ich dachte, Sie hätten gesagt, Christel Heinze sei Westdeutsche gewesen?«

»Heinze war aus der DDR geflohen. Sie hatte sich 1973 hier in der Stadt von einer Sportgruppe abgesetzt.«

»Dann ist sie doch nicht tot?«

»Das wissen wir nicht. Als im Herbst 1989 die Mauer fiel, waren all ihre Spuren verwischt. Sie kann eine neue Identität bekommen haben. Ebenso gut kann sie aber auch tot sein. Sie war von ihrer Arbeitsstelle freigestellt worden, um noch 1982 kurz vor ihrem Verschwinden nach Ostberlin zu fahren.

Angeblich um ihre Schwester zu besuchen, die sehr krank war. Ob sie ein Visum bekommen hat, wissen wir nicht. Damit enden ihre Spuren dann aber auch schon. Laut Melanie Mielke, einer Kollegin von Christel Heinze, hatte ihr ein Mann, vermutlich dieser Bjørn, kurz vor ihrem Verschwinden einen Schafspelzmantel zum Geburtstag geschenkt. Dieser Pelz sagt Ihnen etwas, oder?«

Tommy blieb stehen. Der Hund kam ein weiteres Mal wild mit dem Schanz wedelnd aus dem dunklen Wald angesprungen, als drehte sich seine Erinnerung alle zwei Minuten im Kreis. Es war irgendwie merkwürdig, dieses Gespräch auf der Ekebergsletta zu führen. Der Nebel gab ihnen das Gefühl, irgendwo mitten im Nichts zu sein, man sah nur wenige Meter, dabei waren die Geräusche der Stadt deutlich zu vernehmen.

»Es ist vermutlich Christel Heinze, die da in Enebakk beerdigt wurde, Bergmann. Glauben Sie nicht? Immerhin soll die Frau genau so einen Schaffellmantel getragen haben, nicht wahr?« Amundsen zündete sich eine weitere Zigarette an.

»Das ist doch leicht herauszufinden. Wir müssen nur Verwandte von ihr in Deutschland finden und eine DNA-Probe bekommen.«

Jan Amundsen öffnete den Mund, um etwas zu sagen, blieb dann aber stumm. Schließlich bückte er sich und hob einen Stock vom Boden auf. Er hielt ihn für einen Moment über den Kopf des Hundes und warf ihn dann weit in den Nebel hinein. Die Bewegungen des Mannes waren leicht und schnell, was Tommy in Anbetracht der abgemagerten, gekrümmten Gestalt des Ende Sechzigjährigen nicht erwartet hatte.

»Es ist uns nie gelungen, die richtige Christel Heinze ausfindig zu machen, Bergmann. Leider auch niemanden von ihrer Familie. Als Flüchtling aus Ostdeutschland wurde sie aus allen Registern gestrichen, und wie soll man dann die Familie finden? Die Flucht war für sie eine Schande. Vielleicht hat die Familie ja schon in den Siebzigern den Namen geändert. Das weiß niemand. Aber vergessen Sie Christel Heinze erst einmal. Ich habe eine ganz andere Aufgabe für Sie. Sie sollen in das Haus eines ganz bestimmten Mannes einbrechen«, sagte Jan Amundsen, nahm einen zusammengefalteten Zettel aus der Innentasche seiner Jacke und reichte ihn Tommy. Im Licht des Handys erkannte Tommy, dass es sich um eine Verschwiegenheitsklausel handelte, in der er einwilligen sollte, auf jedweden Protest zu verzichten.

Es wurde mit keinem Wort erwähnt, was er tun sollte, nur, dass er »für den Sicherheitsdienst« operieren und »konkrete Aufträge« ausführen solle. Tommy dachte, dass Amundsen diesen Wisch sicher vernichten und jeglichen Kontakt leugnen würde, sollte er bei diesen Aufträgen draufgehen.

Als sie zurück zum Auto kamen, nahm Tommy trotzdem den Stift, den Amundsen ihm reichte, und unterschrieb.

Was sollte er tun? Sich bei Svein Finneland beklagen, Susannes Ex, dem heutigen Oberstaatsanwalt, der ihm damals vor zehn Jahren den Arsch gerettet hatte?

»Und wo soll dieser Einbruch stattfinden?«

»Bei Martin Kleive«, sagte Amundsen. »Er wohnt in Son. Das liegt in Ihrem Polizeibezirk, sodass Fredrik Sie bitten wird, wegen dem Einbruch zu ermitteln.«

Tommy wich einen Schritt zurück.

»Warum soll ich da einbrechen?«

»Weil er sonst nicht mit Ihnen reden wird. Wenn Sie einfach klingeln und ihm Fragen stellen, wird er gleich wissen, dass Sie für mich arbeiten. Sollten Sie in den fünfzehn Minuten, die Ihnen in seinem Haus vielleicht zur Verfügung stehen, bevor die Wachmannschaft kommt, ein Tagebuch oder interessante Briefe finden, wäre das wunderbar. In erster Linie geht es aber darum, einen legitimen Grund für eine Kontaktaufnahme zu bekommen.«

»Was hat er getan?«

Jan Amundsen steckte zwei Finger in den Mund und pfiff nach dem Hund.

»Zu viele Fragen sind in dieser Branche manchmal lebensgefährlich, Bergmann.«

März 1975

9

Christel konnte sich nicht daran erinnern, wann sie ihn zum ersten Mal gesehen hatte. Es musste irgendwann kurz vor Weihnachten im Lesesaal gewesen sein. Irgendwie reagierte sie auf junge Männer mit konservativem Aussehen.

Vielleicht hatte das mit ihrer Kindheit und Jugend zu tun.

Er war einer derjenigen, der für ein paar Stunden in die Vorlesungen und Seminare ging und dann wieder verschwand. Die wenigen Bekannten, die er hatte, stammten aus den Seminaren. Vielleicht arbeitete er nebenbei und bekam nur für einige Uni-Veranstaltungen frei. Sein Ziel war das Examen, nicht die Partys oder der Spaß mit den neu gewonnenen Freunden. Wie alt konnte er sein? Fünfundzwanzig oder schon dreißig, mehr aber auch nicht. Vielleicht war er nur schüchtern, hatte sie anfangs gedacht. Als ihre Blicke sich zum ersten Mal begegnet waren, hatte er wie ein frisch verliebter Konfirmand gleich wieder weggesehen.

Die Scham hatte aber wohl eher mit dem Ehering an seinem Finger zu tun.

Heute aber sah er sie seit dem Beginn der Vorlesung offen an, als hätte er sich entschieden, eine Grenze zu überschreiten. Ausgerechnet in einer Vorlesung über Marxismus. Sie rechnete damit, dass er seinem Äußeren entsprechend ein konservatives Kind der besseren Gesellschaft war. Mit der Kurzhaarfrisur und dem kräftigen Kinn wirkte er irgendwie wie ein Polizist oder Offizier.

Er gehörte nicht zu denen, die ihre Finger hoben und Professor Markussen Fragen stellten oder provozierende Kommentare machten. Er hielt sich lieber zurück und beobachtete die anderen. Bei dem Vortrag über Marx' und Engels' Weltvorstellung hatte er sich sogar ein paar Notizen gemacht. Sie hatte Lust, ihn nach seiner Meinung zu fragen, ob es einen weiteren Weltkrieg geben würde, aus dem dann die wirkliche Weltrevolution entstand. Aber vielleicht hätte sie diese Frage dem Professor stellen sollen. Erkannte er nicht, dass es das wahre Ziel der Kommunisten war, die Mutter aller Kriege vom Zaun zu brechen, um die Welt dann aus dem Chaos der Ruinen zu übernehmen?

Dass die Menschen im Westen dumm waren und nicht verstanden, dass die Russen Kennedy auf dem Gewissen hatten, dass sie alles taten, damit die USA sich nicht aus Vietnam zurückzog?

Sie hätte so unendlich viel sagen können, hielt aber geflissentlich den Mund.

Nur wenige Themen berührten sie mehr als diese Vorlesungen über Marxismus und Faschismus. Die Grenzlinie zwischen den Linksradikalen der Roten Front und der konservativen Studentenvereinigung DKSF war wie die Frontlinie eines Bürgerkriegs. Bruder gegen Bruder, dachte sie oft. Schwester gegen Schwester. Der Vietnamkrieg war das Streichholz, das es brauchte, um das ganze Universum anzuzünden, hatte ihr mal jemand gesagt. Ja, das ganze Land war vermutlich nicht mehr als eine Tonne voll Scheiße, auf der seit dem Zweiten Weltkrieg ein Deckel gelegen hatte, damit die Guten die Guten blieben und die Schlechten die Schlechten. General Westmoreland war nicht besser als irgendein SS-General, oder? Ein Kindermörder, ein Sadist, ein Faschist.

Sie hatte vorgegeben, zu verstehen. Sie war deutsch, aber trotzdem nicht deutsch. Nicht jeder Deutsche trug die Schuld an Hitlers Barbarei.

Die Roten wollten immer wissen, wo sie stand, sie sahen in ihr eine Klassenverräterin, auf jeden Fall war sie von einem im Suff mal so genannt worden. Wie konnte man nur aus der Deutschen Demokratischen Republik fliehen? *Du verdammte Klassenverräterin.* Der Hass in seinen Augen war echt gewesen. Sie hatte versucht, ihm nicht zu zeigen, wie schockiert sie war, aber das war nicht leicht. Sie sagte, dass sie Ostdeutschland jeden Tag aufs Neue vermisse, ihre Familie, ihre Freunde, die Stadt, nur das Regime nicht und ebenso wenig die Gehirnwäsche, die Lügen und das Bespitzeln.

»Wie konntest du nur vor dem *Sozialismus* davonlaufen?«

Das rote Norwegen hatte wirklich schon Sternchen in den Augen, wenn man nur das Wort Sozialismus aussprach.

»Nicht Sozialismus, *Kommunismus*«, war ihre Standardantwort. »Den Sozialismus hätte ich aushalten können.«

Sie betonte oft, nicht verstehen zu können, dass die Kinder des norwegischen Bürgertums davon träumten, in die Arbeiterklasse abzusteigen. Trotzdem war sie Mitglied im Studentenverband der Arbeiterpartei und versuchte immer wieder, zwischen rechts und links zu vermitteln.

An manchen Tagen wollte sie einfach nur nach Hause, aber das durfte sie natürlich nicht laut sagen. Man würde sie sonst gar nicht mehr verstehen. Das wäre dann ja, wie einen Mann zu verlassen, bei dem man eigentlich bleiben wollte.

Als die Vorlesung vorbei war, blieb sie sitzen und sah zu ihm hinüber. Dem Konservativen, dem Verheirateten. Er sammelte seine Notizen zusammen und verstaute sie in seiner Schultertasche, die er bestimmt gekauft hatte, um besser in den Rahmen der Universität zu passen. Er war ein offensichtlicher Fremdkörper, die Uni war für ihn nur ein Zwischenhalt, ein Sprungbrett zu etwas Größerem.

Sie lehnte es höflich ab, zwei Freundinnen zu begleiten, die in die Stadt wollten. Sie gab an, noch lernen zu wollen und dann zu einer Sitzung der Studentenvereinigung zu Hause bei Arvid zu müssen.

Die beiden würden sich doch nur irgendwo betrinken, sie hatten keine Prinzipien und landeten möglicherweise wieder auf irgendeinem obskuren Konzert im Club 7 oder – noch schlimmer – im Downtown in der Universitetsgata. Aber vielleicht lag es ja an ihr, dass sie diese Bars nicht mochte, ja, eigentlich keine der Kneipen in dieser Stadt. Aber im Club 7 spürte sie wirklich nur Verachtung. Immerhin war sie dort als reaktionäre Hure bezeichnet worden.

In der letzten Zeit hatte sie immer häufiger angegeben, aus Westdeutschland zu kommen, was nicht unproblematisch, aber trotzdem besser war. Sie schüttelte den Kopf. Der Hörsaal leerte sich langsam und sie ließ sich von dem Strom aus dem Saal ins Foyer geleiten. Für einen Moment verlor sie ihn aus den Augen. Sie blieb stehen und nahm eins der Flugblätter entgegen, die ein besoffener Anarchist, der sich ihnen in den Weg gestellt hatte, verteilte. Die Föderation der Anarchisten / Freiheitlichen Sozialisten lud für den nächsten Abend zu einer Debatte im Haus der Studenten ein.

»Nichts für mich«, sagte sie zu dem jungen Mann, behielt das Flugblatt aber trotzdem. »Was, meinst du, hätte Lenin zu einer Föderation von Sozialisten und Anarchisten gesagt? Du weißt doch wohl, dass der Anarchismus nur dazu geführt hat, dass die Arbeiterklasse aufgespalten wurde, sieht man mal von der Befriedigung einiger bürgerlicher Träumer ab. Wie könnt ihr für den Klassenkampf eintreten, ohne vorher die Arbeiterklasse auszubilden und zu organisieren?«

Der Anarchist schüttelte vorsichtig den Kopf und schien für einen Moment wirklich das gesamte Projekt anzuzweifeln.

»Vielleicht komme ich trotzdem«, sagte sie und ging mit schnellen Schritten auf den Ausgang zu.

Sie sah den Mann draußen vor der Tür am Moltke Moes vei. Er fingerte an einer Schachtel Zigaretten herum, er drehte also nicht selbst, was ihr noch deutlicher zeigte, dass er einen Job haben musste, einen ordentlichen Job.

Für gewöhnlich verschwand der Konservative so schnell, wie er kam, nicht aber an diesem Tag. Wirklich ein besonderer Tag, dachte sie und legte ihre Finger fester um das Flugblatt des Anarchisten. Sie fasste einen Entschluss und drückte die schwere Glastür auf. Vielleicht bot sich diese Chance nie wieder. Zögerte sie eine Sekunde zu lang, war er vielleicht bereits in Richtung Straßenbahnhaltestelle am John Colletts plass verschwunden. Und bei ihrer nächsten Begegnung könnte sie der Mut verlassen haben.

Er lächelte hintergründig, als er auf sie aufmerksam wurde.

Sie warf einen Blick auf seinen Ehering, als er sich die Zigarette anzündete. Wieder mal typisch. Die Guten waren immer schon vergeben.

»Kann ich mir eine Zigarette von dir schnorren?«, fragte sie.

Für einen Moment schien ihr Akzent ihn zu überraschen. Sie bildete sich ein, dass er kaum noch zu hören war, dabei wusste sie ganz genau, dass sie sich damit nur selbst belog. In derart kurzer Zeit wurde niemand zur Norwegerin. Vielleicht gelang einem das nie.

Sie legte ihre Hand um seine, als er ihr Feuer gab.

»Ich bin übrigens Christel.«

»Christel«, wiederholte er.

»Wie heißt du?«

Er nahm einen Zug von seiner Zigarette, ehe er antwortete.

»Bjørn«, sagte er. »Meine Freunde nennen mich Bjørn.«

»Bjørn«, wiederholte sie. »Und wie nennen dich deine Feinde?«

Ein Lächeln huschte über seine Lippen.

»Sehe ich aus, als hätte ich Feinde?«

Sie schüttelte den Kopf und lachte viel zu laut. Irgendwie klang sie wie Magda, so schrecklich kindlich.

»So, so, du heißt also Bjørn. Diesen Namen gibt es auch bei mir zu Hause.«

»Und wo ist das?«

»Deutschland.«

»Ost oder West?«

»Egal, den Namen gibt es auf beiden Seiten.«

Er begann zu lachen. Ein schönes Lachen, das sie an ihren Vater erinnerte. Dieser Mann schien wirklich ihr Schicksal zu sein.

Sie sahen sich eine Weile an, bis sie als Erste den Blick senkte, als wäre es gefährlich, ihn zu lange anzustarren. Machte sie jetzt einen Fehler, würde sie das ihr ganzes Leben bereuen.

»Bist du aus dem Westen oder Osten?«

»Westen«, sagte sie. »Aus dem Osten kommen nicht gerade viele.«

Er nickte.

»Du sprichst gut Norwegisch.«

»Danke.«

»Hast du deshalb diese Zuneigung zu den Idioten? Davon gibt es bei euch ja auch genug.« Er deutete auf das anarchistische Flugblatt in ihrer Hand.

»Ach, das.« Sie schüttelte den Kopf. »Ich weiß nicht, vielleicht gehe ich da morgen mal hin, einfach um zu hören, was die zu sagen haben. Ich interessiere mich für Politik.

Ich bin Mitglied des Studentenverbands der Arbeiterpartei, aber heute Sozialdemokrat zu sein, ist ja fast ein Schimpfwort. Das gilt ja schon als konservativ. Und du hast recht, das sind wirklich Idioten. Sie haben keine Ahnung, was sie sich wünschen.«

»Du solltest so etwas vielleicht nicht sagen, wenn du da hinwillst.«

»Ich sage, was ich will. Ich kenne mich mit diesem Unsinn etwas aus. Man kann keine Föderation aus Sozialisten und Anarchisten bilden, oder was meinst du?«

»Das weiß ich nicht«, sagte er nur, ohne weiter darauf einzugehen.

»Was machst du morgen? Du hast doch bestimmt zu tun, oder? Du siehst aus, als hättest du eine richtige Arbeit.«

Er drückte stumm seine Zigarette aus und beobachtete ein Auto, das an den großen Villen des Moltke Moes vei vorbeifuhr. Der Schneematsch spritzte auf beiden Seiten gut einen Meter weg. Ein warmer Föhnwind war zu spüren, eine vage Hoffnung auf Frühling. Plötzlich musste sie daran denken, wie es jetzt zu Hause war.

Mit einem Mal nahm er ihr das Flugblatt aus der Hand. Sie wusste nicht einmal, warum sie es noch immer hatte.

»Um sieben«, sagte er. »Vielleicht habe ich da was zu tun. Vielleicht aber auch nicht. Es war auf jeden Fall sehr angenehm, mit dir zu reden.«

»Finde ich auch«, erwiderte sie und wartete, bis sie fast fragend hinzufügte: »Bjørn.«

Mit ernster Miene warf er einen Blick auf seine Armbanduhr, als bräuchte er eine Entschuldigung, um zu gehen. Sie dachte, dass der Spitzname, den sie ihm heimlich gegeben hatte, wirklich passte: der Konservative. *Es war auf jeden Fall sehr angenehm, mit dir zu reden.* So etwas hätte auch ihr Vater sagen können.

»Ich muss jetzt gehen, Christel.«

Die Art, wie er Christel sagte, klang ihr in den Ohren, und sie stammelte möglicherweise ein »Tschüss«.

Sag meinen Namen noch einmal, dachte sie.

Und Anarchisten? Sie umklammerte das Flugblatt noch fester, während sie ihm nachblickte, bis er hinter der Ecke des großen Hörsaals verschwunden war. Dann musste sie an Cäsars Worte denken, dass einfache Dinge einen Krieg entscheiden konnten. Und die Götter wussten, dass die Liebe ein verdammter Krieg war.

Oktober 2016

10

Nachdem es Jan Amundsen und seinen Kollegen nicht gelungen war, die richtige Christel Heinze in Deutschland zu finden, war es Tommy ein kleiner Trost, dass er wenigstens einen kurzen Zeitungsartikel über sie hatte auftun können. Er hatte dafür nur kurz das Archiv der Aftenposten durchstöbert und wusste jetzt sogar, wie Heinze ausgesehen hatte.

Er machte einen Ausdruck des Artikels aus dem Jahr 1982 und rückte seine Lesebrille zurecht. Ein Gedanke rumorte in seinem Hinterkopf: Warum sollte er in das Haus dieses Martin Kleive einbrechen? War der Grund wirklich, dass er eine Verbindung zu Christel Heinze hatte?

Die ganze Sache war ein einziges großes Rätsel und der Text des vierzig Jahre alten Zeitungsartikels brachte auch keine Erleuchtung:

Vermisst wird Christel Heinze. Die Siebenundzwanzigjährige arbeitet beim Deutsch-Norwegischen Handelskontor und wurde vor zwei Tagen am Abend von einer ausländischen Freundin als vermisst gemeldet. Heinze ist 1,70 m groß, hat einen normalen Körperbau und halblange, mittelblonde Haare. Sie stammt ursprünglich aus Ostberlin, ist aber seit ihrer Flucht 1973 westdeutsche Staatsbürgerin. Heinze spricht sehr gut Norwegisch.

Tommy betrachtete den Ausdruck der Zeitungsmeldung. Die Auflösung des Schwarz-Weiß-Fotos war recht gut. Es war ein typisches Passfoto der damaligen Zeit. Im Sommer aufgenommen. Sie trug eine einfache Bluse und hatte die Haare wie Goldie Hawn oder Farrah Fawcett frisiert. Ihr Blick war intensiv und irgendwie verspielt. Man hatte den Eindruck, als wäre sie es gewohnt, fotografiert zu werden, oder als liebte sie die Aufmerksamkeit. Insbesondere die von Männern. Sie sah zwar nicht gerade wie ein Filmstar aus, hatte aber trotzdem eine besondere Ausstrahlung, sodass Tommy sich gut vorstellen konnte, dass Heinze rasch zum Mittelpunkt im Leben eines Mannes werden konnte, wenn sie es darauf anlegte.

War sie Opfer eines Eifersuchtsdramas geworden?, fragte er sich. Aber warum sollte Jan Amundsen sich dann für sie interessieren? Vierunddreißig Jahre nach ihrem Verschwinden.

Er durchstöberte das Netz noch etwas weiter nach Christel Heinze, bemerkte aber, wie zeitaufwändig das war. Der Name war in einem Land mit 80 Millionen Einwohnern nicht gerade selten. Wenn sie denn überhaupt noch Christel Heinze hieß, sollte sie denn noch am Leben sein. Tommy wusste nicht, ob er Amundsen trauen konnte und sie wirklich alles unternommen hatten, sie aufzuspüren. Außerdem war der Brief an die Polizei, dass sie nach Ostdeutschland zurückgekehrt sei, schon sehr merkwürdig. In den Achtzigerjahren war es ein Ding der Unmöglichkeit gewesen, sie in einem Land zu finden, das abgeriegelter gewesen war als jedes andere Land der Welt. Die DDR stellte er sich wie eine Art Inkarnation von George Orwells *1984* vor. Nach der Wiedervereinigung der beiden deutschen Staaten sollte das aber durchaus möglich sein.

Wenn man denn wollte.

Aber wer kehrte freiwillig in die DDR zurück, nachdem er erfolgreich aus diesem Staat geflohen war? Dass man seine kranke Schwester besuchte, konnte er nachvollziehen, aber deshalb musste man ja nicht im Land bleiben. Oder war ihr die Rückreise nach Norwegen verboten worden?

Er schob die Gedanken an Christel Heinze für einen Moment beiseite. In der kommenden Nacht sollte er bei Martin Kleive einbrechen. Vielleicht brachte ihn das der Wahrheit über Heinze ja ein Stückchen näher.

Martin Kleives Beraterfirma trug den fantasielosen Namen MK Projekt.

Auf der Website von MK Projekt war nur ein Foto von Kleive zu finden. Er sah wirklich nicht so aus, als würde er bald siebzig. Sein kurzer Werdegang zeigte, dass er an der Marineschule ausgebildet worden war. Er hatte reichlich Erfahrung als U-Boot-Offizier und eine beratende Position bei der Beschaffung der U-Boot-Klasse 210 durch das norwegische Militär Anfang der Achtziger innegehabt. Neben der Ausbildung an der Marineschule hatte er an der technischen Hochschule eine Doktorarbeit über Sonartechnologie geschrieben.

MK Projekt schien sowohl in der Offshore-Technologie als auch beim Militär seine Finger im Spiel zu haben. Tommy überprüfte die Bilanz der Firma und war überrascht darüber, welche Summen Kleive und die vier anderen Aktionäre jedes Jahr einstreichen konnten. Kleive hatte die Kontrolle der Firma an den Multimillionär Johan Fredrik Franzen abgegeben, hielt aber noch immer fünfzehn Prozent der Firmenanteile. Was Franzen für Kleives vorherigen Mehrheitsanteil gezahlt hatte, war nirgends zu lesen, es war aber sicher, dass Kleive mehr als gut verdient hatte, seit er die Marine 1989 recht überraschend verlassen hatte.

1989, dachte Tommy. Der Fall der Mauer. War das ein Zufall oder der Grund, weshalb Jan Amundsen ihm den Auftrag gegeben hatte, in das Haus in Son einzubrechen?

Tommy hatte für diesen Zweck bei zwei verschiedenen Firmen Autos gemietet. Das erste, um die Gegend gleich nach Einbruch der Dunkelheit zu erkunden, das andere für den Einbruch in der Nacht.

Aber erst musste er so etwas Prosaisches tun, wie für sich und Mathea etwas zu essen zu kochen. Susanne arbeitete heute länger, der Prozess, in den sie als Juristin involviert war, würde sie noch Wochen beschäftigen. Tommy zweifelte daran, dass er sie vor Weihnachten noch oft sehen würde.

Mathea zu überreden, ihm beim Kochen zu helfen, war ebenso aussichtsreich, wie mit Boxhandschuhen Harfe zu spielen, sodass er die Frage gar nicht erst stellte. Sie hatte mit Toppnoten die zehnte Klasse abgeschlossen, was für Susanne Grund genug war, ihr all die Arbeiten im Haus zu erlassen, mit denen die Erwachsenen sich immer wieder abmühen mussten, damit das Leben weiterging. Weit entfernt aus ihrem Zimmer hörte er »Debaser« von den Pixies. Diese Welt ist wirklich merkwürdig, dachte er. Mathea hatte zu seiner Freude seine alte Plattensammlung übernommen; wie viele sechzehnjährige Mädchen gab es schon, die darauf bestanden, einen Plattenspieler im Zimmer zu haben? Sie war wirklich ein seltsam skurriles, betont intellektuelles Wesen aus einer anderen Zeit, das auch noch die beinahe erdrückende Schönheit ihres Vaters Nicolay geerbt hatte, neben dem Tommy wiederum wie eine Rübe zweiter Wahl aussah.

Ihr Gesicht hatte eine Symmetrie, für die andere Mädchen zu morden bereit gewesen wären. Aber sie betonte das nicht, sondern lief in dieser mehr und mehr narzisstischen Welt wie ein Naturkind herum. Ihr einziger Wunsch war es, Medizin zu studieren und sich so schnell wie nur möglich Ärzte ohne Grenzen anzuschließen, um in irgendeinem Krisengebiet arbeiten zu können und nie wieder nach Norwegen zurückkehren zu müssen. Letzteres wusste Susanne zum Glück nicht.

Tatsächlich wusste Tommy mehr über Mathea als Susanne, er sagte ihr aber nicht alles.

Sie aßen in der Küche, die ihm manchmal so groß vorkam wie seine komplette alte Wohnung in Lambertseter. Susanne hatte nach dem Tod ihres Vaters mehr Geld geerbt, als sie jemals würde ausgeben können. Tommy war zu diesem Zeitpunkt noch in der Klinik gewesen. Einen Teil des Geldes hatte sie genutzt, um sich die gediegene Wohnung in der Gabels gate zu kaufen, einem der letzten bürgerlichen Brückenköpfe Oslos. Und Tommy hatte Zuflucht bei ihr gesucht, statt sein Leben in einer der Trabantenstädte fortzusetzen. Es war aber nicht auszuschließen, dass er hier ebenso fremd war wie in den mehr und mehr von Einwanderern dominierten Vierteln auf der anderen Seite der Stadt. Auf jeden Fall hatte er sich ziemlich verändert, er hatte seine Leidenschaft fürs Kochen entdeckt und ging gerne mit dem monströsen Bullterrier Bulle spazieren.

Mathea aß wie ein Pferd, woraus Tommy schloss, dass sein vorheriges Leben, in dem er kaum gekocht hatte, definitiv abgeschlossen sein musste.

Die Welt ist wirklich merkwürdig, dachte er.

»Kriege ich eine Zigarette von dir?«, fragte Mathea freiheraus, als sie den Tisch abgeräumt hatten.

Sie hielt die Schachtel Prince in der Hand.

»Nein.«

»Warum nicht?«

»Nur die Dummen rauchen noch.«

»Dann bin ich wohl dumm«, sagte sie und nahm eine Zigarette heraus. Sie zündete sie sich an und setzte sich wieder an den Küchentisch. Tommy schüttelte den Kopf. Es war nicht das erste Mal, dass so etwas geschah, und es würde auch nicht das letzte Mal sein. Er würde aus diesem Mädchen nie schlau werden.

»Wenn du deiner Mutter sagst, dass ich dich Zigaretten schnorren lasse, bin ich tot, das weißt du, oder?«

»Wenn du tot wärst, würde sie komplett zusammenbrechen«, sagte Mathea. »Hast du das noch immer nicht kapiert?«

Er antwortete nicht.

»Ich weiß, dass du mal versucht hast, dir das Leben zu nehmen«, sagte sie. »Mama hat mir das vor Jahren mal gesagt, als ich dachte, du wärst am Arm verwundet worden.«

Tommy schnitt eine Grimasse. Er wusste nicht, wie er die Gefühle, die er plötzlich spürte, in Worte fassen sollte. Sein Psychiater, Viggo Osvold, hatte ihm das beizubringen versucht. Scham, Schuld, Trauer? Trotzdem war er für ein paar Sekunden wie gelähmt.

»Versprich mir, dass du das nicht noch mal versuchst!«

Tommy sah zu dem dunkelhaarigen Mädchen hinüber, das mit seiner Zigarette in der Hand am Küchentisch saß, und musste lächeln.

11

Ein Inferno aus Schnee war in der Nacht über die Stadt gekommen. Sie verstand dieses Land nicht, und noch weniger die Natur hier oben im Norden. Gestern, als sie zu Bett gegangen war, schien noch der Frühling im Anmarsch gewesen zu sein. Doch als sie dann morgens wach wurde, waren schon zwanzig Zentimeter Schnee gefallen, vielleicht sogar mehr. Der weiße Teppich dämpfte alle Geräusche, als befände sie sich mit einem Mal in einem Paralleluniversum. Auf einem weißen Planeten, auf dem die Menschen auf Skiern in die Stadt liefen und die wenigen noch verkehrenden Autos keine Geräusche machten.

Nachdem sie nackt am Fenster gestanden und die U-Bahn hinter den verschneiten Birken vorbeifahren gesehen hatte, war sie wieder ins Bett gegangen. Sie hatte nur noch eine halbe Stunde bis zum Beginn der Vorlesungen, das schaffte sie ohnehin nicht. Ihr Mitbewohner, ein Idiot, der Mathematik studierte und nie eine Frau finden würde, stand unter der Dusche. Sie schlief bei dem Geräusch des laufenden Wassers ein. Als sie wieder aufwachte, war es bereits zwölf Uhr, und ihr Kater hatte sich ein wenig verzogen.

Eine ganze Weile fixierte sie das Wasserglas auf ihrem Nachtschränkchen. Sie konnte sich nicht daran erinnern, es in der Nacht gefüllt zu haben. Für einen Moment entglitt ihr, was in den letzten Tagen passiert war. Sie wusste nur, dass der Anblick des Wassers sie an die Schwimmhalle im Prenzlauer Berg erinnerte, an das Stadtbad Mitte oder an die unzähligen Bäder in den anderen Städten. Leipzig, Dresden, Karl-Marx-Stadt und und und. Nur die Götter wussten, wie viele sie davon schon zu Gesicht bekommen hatte. Wenn sie die Augen schloss, sah sie ihren Körper eintauchen, drei, vier Züge unter Wasser machen und dann wieder an die Oberfläche kommen. Sie schwamm wie eine Maschine, atmete ins Wasser, legte den Kopf zur Seite und sog den Sauerstoff in ihre Lungen. Und am Ende der Bahnen spürte sie das Brennen in ihrem Körper, das Schmerzen der Nasenflügel von der viel zu engen Klammer und das Chlor, das ihre Augen reizte. Und dann sah sie Magdalena, die immer bei ihr war, bei jedem Training, unter den Arkaden im Prenzlauer Berg, im Schneidersitz am Rand des hellen Beckens im Stadtbad Mitte oder in der klaustrophobisch niedrigen Halle auf der Fischerinsel.

Das Einzige, was ihr von ihrer Schwester geblieben war, war das kleine Schulfoto, das sie in ihrer Tasche gehabt hatte, als sie aus dem Munchmuseum davongelaufen war. Sie stemmte sich auf die Ellenbogen hoch und öffnete die Schublade des Nachtschränkchens. Dort lag das Foto der Schwester zusammen mit dem einzigen Brief, den sie je von ihr bekommen hatte. Sie hatte ihn ein paar Monate nach ihrer Flucht geschrieben und an ihre Verwandten in Westdeutschland geschickt:

Ich hoffe, es geht dir gut.
Ich denke jeden Tag an dich,
Magda.

Das war alles, aber sie hatte den Brief mit einer Zeichnung ergänzt. Ein großes und ein kleines Mädchen, beide in formlosen DDR-Kleidern aus irgendeinem Kunststoff, der die Haare elektrisch auflud. Die kleine Magda mit Zöpfen, Christel mit der kurzen Jungsfrisur, die alle Schwimmerinnen haben mussten. Dabei hatte sie ihre Haare im letzten Jahr in der DDR wachsen lassen, vielleicht eine Art Vorwarnung vor dem, was geschehen sollte. Der Brief war so typisch für Magdalena, sie machte niemandem Vorwürfe, war nie sauer oder traurig. Magda war damals dreizehn gewesen. Heute wurde sie fünfzehn. Christel hatte ihr einen Brief geschrieben und ein Päckchen geschickt, aber nie eine Antwort erhalten. Weder von der Schwester noch von den Eltern. Nichts. Es war wohl wirklich so, wie ihr Onkel es in jener Nacht gesagt hatte.

Die Stasi musste Magda genötigt haben, diesen Brief zu schreiben. Möglicherweise wussten die Eltern gar nichts davon. Ja, dachte sie, bestimmt hatte irgendein hässlicher Stasispitzel mit Pottfrisur Magda gezwungen, dieses Bild von ihnen beiden zu malen.

Ich sollte zu Hause sein, nicht hier. Wovon träume ich eigentlich? Von Freiheit? Einem Mann namens Bjørn?

Sie war frei, konnte mit dieser Freiheit aber nichts anfangen.

Nichts, dachte sie. Nur das totale Schweigen. Ihre Tante und ihr Onkel waren auch nicht glücklich gewesen, als sie plötzlich bei ihnen aufgetaucht war. Sie wollten keine Schwierigkeiten bekommen, sagten sie, und aus ihren Gesichtern hatte Verzweiflung gesprochen, als sie sie in Kiel abgeholt hatten. Keine Freude. Als verdächtigten sie sie, im Auftrag der Hauptverwaltung Aufklärung zu handeln, persönlich ausgesandt von Markus Wolf. Dass so etwas durchaus vorkam, begriffen sie nur wenige Monate später, als Günter Guillaume enttarnt wurde. »Dich hat wirklich niemand geschickt?«, fragte Onkel Dieter. Er war vor dem Mauerbau nach Westberlin gezogen und dann ein paar Jahre später nach Lippstadt. Er war kein Flüchtling im eigentlichen Sinne und wollte auch nicht als Flüchtling betrachtet werden. Christel hatte gesagt, dass sie nicht einmal wisse, wovon er rede. Dasselbe hatte sie bei den vier Tage andauernden Verhören der westdeutschen Sicherheitspolizei gesagt. Sie war in Kiel kaum von Bord des Schiffes gegangen, als sie auch schon in

Gewahrsam genommen worden war. Tagelang hatte sie unter Hausarrest gestanden und war in dieser Zeit immer wieder dasselbe gefragt worden: Warum bist du geflohen? Warum war nur ein Stasi-Offizier mit auf der Reise nach Oslo? Wie lauten die Namen deiner besten Freunde? Erzähl uns noch einmal, wie deine Flucht abgelaufen ist. In ihren Gesichtern hatte dabei die Frage gestanden, wie ein junges Mädchen wie sie das nur hatte schaffen können.

Schon wenige Wochen nach ihrer Flucht bereute sie alles, aber da war es zu spät. Sie konnte nicht wieder nach Hause. Oder vielleicht doch? Sie hatte ihrem Onkel diese Frage gestellt, nachdem sie zwei Monate bei ihnen in Lippstadt gewohnt hatte, und seine Antwort hatte sie nach ihrem Schulabschluss im Jahr zuvor beinahe direkt hierher nach Norwegen gebracht. Daraus war nämlich klar geworden, dass sie bei ihren Verwandten nicht erwünscht war. Zwischen den Zeilen hatte immer die Angst gestanden, dass sie seiner Karriere in einer Zulieferfirma für Autoteile im Weg stand, einer Karriere, an der er schon arbeitete, seit er in den Sechzigerjahren Berlin verlassen hatte. »Wieder nach Hause?«, hatte der Onkel gefragt, gefolgt von einem resignierten Lächeln. »Es gibt dich nicht mehr, Christel. Dein Name ist aus allen Registern gelöscht worden, du hast nie an irgendeinem Schwimmwettkampf teilgenommen, alle Medaillen sind dir aberkannt worden. Deine Eltern werden Tag und Nacht überwacht. Sie werden ihre Arbeit verlieren, wenn sie sie nicht bereits verloren haben. Und Magda? Magda muss sich vor die gesamte Klasse stellen und allen erzählen, was für eine schreckliche Verräterin du bist. Sie hat keine Aussicht auf einen Studienplatz oder Bildung, sie ist die Schande der Schule, Christel. Deine Familie wird niemals Auto oder Telefon bekommen, und Fernsehen und Radio sind sicher auch längst beschlagnahmt worden. Deine Tante und ich können deine Eltern nie wieder besuchen, wir können uns nicht einmal schreiben. Da ist nichts mehr, verstehst du? Nichts. Solltest du wirklich zurückkehren, wartet da nur ein Ort auf dich: das Gefängnis.«

Als Willy Brandt im Mai zurücktreten musste, schien sie mit einem Schlag auch selbst wieder unter Verdacht geraten zu sein. Die Paranoia verbreitete sich wie ein Gift, niemand sagte etwas, aber sie spürte das Unausgesprochene mehr als deutlich: Konnte man ihr vertrauen, ja, durfte man in Westdeutschland überhaupt irgendjemandem aus Ostdeutschland trauen?

Onkel Dieters Worte klangen ihr noch immer in den Ohren.

Da ist nichts mehr.

Nur die Stille, dachte sie, diese verfluchte Stille. Sie streckte sich nach ein paar Schallplatten aus, die auf dem Boden verstreut waren. Bob Dylans *Blonde on Blonde, vol. 1.*, eine von Arvids Lieblingsplatten. Hatte sie sich die angehört, als sie in der Nacht nach Hause gekommen war? Sie konnte sich nicht erinnern.

Sie war bei Arvid geblieben, nachdem die anderen gegangen waren. Sie hatten sich erst eine und dann wohl auch noch eine zweite Flasche Wein geteilt. Dass er sie so gerne bei sich haben wollte, lag nicht nur an ihrem Interesse für Politik. Aber es war nichts geschehen. Mein Gott, dachte sie. Hatte sie ihm von Bjørn erzählt? Sie erinnerte sich nur vage, war sich aber trotzdem ziemlich sicher. Warum, wusste sie nicht. Hatte sie vermeiden wollen, dass zwischen Arvid und ihr etwas passierte? Oder war sie wirklich im Begriff, sich in Bjørn zu verlieben – nach nur zehn Minuten Gespräch? Womöglich war sie wirklich in den konservativen Bjørn verliebt, und Arvid hatte das bemerkt. Auf jeden Fall hatte er sich mit einem Mal sehr für Bjørn interessiert, als wäre er eifersüchtig. *Erzähl mir von ihm*, hatte er gesagt. *Erzähl mir von Bjørn.*

Oh mein Gott, dachte sie und versuchte die Erinnerungen zu verdrängen. Was hatte sie Arvid über Bjørn gesagt? Sie wusste doch nichts über ihn, sah man einmal davon ab, dass er älter und verheiratet war. Alles andere waren nur Annahmen: Sie *glaubte*, dass er möglicherweise im Militär arbeitete, vielleicht als Offizier, dass er die Rechten wählte, Geld hatte und aus einer alten, angesehenen Familie stammte.

Sie ließ ihren Blick durch die spartanisch eingerichtete Studentenbude schweifen und ein Gedanke materialisierte sich: Was mache ich hier eigentlich? Für einen Moment erschien ihr alles um sie herum vollkommen fremd. Sie dachte an Arvid und daran, was er über seine letzte Reise nach Griechenland erzählt hatte. Über das Gefängnis in Athen, zu dem er sich tatsächlich Zutritt hatte verschaffen können, wenn sie seinen Worten denn glauben konnte. Seine Kamera und sein Aufnahmegerät waren angeblich von den Faschisten zerstört worden.

Er hatte ziemlich dick aufgetragen, vermutlich in der Hoffnung, dass sie im Laufe des Abends doch noch in seinem Bett landete. Aber so dumm war sie nicht. Nicht mehr.

Sie döste wieder ein und träumte von Berlin. Vom »Tränenpalast« am Bahnhof Friedrichstraße und wie sie und Magda ihre Tante und ihren Onkel dorthin begleiteten, bevor die Grenzer ihre Sachen und Ausweise kontrollierten. Wie nervös sie in diesen Momenten immer gewesen war, als könnten die Soldaten in sie hineinsehen oder wie Raubtiere die Furcht wittern, die sie empfand. Hatte sie Angst gehabt, Onkel und Tante könnten aufgehalten werden? Oder hatte sie sich das sogar gewünscht?

Im nächsten Augenblick war es dunkel und sie rannte, wie sie immer rannte. Sie warf die Tasche weg und hörte die

Schritte und das Rufen hinter sich. Manfred: »Denk an deine Familie.« Sie zerrte an den Gittern der westdeutschen Botschaft, als wäre sie eine RAF-Terroristin.

Als ein Räumfahrzeug über die Straße rumpelte, wurde sie abrupt aus ihren Träumen gerissen, und die Panik schwand langsam aus ihrem Körper.

Was, wenn es nicht gut gegangen wäre?

Sie nahm ihre Armbanduhr und stellte fest, dass es bereits halb eins war. Sie sollte noch ein bisschen arbeiten, Ende Mai hatte sie ihr erstes Examen. Es reichte kaum aus, Mitglied des sozialdemokratischen Studentenverbandes zu sein, wenn sie hier in diesem Land irgendwann einen Job finden wollte.

Dann dachte sie wieder an Arvid.

Warum hatte er sich derart für Bjørn interessiert? War er wirklich so eifersüchtig? Sie wollte Bjørn doch nur treffen. Wenn es denn überhaupt zu einem Treffen käme, korrigierte sie sich selbst.

Sie verfluchte den Gedanken, dass Arvid in sie verliebt sein könnte. Das Letzte, was sie jetzt brauchen konnte, war eine Dreiecksgeschichte.

Als sie schließlich aufstand, fiel ihr Blick in den Spiegel, der an der Wand hing.

Mit meinem Körper habe ich wirklich Glück, dachte sie und strich sich über die Brüste und den straffen, flachen Bauch bis hinunter zu ihren wild wuchernden schwarzen Schamhaaren.

Wenn es das war, was Bjørn wollte, würde sie es ihm geben.

Die Welt war einfach. Und gleichzeitig so verdammt kompliziert.

Nachdem sie in der unaufgeräumten Küche gefrühstückt hatte – sie war die Einzige, die dort einmal abwusch –, fuhr sie hinauf zum Hallenbad an der Sporthochschule. Nach fünfzig Bahnen war der schlimmste Kater vorbei, trotzdem weinte sie unter der Dusche. Sie wusste nicht einmal, warum. Ein Mädchen in der Halle hatte sie an Magda erinnert, aber eigentlich ließ jedes jüngere Mädchen im Schwimmbad sie an Magda denken. Dabei erinnerte sie sich kaum noch an die Stimme ihrer Schwester. Hatte sie wirklich ihretwegen geweint? Oder wegen Bjørn? Sie wusste ganz genau, dass sie jemanden wie ihn wollte, einen Mann, der sie aus der Sinnlosigkeit des Lebens rettete, das sie führte, jemanden, der die Stille durchbrach, die Leere zwischen den Menschen, die sie umgaben.

Und ausgerechnet er war schon verheiratet.

Es war stockdunkel, als sie die Treppe nach oben zur Bahn nahm. Zur Sicherheit warf sie einen Blick auf ihre Armbanduhr, aber sie hatte noch reichlich Zeit. Was, wenn Bjørn tatsächlich auftauchte und sie noch nicht da war? Wie naiv bist du eigentlich?, dachte sie, Arvid hat wirklich recht, wenn er sagt: *Die Welt ist brutal, und du bist zu naiv.* Er würde nicht kommen. Natürlich würde Bjørn nicht kommen.

Sie spielte in Gedanken das kindliche Er-liebt-mich-er-liebt-mich-nicht, als die Bahn in den Bahnhof Tåsen einfuhr. Aus irgendeinem Grund hatte sie das Gefühl, als beobachte sie jemand.

Sie nahm ihren Blick vom Spiegelbild auf dem Fenster und sah sich um. Der Waggon war nur halb voll, sodass sie sich schnell einen Überblick verschaffen konnte. Die Türen öffneten sich und ein älteres Paar stieg in den Zug, die beiden sahen aus, als wollten sie ins Restaurant oder ins Theater. Christel versuchte diskret, die zwanzig bis fünfundzwanzig Passagiere zu taxieren, die im Wagen saßen.

Ganz hinten in der letzten Reihe saß ein Mann, der sie tatsächlich anstarrte. Sie wusste sofort, dass dieser Mann sie beobachtete, trotz oder gerade weil er sich jetzt lässig in seine

Zeitung vertiefte, als wäre sie die unwichtigste Person im Zug. Sie warf rasch noch einen Blick aus dem Fenster. Bestimmt nur Einbildung, dachte sie, um sich dann gleich zu korrigieren: Wen willst du eigentlich täuschen? Aber er war nicht aus Ostdeutschland, das entnahm sie seinen Kleidern. Menschen aus Ostdeutschland erkannte sie aus einem Kilometer Abstand, wie Zirkusclowns. Sie wussten einfach nicht, wie man sich im Westen kleidete.

Nein, dachte sie. War er Norweger?

Vielleicht.

Oder doch ein Ostdeutscher? Hatten sie sie doch noch gefunden? Aber warum jetzt?

Sie blieb den Rest der Strecke bis nach Majorstua sitzen und starrte still vor sich hin. Am Bahnhof Blindern stiegen viele Studenten zu, sodass die Bahn von einer Sekunde auf die andere übervoll war. Ihr Aufpasser konnte sie nicht mehr sehen, außer er kam näher, aber dann hätte er sich selbst verraten.

Christel wartete, bis der Zug im Bahnhof Majorstua stand, ehe sie abrupt aufsprang und mit schnellen Schritten zur Tür ging. Sie hatte die Kapuze der billigen Daunenjacke aufgesetzt, auch wenn das ihre Frisur kaputtmachte. Ohne sich zur Seite zu drehen, trat sie auf den schneebedeckten Bahnsteig und bahnte sich unhöflich einen Weg durch die wartenden Menschen. Erst nachdem sie ein paar Meter in Richtung Majorstuhuset gegangen war, blieb sie stehen. Die Menschen strömten zu beiden Seiten an ihr vorbei, sie drehte sich aber noch immer nicht um. »Achtung, Türen schließen«, diese drei Worte der Freiheit drangen von links zu ihr. Gleich darauf setzte die Bahn sich in Bewegung. Sie blieb regungslos stehen, während die Waggons mit den hell erleuchteten Fenstern an ihr vorbeizogen.

Durch die Fensterscheibe des hintersten Waggons sah sie,

dass der Mann noch im Zug war. Erst jetzt erkannte sie die slawischen Züge in seinem Gesicht, er sah ein bisschen so aus wie all die Russen in Ostberlin.

Dann drehte er sich zu ihr um, als wollte er sagen: »Glaubst du wirklich, dass du vor mir davonlaufen kannst?«

Oktober 2016

12

Tommy parkte den gemieteten Ford Fiesta und zündete sich eine Zigarette an, unsicher, ob das nun die letzte des Vortages oder die erste des neuen Tages war. Als es zu regnen begann, schlüpfte er unter das Vordach der modernen Kirche von Son. Er war in einem Vorort der Stadt, wo es leer und still war, sah man einmal von dem Regen ab, der auf den Boden klatschte. Also, was erwartete ihn? Das enorme Haus von Martin Kleive lag vollkommen dunkel da, ebenso das Nachbarhaus, eine alte Villa im Schweizerstil schräg gegenüber der Kirche. Das Problem war das monströse Spa-Hotel unterhalb von Kleives modernistischer Villa aus Glas und Beton. Tommy warf die halb gerauchte Zigarette weg und überquerte die Straße. Unten kam ein Auto zum Vorschein. Er trat dicht an den Zaun heran, der Kleives Nachbargrundstück begrenzte, und zog sich die Schirmmütze in die Augen. Im Schutz der dichten Laubbäume und der am Rand geparkten Autos sollte er kaum zu sehen sein. Auf jeden Fall nicht sein Gesicht.

Kleives Grundstück war zur Straße hin vollkommen offen, es gab weder Zaun noch Hecke. Wer wollte, konnte direkt in den Garten des Gründers von MK Projekt laufen. Tommy betrat so beiläufig wie nur möglich Kleives Einfahrt. An der Fassade des Hauses waren keine Kameras zu erkennen. Auch über der Doppelgarage war nichts zu sehen.

Neben der Eingangstür wies ein kleines Schild darauf hin, dass das Haus mit einem Alarmsystem der Firma Barracuda ausgestattet war. Tommy war darüber bereits informiert, Jan Amundsen hatte ihn in die Details eingeweiht. Barracuda garantierte, in fünfzehn Minuten vor Ort zu sein, und die Sicherheitsfirma war bekannt dafür, dieses Versprechen auch zu halten.

Er ging zur Rückseite des Hauses, wo die großen Laubbäume auf dem Nachbargrundstück ihn vor dem kräftigen Regen schützten. An der Schmalseite des Gebäudes fand er die ideale Stelle für den geplanten Einbruch. Eine Terrassentür führte in ein Zimmer im Souterrain, das allem Anschein nach als Büro genutzt wurde. Perfekt, dachte er, drehte sich noch einmal um die eigene Achse und ging dann das Wagnis ein, seine kleine Maglite anzuknipsen. Bei dem Türglas schien es sich sogar um normales Fensterglas zu handeln. Kleive schien sich um seine Sicherheit kaum Gedanken zu machen. Als alter U-Boot-Offizier war er vermutlich Schlimmeres als simple Einbrüche gewohnt. Er stand damit ziemlich allein, denn wer in diesem Land wirklich Geld hatte, sicherte sein Grundstück häufig bereits mit professionellem Perimeterschutz, Laserzäunen und weiß Gott was für anderen neumodischen Sachen, um seine irdischen Güter zu sichern. Martin Kleive schien eher von der alten Schule zu sein. Oder er hatte keine Geheimnisse oder nichts Wertvolles zu stehlen. Tommy würden eine nasse Zeitung und ein Hammer reichen, um ins Haus zu kommen. Werkzeuge, wie sie schon genutzt worden waren, bevor er selbst bei der Polizei begonnen hatte.

Drei Stunden später war er zurück. Er trug dieselben Klamotten, hatte jetzt aber eine Sturmhaube aufgesetzt und einen schwarzen Rucksack auf dem Rücken.

Er nahm denselben Weg wie zuvor, bewegte sich dieses Mal aber mit mehr Tempo und Sicherheit. Der Regen hatte aufgehört, dafür war es windiger geworden, sodass die Wolkendecke jederzeit aufbrechen konnte, was bei dem Vollmond sehr ungünstig gewesen wäre.

Er warf einen Blick zu den Hotelzimmern unterhalb des Hauses. In dreien davon brannte noch Licht. Sicher eines dieser Hotels, die von Konferenzgästen lebten. Im schlimmsten Fall hatten einige der Gäste vergessen, die Vorhänge zuzuziehen. Aber vielleicht hatten sie ja andere Dinge zu tun, schließlich kam es nicht selten vor, dass diese Konferenzen für den ein oder anderen Seitensprung genutzt wurden.

Tommy drückte die nasse Zeitung auf das Glas und schlug mit dem Hammer ein paarmal zu. Dann steckte er die Hand durch die kaputte Scheibe und öffnete die Verandatür von innen.

Auf den Platten der Terrasse streute er ein paar Krähenfüße aus, ebenso auf der Treppe, über die die Wachleute nach unten kommen würden, sollten sie sich aus dem Hinterhalt nähern. Die Zacken waren lang genug, um durch die Sohle eines Stiefels zu dringen.

Er betrat den Raum und blieb eine Weile lauschend stehen. Jan Amundsen hatte ihm garantiert, dass Kleive auf der Jagd in Finnskogen war und seine Frau eine Woche Ferien in den USA machte. Die Angaben schienen zu stimmen. Andererseits war bislang nur das Klirren des Glases zu hören gewesen. Zur Sicherheit hatte er eine der verbotenen Elektroschockpistolen in der Tasche. Man wusste ja nie, was bei einem derartigen Auftrag passieren konnte.

Er sah auf seine Armbanduhr und konstatierte, dass er

exakt um halb vier das Grundstück verlassen haben musste. Den Fluchtweg hatte er ausgekundschaftet: erst nach unten in Richtung Fjord und dann in südlicher Richtung durch die dichte Vegetation. Das Auto hatte er dieses Mal unten am Wasser geparkt, etwa zehn Minuten entfernt von Kleives Haus.

Er ließ den Schein der Taschenlampe durch das Arbeitszimmer schweifen. Der Raum war groß, sicher zwanzig bis dreißig Quadratmeter. Teure, moderne Kunst an den Wänden. Des Weiteren konnte er Archivschränke und Regale mit Büchern und Aktenordnern sowie einen Safe ausmachen. An einer Seite des Raumes zweigte eine Tür ab, die vermutlich in einen Flur führte. Er schaltete das Licht aus, trat rasch an den Schreibtisch und wischte die Papiere, die darauf lagen, auf den Boden, als suchte er nach etwas. Dann nahm er die Brechstange aus dem Rucksack und brach den Archivschrank auf: die zwei furnierten Türen gaben sofort nach. Er wühlte in den Schränken herum und warf einige lose Zettel und ein paar Ordner auf den Boden.

Sollten Sie Tagebücher oder Briefe finden? Amundsen hatte doch so etwas gesagt, oder?

Briefe von wem?, fragte Tommy sich.

Von Christel Heinze?

Als er sich den Regalen zuwenden wollte, hörte er irgendwo im Haus ein Geräusch. Er drehte sich um und richtete seinen Blick auf die Verandatür mit dem kaputten Glas. Dann hob er den Kopf und warf einen Blick auf den Sensor an der Wand. Die kleine Diode strahlte ihm feuerrot entgegen. Der stille Alarm war längst ausgelöst worden. Er sah auf seine Uhr, als er ein weiteres Geräusch hörte. Dieses Mal von draußen. Er drehte sich rasch zu der Tür, von der er annahm, dass sie auf einen Flur führte, sah dann aber noch einmal zur Veranda, als witterte er bereits das Tier. Obwohl es draußen dunkel war, glaubte er einen Schäferhund erkennen zu können. Vielleicht irrte er sich aber auch. Nein, das war ein Schäferhund, aber statt zu bellen, begann der Hund jämmerlich zu winseln.

Amateur, dachte Tommy über den Wachmann, der dem Hund zu folgen schien. Scherben oder Krähenfüße, dem Geräusch nach musste der Hund sich irgendetwas eingetreten haben.

Dann sah er den Lichtstrahl einer Taschenlampe schräg auf die Verandatür fallen, als Nächstes würde sicher auch noch der Wachmann in eine dieser Stahlkrampen treten.

Aber schnell waren sie, dachte er, das musste er ihnen lassen. Wenn der Hund nur zu winseln aufhören würde.

Sollte Susanne jemals herausfinden, dass er einem Hund derartige Schmerzen zugefügt hatte, würde sie ihn auf der Stelle verlassen.

Wie durch ein Wunder steckte in der Tür, die nach links aus dem Raum führte, ein Schlüssel.

Er hörte das Funkgerät des Wachmanns knacken. Zwei schnelle Schritte und er hatte die Tür zum Flur geöffnet. Den Schlüssel nahm er mit, bevor er die Tür leise wieder schloss. Der Hund winselte noch immer. Aber das sollte für einen Tierarzt keine große Sache sein.

Er war bereits im Erdgeschoss, als er das Klopfen unten im Büro hörte. Er öffnete das Küchenfenster, sprang auf der rückwärtigen Seite des Hauses nach draußen und ging ruhig auf das Auto des Wachmanns zu, das draußen auf der Straße parkte. Er stieß sein Messer in den hinteren Reifen, bevor er sich mit raschen Schritten über den Bürgersteig entfernte. Als er Kleives Nachbarhaus passiert hatte, beschleunigte er seine Schritte. Dreißig Meter weiter drehte er sich noch einmal um, aber es war niemand zu sehen.

Er schlüpfte in den Wald und folgte dem Weg, der zum Parkplatz mit seinem Wagen führte.

Als er nach Hause kam, begegnete ihm der Zeitungsbote, ein Afrikaner, der ihn sicher nicht verdächtigen würde, 50 Kilometer weiter südlich einen Einbruch begangen zu haben.

Bulle gab ein leises Knurren von sich, als er die Tür öffnete, sodass Tommy sich hinhockte und den Hund an seiner Hand schnuppern ließ. Für einen Moment wirkte es so, als hätte Bulle gewittert, dass Tommy einen seiner Artgenossen verletzt hatte, aber dann ließ er ihn doch in die Wohnung.

»Nein, wir gehen jetzt nicht raus«, sagte Tommy. »Es ist fünf Uhr morgens, verstehst du?« Er hielt dem Bullterrier fünf Finger hin, der ihn noch immer skeptisch musterte, als wäre er sich nicht ganz sicher, dass dieser Mann wirklich in die Wohnung gehörte.

Tommy ging über den Flur. Bulle folgte ihm, bog dann aber in Matheas Zimmer ab und sprang auf ihr Bett. Das Mädchen zog die Decke über sich und murmelte etwas, einen Männernamen, den er bislang noch nicht gehört hatte. Wenn es nach Tommy ginge, würde Bulle noch ein paar Jahre das einzige männliche Wesen bleiben, mit dem Mathea ihr Bett teilte. Der Hund legte sich halb auf sie und schien augenblicklich einzuschlafen.

Tommy streckte sich auf dem Sofa aus, um Susanne nicht zu wecken, die früh am nächsten Morgen ins Gericht musste.

Bis halb sechs hielt ihn das Adrenalin wach. Er tastete seinen Puls, aber der war normal. Während der gesamten Operation, wie Amundsen den Einbruch bezeichnet hatte, hatte er eigentlich nie befürchtet, nicht rechtzeitig wieder wegzukommen. Nicht einmal, als er draußen den Wachmann mit Hund gehört hatte. Nein, was ihn quälte, war etwas anderes.

Und dieses andere wollte nicht lockerlassen:

Warum war er bei Martin Kleive eingebrochen? Klar, es ging um einen Vorwand, um mit ihm sprechen zu können. Das war glaubhaft. Kleive wohnte in Tommys Polizeibezirk.

Aber warum? Kleive musste etwas mit Heinze zu tun haben. Anders konnte es nicht sein.

Tommy war in das Leben eines anderen eingebrochen, ohne wirklich zu wissen, warum. Dieser Gedanke quälte ihn mehr, als er erwartet hatte.

Er brauchte es gar nicht zu versuchen, Jan Amundsen zu erreichen. Dieser Kontakt funktionierte immer nur in einer Richtung und ihre wenigen Gespräche waren ausnahmslos Monologe von Amundsen gewesen.

Es dauerte ein paar Minuten, bis ihm bewusst wurde, was ihm an Kleives Werdegang aufgefallen war. Warum war er nicht früher darauf gekommen? Hatte ihn Amundsen derart eingeschüchtert?

»U-Boote«, sagte er leise vor sich hin. »Natürlich.«

Martin Kleive hatte bei der Beschaffung der U-Boote in den Siebziger- und Achtzigerjahren eine zentrale Rolle im Militär gespielt.

Er ging mit schnellen Schritten ins Wohnzimmer, schaltete seinen Computer ein und tippte *U-Boot Klasse 210* ins Suchfeld.

Die Produktion der Bootsklasse 210 fand in Deutschland statt, gefertigt wurden sie bei den Thyssen Nordseewerken in Emden.

Kleive hatte bei der Anschaffung die Federführung gehabt.

Tommy las das wenige, das dort über die U-Boote stand. Nicht nur die Boote waren in Deutschland entworfen und gefertigt worden, sondern auch viele der Bordsysteme.

Als die U-Boote in Betrieb genommen wurden, war die Klasse 210 die einzige Bootsklasse der NATO, deren Schiffe Feinde nur mithilfe passiver Sensoren angreifen konnten.

Und Christel Heinze hatte in einem deutschen Handelskontor gearbeitet. Vielleicht war dieses Kontor bei den Kaufverhandlungen involviert gewesen. Waren sich Kleive und Heinze dabei begegnet?

Tommy erinnerte sich an den Artikel in der Aftenposten und an Christel Heinzes Blick. Sie hatte einen Mann ins Verderben stürzen können, da war er sich ganz sicher.

Hatte Kleive sie womöglich getötet?

März 1975

13

Der große Saal des Studentenhauses war nur zur Hälfte gefüllt. Christel Heinze hielt nach bekannten Gesichtern Ausschau, fand aber niemanden. Sie war fünf Minuten zu spät und nahm ganz hinten links Platz, auf der Seite, die auch »Rote Front« genannt wurde. Die rechte Seite war der Konservativen Studentenvereinigung vorbehalten. Dort durfte sie nicht sitzen.

Unten auf der Bühne herrschte totales Chaos, aber es ging ja auch um Anarchismus, vielleicht sollte das also so sein. Ein Techniker versuchte, das Mikrofon an einem Rednerpult auszutauschen, während ein paar überzeugte Anarchisten auf der Bühne hin und her rannten. Das Publikum war unruhig, alle redeten durcheinander, was ihr guttat und ihr die fehlende Sicherheit zurückgab. Immerhin hatte sie noch vor wenigen Minuten vor dem Tabakladen am Majorstuhuset gestanden und das Gesicht jedes einzelnen Passanten gemustert, der in Richtung Valkyriegata ging. Auch die vorbeifahrenden Autos hatte sie zu taxieren versucht.

Die nächste Haltestelle nach Majorstua war Valkyrie plass, und sie fürchtete, der Russe könne dort ausgestiegen und zurück zum Studentenhaus gegangen sein. Vielleicht wusste er ja, wohin sie wollte. Womöglich war er auch von einem

Diplomatenfahrzeug aufgegabelt worden, mit dem sie nun die Viertel rund um Majorstua nach ihr absuchten.

Werd jetzt bloß nicht paranoid, hatte sie sich eingeschärft, als sie vor dem Tabakladen gestanden hatte. Aber das war leichter gesagt als getan, denn in Anbetracht des Mannes im Zug fühlte sie sich wirklich verfolgt. Und nicht nur das, sie war überzeugt davon, dass ihr Leben nie wieder so sein würde wie zuvor und sie vielleicht sogar nach Berlin zurückkehren musste. Andererseits wäre ein solcher Gang nach Canossa vielleicht die Lösung. Auch wenn sie dann die öffentliche Demütigung vor den Jungpionieren ertragen musste, um ein abschreckendes Beispiel zu geben.

Dabei hatte sie einmal als beste Russischschülerin das Abzeichen für gute Arbeit in der Schule bekommen.

Wir Jungpioniere lieben unsere Eltern, lautete das zweite Gebot der Jungpioniere. Thälmann selbst wusste, dass sie dieses Gebot gebrochen hatte. Nun hatten sie sie also gefunden, dachte sie, erstaunlich nur, dass es so lange gedauert hatte.

»So«, sagte der Techniker unten auf der Bühne. »Eins, zwei, eins, zwei.«

Seine angenehme Stimme ließ sie ruhiger werden.

Der Mann aus der Bahn war nicht wieder aufgetaucht, aber wie sicher durfte sie sich sein? Vielleicht war er ihr nur nicht bis ins Studentenhaus gefolgt.

»Hallo!«, hörte sie eine Stimme links neben sich.

Sie erstarrte und wandte ihren Blick nicht von der Bühne ab.

»Ist was passiert?«

Sie drehte den Kopf, sah direkt in Bjørns Gesicht und versuchte zu verbergen, dass sie für einen Moment geglaubt hatte, er sei der Mann aus der Bahn.

»Nein.« Sie drückte den Sitz neben sich nach unten, sodass er Platz nehmen konnte.

»Haben sie noch nicht angefangen?«, fragte Bjørn und sah demonstrativ auf seine Armbanduhr.

Christel schüttelte den Kopf und spürte, wie warm ihr wurde. Der Pullover mit dem hohen Kragen pikste sie überall, ausziehen konnte sie ihn aber auch nicht, da sie darunter nur ein dünnes Unterhemd trug.

»Ich hätte nicht gedacht, dass du kommst«, sagte sie.

»Ich auch nicht.«

Sie begann zu lachen, erst leise, dann ziemlich laut.

Er nahm kurz ihre Hand, ließ sie wieder los. Sie drehte sich zu ihm und sog seinen Duft ein, wagte es aber nicht, ihm in die Augen zu sehen. Sein Lächeln wirkte sicher, er strahlte genau die Ruhe aus, die sie jetzt brauchte.

Einer der Anarchisten unten auf der Bühne begann zu reden, es klang allerdings so, als hätte er sich vorher keinerlei Gedanken gemacht, was er sagen wollte.

Nach ein paar Minuten legte sie ihre Hand auf seine.

Vielleicht wirkte das wie eine verzweifelte Geste, aber was sollte sie tun? Sie *war* verzweifelt.

Er schüttelte den Kopf, aber nur wegen dem, was unten auf der Bühne gesagt wurde.

»Sollen wir gehen?«, fragte sie.

Er fuhr sie zu einem Chinarestaurant am nördlichen Stadtrand. Dort erfuhr sie, was sie eigentlich gar nicht wissen wollte: Bjørn war verheiratet, hatte zwei Kinder, führte ein gutes Leben und liebte seine Arbeit. Er war wirklich konservativ.

Christel hielt an ihrer Lüge fest.

Trotzdem kam er mit zu ihr.

Sie hätten bei diesem ersten Mal nicht miteinander schlafen müssen, sie kannten einander kaum, und eigentlich sah ihr das gar nicht ähnlich. Trotzdem fühlte es sich wie die natürlichste Sache der Welt an.

Am Morgen danach kam die große Leere. Er rauchte bei offenem Fenster eine Zigarette. Die Luft war kalt, es war erst halb sieben. Christel hatte einen schrecklichen Kater und ertrug den Gedanken nicht, dass er sie allein lassen würde.

Er nahm das Foto von Magdalena, das auf ihrem Nachtschränkchen lag, und studierte es, ohne etwas zu sagen. Sie hatte vorgegeben, einen Bruder zu haben, der in Düsseldorf Medizin studierte. Ihre Eltern arbeiteten angeblich als Rechtsanwälte in Nürnberg. *Schicksalsträchtig, nicht wahr?*

Bjørn legte das Foto von Magdalena weg. Es wäre ihr lieber gewesen, er hätte es nicht gesehen. Nicht wegen des Märchens, das sie ihm am Abend zuvor erzählt hatte, sondern weil sie jetzt nicht an Magdalena denken wollte.

»Hast du wirklich zwei Kinder?«, fragte sie.

Er nickte.

»Ich habe sogar einen Hund.«

Einen Hund, dachte sie. Ich habe mir immer einen Hund gewünscht.

»Kannst du nicht noch ein bisschen bleiben?«

Er schüttelte den Kopf und zog den Gürtel stramm, ehe er sich mit der Hand durch die nassen Haare fuhr. Er roch nach der Seife ihres Mitbewohners, was ihr völlig absurd vorkam, da es kaum zwei unterschiedlichere Menschen als diese beiden gab.

»Wann sehe ich dich wieder?«

»Ich weiß es nicht. Bald.«

Als er gegangen war, zog sie sich die Decke über den Kopf und weinte.

Abends fand ein Vorstandstreffen des Studentenverbandes statt. Christel blieb, was sonst nie vorkam, während der gesamten Besprechung still. Ob nun deshalb, weil sie an den Russen denken musste oder weil sie noch immer das Gefühl hatte, Bjørn in sich zu spüren, wusste sie nicht. Sie war bis zum Campus in Blindern gelaufen und sie war sich sicher, dass ihr niemand gefolgt war. Aber jedes Mal, wenn sie sich mit der Hand über den Unterarm fuhr, sich im Nacken kratzte oder mit den Fingern durchs Haar fuhr, war es so, als spürte sie Bjørns Finger.

Normalerweise sprudelte sie über vor Ideen, was manchmal recht anstrengend für die anderen sein konnte, dachte sie. Nachdem sie im vergangenen Frühjahr nach Norwegen gekommen war, hatte sie geglaubt, durch ihre offene Art schnell Kontakte zu bekommen. Heute wusste sie, dass dem nicht so war. Sie hatte Freunde, aber niemand war ihr so nah, wie ihr die Freunde zu Hause gewesen waren. Nicht selten dachte sie, dass die Norweger in ihr einen anstrengenden Eindringling sahen und im Grunde viel lieber mit anderen Norwegern zusammen gewesen wären. Mit jemandem, der aus dem paradiesischen Arbeiter- und Bauernstaat geflohen war, wollte auf jeden Fall niemand etwas zu tun haben. Sie hielten ihr Vorträge über den Imperialismus der USA, der die Welt in die Armut stürzte.

Was hätte sie ohne Arvid nur angestellt? Er schien der Einzige zu sein, der sie wirklich verstand.

»Du warst heute aber still«, sagte Arvid Storholt, als der Seminarraum sich geleert hatte. Christel musste die letzten Minuten vor sich hin geträumt haben. Ein Blick auf den Block vor ihr verriet ihr, dass sie eine Art Protokoll verfasst hatte, dabei konnte sie sich nicht einmal daran erinnern, etwas notiert zu haben. Angeblich hatte Arvid etwas über eine Sitzung des norwegischen Griechenlandkomitees gesagt, aber irgendwie ergaben die Worte, die sie sich notiert hatte, keinen Sinn.

Arvid setzte sich neben sie. Er sah erwachsen aus, wirklich erwachsen. Aber vielleicht waren das nur die Umstände.

Immerhin hatte er ihr gerade erst mitgeteilt, dass er einen Job im Außenministerium bekommen habe. Die Position als Leiter der Studentenverbindung würde er im nächsten Monat abgeben, sobald er seine Promotion abgeschlossen hätte.

»Warum warst du so still, meine Liebe?«

Christel schloss die Augen und ließ es zu, dass er ihr über die Haare streichelte. Manchmal tat ihr das einfach gut, als wäre er Vater und Mutter in einem. Er war der Einzige, den sie wirklich als Freund bezeichnen würde, weshalb sie immer aufgepasst hatte, dass es so blieb und nicht mehr daraus wurde. Und mittlerweile war es definitiv ausgeschlossen, ein Verhältnis mit Arvid anzufangen.

»Ich habe diesen Mann getroffen«, sagte sie. »Ich hab dir ja von ihm erzählt.« Sie stand auf und setzte sich auf die Fensterbank. Ein warmer Föhnwind kam durch das halb geöffnete Fenster. Gestern ein Meter Schnee, heute Frühlingsstimmung, als würde man am Eiskiosk unter den Linden in Berlin warten, Magdalena an der Hand, obwohl längst klar war, dass denen da vorne wieder einmal die Milch ausgegangen war, aus der sie das Eis machen konnten.

An der Humanistischen Fakultät auf der anderen Seite des Platzes hing eine Reihe von Bannern. Vietcong, PLO. Solidarität mit den Unterdrückten. Rote Front. Vermutlich dauerte es nicht mehr lang, bis die gesamte Universität aussah wie die Plattenbauten in der Karl-Marx-Allee am ersten Mai. Drapiert mit riesigen Bannern mit den Konterfeis von Marx, Engels und Lenin Seite an Seite. Es war nur eine Frage der Zeit, bis Saigon fiel, und wenn es wirklich so weit war, würde sie für eine gewisse Zeit verschwinden müssen, um dem Hohn zu entgehen.

»Du hast gestern von ihm gesprochen, Bjørn, oder?«, fragte Arvid Storholt. »Gratuliere, Christel. Ich hoffe, es wird etwas daraus.« Er sah aus, als meinte er das wirklich ehrlich.

»Ich war heute Nacht mit ihm zusammen, Arvid«, sagte sie. »Und ich habe Angst. Angst und Freude, alles zusammen.«

»Ich verstehe nicht, wie du das meinst. Wieso Angst?«

Arvid Storholt hatte die Füße auf den Tisch gelegt. Sie dachte, dass er wie ein Mann aussah, dem die Welt zu Füßen lag. Er war intelligent, charmant, wortgewandt und mutig. Wie hatte er es geschafft, derart gute Noten zu bekommen, wenn er doch die Hälfte der Zeit als freier Journalist für mehrere Zeitungen des Landes unterwegs war?

»Ist er Student oder hat er einen Job? Und hattest du recht mit deiner Annahme, dass er … Offizier ist? Einer aus dem Großbürgertum? Bring mich jetzt nicht zum Lachen.«

Arvid zog die Augenbrauen hoch und lachte über seinen eigenen Kommentar. Christel mochte es nicht, wenn er das tat. Diese dummen Scherze passten nicht zu seiner Persönlichkeit. Sie wusste nicht, ob er sich über sie lustig machte oder wirklich lustig zu sein versuchte.

»Du wirst es mir nicht glauben«, sagte sie. »Aber er hat mir gestern wirklich fast alles erzählt.«

Arvid Storholt schnitt eine Grimasse, als er die Geschichte hörte. »Hört sich nicht nach der Christel an, die ich kenne. Und dann auch noch *verheiratet.* Das wird nicht gut enden.«

»Als ich ihn das erste Mal gesehen habe … ich weiß ja auch nicht … das war wie …« Sie brachte den Satz nicht zu Ende. Was sie auch sagte, es hörte sich dumm an. Sie versuchte es trotzdem noch einmal, doch es ging nicht. Sie brachte kein Wort mehr heraus. Es fühlte sich an, als wäre sie erneut an einem Wendepunkt ihres Lebens, ebenso entscheidend wie damals im Museum. Denn sie wusste, dass sie nach Berlin zurückgehen würde, wenn sie die Sache mit Bjørn nicht irgendwie regeln würde. Aber würde sie das wirklich tun? Sie würde nicht im Gefängnis landen, da war sie sich sicher, sondern als Vorzeigepuppe in den Schulen der Stadt herhalten müssen. Die Stasi würde sie als abschreckendes Beispiel benutzen und sie einsetzen, um den Kindern vor Augen zu führen, wie dekadent und heruntergekommen der westliche Imperialismus war. Sie würden auf ihrer Reue herumreiten und immer wieder betonen, wie viel Schande sie über ihre Familie, die Partei, das Land, die Jungpioniere gebracht hätte. Ausgerechnet Christel Heinze, die mehr Abzeichen eingeheimst hatte als jeder andere in der Klasse. Sie war in den Westen geflohen und freiwillig wieder zurückgekehrt. Gab es einen besseren Beweis für den Verfall des Westens mit seinem korrupten Klassensystem?

»Du …«, sagte Arvid und legte die Arme um sie. »Meine kleine Freundin.«

Lange blieben sie so stehen. Sie kannte ihn jetzt wie lange? Ein gutes Jahr? Arvid hatte ein Seminar auf einem Sommerkurs für internationale Studenten geleitet, ihr erster Kontakt mit der Universität im letzten Jahr. Sie war vollkommen verloren gewesen und hatte nur wenige Sätze Norwegisch sprechen können. Er hatte sich ihrer erbarmt und sie nach einer der ersten Vorlesungen eingeladen. Er war nicht wie die anderen Norweger und hatte ihr einen Job als Wochenendaushilfe in dem Heim besorgt, in dem seine Tante als Ärztin arbeitete, sodass sie ein bisschen dazuverdienen konnte. Außerdem konnte sie ihn anrufen, wann immer sie wollte, und bei ihm schlafen, ohne dass er mehr wollte. Er gab ihr norwegische Bücher, die ihr besser halfen, Norwegisch zu lernen, als die Sprachkurse, die sie besuchte. Seine Freunde waren ihre Freunde, auch wenn der Kontakt letztlich nur oberflächlich blieb.

»Lass mich nicht los«, sagte sie.

Es fühlte sich anders an, nicht wie Bjørns Umarmung am Morgen, eher wie bei einem Freund oder Bruder. Dem Bruder, den sie nie hatte.

»Wenn du jemals ein Problem kriegen solltest, egal wie groß, du kannst immer zu mir kommen. Wenn Bjørn mal nicht nett zu dir ist … dann …« Er ließ die Worte in der Luft hängen, als wäre er ein Mafiaboss und nicht der schlaksige Doktorand der Politikwissenschaft, der bald im Außenministerium arbeiten sollte.

»Komm, lass uns ausgehen.«

Sie nickte. Was sollte sie auch sonst tun? Zurück ins Studentenwohnheim, wo sie doch nur alles an Bjørn erinnerte?

Sie gingen in einen Pub, wo sie viel zu schnell trank und schließlich nicht mehr die Kraft hatte, irgendwelche Widerworte zu geben, als Arvid vorschlug, noch in den legendären Presseclub beim Storting zu gehen. Sie war so fertig, dass sie sich sogar zu der Äußerung hinreißen ließ, dass sie wirklich alles für Bjørn tun würde, obwohl sie ihn im Grunde ja gar nicht kannte.

Arvid zahlte den ganzen Abend für sie, Essen, Nachtisch, Drinks, Wein, sie wusste nicht, was noch, und was sie all den Unbekannten erzählt hatte, die an ihren Tisch gekommen waren, wusste sie auch nicht mehr. Vielleicht waren es Politiker oder Journalisten gewesen, vielleicht arbeiteten sie aber auch für Wolf oder Andropow.

Das Letzte, an das sie sich erinnerte, war, dass Arvid sie auf der Karl Johans gate in ein Taxi bugsiert und sie den Taxifahrer irgendwo am Ullevaal-Stadion gebeten hatte, anzuhalten, damit sie sich erbrechen konnte. Dann war sie irgendwann in ihrem Zimmer gewesen, wo noch immer alles nach Bjørn roch. Sie wünschte sich nichts mehr, als ihn jetzt, sofort, wieder in sich zu spüren.

»Du hast eine große Zukunft vor dir, Christel. Das meine ich ernst«, hatte Arvid irgendwann im Laufe des Abends zu ihr gesagt. *Eine große Zukunft.*

Nein, dachte sie. Ich habe hier überhaupt keine Zukunft.

Ich will nur nach Hause. Wenn Bjørn seine Frau nicht verlässt, will ich nach Hause, zurück zu meinen Abzeichen, zu den Spreewaldgurken, der Schwimmhalle im Prenzlauer Berg und zu Magdalena mit ihren in Seidenpapier gehüllten Seifenstückchen.

Oktober 2016

14

Tommy und Bulle begleiteten Susanne zur Nationalbibliothek, wie sie es morgens oft taten. Obwohl Tommy damit einen längeren Weg zur Arbeit hatte, nahm er diesen kleinen Umweg gerne in Kauf. Er musste ja auch nicht jeden Tag um sieben im Büro sein. Sie war während der ganzen Fahrt recht still gewesen, hatte nur wieder und wieder seine Hand gedrückt. In Gedanken war sie ganz weit weg. Für Tommy war das in Ordnung. Und er war froh, dass sie nicht gefragt hatte, was er in der Nacht gemacht hatte. Sie mochte es nicht, wenn er Geheimnisse hatte, und er schaffte es nur selten, ihr gegenüber Stillschweigen zu bewahren.

Ein Mann mit deiner Vergangenheit darf keine Geheimnisse haben, ermahnte sie ihn oft. Da muss alles auf den Tisch, du musst ja auch zweimal pro Woche zu Psychiater Viggo Osvold und die Tabletten nehmen, die er dir aufschreibt. Sie hatte ihm selbst die Antidepressiva in den Mund gestopft, als wäre er ein Alki, der einfach nicht kapierte, dass er jeden Tag seine Antabus nehmen musste, wenn er noch ein Leben haben wollte.

Sie küssten sich zum Abschied und Tommy hielt sie lange in den Armen.

»Mach keine Dummheiten«, sagte Susanne. Dann streichelte sie Bulle noch einmal kurz und war verschwunden. Tommy sah ihr nach, während sie über den Solli plass ging und hässliche Bürogebäude sowie die funktionale Reihe der Kunstgalerien, Friseursalons und Restaurants passierte.

Bulle zerrte an der Leine. Tommy schüttelte über sich selbst den Kopf.

Er war über fünfzig, wohnte in Frogner und diskutierte mit Susanne über Lyrik, wer hätte das gedacht? Wer hätte vor dreißig, ja, vor zehn Jahren auch nur einen Cent darauf gesetzt?

Er sah Susanne hinterher, bis sie hinter der Straßenbahn und den Autos nicht mehr zu sehen war. Es war halb acht, noch anderthalb Stunden, bis das Reichsarchiv öffnete.

Zurück in der Wohnung machte er Frühstück für Mathea, als ginge sie noch in die erste Klasse. Danach rief er die Polizeiwache in Ski an und gab Bescheid, dass er erst mittags kommen würde, da er vorher noch in einer Angelegenheit etwas überprüfen müsse.

Exakt um fünf vor neun parkte er vor dem Reichsarchiv.

Gemeinsam mit erstaunlich vielen Menschen, die ihren Weg hierher gefunden hatten, wartete er vor den Glastüren. Die meisten anderen waren ältere Männer, vielleicht betrieben sie ja Ahnenforschung oder wollten im Archiv für Landesverrat endlich Gewissheit, ob sie oder ihre Familie eine Nazivergangenheit hatte.

Nach einer Wartezeit von zwanzig Minuten konnte er mit einer der Personen am Informationsschalter sprechen. Es musste mehr als zehn Jahre her sein, dass Tommy zuletzt hier gewesen war, trotzdem glaubte er, dass er damals mit demselben Angestellten zu tun gehabt hatte.

»Christel Heinze«, sagte Tommy leise. »Polizeipräsidium Oslo, ein Fall aus dem Jahr 1982.«

»Haben Sie einen Termin?« Der Mann seufzte leise. Vermutlich glaubte er, dass Tommy es nicht hörte.

Tommy holte seinen Dienstausweis heraus.

»Ich glaube, wir haben so ein Gespräch schon einmal geführt«, sagte er. »Es handelt sich um eine laufende Polizeiermittlung, ich kann gerne den Staatsanwalt anrufen, sollte das nötig sein …«

»Nein, nein«, sagte der Mann. »Wie war der Name? Christel Heinze? Heinze mit ›Z‹?«, fragte er, als wäre das ein Wort, das er nur höchst ungern in den Mund nahm. Er hämmerte demonstrativ fest auf seine Tastatur ein und rückte die Brille auf eine Weise zurecht, die Tommy glauben ließ, er wolle ihm den Mittelfinger zeigen. Nach einiger Zeit ergab die Suche dann aber tatsächlich ein Resultat.

»Box 56«, murmelte der Mann vor sich hin. »Oder 57. Genau, ja.«

Er schrieb eine lange Zahlenreihe auf einen gelben Post-it-Zettel und reichte ihn Tommy.

»Die Akte muss in einer dieser Boxen liegen.«

Zehn Minuten später wurde Tommy von einer Frau mittleren Alters abgeholt. Erst dachte er, sie wäre mindestens zehn Jahre älter als er, aber als er sein Gesicht im Spiegel des Aufzugs sah, registrierte er, dass er genauso alt aussah wie sie. Und er war erst 51, dachte er. Er nahm Cipralex, um am Leben zu bleiben, und Levitra, um auch eine jüngere Frau zufriedenzustellen. Was bildete er sich eigentlich ein?

Ihm wurde ein Platz in einem Lesesaal mit grünen Wänden zugewiesen. Er fühlte sich elend. Aber vielleicht war es ja normal, sich jünger zu fühlen, als man es wirklich war, oder zu glauben, dass man sich besser hielt als andere. Vielleicht nicht der schlechteste Überlebensinstinkt, dachte er und rieb mit den Fingern der rechten Hand über die Narbe an seinem linken Handgelenk. Wer schnitt sich die Pulsadern quer zu den Sehnen auf, wenn nicht ein Mann, der in Wirklichkeit leben will?

Eine halbe Stunde saß er tatenlos da und beobachtete die drei anderen Menschen im Lesesaal. Sie trugen weiße Handschuhe und betrachteten hoch konzentriert Papier nach Papier. Tommy hatte kein Netz und blätterte deshalb die Zeitungen des Tages durch, die ihn irgendwie an die Illustrierten erinnerten, die früher beim Friseur lagen. Der Inhalt war ebenso sinnentleert, nur die Mode und die Frisuren hatten sich geändert.

Nach einer Dreiviertelstunde kam die Frau wieder. Sie brachte ihm zwei Archivboxen, schüttelte aber den Kopf.

»Ich kann den Fall, den Sie suchen, einfach nicht finden«, flüsterte sie.

»Dann liegen die Unterlagen bestimmt in einer anderen Box.«

»Das ist im höchsten Maße unwahrscheinlich, aber Sie können gerne nachschauen. Wissen Sie, wie viele laufende Meter das sind? Die Sachen sind vermutlich wirklich verschwunden.«

Was zum Henker hatte Christel Heinze hier in diesem Land gemacht, fragte Tommy sich, damit jemand alle Unterlagen über sie entfernte? So etwas geschah nicht von allein.

Er brauchte eine Stunde, um die beiden Archivboxen durchzugehen, ohne dass er auch nur eine Spur von Christel Heinze fand. Nicht einmal die Vermisstenanzeige der Polizeistelle Majorstua war zu finden.

»Nichts«, sagte Tommy leise vor sich hin und bekam von einem älteren Mann links von sich einen strengen Blick zugeworfen. Tommy machte eine dramatische Kopfbewegung in Richtung der Archivboxen vor sich und schüttelte wie ein italienischer Fußballspieler, der eine Schiedsrichterentscheidung anzweifelte, mit dem Kopf.

Er hatte keine andere Wahl, er musste nach Ski und auf die Anzeige des Einbruchs von Martin Kleive warten. Es war inzwischen fast Mittag. Kleive war auf der Jagd in Finnskogen, musste von der Wachgesellschaft aber längst informiert worden sein.

Als er auf den Parkplatz kam, rauchte er die dritte Zigarette des Tages und überprüfte sein Handy. Zwei unbeantwortete Anrufe von Susanne.

Er rief sie unmittelbar zurück, erreichte aber nur den Anrufbeantworter. Vermutlich hatte sie ihn in einer Gerichtspause angerufen und war jetzt wieder beschäftigt. Irgendwie wurde er unruhig und dachte an Mathea, aber nein, warum sollte etwas passiert sein.

Er checkte die Onlinezeitungen auf dem Smartphone. Als Erstes erschien die Website des Dagbladet auf dem Display.

Eine riesige Schlagzeile prangte auf gelbem Grund: ARVID STORHOLT ERMORDET.

Tommy blieb vor dem Auto stehen und schüttelte den Kopf.

Storholt und seine griechische Frau, Alexia Matsakis Storholt, wurden heute Vormittag ermordet in ihrem Haus in Nes in Akershus gefunden. Weitere Neuigkeiten nach der Pressekonferenz der Polizei.

Er erinnerte sich noch an das unwirkliche Gefühl, als vor Jahren an einem eiskalten Januartag im Radio verkündet worden war, dass Storholt wegen Spionage verhaftet worden war. Und jetzt das?

Als er den Zündschlüssel des Wagens umdrehen wollte, klingelte sein Handy. Es war Reuter.

»Wo bist du?«

Tommy zögerte mit der Antwort. Räumte er ein, dass er auf eigene Faust versuchte, Licht in das Dunkel rund um

Christel Heinze zu bringen, war Reuter vermutlich nicht begeistert.

»Sobald du im Büro bist, ruf sofort Jan an. Vom Festnetz.«

Tommy sagte nichts dazu.

»Alle Unterlagen über Christel Heinze sind aus dem Reichsarchiv verschwunden, Fredrik. So etwas können nur Menschen mit Macht, weißt du. Und jetzt ist auch noch Arvid Storholt ermordet worden?«

»Du tust, was man dir gesagt hat, nicht mehr und nicht weniger, verstanden?«

»Aber …«

Reuter hatte bereits aufgelegt.

Teil 2

1. Mai 1975

1

Sie hatte nicht bemerkt, dass er sich von hinten leise genähert hatte. Plötzlich legten sich seine Arme um ihren nackten Bauch. Sie war eine Woche überfällig, weinte aber nicht deshalb. Vielleicht gäbe ein Kind dem Ganzen mehr Sinn?

Auf dem Couchtisch lag die Ausgabe der Aftenposten, die sie gestern auf dem Weg zum Ferienhaus gekauft hatten. Sie waren unweit von Tønsberg am Meer.

Waffenstillstand abgelehnt, beginnt jetzt das dramatische Schlusskapitel des Vietnamkriegs? Die Schlagzeile wurde begleitet von dem Bild eines amerikanischen Helikopters auf dem Dach der amerikanischen Botschaft in Saigon. Daneben prangte ein Bild von zwei weinenden vietnamesischen Frauen vor den Ruinen ihrer Häuser.

Es war noch nicht einmal acht Uhr morgens, trotzdem war sie seit zwei Stunden wach. Noch nie hatte sie am 1. Mai lange schlafen können, dieser Tag war sicher für den Rest ihres Lebens in ihren Genen verankert. Und dazu kam noch, dass die Nordvietnamesen Saigon eingenommen hatten.

»Ich dachte, wir wollten ausschlafen?«, sagte er. Sie sog seinen Duft ein und fand, dass er mehr nach ihr als nach ihm selbst roch. Wie sie es bei ihrer Beziehung vermeiden konnte, schwanger zu werden, wusste sie nicht, doch er schien sich darüber nicht einmal Gedanken zu machen.

Sie nickte, drehte sich aber nicht um.

Das Radio spielte leise in der Küche. Klassische Musik, vielleicht Brahms.

Vor ihr lag still der Fjord, die ganze Welt schien in Grautönen gefärbt zu sein.

»Willst du ein Kind mit mir?«, fragte sie leise.

»Du bist knapp zwanzig Jahre alt«, erwiderte er.

»Antworte mir einfach. Ich meine ja nicht jetzt.«

»Ja, natürlich.«

»Verlässt du sie dann?« Sie hatten schon am Vortag darüber gesprochen, auf dem Weg hierher. Da war es noch warm und sonnig gewesen, nicht kalt und grau wie jetzt. Es war das ernsthafteste Gespräch gewesen, das sie je mit jemandem geführt hatte. Er hatte das Thema angesprochen, hatte gesagt, dass er sich mehr wünsche, dass er es von dem Augenblick an gewusst habe, als er sie zum ersten Mal gesehen habe. Christel war bewusst geworden, dass sie ebenso dachte. Wenn er denn die Wahrheit sagte. Sie müssten aber bis zum nächsten Jahr warten, sagte er. Wegen seiner Tochter. Sie liege in der Sprachentwicklung zurück und ginge noch zum Logopäden. Sie müssten warten, bis sie etwas robuster sei. Im Sommer sollte sie in der Grundschule anfangen. Wenn sie in die zweite Klasse käme, wollte er es seiner Frau sagen. Er hatte es Christel sogar versprochen. Was soll das bedeuten, robust?, hatte Christel gefragt und keine Antwort bekommen.

Die Stimme des Radiosprechers erklang: *Mit dem Fall von Saigon ist der Vietnamkrieg zu Ende. Es ist eine vernichtende Niederlage für die USA, die ihren ersten Krieg verloren haben. Der Prestigeverlust ist so demütigend und groß, dass die Konsequenzen noch gar nicht abzusehen sind.*

»Wenn es eine Zukunft für uns geben soll, dann musst du ein Kind mit mir wollen. Verstehst du das, Bjørn?«

»Ich kann in die Partei eintreten«, sagte er. »Für dich.«

Er streichelte ihre Brüste und schob die andere Hand zwischen ihre Beine.

»Jetzt nicht, Bjørn«, sagte sie und nahm sie weg. »Aber das

mit der Partei finde ich gut.« Sie drehte sich um und küsste ihn, nur um die Stimmung zu glätten.

»Ich kann keinen Mann haben, der die Rechten wählt. Ganz bestimmt nicht heute.«

»Komm wieder ins Bett«, bat er. »Wir haben doch frei heute.«

»Ich komme ins Bett, wenn du mir versprichst, in die Partei einzutreten.«

Die ganze Situation war für ihn sicher absurd, aber sie hatte ihm schon vor Wochen gesagt, dass sie nur mit einem Mann zusammen sein könne, der in der gleichen Partei sei wie sie selbst. Vielleicht hatte das alles etwas mit Sicherheit zu tun, sie war in der Partei aufgewachsen, war wie alle anderen Kinder eins mit der Partei gewesen. Irgendwann würde sie ihm vielleicht sagen, dass sie aus dem Osten geflohen war und niemanden hatte, der ihr Halt gab. Außer der Partei.

Sie befreite sich aus seiner Umarmung, ging in das Schlafzimmer des viel zu großen, viel zu luxuriösen Ferienhauses, streifte seinen Bademantel über und zündete sich eine Zigarette an. Mit nackten Füßen ging sie auf die Terrasse und weiter über die Wiese zum Anleger.

Zum ersten Mal dachte sie daran, wie es sein musste, an gerade diesem 1. Mai über die Karl-Marx-Allee zu marschieren. Vietnam war der größte Sieg seit dem Zweiten Weltkrieg, sie konnte sich kaum ausmalen, wie glücklich sie darüber gewesen wäre, hätte sie ihren Glauben nicht irgendwann verloren. Wie fantastisch musste es sein, an einem solchen Tag dazuzugehören. Sie erinnerte sich noch an das Zittern, das sie verspürt hatte, als Bilder von ihr und einigen ihrer Pionierfreunde in allen Zeitungen gewesen waren, Neues Deutschland, Berliner Zeitung und Junge Welt. Im Sommer vor vier Jahren hatten sie die roten Halstücher getragen, nicht mehr die blauen für Kinder bis vierzehn. Fünf Millionen Mark hatte ihre Organisation für Nordvietnam gesammelt, fünf Millionen Mark! Und sie war eine der zwanzig Pioniere gewesen, die bei dem achtzehnten Parteikongress aufs Podium hatten kommen dürfen.

Und jetzt das?

Sie ging rückwärts über den Anleger und ließ den Bademantel fallen. Sie fror bereits, die grau gewordenen, rauen Bohlen waren noch kalt vom Winter und der kalte Nordwind machte ihr eine Gänsehaut und zog ihre Brustwarzen zusammen.

Bjørn erschien in der Terrassentür. »Was machst du denn da?«, rief er streng, als wäre er ihr Vater. Schnellen Schrittes kam er zu ihr herunter.

»Nächstes Jahr, Bjørn?«

»Nein, Christel, tu das nicht.«

Sie drehte sich um und sprang ins Wasser. Es war mörderisch kalt, auf einen Schlag wich aller Sauerstoff aus ihrem Körper. Wie der Rest Unschuld, den sie nach der Flucht noch in sich gespürt hatte, verschwunden war, nachdem sie den Russen in der U-Bahn gesehen hatte. Wolfs Banditen mussten sie an Moskaus Soldaten verkauft haben. Seither fühlte es sich an, als würde sie von innen aufgefressen wie von einer tödlichen Krankheit. Warum war er nicht wiedergekommen? Wie viel Zeit würde vergehen?

Als sie wieder an die Wasseroberfläche kam, schwamm sie vom Anleger weg.

»Du bist verrückt«, sagte er und kam mit ein paar Handtüchern auf den Anleger. »Was du da machst, ist gefährlich, das weißt du doch wohl?«, rief er ihr hinterher.

»Ich glaube dir nicht«, sagte sie. »Du wirst sie nie verlassen.« Ihre Stimme war kaum zu hören und nach zehn oder fünfzehn Metern verlor sie die Kraft. Ihr Körper war mittlerweile beinahe gefühllos.

Irgendwo hinter sich hörte sie es platschen.

Sie konnte sich kaum noch über Wasser halten und hatte mit einem Mal alles vergessen, was sie in fünfzehn Jahren Schwimmtraining gelernt hatte. Dann spürte sie seine Arme um sich.

»Ich habe alles verloren, was ich hatte, Bjørn. Ich ertrage es nicht, wenn ich auch noch dich verliere.«

Oktober 2016

2

Tommy richtete das Teleskop aus und versuchte ohne Erfolg, den Verkehr auf der E16 am gegenüberliegenden Ufer der Glomma scharfzustellen. Die Straße entlang des längsten Flusses des Landes war das einzige Lebenszeichen in der näheren Umgebung des Hauses. Arvid Storholt musste allem Anschein nach gut verdient haben, nachdem er von seinen Freunden in der Arbeiterpartei, die zur Zeit seiner Entlassung die Regierung gebildet hatte, begnadigt worden war. Das Haus hatte sicher mehr als dreihundert Quadratmeter und war wie ein Herrenhaus gebaut worden – mit Rondell und Springbrunnen in der Einfahrt, Seitenflügeln und einem Stall. Storholt hatte keinerlei Verbindung zur Gemeinde Nes, sodass niemand mit Sicherheit wusste, warum er gerade dieses Haus gekauft und ausgebaut hatte.

Tommy wusste nicht, warum Jan Amundsen darauf bestanden hatte, dass er mit in Storholts norwegisches Haus kam. Was kam als Nächstes? Glyfada in Griechenland, wo Storholt im Winter gewohnt hatte?

Jan Amundsen hatte sein Gespräch mit den Kriminaltechnikern unten im Erdgeschoss beendet und kam nach oben, sodass Tommy alle weiteren Versuche, das komplizierte Teleskop zu verstehen, aufgab.

Jan Amundsen zündete sich eine Zigarette an, öffnete mit der linken Hand die Verandatür und trat auf den großen Balkon, der die Fassade des Hauses dominierte. Tommy folgte ihm.

Sie blieben eine Weile still nebeneinander stehen und betrachteten das schwarze Wasser der Glomma und den Mond, der sich auf der Wasseroberfläche spiegelte.

»Wollen Sie wissen, warum?«, fragte Jan Amundsen.

»Warum was?«

»Warum ich mir Sorgen gemacht habe, als jemand Blumen auf das Grab von Heinze gelegt hat. Oder besser das Grab, von dem wir annehmen, dass es Heinzes ist.«

Tommy wartete.

»Ich kriege selbst auch Blumen.«

Tommy wusste nicht, was er sagen sollte. Amundsen warf einen Blick auf seine Armbanduhr.

»An jedem verfluchten 15. Dezember, Bergmann. Das sind noch genau acht Wochen. Glauben Sie, dass ich dieses Jahr auch welche bekomme?«

»Wann wurde Christel Heinze vermisst gemeldet?«, fragte Tommy und noch im gleichen Moment wurde ihm etwas klar. »Natürlich«, sagte er. »Vierunddreißig Rosen. Für jedes Jahr eine. Im Dezember sind es vierunddreißig Jahre, seit sie verschwunden ist.«

»Fredrik hat mir allem Anschein nach nicht zu viel versprochen, was Sie angeht«, sagte Amundsen. »Hat Martin Kleive den Einbruch angezeigt?«

Tommy schüttelte den Kopf. »Nicht, dass ich wüsste. Was für Blumen kriegen Sie? Dieselben?«

»Ich glaube, ich werde langsam alt«, sagte Amundsen und

nickte. »Aber das wurde mir erst klar, als diese vierunddreißig Blumen auf Heinzes Grab lagen. Es muss ihr Mörder sein, der mir diese Blumen schickt. Seit 1990.«

»Seit 1990?«, fragte Tommy überraschter, als ihm lieb war.

Amundsen nickte. »Da waren es acht Rosen und eine Nelke. Seither ist es jedes Jahr eine Rose mehr geworden.« Er studierte für einen Moment die Glut seiner Zigarette, als könnte sie ihm wie eine Kristallkugel die Zukunft vorhersagen.

»Das sagen Sie aber niemandem, Bergmann. Niemandem. Ich bin dieser Sache nie in irgendeiner Weise nachgegangen. Der Zusammenhang ist mir aber auch erst in den letzten Tagen klar geworden.«

»Sagen Sie mir nicht, dass Sie auch so eine Karte bekommen?«, erwiderte Tommy.

»Doch. Entweder mit Margeriten oder mit Gänseblümchen.« Amundsen schüttelte den Kopf.

»Deshalb haben Sie mich nach Gänseblümchen gefragt.«

»Lassen Sie das erst einmal ruhen. Wir müssen jetzt nach vorne schauen. Hier ist nichts mehr zu holen. Storholt ist ermordet worden, dadurch stellt sich der Fall, an dem Sie arbeiten, nun ganz anders dar. Bevor Sie weiterarbeiten können, müssen Sie jetzt erst noch einen weiteren Mann treffen.«

16. Mai 1975

3

Christel hatte langsam den Glauben an ihr eigenes Leben wiedergefunden. Norwegen zeigte sich aber auch von seiner besten Seite. Der Tag war so warm und grün, dass man das Gefühl bekam, in einem einzigen, fruchtbaren Dschungel zu sein. Aber das war nicht alles, denn sie glaubte zum ersten Mal richtig fest daran, dass Bjørn es wirklich ernst mit ihr meinte. Und morgen war der 17. Mai, dieser merkwürdige Nationalfeiertag. Arvid hatte sie zum Frühstück und später am Abend zu einem Fest eingeladen. So gut hatte sie sich zum letzten Mal gefühlt, als sie beim achtzehnten Parteikongress auf dem Podium gestanden hatte und stehenden Applaus für ihren Einsatz für das arme, tapfere Bauernvolk in Nordvietnam erhalten hatte.

Die letzte Nacht hatte sie mit Bjørn in einem Hotel auf der Ostseite des Oslofjords verbracht. Ein romantisches, altes Haus fast ohne Gäste, wo Bjørn ihr erzählt hatte, dass seine Tochter in den letzten Wochen große Fortschritte beim Logopäden gemacht habe. Ihre Sprache sei noch nicht wie die von anderen Kindern, aber mit etwas Hilfe in der Grundschule sollte sie gute Chancen haben, die andern im Laufe der ersten Jahre einzuholen. Und dann könne er im nächsten Sommer auch seine Frau verlassen, meinte Bjørn. Sie müssten sich allerdings ein Haus in der Nähe seiner jetzigen Familie suchen. Letzten Endes würde aber alles gut werden.

Er hatte ihr sogar Fotos seiner Tochter gezeigt. Christel hatte ihn darum gebeten, bereute es aber, als sie sah, wie sehr die Siebenjährige Bjørn glich. Die gleichen Augen, der gleiche Blick. Das Undefinierbare, das sie so gern ergründen würde.

»Und das soll ich kaputtmachen?«, hatte sie gefragt. »Das soll ich dir nehmen?«

»Nichts wird kaputtgehen«, hatte Bjørn erwidert.

Er hatte sie vor einer halben Stunde am Ostbahnhof abgesetzt und es gewagt, sie beinahe in aller Öffentlichkeit zu küssen, im Auto, während Hunderte von Menschen draußen auf dem Platz vorbeigingen. Hin und wieder nagten trotzdem noch die Zweifel an ihr. Fast unbewusst. Konnte sie Bjørn trauen, durfte sie seinen Worten wirklich Glauben schenken? Einem Mann, der seiner Frau ohne jegliche Gewissensbisse ins Gesicht log?

Sie ging die Karl Johans gate hoch, vorbei am Storting und durch den Park Studenterlunden zur Haltestelle am Nationaltheater. Die Stadt vibrierte, die Straßencafés waren voll, und der Wind war warm und weich. Die Hauptstraße erinnerte sie an den Berliner Boulevard Unter den Linden. Zum ersten Mal seit ihrer Flucht überwog nicht mehr die Sehnsucht nach dem, was sie einmal gehabt hatte.

Alles wird gut, dachte sie, als sie im letzten Waggon des Zuges in der hintersten Reihe Platz nahm. Allein die Tatsache, dass sie es sich angewöhnt hatte, sich ganz hinten in die Bahn zu setzen, zeigte, dass es noch eine Weile dauern würde, bis wirklich alles gut war. Ihr Blick suchte den Waggon ab, der in der nachmittäglichen Rushhour fast bis auf den letzten Platz gefüllt war. Sie fand aber keine Gesichter, die ihr Böses wollten. In Kringsjå landete sie mitten in einer Gruppe von Leuten, die anscheinend noch nicht mitbekommen hatten, dass die Hippiezeit vorüber war. Einer zündete sich einen Joint an und der süßliche Haschgeruch betäubte sie unmittelbar. Sie dachte, dass sie mit ihnen gehen und die Nacht des 17. Mais mit ihnen verbringen sollte, um richtig stoned zu werden und alles zu vergessen, was auch nur ansatzweise mit Bjørn zu tun hatte.

Der Aufzug im Studentenheim stand still, was sie wieder einmal an Ostberlin erinnerte. Wie auch die billig konstruierten Wohnblöcke.

Als sie die Tür zu ihrem Flur öffnete, witterte sie wie ein Beutetier, dass irgendetwas nicht stimmte. Es war zu still. Und der Geruch, den sie wahrnahm, weckte eine Erinnerung. Für einen Moment blieb sie auf der Türschwelle stehen und sah sich um. Die Tür zur Rechten, hinter der sie Wand an Wand mit dem Mathematikstudenten wohnte, war geschlossen. Ebenso die beiden anderen Türen zu den angrenzenden Zwei-Zimmer-Appartements.

Nein, dachte sie. Das waren nur das Bratfett und die Essensreste in der Küche. Ihr Mitbewohner stand in der Küche und kochte irgendetwas. Trotzdem hätte Christel am liebsten gleich kehrtgemacht und die Wohnung so lautlos wie nur möglich wieder verlassen.

Doch dann riss sie sich zusammen. Sei nicht dumm, dachte sie. Außerdem brauchte sie saubere Sachen für den nächsten Tag.

Sie ging in die Küche. Ihr Mitbewohner sah kurz auf, ehe er sich wieder der undefinierbaren Masse in der Bratpfanne zuwandte.

Wie üblich gab es keine sauberen Gläser mehr. Christel nahm eins, das nicht allzu dreckig wirkte, und spülte es unter fließendem Wasser aus. Sie trank zwei Gläser Wasser und ließ das Glas dann noch einmal voll laufen.

»Ach, übrigens«, sagte ihr Mitbewohner. »Dein Onkel ist hier.«

Das Glas rutschte ihr fast aus der Hand.

»Mein Onkel?« Sie hatte zwei Onkel, die beiden Brüder ihrer Mutter. Uwe arbeitete als Elektriker in Bitterfeld, er konnte unmöglich in Oslo sein. Nach ihrer Flucht würde er niemals ein Ausreisevisum in den Westen bekommen. Es musste also Onkel Dieter aus Lippstadt sein. Aber sie waren nicht gerade als Freunde auseinandergegangen, warum sollte er da vollkommen unangemeldet bei ihr auftauchen? Außerdem war er wirklich nicht der Typ für Überraschungsbesuche.

Sie stellte das Glas vorsichtig auf den fettigen Küchentisch.

Aus dem Fenster sah sie die Bahn hinter den grünen Birken vorbeifahren, und für einen Moment stand die Zeit still. Sie konnte noch immer die Wohnung verlassen, nach unten gehen und in die Stadt fahren. Aber wohin dann? Zu Arvid?

»Und *wo* genau ist mein Onkel jetzt?«

»In deinem Zimmer. Er hat gesagt, dass du ihm den Schlüssel gegeben hast.«

Den Schlüssel? Den hatte sie niemandem gegeben. Allerdings hatte sie im Frühjahr einmal im Suff einen Schlüssel verloren, sie konnte sich nicht mehr erinnern, wie und wo. Sie stand am Fenster der Küche in der achten Etage und erinnerte sich für einen Moment an gar nichts mehr. Nur der Duft der Seife, die Magdalena immer in ihrem Nachtschränkchen gehabt hatte, war noch in ihrer Nase.

Mit vorsichtigen Schritten verließ sie die Küche.

Der Geruch war da, wenn auch nur undeutlich und vage. Sie schloss die Augen und war zurück in ihrer Wohnung in der Jablonskistraße, Magdalena unter ihr im Doppelstockbett.

Die Tür ihres Zimmers war nur angelehnt. Der Geruch deutlicher. Sie drückte sie auf.

Ein groß gewachsener Mann saß mit dem Rücken zu ihr an ihrem Schreibtisch. Der graue Anzug war aus teurem Stoff.

»Da bist du ja endlich, Christel«, sagte er in fehlerfreiem Deutsch.

Irgendwie klang seine Stimme wie die eines Pastors.

Oktober 2016

4

Christian Wessel ist noch schlimmer als Fredrik Reuter«, sagte Jan Amundsen. »Er verträgt wirklich keinen Rauch. Paradox ist nur, dass die schlimmsten Fanatiker früher selbst Kettenraucher waren«, sagte er und zündete eine Zigarette für Tommy an. Er öffnete das Autofenster, damit sie nicht erstickten. Dann wurde er still und ließ seinen Blick über die Lichter der Stadt schweifen: das Zentrum, die Trabentenstädte im Osten und Süden und die wohlhabenden Vorstädte im Westen.

Man ist kein wirklich reicher Norweger, wenn man von seiner Wohnung aus das Meer nicht sieht. In Oslo geht das nur, wenn man direkt am Wasser wohnt, wie in Bygdøy, oder hoch darüber, wie Christian Wessel am Holmenkollåsen. Das Haus, oder die Gruppe von Häusern, sah aus, als sei sie einem Märchen entsprungen. Sie waren riesig, vollkommen aus Holz errichtet und besaßen Torfdächer, wie man sie sonst in den Tälern fand. Die Garagenanlage zählte ganze fünf Tore.

Tommy und Amundsen saßen bereits seit fünf Minuten oben im Auto, Amundsen schien aber trotzdem noch nicht bereit zu sein, zu Wessel ins Haus zu gehen.

»Erzählen Sie mir von den Blumen«, sagte Tommy. »Nachdem Sie mich zu dem Tatort mitgenommen haben, an dem Arvid Storholt ermordet wurde, hat es keinen Sinn, noch irgendwelche Geheimnisse zu hüten.«

Jan Amundsen sah auf seine Armbanduhr, ließ die Scheibe runter und warf die Zigarette hinaus. Tommy dachte, dass das viel über Amundsens Position aussagte. Der Mann schreckte keine Sekunde davor zurück, das Grundstück des wichtigsten Staatssekretärs des Ministerpräsidenten zu vermüllen. Des Mannes, der die Geheimdienste unter sich hatte. Tommy selbst fühlte sich noch immer unterlegen, wenn er wohlhabenden Menschen wie Christian Wessel begegnete.

»Das habe ich doch eben schon gesagt. Es waren die gleichen Sträuße«, sagte Amundsen. »Mit jedem Jahr eine Rose mehr.«

»Und eine Karte mit dem Foto von Margeriten oder Gänseblümchen«, sagte Tommy leise vor sich hin. »Warum waren auf den Karten gerade diese Blumen?«

»Man kriegt im Winter keine Margeriten, überhaupt gibt es die fast nie als Schnittblumen«, sagte Jan Amundsen. »Und Gänseblümchen noch viel weniger.«

»Aber was hat es mit diesen Margeriten oder Gänseblümchen auf sich?«

»Ich hoffe, dass Sie mir helfen werden, auf diese Frage eine Antwort zu bekommen«, sagte Amundsen. Er holte tief Luft und zündete sich eine weitere Zigarette an. Dann öffnete er die Autotür und stieg aus.

»Kein Absender? Ein Blumenladen lässt sich seine Dienste doch bezahlen. Ich gehe mal davon aus, dass der Absender Ihnen die Blumen nicht persönlich gebracht hat?«

»Kein Absender, die Karte war immer so leer wie die auf dem Friedhof in Enebakk. Anfangs dachte ich, die Blumen wären von einer Frau, mit der ich vor Jahren mal eine Affäre hatte. Das hat mir ziemlich Probleme mit meiner Frau gebracht.«

»Wie heißt die Frau, mit der Sie eine Affäre hatten?«

»Das hat wirklich äußerst wenig mit Ihrem Auftrag zu tun, Bergmann.«

»Sie haben doch sicher mit dem Blumenladen gesprochen. Wer hat die Sträuße bezahlt? War das immer der gleiche Laden?«

»Lassen Sie uns später darüber reden«, sagte Amundsen.

Sie gingen über den dunklen Hofplatz, der Sensor an der Hausfassade schien nicht zu funktionieren. Irgendwo am Rand des Grundstücks bellten einige Hunde. Ein Zwinger, dachte Tommy. Jagdhunde. Er musste an Martin Kleive denken, der auf der Jagd war und den Einbruch noch immer nicht angezeigt hatte. Menschen, die Einbrüche nicht anzeigten, hatten entweder den Glauben an die Polizei verloren oder etwas zu verbergen.

Jan Amundsen ging die Treppe zum Eingang hoch und klopfte vorsichtig an.

Christian Wessel öffnete ihnen persönlich. Er sah genau so aus, wie Tommy ihn vor Wochen in einer Zeitung gesehen hatte. Wessel gab äußerst selten Interviews, hatte aber eine Ausnahme gemacht, um auf die Kritik an seinen privaten Investitionen einzugehen. Im Spätsommer war bekannt geworden, dass Wessel, der einer Familie von Anwälten, hohen Beamten, Industriellen und Schiffsreedern entstammte, Teile seines beträchtlichen Vermögens in einen Hedgefonds in Luxemburg investiert hatte. Dieser Fonds hielt seinerseits zweifelhafte Beteiligungen unter anderem an einer Atomwaffenproduktion und einigen israelischen Waffenlieferanten, die Sicherheitssysteme für die Mauer zum Gazastreifen herstellten. Wessel hatte nur ein Interview in der Samstagsausgabe von Dagens Næringsliv gegeben. Er hatte sich darin mehr als Administrator denn als Politiker bezeichnet und Tommy erinnerte sich noch an die Aussage, dass die selbstzufriedene Moral der Norweger nicht zu einem Mühlstein an ihrem Hals werden dürfe. »Wir müssen natürlich tolerant sein, aber versuchen Sie mal in Ramallah in eine Schwulenbar zu gehen«, hatte er gesagt, um dann noch zu betonen, dass Tel Aviv sicher eine der freiesten Städte der Welt sei.

Tommy unternahm den Versuch, sich Wessels beeindruckenden Werdegang ins Gedächtnis zu rufen, als er die Hand des Staatssekretärs schüttelte und den massiven Goldring mit dem schwarzen Walkürenstern aufblitzen sah. Er erinnerte sich nicht an alles, was Wessel in seinem Leben unternommen hatte, aber auch er war auf die Marineschule gegangen, wobei das vielleicht keine Rolle spielte. Jetzt, da Arvid Storholt tot war, interessierte es niemanden mehr, wie Christian Wessel noch reicher hatte werden können, als er es ohnehin schon war, und dabei auch noch anderthalb Millionen Kronen Steuergelder einstrich, um als »rechte Hand« und »Hirn« des Ministerpräsidenten zu fungieren, wie es in einigen Zeitungen kolportiert worden war. Wessel war das komplette Gegenteil seines Chefs. Ministerpräsident Helge Gundersen war eher volksnah und stammte aus einfachen Verhältnissen. Aufgewachsen war er in Etterstad, einer der ersten Trabantenstädte Oslos. Während Wessel so blaublütig war, wie man es in Norwegen nur sein konnte, war Gundersen ursprünglich ein Mitglied der Arbeiterpartei gewesen, ehe er nach einer erfolgreichen Karriere als Direktor eines Rüstungsunternehmens vor einigen Jahren unter viel Aufsehen zu den Rechten gewechselt war. Später hatte er ganz auf die Politik gesetzt und den Vorsitz der Rechten übernommen. Heute waren es Menschen wie Gundersen und Wessel, die von der norwegischen Arbeiterschaft gewählt wurden: Reiche, die sich und ihre Freunde noch reicher machten, indem sie Steuererleichterungen für Superreiche einführten und lästige sozialistische Hinterlassenschaften wie die Erbschaftssteuer abschafften.

Tommy folgte Jan Amundsen und Christian Wessel. Während Wessel in seinen Freizeitkleidern recht jung und durchtrainiert wirkte, erschien ihm Amundsen älter, als er ihn jemals erlebt hatte. Vielleicht bedrückte ihn die Arbeit, vielleicht dachte er, dass er längst in Pension hätte gehen sollen. Stattdessen hatte er jetzt den Mord an Arvid Storholt aufzuklären.

Christian Wessel führte sie in sein Arbeitszimmer. Durch eine Seitentür mit Glasfenster sah Tommy ein hell erleuchtetes Innenschwimmbad, von dem aus große Terrassentüren in den Garten führten. Das Arbeitszimmer war riesig, größer als jeder Raum von Fredrik Reuters Patriziervilla in Bækkelaget. Tommy musste an ein englisches Herrenhaus denken, ohne dass er jemals in einem solchen Haus gewesen wäre: Die Wände bestanden aus Fachwerk, das weiß gestrichen war und gut zu dem warmen, dunklen Schieferboden und den braun gebeizten Deckenbalken passte. An einer Seite prangten die obligatorischen Jagdtrophäen: Hirsch, Elch, Antilopen und sogar ein Zebrakopf, während das Ende des Raumes von einem großen Kamin dominiert wurde.

Auf dem Couchtisch vor Tommy stand ein großes Schachbrett, auf dem sich Kreuzritter und muslimische Krieger gegenüberstanden.

»Darf ich Ihnen etwas zu trinken anbieten?«, fragte Wessel, während er in der Glut stocherte und einige neue Scheite auflegte. Sein Gesicht hatte scharfe Züge, was Tommy an alten dänischen Adel denken ließ.

»Sie übernehmen auf dem Rückweg das Steuer«, sagte Jan Amundsen und zeigte auf Tommy. Amundsen ließ sich auf eines der Sofas fallen, die mitten im Raum standen. Tommy sah sich diskret um und hatte plötzlich das Gefühl, dass die norwegische Sozialdemokratie nur eine Illusion war. Früher hatte die Arbeiterpartei die Gesetze gemacht, während die Reichen das Geld verdient hatten, soweit die Regeln es zuließen. Heute saßen Menschen wie Christian Wessel auf beiden Seiten des Tisches. Tommy sah große Porträtfotos eines blonden Mädchens, das er für Wessels Tochter hielt. Sie trug Springreitermontur und posierte mit verschiedenen

Pferden. Nein, dachte Tommy, hier oben auf dem Dach der Stadt lebten Wessel und seinesgleichen gut abgeschirmt von der schwelenden Armut unten. Als wäre er selbst etwas Besseres, ein Flüchtling in seiner eigenen Stadt.

Christian Wessel schenkte Jan Amundsen mit großer Selbstverständlichkeit einen Whisky ein, was Tommy annehmen ließ, dass dies nicht ihr erstes Treffen war, seit die bürgerliche Regierung die Macht übernommen hatte.

»Nun, wie sieht es oben bei Storholt aus?«, erkundigte sich Wessel.

»Was würden Sie sagen, Bergmann?«, gab Amundsen die Frage weiter. Er schlug die langen Beine umständlich übereinander, als wäre er ein strenger, aber geduldiger Lehrer, der reichlich Zeit hatte, auf die Antwort zu warten.

Tommy war überrascht, dass Amundsen ihm gleich den Ball zuspielte, es gelang ihm aber, ein paar ausweichende Floskeln von sich zu geben und einige Sätze aus dem vorläufigen Bericht der Rechtsmedizin zu zitieren, der am Tatort diktiert worden war: Storholts Frau war mit einem gezielten Messerstich direkt ins Herz getötet worden, während Storholt mit fünfzehn bis zwanzig Messerstichen ziemlich übel zugerichtet worden war. Der Arzt hatte von einer Gewaltorgie gesprochen.

»Gefühle«, sagte Christian Wessel. »Die Frau hat er, wir sprechen ja wohl von einem Mann, mit einem Stich getötet, während Storholt wie ein Landesverräter abgeschlachtet wurde. Was er ja auch war. Die Russen können wir dann wohl ausschließen, oder?«

»Definitiv.« Amundsen schnitt eine Grimasse. »Dabei wäre es so einfach gewesen, hätten seine früheren Auftraggeber ihn liquidiert. Wenn es schon jemand tun musste.«

»Der Chef ist, gelinde gesagt, besorgt«, sagte Wessel. Er leerte sein Glas und schenkte sich nach. »Es gibt Grenzen, wie lange der Ministerpräsident sagen kann, dass dieser Fall ein normaler Polizeifall ist und wir abwarten müssen, was die Ermittlungen ergeben.«

»Bergmann war es, der Christel Heinze gefunden hat«, sagte Amundsen. »Das heißt, das, was wir für die Reste von Christel Heinze halten.«

»Dann kennen Sie den Bären?«, sagte Wessel und warf Tommy einen ernsten Blick zu.

»Noch nicht«, sagte Amundsen. »Aber das wäre jetzt sicher der richtige Zeitpunkt für eine Einführung. Das ist im Übrigen einer der Gründe, weshalb ich Sie dabeihaben will, Bergmann. Zum einen sind Sie ein unbeschriebenes Blatt, zum anderen traue ich in diesem Fall niemandem.«

»Abgesehen von mir«, sagte Christian Wessel. Amundsen antwortete mit einem müden Lächeln, wie man es einem Bestattungsunternehmer zuwirft, der die Stimmung mit einem wohlgemeinten, aber schlechten Scherz aufzuheitern versucht.

»Wer oder was ist der Bär?«, fragte Tommy.

»Wo soll ich anfangen?« Christian Wessel erhob sich aus seinem Sessel. Tommy war überzeugt davon, dass diese Sitzgelegenheit mehr gekostet hatte, als er im Monat verdiente. Mit den Augen folgte er dem durchs Zimmer wandernden Staatssekretär.

»Ich kann das übernehmen«, sagte Jan Amundsen. Wessel nickte leicht abwesend, ging zum anderen Ende des Raumes hinüber und rückte einige der großen Fotos zurecht, die seine Tochter und die Pferde zeigten.

»Lassen Sie uns am 14. Januar 1983 anfangen …«, begann Amundsen, ehe er sich aufrichtete und kräftig räusperte, als müsste er jetzt zum mündlichen Examen antreten. »Arvid Storholt war damals gemeinsam mit dem Außenminister in den USA.«

»Passen Sie jetzt genau auf, Bergmann«, sagte Christian Wessel in autoritärem Ton. Er hatte sich an seinen Schreibtisch gesetzt und wog einen goldenen Brieföffner in der Hand.

»Also …« Amundsen versuchte offensichtlich, den Ärger über die Unterbrechung zu unterdrücken. »Der 14. Januar 1983 war ein Freitag, daran erinnere ich mich noch, weil ich an dem Tag um ein Uhr nachmittags die Überwachung von Leonid Spitskjin übernommen habe. Ich war zum Vizeleiter der operativen Abteilung ernannt worden, übernahm aber trotzdem noch Observierungen. Wir hatten in jenem Winter krankheitsbedingt einige Engpässe. Es sollte eine historische Schicht werden. Spitskjin hatte erst zwei Monate zuvor Alexander Maximow als Storholts Führungsoffizier in Oslo abgelöst. Sascha, wie Maximow unter Freunden genannt wurde, war der KGB-Kontaktmann in Oslo, führte selbst aber natürlich nur die wichtigsten Agenten im Lande. Kurz vor Weihnachten 1982 war er befördert worden und sollte von da an die entsprechenden Aufgaben in Ostberlin übernehmen. Der einzige Spion, von dem wir mit Sicherheit wissen, dass er Maximow unterstand, war Arvid Storholt. Wir nahmen zu diesem Zeitpunkt ferner an, dass Spitskjin Storholt bereits übernommen hatte. An diesem Nachmittag war Spitskjin nicht aus seiner Wohnung in der Edvard Storms gate abgeholt worden, sodass ich mich auf einen langen Nachmittag im Auto einrichtete. Ich hatte Essen und Kaffee dabei, und eine leere Flasche zum Reinpinkeln. Doch kaum dass ich meinen Wagen vor dem Haus geparkt hatte, kam Spitskjin aus dem Haus. Er stellte sich mitten auf die Straße und obwohl es eiskalt war, hatte er seine dicke Bärenfellmütze oben in der Wohnung gelassen. Nicht einmal den Mantel hatte er zugeknöpft. Spitskjin war nicht groß und ertrank fast in seinem dicken Mantel. Ich rechnete damit, dass er alsbald abgeholt werden und wie an den anderen Tagen mit dem Diplomatenfahrzeug in den Drammensvei gefahren würde. Er zündete sich eine Zigarette an und starrte ziemlich lange auf das Auto, in dem ich saß, und dann auf die Wohnung, die wir schräg gegenüber der seinen angemietet hatten, als wollte er sagen: ›Ihr könnt mich mal.‹ Dann begann er zu gehen. Ich hatte nur wenige Sekunden, um eine Entscheidung zu treffen. Spitskjin ging in Richtung Holbergs plass. Sollte ich ihn dort verlieren, konnte er in alle Himmelsrichtungen verschwinden. Ich gab per Funk an die Männer in der Wohnung durch, dass sie dort bleiben sollten. Schließlich konnte er ja auch jeden Augenblick zurückkehren. Ich nahm das Funkgerät mit, das, wie ich bald herausfinden sollte, aber nicht funktionierte. Spitskjin ging quer über den Holbergs plass und verschwand in einem Tabakladen. Das eröffnete mir eine Chance. Ich sprang vor dem SAS-Hotel in ein Taxi. Als Spitskjin wieder auf die Straße kam, ging er zurück über den Platz und stieg in eine nur halbvolle Straßenbahn, die über die Pilestredet in Richtung Norden fuhr. Er blieb bis zur Endhaltestelle am John Colletts plass direkt an der Universität in der Bahn. Von dort aus begann ein anderthalbstündiges Katz-und-Maus-Spiel zu Fuß durch die Villengegend und durch Marienlyst bis nach Fagerborg. Irgendwann begann es zu schneien, und ungelenk, wie ich war, ging ich im Stensparken zu Boden und verlor ihn für einen Moment aus den Augen. Als ich ihn wieder sah, ging er gerade um die Ecke an der Fagerborg Kirche. Es war mittlerweile fast dunkel und ich sah gerade noch seinen Mantel. Ich rannte ihm hinterher. Als ich die Kirchentreppe erreichte, fuhr ein schwarzes Diplomatenfahrzeug mit getönten Scheiben, ein Wolga, direkt an mir vorbei. Der Wagen musste hinter der Kirche geparkt haben. Der Wagen war zu schnell und wäre fast von der Straße abgekommen, als er am Norabakken abbog und in Richtung Suhms gate davonfuhr. Ich blieb wie ein versetzter Bräutigam auf der Kirchentreppe stehen und sah das Auto verschwinden.«

Christian Wessel lachte leise. Jan Amundsen befeuchtete seine Lippen, er schien sich wirklich nach einer Zigarette zu sehnen. Wessel kam zurück zum Tisch und schenkte Whisky nach.

»Und dann?«, fragte Tommy. »Das war doch sicher nicht alles?«

»Ich war natürlich stinksauer«, sagte Amundsen. »Ich hatte Spitskjin verloren, und das an einem Tag, an dem er entweder einen Agenten traf, den er persönlich führte, oder auf dem Weg zu einem konspirativen Treffen irgendwo in der Stadt war. Die Tatsache, dass Spitskjin wie irgendein normaler Agent durch die Stadt lief, überzeugte uns aber, dass er selbst den norwegischen Agenten führte. Und Storholt konnte das ja nicht sein, da der in New York war. Dann endlich, nach drei Stunden Warten in der Wohnung im Drammensveien, sahen wir Spitskjins privaten Mercedes von Westen her durch das Schneegestöber anrollen. Wir hatten den Wagen ein paar Tage zuvor aus den Augen verloren, er musste ihn irgendwo an einem unbekannten Ort in der Stadt abgestellt haben. Einer der Soldaten öffnete das Tor und der Wagen verschwand auf dem Hof. Wir schossen ein paar Bilder, als Spitskjin die Treppe zur Botschaft hochging. In der rechten Hand hielt er eine Aktentasche, die er nicht gehabt hatte, als ich ihn observiert hatte.«

Jan Amundsen schloss die Augen für einen Moment und atmete tief durch, als erlebte er alles noch einmal.

Christian Wessel verstand die Situation. Er zog eine Schublade seines Schreibtisches auf und nahm einen Kristallaschenbecher heraus.

»Das wird eine lange Nacht«, sagte er und stellte den

Aschenbecher vor Amundsen, der ihn ungläubig ansah, auf den Tisch. Er zündete sich eine Zigarette an und sah einige Züge später schon nicht mehr so müde aus. »Spitskjin hat die Botschaft erst morgens um halb fünf verlassen«, fuhr Amundsen fort. »Das konnte nur bedeuten, dass die Dokumente in seiner Tasche so wichtig waren, dass sie sie noch in der Nacht verschlüsseln und nach Moskau telegrafieren mussten. Spitskjin wird die Botschaft erst verlassen haben, als er die Bestätigung hatte, dass die Nachricht empfangen und verstanden worden war.«

Jan Amundsen genoss schweigend ein paar Züge von seiner Zigarette. Tommy beugte sich vor, als hätte er eine Frage auf den Lippen.

»Das ist noch nicht alles«, sagte Christian Wessel.

»Ich hatte die Wohnung im Drammensveien etwa gegen Mitternacht verlassen und war zu meiner Geliebten gefahren, die ich kurz vor Neujahr kennengelernt hatte. Es war der verrückteste Tag meines Lebens, auf jeden Fall seit dem Tod meines Vaters, aber das ist eine ganz andere Geschichte. Früh am nächsten Morgen, es war gerade erst sieben, meldete sich mein Pieper. Mein Chef, Arnfinn Toft, wollte wissen, wo zur Hölle ich sei. Das waren wirklich seine Worte. Eine halbe Stunde später holte er mich ab. Es hatte im Laufe der Nacht kräftig geschneit, sodass wir auf der E6 in Richtung Norden nur langsam vorankamen. Toft war für den harschen Umgang mit seinen Mitarbeitern bekannt, und ich wurde an diesem Morgen ziemlich heftig zur Brust genommen. Ich rechnete schon mit meinem Rauswurf, aber als wir auf dem militärischen Teil des Flughafens Gardermoen ankamen, war ich noch in Amt und Würden. Und dort, im Keller einer der Baracken, saß ein Russe. Außer uns waren auch ein paar Amerikaner und Briten vor Ort, und natürlich Leute der norwegischen Spionageabwehr. Wir bekamen eine Stunde mit dem Russen, ehe er noch am selben Tag nach London ausgeflogen wurde. Der Russe war der KGB-Oberst Anatoli Gerwinski, der tags zuvor in Helsinki abgesprungen und in die britische Botschaft gegangen war. Sie hatten ihn Hals über Kopf weggebracht, auf das Rollfeld von Vantaa gefahren und mit einem britischen Diplomatenflugzeug, das gerade aus Westberlin gekommen war, ausgeflogen. Die Briten sagten, er habe Informationen über mehrere Norweger, die als sowjetische Spione arbeiteten. Besonders zwei davon seien von Interesse, über die anderen wisse er nicht viel. Gerwinski konnte uns tatsächlich über einen Spion im Außenministerium unterrichten, der unter anderem als »Posylny«, also Bote, geführt wurde. Wir gingen natürlich davon aus, dass es sich dabei um Storholt handelte, auch wenn wir Jahre gebraucht hatten, um die Beweise gegen ihn zusammenzutragen. Aber Gerwinski konnte uns noch mehr sagen, obwohl er nur ein Wort nannte.«

Amundsen zündete sich eine weitere Zigarette an. Christian Wessel stand von seinem Schreibtisch auf und begann hin und her zu laufen, als versuchte er, seine Unruhe zu bekämpfen.

»Kaffee?«, fragte er plötzlich. »Soll ich Maria bitten, uns einen Kaffee aufzusetzen?« Tommy fand es merkwürdig, jetzt an Kaffee zu denken, und ignorierte ihn.

»Was war das für ein Wort, das Gerwinski genannt hat?«

»Der Bär«, sagte Wessel und kam Amundsen zuvor.

»Christian war damals der persönliche Sekretär des Ministerpräsidenten. Er kennt die ganze Geschichte«, sagte Amundsen.

»Der Bär?«, wiederholte Tommy. »Was soll das sein? Ein Codename?«

Amundsen nickte ein paarmal.

»Gerwinski hatte, bevor er im Sommer 1982 nach Helsinki

gekommen war, in der Zentrale in Moskau in einer Analysegruppe des Departements Norden gearbeitet. Dort wurden die Informationen gefiltert, die an das Zentralkomitee und das Politbüro weitergeleitet werden mussten«, sagte Wessel. »Er hat dadurch Einblick in einen Großteil der nachrichtendienstlichen Ermittlungen aus Nordeuropa gehabt, kannte aber natürlich weder die Identität von Arvid Storholt noch vom Bären. Er betonte aber, dass es an der Spitze des Außenministeriums einen Agenten geben müsse, den wir anhand der Codenamen rasch als Storholt identifizieren konnten. Es gab aber eben noch einen zweiten. Auf Russisch lautete der Codename *Medwedew*, was auf den Namen Bjørn hindeuten konnte. Auf Norwegisch haben wir aber weiter den Codenamen »Bär« genutzt. Gerwinski meinte, dass *Medwedew* irgendwie etwas mit U-Booten zu tun haben müsse. Er meinte, Informationen über die neuen Eigenschaften der U-Boote gesehen zu haben und dass als Quelle für diese Informationen *Medwedew* angegeben gewesen sei. Diese Information ließ noch immer großen Spielraum, es konnte sich um einen Marineoffizier handeln, jemanden aus der Materialversorgung, der Kommandozentrale, dem Nachrichtendienst oder um einen Zivilisten aus dem Verteidigungs- oder Finanzministerium. Vielleicht sogar aus dem Büro des Ministerpräsidenten. Die Liste der möglichen Kandidaten war ziemlich lang.«

»Halten wir uns an den Codenamen Bär«, sagte Tommy. »Das alles ist also einen Monat vor Christel Heinzes Verschwinden passiert? Und dann hat jemand diesen *Medwedew* mit Christel Heinzes geheimem Liebhaber in Verbindung gebracht?«

»Bingo«, sagte Christian Wessel.

»Sie hatte ein Verhältnis mit einem Mann namens Bjørn.« Tommy sprach mehr zu sich selbst als mit den anderen.

»Deshalb ist der Fall Heinze aus dem Reichsarchiv verschwunden.«

Amundsen sah ihn streng an, sagte aber nichts.

»Es muss sich nicht um denselben Mann handeln«, sagte Amundsen. »Heinzes Bjørn kann ein unschuldiges, kleines Lämmchen sein. Und wir wussten nichts über diesen Bjørn, nichts. Sieht man mal von dem Anruf dieser angeblichen Margaret Meyer ab und dem berühmten Schafspelzmantel, den eine Kollegin von Heinze erwähnt hatte.«

»Das ist wie die Nadel im Heuhaufen«, sagte Tommy.

»Und genau an diesem Punkt kommt Ihr Auftrag bei Martin Kleive ins Spiel, Bergmann.« Jan Amundsen stand vom Sofa auf. Irgendwo im Haus war ein Geräusch zu hören. Tommy sah auf die Armbanduhr, es war schon spät. Er fühlte sich müde und zerschlagen, war gleichzeitig aber auf seltsame Weise hellwach.

»Was hat es mit diesem Kleive auf sich? Ich weiß, dass er mit U-Booten zu tun hatte und dass Heinze in der Zeit, als diese U-Boote angeschafft wurden, in der Handelskammer arbeitete.«

»Sie haben Ihre Hausaufgaben gemacht«, sagte Amundsen. »Relativ viele Leute passten auf die Beschreibung von *Medwedew*. Kurz nach der Vernehmung von Gerwinski kam ein kluger Kopf darauf, dass die aus der Handelskammer verschwundene Deutsche Christel Heinze ein Verhältnis mit einem Mann namens Bjørn gehabt hatte.«

»Wer war dieser kluge Kopf?«, fragte Tommy.

»Mein damaliger Chef, Arnfinn Toft. Der Fall Heinze landete aber erst kurz vor Weihnachten auf seinem Schreibtisch. Normalerweise hatten wir ja nichts mit Vermisstenmeldungen zu tun, allerdings war Heinze durch einen Anruf aus Ostberlin vermisst gemeldet worden. Das war ja an sich schon verdächtig. Der Fall wurde nach Weihnachten nicht weiter verfolgt, sie war ja auch nicht wirklich verschwunden, sondern hatte einen Brief aus Ostberlin geschrieben.«

Jan Amundsen bemerkte die abgebrannte Zigarette zwischen seinen Fingern. Er legte sie in den Aschenbecher und trank einen Schluck Whisky.

»Nach der Vernehmung von Gerwinski ging uns dann ziemlich schnell ein Licht auf. Ende Januar 1983 führten wir ein weiteres Gespräch mit Melanie Mielke von dem deutschen Handelskontor, in dem auch Heinze gearbeitet hatte. Sie gab jetzt an, zu wissen, dass Heinze ein Verhältnis mit einem Marineoffizier aus Bergen gehabt habe, der sich oft in Oslo aufhalte und auch ein paarmal im Kontor gewesen sei. Sie konnte nicht wirklich erklären, warum sie das nicht schon vor Weihnachten gesagt hatte, aber jetzt redete sie wie ein Wasserfall. Der Offizier habe mit U-Booten zu tun gehabt, meinte sie, und sei nicht sonderlich groß gewachsen. Von da an war es nicht mehr weit bis zu Martin Kleive. Es gab aber mehr Fragen, als uns lieb war: Waren Kleive und dieser Bjørn ein und dieselbe Person oder gab es in Heinzes Leben mehrere Männer? Und nicht zuletzt: Wer war Heinze und wo zum Henker war sie abgeblieben? Sie hatte kurz nach ihrem Verschwinden und der Vermisstenmeldung durch diese mysteriöse Margaret Meyer ja einen Brief aus Ostberlin geschrieben. Erst kurz vor Neujahr 1983 verstanden wir, dass wir ziemlich geschlafen hatten, was Heinze anging. Es wurde immer wahrscheinlicher, dass sie als Spionin in Norwegen gewesen war, bis es ihr aber aus irgendeinem Grund zu heiß geworden war und sie sich deshalb abgesetzt hatte. Es war und blieb ein Mysterium, bis dann im Sommer dieser Leichnam in dem See bei Enebakk auftauchte. Inzwischen gehen wir davon aus, dass sie ermordet wurde, da sind wir uns doch wohl einig? Sollte sie nicht noch immer höchst lebendig durch Berlin flanieren. Was Kleive angeht, ist es mittlerweile ziemlich sicher, dass er Zugang zu Informationen hatte, die laut Gerwinski später in Moskau auftauchten, und dass er ein Verhältnis zu Christel Heinze hatte. Martin Kleive ist der Schlüssel zu diesem Fall, Bergmann. Entweder ist er selbst der Bär, oder er kann uns zum Bären führen.«

»Martin Kleive«, sagte Tommy leise, als läge die Lösung im Namen selbst.

»Wir haben ihn damals vom Haken verloren«, sagte Christian Wessel. »Ich könnte wetten, dass er Arvid Storholt umgebracht hat. Vielleicht auch Christel Heinze. Vielleicht hatte er Angst, entlarvt zu werden.« Wessel stand auf und trat an die Wand mit den Gemälden und Fotografien. Als er zu Tommy und Amundsen zurückkam, hielt er einen kleineren Rahmen in der Hand. Er reichte ihn Tommy. Vier Offiziere auf einem Schwarz-Weiß-Foto. Sie saßen dicht in einem engen Raum zusammen.

»In der Messe«, sagte Christian Wessel und zeigte auf ein rundes, junges Gesicht. Tommy erkannte neben dem Mann mit dem runden Gesicht den jungen Wessel. »Das ist Martin Kleive. Wozu braucht man Feinde, wenn man solche Freunde hat?«

Mai 1975

5

Erst als der Mann, der an ihrem Schreibtisch saß, mühsam aufstand, wurde ihr bewusst, wie groß er war.

»Hallo, Christel, wie lange ist das jetzt her, dass ich dich das letzte Mal gesehen habe?«, fragte er – wieder auf fehlerfreiem Deutsch, trotzdem war ihr irgendwie gleich klar, dass der

Mann kein Deutscher war. Das Gefühl der Furcht lähmte sie komplett, das letzte Mal hatte sie eine solche Angst verspürt, als sie damals darauf gewartet hatte, dass die Türen der Bahn sich endlich schlossen.

Der Mann lächelte vorsichtig und sie dachte, dass er nur ein Russe sein konnte. Sie wusste nicht, warum, er sah nicht wirklich slawisch aus, aber seine Ausstrahlung unterstrich das extrem ungleiche Machtverhältnis zwischen Russen und Ostdeutschen.

Er nickte in Richtung der offen stehenden Tür hinter ihr. Sie hörte das Klappern von Besteck aus der Gemeinschaftsküche und sah ein, dass der Mathematikstudent nichts verstanden hatte und auch sicher nichts unternehmen würde, so sie denn nicht hier und jetzt erschossen wurde. Sie ging einen Schritt zurück und schloss die Tür.

»Abschließen«, sagte der Mann.

Seine Hand strich vorsichtig über die kräftigen, mit Pomade nach hinten gekämmten Haare. Dann gab er ihr zu verstehen, dass sie sich aufs Bett setzen sollte, als wäre es sein Zimmer. Sie tat, was er wollte. Er nahm etwas von ihrem Schreibtisch und hielt es ihr hin.

Es waren zwei kleine Stücke Seife, genau wie die, die ihre Verwandten immer aus dem Westen mitgebracht hatten. Sie nahm sie, hielt sie sich unter die Nase und versuchte, an nichts zu denken.

»Wo haben Sie die her?«, fragte sie. »Es ist ihr doch nichts geschehen?«

Sie sah zu ihm hoch. Er lächelte nicht mehr, sein Gesicht sah aus wie eine Totenmaske.

»Du bist älter geworden, *továrka*«, sagte er auf Russisch.

Nenn mich nicht Kamerad, dachte sie, sagte aber nichts. Der Mann zog eine Fotografie aus der Tasche der Anzugjacke. Ein verblasstes Farbfoto von ihr selbst. Sie erinnerte sich nur zu gut an diese Aufnahme. Sie war als Zwölfjährige Schwimmkönigin gewesen und hatte im Sommer auf dem Schulhof in Pionieruniform, weißer Bluse und rotem Halstuch posiert. In der rechten Hand hielt sie das blaue Abzeichen, das sie als beste Russischschülerin der Schule bekommen hatte.

»Das waren noch andere Zeiten«, sagte er.

Christel spürte, wie ihr ein Schauer über den Rücken lief.

Der Mann hob den Stuhl an, als wäre er ein Puppenstuhl, stellte ihn umständlich in die Mitte des Zimmers und nahm darauf Platz. Er knirschte unter seinem Gewicht. Dann holte der Mann ein Päckchen Marlboro hervor und reichte ihr eine. Sie schüttelte den Kopf und dachte, dass er sein Leben dem Kampf gegen die USA widmete, dabei aber nicht auf die imperialistischen Zigaretten verzichten konnte.

»Wo haben Sie diese Seifen her, *gospodin*?«, fragte sie und betonte sarkastisch die bürgerliche Bezeichnung. Auch wenn sie Angst hatte, so leicht wollte sie sich nicht geschlagen geben.

»Aus dem Krankenhaus, in dem deine Schwester behandelt wird.«

Es dauerte eine Weile, bis die Worte zu ihr durchdrangen.

»Und das soll ich Ihnen glauben. Was soll sie denn haben?«

»Magda ist schon lange auf der Suche nach dir. Ihr Vater verbietet ihr aber jedweden Kontakt zu dir. Er hat seine Arbeit verloren. Deine Mutter versorgt jetzt die ganze Familie, sie hat ihre Stelle als Lehrerin aufgeben müssen, hatte aber Glück und konnte in der Schule als Putzfrau anfangen. Vielleicht müssen sie in eine andere Stadt ziehen, du weißt ja, wie Ostberlin ist. Auf dem Land kann man sich vielleicht noch selbst versorgen. Auf jeden Fall bis zu einem gewissen Grad.« Wieder fuhr er sich mit der Hand über die glatten Haare. Die Frisur war in den Sechzigern vielleicht einmal modern gewesen, in den Siebzigern aber sicher nicht.

»Weswegen wird sie behandelt?«

»Sie hat einen Gehirntumor«, sagte er.

»Gehirntumor?«

»Sie bekommt gerade die zweite Chemotherapie.«

Christel schüttelte den Kopf. Ein Teil von ihr sagte ihr, dass das eine Lüge war, der andere, dass Magda ihr wegstarb.

»Deine Mutter wollte, dass ich dir das hier gebe.«

Der Mann nahm ein Blatt Papier aus der Tasche.

Christel blieb mit dem Papier in der Hand sitzen und starrte aus dem Fenster in das grüne Inferno der Birken an der Bahnlinie.

Der Mann drückte die Zigarette unter der Schuhsohle aus und schob die Kippe zurück in die Schachtel. Er schien alle Zeit der Welt zu haben. Der geht hier nicht weg, dachte sie und begann zu lesen, während sie sich mit der anderen Hand noch immer die kleinen Seifen unter die Nase hielt.

Es war ein kurzer, unsentimentaler Brief, typisch für ihre Mutter. Fast gefühllos. Dabei nicht boshaft, sondern einfach ohne die Wärme, die man bei einer Mutter erwartete. Auch wenn es Jahre her war, dass Christel die Handschrift ihrer Mutter gesehen hatte, erkannte sie die streng symmetrische Schrift der Lehrerin.

Magda reagiert sehr schlecht auf die Chemo.

Seit du weg bist, hat sie jeden Tag von dir gesprochen.

Seit ich weg bin, dachte Christel.

Weg.

Sie wollte vor dem Russen nicht weinen, trotzdem kamen ihr die Tränen.

Die Mutter hatte den Brief mit *Mama* unterschrieben.

Bis zu diesem letzten Wort entsprach alles ganz typisch ihrer Mutter, sie machte ihr keine Vorwürfe, jedenfalls nicht direkt. Kein Wort über den Vater oder darüber, welche Niederlage es für ihn gewesen sein musste, eine Landesverräterin als älteste Tochter zu haben. Nur die wenigen Zeilen über Magda. Und dann zum Schluss: *Mama.* Dabei hatte sie, schon als Christel zehn Jahre alt gewesen war, gesagt, dass jetzt dann mal Schluss sei mit diesem *Mama.* Sie dürfe sie gerne *Mutter* oder *Ilse* nennen.

Die Kindheit ist vorbei, meinst du nicht auch?

Es waren diese vier Buchstaben in perfekter Schönschrift, die sie weinen ließen. Dass ihre kleine Schwester krank war, drang einfach nicht zu ihr durch, wohl aber die Tatsache, dass sie ihre Mutter wieder *Mama* nennen durfte.

Der Russe räusperte sich, als machte es ihn verlegen, sie weinen zu sehen.

Er reichte ihr eine Farbfotografie, die an einer Ecke umgeknickt war.

Magda starrte sie mit ihren großen, braunen Rehaugen direkt an. Sie war kaum wiederzuerkennen, ohne Haare und Augenbrauen. Nur ein bisschen Flaum ganz oben auf dem blanken Schädel. Wie bei einem Baby. Ein Schlauch kam aus ihrer Nase und in ihrem Arm steckte eine Kanüle. Das Gesicht war aufgedunsen, als wäre sie ein roter Ballon kurz vor dem Platzen. Ein Krankenhausbett, eine grüne Wand, und der alte Steiff-Teddy, der noch aus der Vorkriegszeit stammte und den Magda schon als kleines Mädchen von Christel geerbt hatte, die ihn wiederum von ihrer Mutter hatte.

»In Ostdeutschland wird man ihr nicht helfen können, Christel. Sie muss nach Moskau, ins *Kremlyovka.* Sie braucht Injektionen des richtigen Zellgifts direkt in den Tumor. Oder sie muss operiert werden. Es gibt auf der ganzen Welt aber nur sehr wenige Neurologen, die eine Operation an dieser Stelle vornehmen können, ohne dass dies zu bleibenden Hirnschäden führt. Die in Kunzewo sind besser als ihre amerikanischen Kollegen, Kamerad.«

Er legte seine große Hand an die Seite ihres Kopfes, direkt

oberhalb des Ohrs, und tippte mit einem Zeigefinger auf eine Stelle am Kopf.

Das *Kremlyovka*, dachte sie. Unter den älteren Pionieren hatten Gerüchte kursiert, dass die kranken Parteikoryphäen im sogenannten Kreml-Krankenhaus wieder fit gemacht worden waren. Sie hatten bei ihrer Abfahrt nach Moskau mit einem Fuß im Grab gestanden, waren aber wie neugeboren zurückgekehrt. Das streng bewachte Krankenhaus lag gleich neben Stalins Datsche in Kunzewo, das wusste sie, obwohl Pioniere so etwas eigentlich nicht wissen sollten. Sie könnten sonst auf die Idee kommen, dass die klassenlose Gesellschaft doch nicht existierte.

Mit einem Mal stand ihr Entschluss fest. Sie dachte nicht an Bjørn, nicht an ein Leben in Freiheit, nicht an die Kinder, die sie mit ihm wollte.

»Ich gehe zurück.«

Sie faltete den Brief ihrer Mutter zusammen und versuchte, das Foto von Magda zu glätten, ehe sie es aufs Bett legte.

Sie nickte mehrmals, hielt inne und nickte dann noch einmal, als argumentierte sie innerlich mit sich selbst.

»Ich ziehe zurück, noch heute, wenn das nötig sein sollte.«

Der Mann stand auf, und dieses Mal wirkte er noch größer als zuvor.

»Du wirst nirgendwohin reisen, Christel, ohne mir das anzuvertrauen. Mir, Sascha. Sonst gilt unsere Vereinbarung nicht. Ich bitte dich nur um einen kleinen Gefallen. Und vielleicht einen weiteren Gefallen, wenn beim ersten Mal alles geklappt hat. Verstehst du?«

Sie sagte etwas, allem Anschein nach aber zu leise, denn er wiederholte nur: »Verstehst du?«

Oktober 2016

6

Der Himmel über der Stadt war noch immer schwarz, als sie Christian Wessels riesiges Anwesen am Holmenkollåsen verließen. Weder Tommy noch Amundsen waren nach den Stunden beim Staatssekretär sonderlich gesprächig. Tommy hatte zwischenzeitlich geglaubt, die Zusammenhänge verstanden zu haben, aber jetzt, da er Jan Amundsens Volvo über die Haarnadelkurven des Holmenkollveiens nach unten steuerte, verwirrte ihn alles nur wieder. Er sollte sich vielleicht geehrt fühlen, in das Zentrum der Macht Norwegens eingeladen worden zu sein, hatte aber den Verdacht, in einem Spiel benutzt zu werden, dessen Konsequenzen er gar nicht überschauen konnte.

»Wer hat Sie darum gebeten, im Reichsarchiv nach Christel Heinzes Akte zu suchen?«, fragte Amundsen, als sie die steilste Partie hinter sich hatten.

Tommy antwortete nicht.

»Hätten Sie gefragt, hätte ich sie Ihnen gegeben.«

»Warum haben Sie die Akte aus dem Archiv entfernt?«, fragte Tommy.

»Wer sagt, dass ich das getan habe? Sie ist irgendwann 1983 aus dem Polizeipräsidium verschwunden. Papiere verschwinden in dieser Branche schnell einmal, das heißt aber noch lange nicht, dass sie weg sind.«

Tommy dachte eine ganze Weile nach. Als sie zur Shell-Tankstelle am Gressbanen-Stadion kamen, fuhr er von der Straße ab und hielt an. Die zwei Männer blieben schweigend sitzen und beobachteten einen Mann, der einen großen SUV betankte.

»Warum brauchen Sie mich für das hier, Amundsen? Weil

Sie die Verbindung zu mir kappen können, sollte etwas schiefgehen? Was bei Ihren eigenen Leuten nicht so einfach wäre?«

Jan Amundsen schien die Frage nicht beantworten zu wollen. Stattdessen fingerte er an der nächsten Zigarette herum. Der Mann rauchte derart viel, dass Tommy es geradezu widernatürlich fand, dass er noch am Leben war.

»Was halten Sie von Christian Wessel?«, fragte Amundsen schließlich.

»Er wirkt ganz okay.«

Amundsen nickte.

»Und was denken Sie über diese Gerwinski-Geschichte?«

»Wie meinen Sie das? Stimmt die denn nicht?«

»Doch, natürlich. Ich war selbst dabei. Und Arnfinn Toft. Er lebt noch. Sie können nach Asker fahren und mit ihm reden, er ist noch sehr fit.«

»Sie meinen, dass Gerwinski von den Russen geschickt wurde, um Sie zu verwirren? Und dass Storholt geopfert werden sollte?«

Jan Amundsen zeigte mit der Zigarette zwischen Zeige- und Mittelfinger auf ihn.

»Haben Sie etwas über Gerwinski gelesen?«

»Nein.«

»Dann haben Sie wirklich Talent für dieses Business.«

»Tja«, sagte Tommy. »Und jetzt soll ich in einem Einbruch ermitteln, den ich selbst begangen habe.«

Amundsen lachte.

»Nachdem Gerwinski schon eine ganze Weile in London war, bekamen die Briten langsam den Verdacht, dass mit ihm etwas nicht stimmte. Hier zu Hause haben wir vermutlich etwas zu spät verstanden, dass er den Verdacht zu einfach auf Martin Kleive gelenkt hatte. Das ist mein Ansatzpunkt. Kleive war einfach der perfekte Verdächtige, da passte alles so gut zusammen, dass wir später wieder von ihm abgerückt sind. Er hatte, wie es uns schien, ein ziemlich offenes Verhältnis mit Christel Heinze. Hätte er das als russischer Spion wirklich gehabt? Und war sie wirklich mehr als nur eine ganz normale Angestellte eines deutschen Handelskontors? In den Rosenholz-Dateien, die nach dem Mauerfall zugänglich wurden, gab es keine Spur von ihr. Wir kauften ziemlich viel Material von den Amerikanern, fanden aber keinen Hinweis auf Heinze. Erst nach ihrem Verschwinden haben wir verstanden, dass sie vielleicht eine Spionin war. Vorher war niemand auf diesen Gedanken gekommen. Es ist aber auch nicht ausgeschlossen, dass Gerwinski die Wahrheit gesagt hat und er ein echter Abtrünniger war. Mit Sicherheit kann das niemand sagen. Er starb 1993, hat sich zu Tode gesoffen. Gegen Ende seines Lebens war er ziemlich verwirrt und hat immer wieder behauptet, dass er ein Nachkomme der Romanow-Familie sei und zurück nach Russland wolle, um nach dem Zusammenbruch der Sowjetunion posthum ein Verfahren gegen Lenin und Stalin anzuleiern.«

Jan Amundsen schüttelte den Kopf und warf die Kippe aus dem Seitenfenster.

»Sie meinen also, Gerwinski könnte den Verdacht absichtlich auf Kleive gelenkt haben, um den wahren Spion zu schützen? Und dass er deshalb auch Storholt geopfert hat?«

»Vielleicht. Angleton nannte das *the wilderness of mirrors*, Bergmann. Wird man nicht von etwas anderem verrückt, raubt einem die Gegenspionage den Verstand. Freunde sind Feinde, Feinde sind Freunde, Wahrheit ist Lüge und Lüge Wahrheit. Verstehen Sie?«

Tommy antwortete nicht. Was sollte man auf so etwas auch antworten? Er brauchte eine Welt, die etwas konkreter war.

»Wo ist Martin Kleives Jagdrevier? In Finnskogen?«

»Ja, ganz im Osten der Hedmark. Er hat da oben ein großes

Anwesen. In der Gegend kriegt man Wald und Seen nachgeschmissen. Er hat sich da ein richtiges Jagdschloss hingebaut. Wie ein Graf.«

Tommy nahm sein Handy und lud eine Karte.

»Verdammt«, sagte er leise und fuhr mit den Augen den schnellsten Weg von Son nach Finnskogen ab. Er führte am westlichen Ufer der Glomma vorbei. Die Straße hatte Tommy durch Storholts Teleskop gesehen. Wenn Kleive an der Kreuzung in Vormsund rechts abbog, war er in zehn Minuten bei Storholt. Und von Finnskogen aus würde er auch nicht mehr als vielleicht neunzig Minuten brauchen.

»Sehen Sie mal«, sagte er und reichte Amundsen das Handy.

Amundsen setzte seine Lesebrille auf und studierte das Display.

»Wie lang braucht er von Finnskogen bis Nes?«

»Etwa anderthalb Stunden«, sagte Tommy, ohne ganz sicher zu sein. Es konnte auch etwas mehr sein.

»Überprüfen Sie sein Alibi für die Mordnacht. Gründlich.«

Sie fuhren schweigend bis zu Amundsens Villa in Bærum.

Amundsen gab ihm die Anweisung, zweihundert Meter vor dem Haus anzuhalten. Den Rest wollte er selber fahren. Tommy musste durch den Nieselregen zu Fuß zur U-Bahn-Haltestelle Østerås laufen.

Bevor er aus dem Wagen ausstieg, fragte Tommy, was ihm schon die ganze Nacht durch den Kopf gegangen war: »Warum haben Sie Christian Wessel gegenüber nichts von den Blumen gesagt, die Sie bekommen?«

»Weil die Wahrheit schlimmer sein kann, als ich mir eingestehen will.«

Jan Amundsen öffnete die Autotür und stieg aus. Tommy folgte seinem Beispiel. In der Dämmerung sah er auf der anderen Seite des Griniveien die Umrisse des Ila-Gefängnisses, in dem Storholt seine Strafe abgesessen hatte. Einige Vögel flogen von den schwarzen Feldern zwischen der Straße und den Gefängniszäunen auf. Tommy folgte ihnen mit dem Blick. Sie flogen in Formation südwestwärts und stiegen immer höher an den Himmel, der sich mehr und mehr rosa färbte. Bald würde die Sonne aufgehen. Das Ganze hatte etwas Romantisches, Unschuldiges. Zwei Eigenschaften, die so gar nicht die Welt charakterisierten, in der Jan Amundsen sein ganzes Leben verbracht hatte.

»Kommen die Blumen immer aus demselben Blumenladen?«

»Ja.«

»Aus welchem?«

»Als Gerwinski die Seite gewechselt hat, arbeitete ein recht junges Parteimitglied der Rechten als persönlicher Sekretär für den Ministerpräsidenten. Storholt war Bürokrat im Außenministerium, seine Zeit als Staatssekretär war vorüber, nachdem die Arbeiterpartei die Wahl 1981 verloren hatte.« Jan Amundsen klappte den Kragen seines Mantels hoch. Er umklammerte die Autoschlüssel, die Tommy ihm gegeben hatte. Er schien irgendwie in die Ferne zu schauen, als hätte er gerade nicht mit Tommy gesprochen, sondern mit sich selbst. »Die Rechten bildeten die Regierung. Storholt war Büroleiter.«

»Welcher Blumenladen?«, fragte Tommy. Warum zum Henker wollte Amundsen ihm nicht antworten?

»Erinnern Sie sich nicht mehr, wer damals der persönliche Sekretär des Ministerpräsidenten war? Wen haben Sie auf dem Foto aus der Offiziersmesse der KNM Uredd gesehen?«

Tommy antwortete nicht.

»Christian Wessel«, sagte Amundsen.

Tommy brauchte ein paar Sekunden, um zu verstehen, was Amundsen ihm sagen wollte.

»Das ist ein Wespennest, Bergmann. Was Gerwinski ausgesagt hat, konnte er durch Storholt wissen, aber auch von jemandem weiter oben. Von einem Politiker entweder aus dem Außenministerium oder dem Büro des Ministerpräsidenten. Und wer, glauben Sie, hat in dem Gremium für die Anschaffung der neuen U-Boote den Ministerpräsidenten vertreten?«

Amundsen zündete sich eine weitere Zigarette an und ließ Tommy Zeit zum Nachdenken.

»Sie kommen gerade von ihm«, sagte er in der Sekunde, in der Tommy den Mund öffnete. »Christian Wessel«, sagte Tommy.

»Christian Wessel«, wiederholte Amundsen.

»Das muss ein Zufall sein«, sagte Tommy.

»Glauben Sie an Zufälle? Nun, vielleicht manchmal. Aber genau deshalb habe ich Wessel nichts von den Blumen gesagt, Bergmann. Ich habe meine Gründe, wenn ich etwas sage, ich habe aber auch meine Gründe, um zu schweigen. Martin Kleive weiß viel über U-Boote, dasselbe gilt aber auch für Christian Wessel. Und er hatte Zugang zu denselben Informationen wie Kleive, als er für den Ministerpräsidenten arbeitete. Vielleicht bin ich aber auch nur paranoid, Bergmann. Was meinen Sie?«

Tommy nickte, als wäre das die beste Antwort, die er geben konnte.

»Nehmen wir mal an, dass die Blumen etwas mit Kleive zu tun haben, oder im schlimmsten Fall mit Wessel. Der Absender der Blumen versucht Ihnen etwas zu sagen«, sagte Tommy. »Sagen Sie mir, mit welchem Blumenladen wir es hier zu tun haben, und ich finde die Person für Sie.«

Jan Amundsen seufzte schwer, als hätte er es mit einem quengelnden Kind zu tun, das lauter Selbstverständlichkeiten von sich gab.

»In den letzten zehn Jahren wurden die Blumen aus Fred Scholls Laden in der Rosenkrantz' gate geschickt. Davor war es ein Laden in Majorstua. Der Auftraggeber befindet sich aber nicht in Norwegen, Bergmann.«

»Und wo dann?«

»In Berlin. Der Auftrag wurde per Brief von unterschiedlichen Adressen in Berlin erteilt. Die Bezahlung läuft über die Western Union. In den letzten Jahren über die Filiale auf der Prenzlauer Allee.«

Tommy schüttelte den Kopf.

»Keine Unterschrift?«

»Bar bezahlt. Herr oder Frau Anonym.«

»Ist das möglich?«

»Allem Anschein nach, ja«, sagte Amundsen.

Amundsen schob die Unterlippe vor und schnitt eine Grimasse, die wohl unterstreichen sollte, dass er mehr dazu nicht sagen würde. Jedenfalls nicht jetzt.

»Warum legte der Auftraggeber das Geld nicht in den Umschlag, zusammen mit dem Brief, mit dem er das Bukett bestellt. Warum der Umweg?«

Amundsen schüttelte den Kopf.

»Keine Ahnung. Aber es soll ja Leute geben, die gerne spielen, meinen Sie nicht auch?«

Tommy dachte einen Moment nach. Dann ging er noch einmal auf den Gedanken ein, dass das Unmögliche möglich sein konnte.

»Sind wir uns so sicher, dass es wirklich Christel Heinze ist, die wir da in Enebakk gefunden haben?«

Jan Amundsens Gesichtsausdruck deutete an, dass er vielleicht doch lieber jemand anderen mit diesem Fall hätte betrauen sollen.

»Natürlich ist das Heinze«, sagte er. »Wer sollte es denn sonst sein?«

Mai 1975

7

Sie hatte so lange darüber nachgedacht, wie sie es sagen sollte, war aber trotzdem zu keinem Schluss gekommen. Hätte sie mehr Zeit gehabt, wären ihr vielleicht die richtigen Worte eingefallen. Jetzt aber hatte sie keine andere Möglichkeit, als die Wahrheit zu sagen. Oder?

Das Examen war unbefriedigend gelaufen, ob sie bestanden hatte, wusste sie noch nicht. Aber das war im Moment egal. Es war einer der letzten Tage im Mai, aber sie fühlte sich, als wäre noch immer Winter.

Er sah sofort, dass etwas nicht stimmte.

»Was ist denn los?«

»Nichts, wieso?«

Sie stocherte in ihrem Essen herum. Das Lokal war voll, trotzdem hatte sie das Gefühl, total isoliert zu sitzen. Angeblich handelte es sich um eines der besten Restaurants Trondheims, und sie übernachteten im besten Hotel der Stadt. Bjørn hatte seiner Frau gesagt, er müsse auf eine Konferenz in Trondheim. Eine Lüge, wie alles andere auch. Sie hatte ihn mit seiner Frau telefonieren hören, als sie am Vormittag gebadet hatte. Dass es ihm so wenig abverlangte, ihr derart ins Gesicht zu lügen! Er hatte beteuert, wie sehr er sie vermisse, und versprochen, ihr etwas Schönes aus Trondheim mitzubringen. Das war wirklich das Mindeste, dachte man daran, wie viel Geld er für Christel springen ließ. Flugticket, Kleider, Hotel. Christel hatte vor dem Nidarosdom Fotos von dem Lügner gemacht. Und einen alten Mann gebeten, Bilder von ihnen beiden zu machen.

So würde es auch in den nächsten Jahren laufen, dachte sie. Neue Städte, in denen niemand sie kannte und Bjørn kaum ein Risiko einging, auf Bekannte zu stoßen. Trotzdem wollte sie ihn nicht gehen lassen, ja, tief in ihrem Inneren wusste sie, dass sie das niemals tun würde.

»Ich sehe doch, dass etwas nicht stimmt, Christel. Bist du nicht zufrieden?«

Sie schüttelte den Kopf.

»Ich habe gerade erst erfahren, dass meine Schwester krank ist.«

»Deine Schwester?«, fragte er. »Ich dachte, du hättest einen Bruder.«

Sie schüttelte den Kopf. Er reichte ihr die Zigaretten, sie lehnte aber dankend ab. Die erinnerten sie nur an Krebs. Vom Rauchen bekam man doch Krebs?

Er beugte sich vor und nahm ihre Hand.

»Sie ist erst fünfzehn Jahre alt, und sie hat Krebs.«

Bjørn drückte fest ihre Hand. Sie sah den Abdruck des Eherings in der Haut des Ringfingers.

»Ich denke darüber nach, nach Hause zu fahren«, sagte sie.

»Nach Hause?«

Sie zog die Hand weg und stand abrupt auf.

»Ich habe keinen Hunger.« Sie ging durch das Restaurant und tat so, als müsse sie auf die Toilette, verschwand dann aber an der Rezeption vorbei und über die Treppe nach oben in ihr Zimmer. Sie fühlte sich wie damals, als sie vom Munchmuseum zur U-Bahn gelaufen war, wohl wissend, dass Manfred ihr folgte.

Sie öffnete ein Fenster und ließ die warme Luft herein. Dann beugte sie sich vor und sah auf den Asphalt zehn bis zwölf Meter unter sich.

Sie spürte den Luftstrom, als hinter ihr die Tür geöffnet wurde und gleich darauf ins Schloss fiel.

»Was zum Henker ist los mit dir?«, sagte Bjørn. »Warum lässt du mich einfach so sitzen?«

Sie drehte sich nicht um.

»Und eine Schwester? Wieso hast du plötzlich eine Schwester?«

»Ich habe dir nicht die Wahrheit gesagt«, erwiderte sie leise.

Sie spürte seine Hände auf ihren Schultern, fest, als wäre er wütend. Wie ein Vater, der seine ungehorsame Tochter zurechtweisen musste.

In der Sekunde, als Bjørn sie umdrehte und ohne Weiteres aus dem Fenster hätte stoßen können, fragte sie sich, wie Sascha von Bjørn wissen konnte.

Wem hatte sie sich anvertraut?

Es gab nur eine Person, die über ihn Bescheid wusste.

Bjørn hielt ihre Schultern und drückte sie nach hinten. Seine Augen waren dunkel, als wäre er ein anderer Mann, nicht der Bjørn, den sie kannte. Der Geruch seines Rasierwassers wirkte plötzlich alles andere als anziehend. Sie hatte sich zur Prostituierten eines Regimes gemacht, vor dem sie davongelaufen war, und er schien das bereits zu merken.

»Stoß mich doch raus!«, schrie sie. »Stoß mich doch aus dem Fenster, dann bist du mich endgültig los!«

»Hör auf zu schreien!«, sagte er.

»Du traust dich wohl nicht, was?«, sagte sie jetzt ruhiger. »Ich weiß doch, was du willst. Tu es, dann bist du mich für immer los.«

Bjørn schüttelte den Kopf und legte ihr vorsichtig die Hand auf den Mund, mit der anderen Hand hielt er noch immer ihre Schulter.

»Sag so was nicht«, bat er leise. »Warum tust du das? Du lügst mich an und ich versuche, dich zu trösten. Und was meinst du mit ›ich habe dir nicht die Wahrheit gesagt‹?«

Christel nahm seine Hand von ihrem Mund und atmete ein paarmal tief durch, als hätte sie sich physisch angestrengt.

»Ich bin aus Ostdeutschland. Aus Berlin. Vor zwei Jahren war ich bei einem Schwimmturnier in Oslo. Dabei habe ich mich abgesetzt. Ich habe Schande über meine ganze Familie gebracht, habe ihnen alles kaputtgemacht. Und jetzt wird Magdalena auch noch sterben.«

Bjørn ließ ihre Schulter los.

»Ich verstehe gar nichts.« Er wich langsam zurück, bis er hinter sich das Bett spürte. Dann ließ er sich nach hinten fallen und blieb auf dem Rücken liegen, den Arm auf dem Gesicht.

»Du bist geflohen? Habe ich das richtig verstanden?«

»Sie haben mich gefunden. Verstehst du, was ich sagen will?«

»Nein.«

»Ein Russe war vor zwei Wochen bei mir. Er hat mir ein Foto von meiner Schwester gezeigt. Sie hat alle Haare verloren. Ich habe seit meiner Flucht nicht mehr mit ihr gesprochen. Sie wissen nicht, wo ich wohne.«

Sie redete ohne Unterbrechung weiter, jetzt sprudelten die Worte nur so aus ihr heraus. »Meine Schwester ist krank. Sie werden sie sterben lassen. Und wenn sie tot ist, werden sie auch mir das Leben nehmen. Du weißt nicht, zu was die in der Lage sind. Danach waren noch zwei andere Russen bei mir. Ich bin mir sicher, dass sie in meinem Zimmer eine Kamera installiert haben. Ich weiß nicht, wo, ich vermute aber im Rauchmelder. Ich bin mir nicht sicher, Bjørn, aber es ist möglich, dass sie dir Bilder von dir und mir nach Hause schicken, wenn du nicht mitspielst. Vielleicht hast du ja schon welche bekommen. Das wäre ihnen zuzutrauen. Aber wenn ich denen helfe, helfen sie meiner Schwester.«

»Wem hast du von uns erzählt?«, fragte er, als sie verstummte. »Wem?«

Bjørn stand auf. Er hatte dunkle Ringe unter den Augen,

als hätte er mehrere Nächte nicht geschlafen. Er sagte etwas, aber Christel verstand ihn nicht, sie hörte nur ihre eigene Stimme. Dann packte er sie noch einmal an den Schultern und schüttelte sie. »Wem!«, schrie er.

Oktober 2016

8

Tommy nutzte den Morgen, um Fred Scholls Blumenladen in der Rosenkratz' gate einen Besuch abzustatten. Der namengebende Inhaber war selbst nicht da, sondern im Urlaub in Asien und angeblich erst wieder im Laufe des Novembers zu erreichen, und die junge Frau im Laden konnte Tommy nicht weiterhelfen. Außerdem durfte er ja auch nicht zu sehr ins Detail gehen. Auch auf die Frage, ob sie etwas von einer Bezahlung aus dem Ausland wisse, schüttelte sie nur den Kopf. Tommy dachte, dass Jan Amundsen den Namen des Absenders sicher zurückhielt. Aber er hatte vermutlich seine Gründe dafür, Tommy wollte ihn nicht zu sehr unter Druck setzen. Er gab der Verkäuferin seine Karte und bat sie, Scholl um einen Rückruf zu bitten, sobald er aus dem Urlaub zurück sei. Die Tatsache, dass Jan Amundsen sein Vorgehen sicher nicht gut finden würde, verdrängte Tommy.

Was hatte Amundsen gesagt? Dass in dieser Branche zu viele Fragen lebensgefährlich sein konnten? Tommy schnaubte, während er über den windigen Hambros plass lief und zwischen einem Taxi und einer Straßenbahn hindurchschlüpfte, die beide Jagd auf ihn zu machen schienen.

Das Einzige, was ihn in dieser Branche wirklich umbrachte, war das verfluchte Warten.

Er saß im Zug und döste in dem Niemandsland zwischen Oppegård und Ski vor sich hin, als sein Handy klingelte. Vielleicht sollte er sich einen anderen Job suchen, dachte er, denn was machte er hier eigentlich? In die Wohnung ehemaliger U-Boot-Offiziere einbrechen? Das Handy verstummte, bevor es wieder zu klingeln begann. Eine unbekannte Nummer. Eine Weile fragte Tommy sich, ob er das Telefon ausschalten sollte, dann nahm er das Gespräch aber doch entgegen.

»Hier ist Christian«, sagte eine Stimme.

Tommy wollte schon nachfragen, als die Stimme ergänzte: »Wessel, ich denke, Sie erinnern sich an mich?«

»Natürlich.«

»Das Ganze kommt jetzt vielleicht ein bisschen abrupt«, sagte der Staatssekretär. »Aber ich dachte, es wäre vielleicht nicht schlecht, wenn wir uns ein bisschen besser kennenlernen würden. Oder was meinen Sie?«

Tommy dachte, dass Christian Wessel nicht der Mann war, mit dem er es sich verscherzen sollte.

»Dinge wie diese passieren ja nicht alle Tage. Ziehen Sie Sakko und Schlips an«, sagte Wessel. »Akersgata 18, dritte Etage. Wenn ich nicht bis acht Uhr da bin, warten Sie einfach. Das Essen ist nicht gerade Spitzenklasse, aber wir werden es überleben. Ich besorge einen Raum, in dem wir in Ruhe reden können.«

»Okay«, sagte Tommy. Etwas Besseres kam ihm nicht in den Sinn.

»Ach, übrigens, hat er den Einbruch mittlerweile angezeigt?«, fragte Wessel.

»Nicht, dass ich wüsste.«

Wessel blieb einen Moment stumm, während Tommy seinen Blick über die anderen Passagiere schweifen ließ.

»Halten Sie mich heute bitte auf dem Laufenden«, sagte Wessel. »In dieser Sache darf nichts schieflaufen, Bergmann.«

Fast hätte Tommy vergessen, an der trostlosen Haltestelle Ski auszusteigen.

Der Rest des Arbeitstages bestand wieder einmal nur aus Warten. Verfluchtem Warten. Martin Kleive hatte allem Anschein nach keine Eile, den Einbruch bei sich zu Hause in Son anzuzeigen, und Fredrik Reuter hatte Tommy von allen anderen Arbeiten freigestellt. Wessels Worte, *In dieser Sache darf nichts schieflaufen*, klangen ihm noch in den Ohren. Er brauchte fast eine Stunde, um Wessels Lebenslauf auf der Website des Ministerpräsidenten zu studieren.

Was hatte Amundsen gesagt? Dass er Wessel nichts von den Blumen gesagt habe, die er jedes Jahr erhielt, weil dieser zur Zeit von Gerwinskis Seitenwechsel persönlicher Sekretär des Ministerpräsidenten gewesen sei? Außerdem hatte er gemeinsam mit Kleive auf einem U-Boot gedient. Ein wirklich merkwürdiges Zusammentreffen, aber das war noch nicht alles, denn wenn Tommy die Liste auf der Website nicht missverstand, hatte Wessel von 1987 bis 1989 beim Geheimdienst gearbeitet. Also exakt in der Zeit, als Arvid Storholt festgenommen worden war. Im Jahr danach hatte er in der Anwaltskanzlei seines Vaters begonnen und war nie wieder zum Militär zurückgekehrt.

Tommy entschloss sich, nach Hause zu fahren, bevor er in der Akersgata 18 auftauchte. Er hatte ein bisschen recherchiert und herausgefunden, dass es sich bei dieser Adresse um den Hauptsitz von Det Norske Selskab handelte, einem der ältesten Gentlemen's Clubs in Europa. Nicht gerade ein Ort, den er jeden Tag besuchte.

Er aß allein mit Bulle zu seinen Füßen. Mathea hatte ihm eine Nachricht geschickt, dass sie bei einer Freundin zu Abend aß. Irgendwie mochte er das Gefühl, eine Art Vater für sie zu sein. Vielleicht ein Zeichen, dass er begann, erwachsen zu werden.

»Und du, mein Freund? Wo warst du heute Nacht?«, fragte Susanne, als sie, kurz bevor er wieder gehen musste, nach Hause kam. Sie machte große Augen, als er sich im Flur den Schlips umband, den er vor ein paar Jahren zu Matheas Konfirmation gekauft hatte. Auch der Anzug war für diesen Anlass gekauft worden, und da Susanne ihn damals eingekleidet hatte, war alles so teuer gewesen, dass er sich rein kleidungsmäßig kaum von den anderen Gentlemen unterscheiden würde.

»Bei einem Mann«, sagte er.

Sie lachte und stellte die unverschämt teure Tasche auf den Boden.

»Ich kann dich meinetwegen an eine andere Frau verlieren. Aber nicht an einen Mann. Es gibt Grenzen.«

»Es ist noch Essen da«, sagte er. »Da siehst du's wieder. Ich habe meine Rolle als Frau in unserer Beziehung angenommen, Susanne. Und den Mann von gestern sehe ich jetzt gleich wieder. In zwanzig Minuten.«

Sie ignorierte, was sie sonst sicher als neckende Provokation aufgefasst hätte.

»Du arbeitest an dem Storholt-Fall«, sagte sie. »Mich führst du nicht hinters Licht. Aber Anzug und Schlips? Arbeitest du jetzt für den Geheimdienst, Tommy?«

Er schüttelte den Kopf, hatte aber Angst, dass sein Gesichtsausdruck ihn entlarven könnte.

»Wenn ich mit diesem Verfahren fertig bin, fahren wir erst mal weg«, sagte sie, nahm seinen Arm und zog ihn an sich. »Ich lade dich ein. New York oder San Francisco?«

»Keine große Auswahl, hast du nicht mehr im Angebot?«, fragte er.

Susanne schüttelte den Kopf. Keine Andeutung von Lachen.

»Dann musst du nachts zu Hause sein. Und mir sagen,

woran du arbeitest. Komm her«, sagte sie und zog ihm das Hemd aus der Hose.

»Ich habe keine Zeit, Susanne.«

Auf dem Weg nach unten dachte er, dass seine Aussage, er sei die Frau in ihrer Beziehung, aus seiner Sicht nicht nur ein chauvinistischer Witz war. Im Taxi nahm er sich noch einmal Wessels Lebenslauf vor, den er eingesteckt hatte. Die Übereinstimmungen waren wirklich verdächtig, auf jeden Fall wenn man ein bisschen paranoid war. Der Staatssekretär des Ministerpräsidenten hatte ein Händchen dafür, in der heißesten Zeit des Kalten Krieges immer wieder in wichtigen Positionen aufzutauchen: bei Christel Heinzes Verschwinden aus Oslo, bei Gerwinskis Flucht in den Westen und bei der Festnahme Arvid Storholts.

Christian Wessel war bereits da, als Tommy in den Club kam. Die Räumlichkeiten sahen aus wie einer englischen Fernsehserie entsprungen. An den Wänden hingen riesige Ölgemälde auf einer sicher irrsinnig teuren Tapete. Der Speisesaal wurde dominiert von Rokokomöbeln. Tommy wurde über die weichen Teppiche bis zum hintersten Tisch des Raums geführt, wo Wessel bereits wartete. Er saß mit dem Rücken zur Wand, sodass er das ganze Lokal überblicken konnte. Gleich neben ihm, nur einen Tisch weiter, war eine Doppelflügeltür.

Jeder trainierte Agent hätte diesen Platz ausgewählt, dachte Tommy.

Der Raum war nur etwa halb voll. Tommy ging trotzdem davon aus, dass sie ihr vertrauliches Gespräch nicht hier führen würden.

»Tommy, schön Sie zu sehen«, sagte Wessel und betonte seinen Vornamen. Dann stand er auf und ergriff Tommys ausgestreckte Hand, als wären sie schon seit Jahren gute

Freunde. Bestimmt eine eingeübte Technik, dachte Tommy, damit die Menschen sich in seiner Nähe wohlfühlten. Jeder Mensch hatte eine Schwäche für entgegenkommende Freundlichkeit, besonders von Personen, die auf der Karriereleiter über ihm standen. Tommy wusste ganz genau, dass er selbst da keine Ausnahme darstellte.

Wie er vermutet hatte, war das Gespräch beim Essen recht oberflächlich. »Erzählen Sie mir ein bisschen über sich selbst«, bat Wessel, während sie beim Warten auf das Essen an ihrem Whisky nippten.

»Jan ist allem Anschein nach ja wirklich überzeugt von Ihnen. Das ist ein gutes Zeichen. In der Regel ist er neuen Leuten gegenüber sehr skeptisch eingestellt. Ich fürchte, das gilt auch, was meine Person angeht.«

Tommy gelang es, sich mit ein paar Notlügen durchzulavieren. Die Wahrheit hätte Wessel sicher nicht gefallen. Dass er Patient in Dikemark gewesen war und eine wirklich komplizierte Vorgeschichte hatte, wenn man das denn so einfach in Worte fassen konnte, verschwieg er elegant. Er hatte ohnehin das Gefühl, dass Christian Wessel bereits alles wusste, was irgendwie von Bedeutung war.

»Ich kannte Susannes Vater«, sagte Wessel. »Ein guter Mann.«

Wie könnte es auch anders sein, dachte Tommy. Die Reichen kennen sich untereinander. Nur so schafften sie es, immer noch reicher zu werden.

»Was ist mit Ihnen?«, fragte Tommy, als er mit seiner Selbstdarstellung fertig war.

»Ein Offizier und Gentleman«, sagte Christian Wessel. Er drehte den Goldring der Marineakademie. »Ein Scharlatan. Zwei Kinder, eine Tochter, sie ist die Ältere, und einen Sohn. Beide sind mittlerweile natürlich längst erwachsen und unabhängig. Meine Frau und ich sind jetzt allein zu Hause und warten auf Enkelkinder. Aber die jungen Leute warten heutzutage ja mit dem ersten Kind, bis sie vierzig sind. Meine Tochter findet das nicht lustig, aber ich sage ihr immer wieder, dass es klug wäre, Kinder zu kriegen, bevor sie in Rente geht.«

Tommy lachte pflichtschuldig über Wessels humoristische Bemühungen.

»Wirklich schön, dass wir heute ein bisschen Zeit miteinander haben, Tommy.« Wessel hielt Tommys Blick etwas länger, als angenehm war, stand. Es musste einen Grund geben, weshalb Wessel ihn hierher eingeladen hatte, Tommy wusste nur noch nicht, warum.

Wessel wartete lange, bis er wieder zu reden begann. Tommy mochte diese langen Pausen nicht, war sich aber im Klaren darüber, dass Wessel sie ganz bewusst einlegte.

Nachdem das Filet verzehrt war, rief Christian Wessel einen Kellner zu sich.

»Wir nehmen den Kaffee dann in einem der Kartenzimmer«, sagte er und stand abrupt auf.

Tommy wurde durch den ehrwürdigen Speisesaal geführt, während Wessel an einem der anderen Tische ein kurzes Gespräch begann. Tommy folgte dem Kellner durch einen Raum mit blauen Tapeten und großen Ölgemälden, die alte dänische Könige zeigten. Dann ging es durch einen roten Raum, eine Bibliothek mit moderner Kunst an den Wänden und ein Billardzimmer, bis sie in einem kleineren Raum mit alter grüner Textiltapete und einer halbhohen Wandverkleidung aus Eiche waren. Von den Fenstern des Raumes hatte man Aussicht auf den Wessels plass, der den Familiennamen des Staatssekretärs trug und gleich neben dem Parlamentsgebäude lag. Wenn Tommy sich nicht irrte, war Christian Wessel ein Nachkomme von Peter Wessel Tordenskiold. Er drehte sich um und betrachtete die Ölgemälde an den Wänden. Das größte der Bilder hing direkt neben der Tür und zeigte den berühmten Marineoffizier aus dem Großen Nordischen Krieg. Christian Wessel hatte wirklich nichts dem Zufall überlassen.

Er drehte sich noch einmal um, beugte sich zum Fenster vor und beobachtete das spärliche Leben auf der Stortingsgata. Es gab bessere Gegenden, um den Abend zu verbringen: Die Renovierung des Parlamentsgebäudes ließ den Wessels plass wie eine Baustelle aussehen, dominiert von hohen Bretterzäunen und beständig dröhnenden Maschinen. Als sich die Tür hinter ihm öffnete, fixierte Tommys Blick den Eingang der Freimaurerloge auf der anderen Seite des Platzes. Zwei Männer waren draußen vor dem Haus des Geheimordens zu erkennen. Sie schienen irgendetwas auszutauschen.

Christian Wessel kam gefolgt von einem Kellner in den Raum. Auf dem Servierwagen standen eine Auswahl an Desserts, Cognac und Sauternes-Weinen. Ohne Susanne hätte er keine Ahnung gehabt, was das alles war.

»Ein bisschen Sonderbehandlung ist doch nicht zu verachten«, sagte Wessel, nachdem er den Kellner fortgeschickt hatte.

Tommy blieb am Fenster stehen.

»Schalten Sie Ihr Handy aus«, sagte Wessel. »Wenn Sie das nicht bereits getan haben.« Tommy tat, was der Staatssekretär wollte. Er rechnete damit, dass es in Ordnung war, den Schlipsknoten etwas zu lösen und den obersten Knopf seines Hemds zu öffnen. Er war es leid, wie ein Konfirmand herumzulaufen.

Christian Wessel trat neben ihn, in der Hand ein Glas Cognac. Er zeigte hinüber zum Parlament und dem Platz, der seinen Namen trug.

»Was für ein Chaos, nicht wahr?«

Tommy wusste nicht, ob er auf die Bauarbeiten oder das Parlament selbst anspielte.

»Es ist lange her, dass Sverdrup gesagt hat: Alle Macht ist in diesem Saal.«

Tommy nickte.

»Die Demokratie ist eine schöne Idee, aber wie so vieles andere in der Welt ist es verdammt weit von Theorie zu Praxis. Die meisten Menschen hätten es in einem aufgeklärten Absolutismus leichter oder in Platons idealem Staat. Sie wissen es nur nicht besser. In dem Chaos, das die sogenannte Demokratie mit sich bringt, sind es Menschen wie ich, wie meine Familie, die sich Macht und Geld sichern, während der einfache Mann auf der Straße brav seine Steuern zahlt und schon zufrieden ist, wenn er einen schönen Film im Fernsehen findet oder von den sozialen Medien gefesselt wird, mit denen die Amerikaner die Welt betäuben. Sie halten das, was sie um sich herum sehen, für die Wirklichkeit.« Wessel trank einen großen Schluck Cognac. Dann legte er Tommy die Hand auf die Schulter. »Sind Sie nicht auch der Meinung, dass die Menschen immer dümmer werden? Ich mache mir wirklich Sorgen über uns, denn der Westen, das sind doch alles dekadente Idioten. Die Welt ist heute so gefährlich wie in den Dreißigerjahren und trotzdem laufen alle nur mit ihren verdammten Handys vor der Nase herum. *I'd start a revolution if I only had the time.*«

Er drückte Tommys Schulter und klopfte ihm ein paarmal auf den Rücken.

»Wir brauchen mehr Menschen wie Sie, Tommy.«

Tommy nickte. Er wusste nicht, was er sonst tun sollte.

»Die Polizeiwache in Ski ist sicher ein nettes kleines Fleckchen«, sagte Wessel und führte Tommy zu dem Servierwagen in der Mitte des Raumes. Der Unterton stellte eher die Frage: *Wie zum Henker kommt ein Ermittler wie Sie an einen derart abgelegenen Ort?*

»Sie könnten sich aber doch sicher vorstellen, woanders

zu arbeiten?« Wessel nahm sich ein Schälchen mit Crème brûlée.

Tommy antwortete nicht und griff zu einem Glas Cognac, um sich an irgendetwas festhalten zu können.

»Martin Kleive hat den Einbruch also noch immer nicht gemeldet?«

Tommy schüttelte den Kopf. Am liebsten hätte er gefragt, ob Wessel und Kleive noch immer befreundet seien, hielt aber den Mund. Er hatte mit einem Mal den Eindruck, als wäre der Einbruch Wessels Idee gewesen.

»Und Sie haben bei ihm im Haus nichts gefunden?«

Tommy antwortete nicht.

»Bei Kleive«, fuhr Wessel fort.

»Wenn ich Amundsen richtig verstanden habe, war es nicht mein Auftrag, irgendetwas zu finden«, erwiderte er schließlich.

Wessel blieb stumm. Sein Atem ging schwer, als strengte das Gespräch ihn physisch an.

»Nun, dann waren Sie möglicherweise nicht richtig informiert, das war mindestens ein Teil des Auftrags.« Wessels Stimme klang mit einem Mal weniger freundlich. »Er muss überall suchen, habe ich zu Jan gesagt. *Überall.* Jetzt ist die Chance vertan.«

Tommy versuchte, einen kühlen Kopf zu bewahren. Er leerte den Cognac und schenkte sich einen neuen ein, schließlich formte sich ein Gedanke in seinem Kopf. Der Mann vor ihm filterte fast alle Geheimdienstinformationen, bevor er sie an den Ministerpräsidenten weitergab. Nach jeder Sitzung des Nachrichtendienstes oder des polizeilichen Geheimdienstes war es Wessel, der die Informationen für seinen Chef deutete und gewichtete. Alle Referate, alle Treffen, alle Geschehnisse, egal wie groß oder klein sie auch sein mochten, gingen über Wessels Schreibtisch. Tommy hatte mal von Reuter gehört, dass Wessel das eigentliche Zentrum der Macht sei, zur großen Frustration von Justiz- und Verteidigungsminister.

Und jetzt sitze ich hier, dachte Tommy. Was versucht Wessel mir zu sagen?

»Also, wer hat Storholt aus dem Weg geräumt?«, fragte Wessel unvermittelt.

Tommy breitete die Arme aus.

»Gibt es jemanden, der ihn wirklich vermisst?«, fragte Wessel.

»Waren Sie dabei, als er vernommen wurde?«, wollte Tommy wissen.

»Storholt?«

Tommy nickte. »Sie haben damals im Geheimdienst gearbeitet.«

»Nein.« Wessel fing Tommys Blick ein, und wieder dauerte es unangenehm lang, bis er wegsah. »Mein Chef hat ihn vernommen, unter anderem gemeinsam mit Jan. Ich wurde nie für würdig gefunden, bei diesem Fall dabei zu sein. Und ja, ich habe damals beim Geheimdienst gearbeitet. Tatsächlich war ich länger beim Geheimdienst tätig, als öffentlich bekannt ist, Tommy.«

Es wurde still zwischen ihnen. Tommy dachte, dass Jan Amundsen sicher seine Gründe hatte, Wessel nichts von den Blumen zu sagen, die er an jedem 15. Dezember erhielt.

»Der Bär«, sagte Christian Wessel. »Der Bär hat Storholt beseitigt. Und es ist Ihr Job, ihn zu finden.«

»Und Sie sind sich sicher, dass der Bär Martin Kleive ist?«, fragte Tommy.

»In diesem Business arbeiten wir mit Wahrscheinlichkeiten. Und ja, ich glaube, dass Kleive mit hoher Wahrscheinlichkeit der Bär ist. Gerwinski hat ihn angegeben, wie er uns auch Storholt angegeben hat. Er hatte über Jahre hinweg ein Verhältnis mit Christel Heinze. Er spielte eine zentrale

Rolle bei den U-Boot-Geschäften. Was wollen Sie noch? Und wenn Sie mit britischen oder amerikanischen Geheimdienstveteranen sprechen, werden Ihnen die auch bestätigen, dass die Russen Informationen über norwegische U-Boote hatten, gebaut in Westdeutschland. Gerwinski kann nicht die einzige Quelle gewesen sein. Was glauben Sie, wo die Informationen über diese U-Boote herkamen?«

»Wären Sie froh, wenn der Bär Martin Kleive wäre?«, fragte Tommy. »Oder sind Sie noch immer *alte Kameraden*?«

Tommy wusste nicht, wie er Christian Wessels Gesichtsausdruck deuten sollte, aber er schien einen wunden Punkt bei dem Staatssekretär getroffen zu haben.

»Ich habe Martin Kleive seit Ewigkeiten nicht gesehen. Das sind mittlerweile bestimmt zwanzig Jahre. Vielleicht mehr. Sie verstehen doch wohl, dass die Sache mit Martin für mich sehr unangenehm war. Ich wollte um keinen Preis mit ihm in Verbindung gebracht werden. Das will ich noch immer nicht, aber das müssen Sie nicht herausposaunen. Ein Mann in meiner Position kann und darf keine Freundschaft mit jemandem unterhalten, der auch nur möglicherweise der Bär ist.«

»Na dann.«

»Wer sollte es denn sonst sein, Tommy? Der Bär muss Martin Kleive sein.«

Es wurde still zwischen ihnen. Das Unausgesprochene lastete ebenso schwer auf Christian Wessel wie auf Tommy.

»Hören Sie, Tommy. Ich habe Ihnen freiwillig erzählt, dass Martin Kleive und ich gemeinsam auf einem U-Boot waren. Was sagt Ihnen das? Dass auch ich ein Gangster bin? Denken Sie nicht, dass es Menschen beim Geheimdienst gab, die an mich dachten, als Kleive gegrillt wurde?«

Christian Wessel lächelte auf eine Weise, die Tommy erneut nicht deuten konnte. Er kniff die Bügelfalten seiner

Hose erst am rechten und dann am linken Bein zusammen. Dann rutschte er auf seinem Sessel etwas nach vorn und gab Tommy zu verstehen, dass auch er sich vorbeugen sollte.

»Ich kann Ihnen einen guten Job anbieten. Was Sie wollen«, sagte Wessel mit leiser Stimme. »Solange Sie eine gute Lösung für diesen Fall finden, eine Lösung, die nicht im Widerspruch zu den Interessen dieses Landes steht. Gelingt Ihnen das, kriegen Sie alles, was Sie wollen.«

Tommy wusste nicht, ob er das Angebot richtig verstand, brachte aber mühsam ein »Ja« heraus.

»Sie sind ein Mann mit einer Zukunft, Tommy. Aber Sie verstehen sicher auch, dass dieser Fall eine Karriere auch zu Fall bringen kann, ja, ein ganzes Leben. Auch das Ihre. Ich mag keine Enttäuschungen.«

Wessel lehnte sich zurück und hob sein Cognacglas an.

»Und noch eine letzte Sache, Tommy: Die Welt ist nicht immer so, wie man sie sich wünscht.«

Oktober 2016

9

Als Tommy am nächsten Tag vom Lunch zurückkam, steckte Fredrik Reuter ihm wortlos ein Blatt Papier zu, bevor er schweigend wieder in seinem Büro verschwand.

Martin Kleive hatte vor einer Stunde Anzeige wegen des Einbruchs erstattet. Die Anzeige war vom Polizeiposten in Grue, der im Gemeindezentrum von Kirkenær untergebracht war, weitergeleitet worden. Die umfangreichen Angaben in der Anzeige ließen erkennen, dass Kleive mit dem Wachdienst gesprochen haben musste. Der frühere U-Boot-

Offizier hatte aber wohl nicht vor, seine Herbstjagd zu unterbrechen, um zu erfahren, wer bei ihm eingestiegen war.

Tommy wusste, dass es verdächtig wirkte, rief Kleive aber trotzdem direkt an.

Während er darauf wartete, dass Kleive den Anruf annahm, las er sich noch einmal den Text auf dem Bildschirm durch. Auf der Website des Ministerpräsidenten waren eine Reihe von Fotografien des Staatssekretärs Christian Wessel, auf denen er deutlich jünger aussah, als er es in Wirklichkeit war. Aber obwohl er eitel war, trug er keinen Siegelring, wie Reuter es tat. Tommy kritzelte *Wessels Wappen?* auf einen Post-it-Zettel. Er war um vier Uhr in der Nacht von dem Gefühl wach geworden, bei Wessel irgendetwas übersehen zu haben.

Martin Kleive musste beschäftigt sein, sodass Tommy nur die Mailbox erreichte. Er hinterließ ihm eine kurze Nachricht und studierte anschließend die Internetausgaben der Zeitungen. Alle Schlagzeilen widmeten sich dem Mord an Arvid Storholt. Natürlich waren auch gleich wieder die selbst ernannten Experten zur Stelle. Die Mehrheit war der Überzeugung, dass die Russen hinter diesem Mord stehen mussten. Tommys bester Kontakt beim Dagbladet, der alte Marxist Frank Krokhol, spekulierte, es hätte in den Siebziger- und Achtzigerjahren einen noch viel wichtigeren Spion in Norwegen gegeben. Krokhols Netzwerk gehörte zu den besten des Landes, er hatte Kontakt zu ehemaligen Mitgliedern im Geheimdienst und wusste sicher von dem Bären, ging aber nicht direkt darauf ein:

Während des Verfahrens gegen Storholt war das Publikum zwei Tage lang ausgeschlossen. Die Frage ist, was während dieser beiden Tage ans Licht kam. Ging es um die Arbeitsmethoden des PST oder wurden Zeugenaussagen von russischen Überläufern gehört, die wir nicht kennen?

Er musste auf Gerwinskis Erklärung vor den norwegischen und britischen Sicherheitsdiensten anspielen, dachte Tommy. Gerwinski war der Mann, der der norwegischen Polizei den ausschlaggebenden Beweis gegen Storholt geliefert hatte. Die Frage war nur, ob der frühere KGB-Oberst ihnen auch Martin Kleives Kopf auf einem Silbertablett geliefert hatte oder ob er sie in Wahrheit auf den falschen Mann gestoßen hatte um den wirklich großen Spion, den Bären, zu schützen.

Christel Heinze hatte ein Verhältnis mit einem verheirateten Mann namens Bjørn gehabt. Vielleicht hatte der sich aber auch nur Bjørn genannt. Trotzdem. Es musste sich um dieselbe Person handeln, alles andere war unwahrscheinlich.

Tommy suchte im Netz ein weiteres Mal nach *Margaret Meyer + Berlin*, aber es war eine Suche wie die nach der berüchtigten Nadel im Heuhaufen. Soweit Tommy wusste, hatte nur sie der Polizei den Namen Bjørn genannt. War sie es auch, die die Blumen schickte? Und falls ja, was sollte er dann tun? Er konnte ja kaum jede Margaret Meyer in Berlin anrufen und fragen, ob sie Blumen an den Vize des norwegischen Geheimdienstes schickte.

Er zuckte zusammen, als sein Handy klingelte.

»Hier ist Martin Kleive«, sagte die Stimme am anderen Ende. »Ich wurde von dieser Nummer aus angerufen?«

»Tommy Bergmann, Polizeidistrikt Follo. Es geht um den Einbruch bei Ihnen, den Sie angezeigt haben.«

Martin Kleive sagte erst nichts, als erwog er ganz genau, was er erwidern sollte.

»Das nenne ich mal guten Service«, sagte er schließlich mit sarkastischem Unterton. »Gut zu wissen, dass die Steuergelder doch für etwas genutzt werden.«

»Ich habe vor, heute Abend nach Son zu fahren«, sagte Tommy, »um Ihre Aussage aufzunehmen.«

Wieder reagierte Kleive mit Schweigen.

»Ich bin auf der Jagd. In Finnskogen. Es dauert sicher noch ein paar Tage, bis ich nach Son zurückkomme.«

»Dann komme ich zu Ihnen nach Finnskogen.«

»Es geht doch nur um einen Einbruch«, sagte Kleive und machte eine Kunstpause. »Ist es nicht ein bisschen unverhältnismäßig, nur wegen einer kaputten Scheibe und ein paar Krähenfüßen auf meiner Treppe hier raufzukommen? Können wir das nicht besprechen, wenn ich wieder zu Hause bin? Oder jetzt am Telefon.«

»Wir arbeiten an der Verbesserung unserer Rückmeldungszeiten. Und unter uns gesagt brauchen wir eine bessere Aufklärungsquote.«

»Und das soll ich Ihnen glauben? Sagen Sie mir die Wahrheit. Warum sind Sie so interessiert daran, einen lächerlichen Einbruch bei einem alten U-Boot-Fahrer zu untersuchen? Die Polizei klärt doch keine Einbrüche mehr auf, seit ich mit Schlaghosen herumgelaufen bin und mir Koteletten wachsen ließ. Das wissen Sie so gut wie ich.«

»Hören Sie, ich kann diese Angelegenheit nicht am Telefon regeln«, entgegnete Tommy.

»Wie die meisten anderen Norweger habe ich mitbekommen, dass Arvid Storholt tot ist«, sagte Martin Kleive. »Erzählen Sie mir jetzt nicht, dass Sie mich für den Täter halten.«

Juni 1975

10

Die letzten Sonnenstrahlen des Tages fielen auf die Straße, doch zwischen den heruntergekommenen Stadthäusern in der Altstadt konnte von einem lauschigen Sommerabend keine Rede sein. Auf der Schweigaards gate war der Verkehr so dicht, dass man automatisch an eine größere Stadt als Oslo dachte. Seit Christel an der Haltestelle Grønland in die Bahn gestiegen war, war die Luft immer schlechter geworden. Der Putz an den Mauern war schmutzig grau von den Abgasen der unzähligen Autos und Lastwagen, die sich durch die enge Straße quetschten. Sie holte den Schlüssel aus der Tasche. Er brannte auf ihrer Haut. Vor fünf Tagen hatte ein Umschlag in ihrem Briefkasten gelegen. Darin ein Bund mit zwei Schlüsseln und ein Zettel mit der Nachricht, dass sie sich am heutigen Abend exakt um 22.00 Uhr in der Telefonzelle an der Haltestelle Grefsen mit den Worten »Hallo, hier ist Gretchen« melden sollte.

Sie hatte Saschas Stimme sofort wiedererkannt. »Hier ist dein Onkel«, hatte er gesagt. Danach hatte er ihr eine Kontrollfrage gestellt. »Was steht auf dem Gedenkstein im Treptower Park?« Die Frage überrumpelte sie total. Vertraute er ihr nicht? In ihrem Kopf herrschte mit einem Mal gähnende Leere. Sascha wiederholte die Frage, und seine Stimme klang dabei gleichermaßen mild wie streng. Genau wie einer dieser christlichen Sozialisten in Berlin, mild wie der Erlöser und doch nicht misszuverstehen. Kam man vom rechten Weg ab, ging es direkt in die Hölle.

»*Die Heimat wird ihre Helden nicht vergessen*«, sagte sie leise.

»Ich hatte nicht erwartet, dass du dich an den genauen Wortlaut erinnerst. Aber wenn du ihn schon im Kopf hast, Kamerad, dann behalte ihn auch dort.«

Als sie sagte, sie habe ein Päckchen für ihn, hatte er ihr die Adresse gegeben.

»Pass gut auf die Schlüssel auf«, hatte er gesagt. Als würde sie die verlieren. Oder, noch verrückter, Kopien davon machen.

Christel schloss das Tor zu dem schmalen Hinterhof auf.

Abgestandene Luft schlug ihr entgegen, Putz blätterte von den Wänden. Nur die Wäscheleinen, die sich über den Innenhof spannten, und das Fehlen von Gittern ließen erkennen, dass sie nicht im Hof eines Gefängnisses war. Und wenn sie den Kopf in den Nacken legte, sah sie, dass es über der grauen Steinwüste mit den schmutzigen Fenstern tatsächlich einen blauen Himmel gab.

Auf dem Weg in die dritte Etage kam ihr glücklicherweise niemand entgegen. Aus einer der Wohnungen im ersten Stock hörte sie ein Radio, ansonsten war es vollkommen still. Über dem Klingelknopf stand ein gewöhnlicher norwegischer Name, S. Andersen, aber die Anonymität des Namens war fast schon verdächtig.

Nachdem sie die Wohnungstür hinter sich geschlossen hatte, blieb sie eine ganze Weile im Flur stehen und lauschte. Als wäre es gefährlich, einen weiteren Schritt in die Wohnung zu setzen. Das Wohnzimmer lag im Dunkeln. Nur ein schmaler Streifen Licht fiel durch die dicken Vorhänge auf den alten Parkettboden.

»Hallo?«, sagte sie leise, bekam aber keine Antwort. Trotzdem hatte sie das sichere Gefühl, dass die Wohnung bewohnt war. Vorsichtig ging sie ein paar Schritte weiter, wobei sie die Schultertasche mit den Papieren fest umklammerte.

Auf der linken Seite des Flurs lag ein Schlafzimmer. Sie drückte die Tür auf und schaltete das Licht ein. Ein schmales, ungemachtes Bett stand an der Wand. Der Raum roch nach Zigarettenrauch, wirkte aber sauber. Sie öffnete den Kleiderschrank. Drei Hemden, Unterwäsche, Socken und Hosen guter Qualität.

In dem etwas heruntergekommenen Bad standen Rasiersachen, Zahnbürste und Zahncreme. Die Dusche war sauber, sie musste regelmäßig geputzt worden sein.

Dann ging sie in das große, beinahe quadratische Wohnzimmer. Die Wohnungen in diesem Haus mussten einmal recht herrschaftlich gewesen sein, aber jetzt war das Gebäude so baufällig, dass sicher niemand darauf achtete, wer hier ein und aus ging. Vielleicht hatte Sascha hier sogar einen Mieter platziert, einen Schläfer.

Sie zog die dicken Vorhänge auf. Linker Hand sah sie den großen Park, in dem das neue Polizeipräsidium gebaut wurde. Zwei große Baukräne bewegten sich langsam über den hohen grünen Baumkronen.

»Wenn Sie Ihre Schwester wiedersehen wollen, sollten Sie die Vorhänge zuziehen«, hörte sie eine Stimme hinter sich.

Ein ziemlich kleiner, dünner Mann stand auf der Türschwelle. Sein Gesichtsausdruck war nicht zu deuten. Er legte den Finger auf die Lippen.

Sie zog die Vorhänge fest zu und dann erkannte sie den Mann. Es war der Mann aus der U-Bahn in Majorstua. Sein Gesicht kam ihr allerdings etwas schmaler vor. Irgendwie erinnerte er sie an einen Vogel, eine Krähe oder Elster.

Der Mann zündete sich eine Zigarette an und ging leichtfüßig durch das Zimmer. Auf einem alten Sideboard an der Wand zum Schlafzimmer stand ein Plattenspieler. Er setzte den Tonarm vorsichtig auf die Platte. Klassische Musik kam aus den Lautsprechern, die auf dem Boden standen. Möglicherweise Schostakowitsch, sie war sich nicht sicher. Aber das spielte auch keine Rolle.

Sie stand mitten im Zimmer und umklammerte ihre Schultertasche.

»Zieh dich aus«, sagte er leise. Sein Gesicht verriet weder Verachtung noch Erregung oder Freude.

Sie schüttelte vorsichtig den Kopf. Nicht weil sie das wollte, das Kopfschütteln kam irgendwie automatisch.

Er hob die Arme und hielt ihren Kopf mit den Händen fest.

»Zieh dich aus«, sagte er noch einmal. Sie spürte, wie er ihr die Schultertasche abnahm und auf den Boden fallen ließ. »Wenn du es nicht selber tust, tu ich es, Kamerad.«

Es fühlte sich wie eine Ewigkeit an, bis sie nackt vor ihm stand, obwohl sie nur Sommerkleider trug, eine Bluse und eine Jeans. Das schwache, gleichmäßige Brummen des Schwerverkehrs ließ den Boden unter ihren Füßen leicht vibrieren. Irgendwann stand sie nur mit einem Slip bekleidet vor ihm.

Schostakowitsch, dachte sie und versuchte, der Musik zu lauschen.

»Alles«, sagte er und zeigte auf ihren Unterleib.

Sie biss sich auf die Wange und streifte den Slip ab. Sie hatte ihn gekauft, nachdem sie Bjørn kennengelernt hatte. Eigentlich konnte sie sich diese teure Unterwäsche gar nicht leisten. Und jetzt stand sie hier vor diesem Mann mit Vogelgesicht und wartete darauf, vergewaltigt zu werden. Wollte er es wirklich so?

»Dreh dich um«, sagte er.

Sie tat, was er sagte. Wie lange sie so dastand und die alten, dunkelgrünen Vorhänge anstarrte, wusste sie nicht. Aber es war lang, sicher mehrere Minuten. Sie fror, als stünde sie wieder auf den Startblöcken am Schwimmbecken im Prenzlauer Berg und wartete darauf, dass endlich das Startsignal gegeben wurde.

Dann verstummte die Musik. Sie hörte Schritte hinter sich und schloss die Augen, als gäbe ihr das Sicherheit. Der Mann blieb dicht hinter ihr stehen, was sie noch stärker zittern ließ. Sie war sich nicht sicher, glaubte aber, dass er mit seinen Händen an ihrem Rücken und ihren Armen entlangfuhr. Nur Millimeter von ihrer Haut entfernt. Sein Rasierwasser roch westlich, die metallische Note kam ihr bekannt vor. Dann legte er seine Hände auf ihre Oberarme.

»Du darfst mich nie betrügen, Christel.«

Sie schüttelte den Kopf.

»Du hast deine Schwester gern, nicht wahr?«

Sie nickte.

»Ich heiße Spitskjin, Kamerad. Vergiss das nie.«

»Nein.«

»Ich habe dich nicht gehört.«

»Nein, Kamerad Spitskjin, ich werde das nicht vergessen.«

»Warum bist du eigentlich geflohen? Magst du uns nicht?«

Sie öffnete den Mund, es kamen aber keine Worte.

Seine Hände lagen noch immer auf ihren Oberarmen. Der Druck war leicht, kaum spürbar.

»Wirst du mich betrügen?«

Er ließ ihre Arme los.

»Nein«, flüsterte sie.

»Was hast du gesagt?«

»Ich werde dich nicht betrügen, Kamerad Spitskjin.«

Spitskjin legte seine Hand auf ihre nackte Schulter. Die Handfläche fühlte sich mit einem Mal glühend heiß an.

»Zieh dich an«, sagte er und drehte sie herum. Was er dachte, war noch immer unergründlich, ja, nicht einmal seine Stimmung war zu erraten oder ob er überhaupt irgendwelche Gefühle hatte, dachte Christel.

Er nahm ihre Schultertasche und kippte sie auf dem Tisch aus.

Geldbörse, Schlüssel, Lippenstift, Spiegel, ein Päckchen Papiertaschentücher, der Umschlag mit den Dokumenten und ein Päckchen Zigaretten. Früher hatte sie nie geraucht, doch inzwischen konnte sie es nicht mehr lassen.

Christel zog sich schnell an, fror aber noch immer.

Spitskjin ließ all ihre Sachen auf dem Tisch liegen und begann, die Wohnung zu durchsuchen. Er öffnete Schubladen und Schränke und überprüfte die Lampenschirme und die Rückseiten der Regale.

Christel stopfte ihre Sachen wieder in die Tasche und zündete sich eine Zigarette an.

Als der Mann zurückkam, setzte er sich ihr gegenüber auf einen Stuhl und versuchte, sie anzulächeln. Offensichtlich tat er das nicht oft. Nur ein einziges Mal fragte sie, ob Sascha nicht bald kommen würde, ansonsten sagten sie nichts. Nach einer Weile holte er zwei Gläser Leitungswasser aus der Küche. Es war warm und schmeckte nach Erde und rostigem Eisen, trotzdem trank sie einen Schluck. Die Schallplatte kam zum Ende und Spitskjin legte einen Finger auf die Lippen, als hätte Christel noch immer nicht verstanden. Dann stand er auf und stellte sie erneut an. Das Ganze wiederholte sich drei Mal, bis Sascha kam.

Spitskjin stand auf, bevor Christel überhaupt realisiert hatte, dass jemand draußen vor der Tür war. Mit ein paar lautlosen Schritten war er im Flur, es war wirklich so, als hätte er die Schritte auf der Treppe durch die Musik gehört. Er hatte die rechte Hand in die Tasche seiner Anzugjacke geschoben, nahm sie aber heraus, als Saschas großer Kopf zum Vorschein kam. Danach wuselte er um ihn herum wie ein Hund um die Füße seines Herrchens.

Sascha küsste sie auf beide Wangen, bemerkte aber schnell, dass Christel Spitskjin nicht aus den Augen ließ, als er wieder zum Plattenspieler ging.

»Hab keine Angst, Kamerad. Kamerad Spitskjin ist wie ein Lamm. Er hat Angst vor mir, kannst du dir das vorstellen? Angst vor Sascha?« Sascha breitete die Arme aus, öffnete die Hände und lächelte sie an.

Christel versuchte erfolglos, sein Lächeln zu erwidern.

»Sogar unter der Belagerung von Leningrad habe ich mir meine Würde bewahrt, ich bin ein zivilisierter Mann«, sagte Sascha. »Ich habe nie einen anderen Menschen gegessen, aber ich habe einen erwachsenen Mann getötet, der meine Mutter zu entführen versucht hat. Sie war an einem Vormittag auf der Suche nach etwas zu essen ohnmächtig geworden. Schon Minuten nachdem sie gegangen war, spürte ich, dass etwas nicht stimmte. Es gab damals in allen Winkeln und Nischen Männer, die nach den Schwächsten der Schwachen Ausschau hielten. Nach Frauen wie meiner Mutter, ausgehungert, schmächtig und kraftlos. Ich sperrte meinen kleinen Bruder ins Schlafzimmer, nahm das schärfste Messer mit, das ich jemals gehabt habe, ein Geschenk meines Vaters, und rannte die Straße hinunter. Ich sah schon aus sechzig oder siebzig Metern Entfernung, wie er sie auf die Schulter gehoben hatte und davontragen wollte. ›Ich habe einen Vorschlag‹, sagte ich zu dem Mann, als ich bei ihm war. ›Nehmen Sie mich und lassen Sie meine Mutter gehen, ich kann Ihnen Essen beschaffen, oder Jungs oder Mädchen, was Sie wollen.‹ Es gelang mir, ihn mit einer List in eine Nische zu führen, und als er meine Mutter abgelegt hatte – ich höre noch heute ihren Kopf auf dem Straßenpflaster aufschlagen –, da rammte ich ihm das Messer in die Seite. Er schrie wie ein Schwein und ich zog das Messer heraus und stieß es ihm unter den Rippen direkt ins Herz. Mein Vater hatte mir gezeigt, wie man einen Menschen tötete, wenn es keine andere Möglichkeit mehr gab, die Familie zu verteidigen. Zwei Stiche, Christel. Eigentlich wollte ich ihm bei lebendigem Leibe den Kopf abtrennen, aber ich handelte rational. Habe nur gemacht, was nötig war. Ob man zehn Jahre alt ist oder vierzig, spielt eigentlich keine Rolle. Ich wollte nicht verhaftet werden, ich durfte nicht verhaftet werden, ich musste mich ja um meine Mutter und meinen Bruder kümmern. Ich nahm all die Lebensmittelmarken, die der Mann in der Tasche hatte, und trug meine Mutter zurück in die Wohnung.«

Sascha saß auf dem Stuhl, auf dem zuvor Spitskjin gesessen hatte. Er gestikulierte wie ein Basar-Verkäufer, nicht wie ein KGB-Offizier. Spitskjin stand ein paar Meter neben seinem Chef und wippte auf den Füßen auf und ab, als wollte er wachsam bleiben, um ja keinen Befehl von Sascha zu verpassen. Zum Beispiel, mir die Kehle durchzuschneiden, dachte Christel. Sollte Sascha nicht zufrieden sein. Glaubte er wirklich, dass sie ihm diese sentimentale Gewaltgeschichte abnahm? Einen Augenblick lang dachte sie, schade, dass wir Deutschen euch nicht alle getötet haben. Es war das erste Mal, dass sie sich einem solchen Gedanken hingab, und fast glaubte sie, die Ohrfeige ihrer Mutter auf ihrer Wange zu spüren, oder wie sie eine ganze Stunde vor der Klasse strammstehen musste, um sich zu entschuldigen.

»Also«, sagte Sascha und streckte die Hand nach dem Umschlag mit den Dokumenten aus.

Christel nickte und zündete sich eine weitere Zigarette an. Dann trank sie den Rest des warmen, scheußlich schmeckenden Wassers.

Sascha stand wie ein Pastor da, der die Predigt halten sollte, und blätterte durch die Papiere. Nach einer Weile schloss er den Umschlag. Sein Gesichtsausdruck ließ nichts erkennen, sie meinte aber, ein Glitzern in seinen Augen zu sehen, nicht wie bei einem Zehnjährigen, der einen Mann getötet hatte, sondern wie bei einem unschuldigen Zehnjährigen, der am Weihnachtsabend ein unerwartet großes Geschenk bekommen hat.

»Aber machen Sie sein Leben nicht kaputt«, sagte Christel. »Ich glaube, dass er mich wirklich liebt.«

Sie sah von Sascha zu Spitskjin. Auch in seinen Augen war jetzt Leben zu erkennen. Er warf ihr ein verächtliches Lächeln zu, als meinte er, Bjørn sei ein Idiot oder sie seine Liebe nicht wert.

Sascha sagte nichts und danach redeten sie weder über die Papiere noch über Bjørn. Und als Spitskjin kurz darauf die

Wohnung verließ, fühlte sich das für Christel so an, als hätte endlich jemand die Hand von ihrer Kehle genommen.

Sascha holte eine Flasche Wodka aus dem Kühlschrank. Er legte dieselbe Musik auf, die auch Spitskjin gespielt hatte, und dann tranken sie und sprachen leise über praktische Dinge, als wäre das alles ganz alltäglich.

Christel versuchte sich die Adressen zu merken, die Sascha erwähnte.

Ich bin vom Munchmuseum geflohen, dachte Christel, und hier gelandet. Direkt im Rachen des Teufels.

Nach dem dritten Glas Wodka stand Sascha auf und holte den Aktenkoffer, den er im Flur abgestellt hatte. Er legte ihn auf den Tisch, öffnete ihn und verstaute den Umschlag, den Bjørn ihr gegeben hatte, in einem Fach am Boden des Koffers.

Sie hatte sich die Unterlagen nicht angesehen. Was Bjørn ihr auch gab, sie würde es sich niemals ansehen. Vielleicht übernahm Sascha Bjørn aber auch direkt, dann würde ihr dies alles erspart bleiben. Die Fotos, die Sascha vor ihr auf den Tisch legte, ließen keinen Zweifel daran, was Bjørn trieb, wenn er nicht zu Hause bei seiner Frau war.

»Das hier erwartet ihn«, sagte Sascha und zündete sich eine Zigarette an. Er hielt ihr das Päckchen hin und sie bediente sich. Dann nahm sie eine der kristallklaren Schwarz-Weiß-Fotografien und studierte ihr eigenes Gesicht. Sie lag neben ihm im Bett. Vielleicht erkannte sie erst in diesem Moment, dass Bjørn seine Frau niemals verlassen würde.

Sascha nahm ein Taschenbuch aus seinem Aktenkoffer. Es schien schon ein paar Jahre alt zu sein, war aber noch gut erhalten. *Les Misérables*, las sie auf dem Rücken. Auf dem Titel war ein Gemälde abgebildet, es zeigte eine Straßenschlacht vor dem Arc de Triomphe in Paris. Sie schlug die erste Seite auf. Es war eine amerikanische Ausgabe des Klassikers von Victor Hugo.

»Jean Valjean«, begann Sascha, »sieht Cosette eines Morgens die Blätter von einer Margerite zupfen. Eines nach dem anderen, erinnerst du dich? Hast du das Buch gelesen?«

Christel schüttelte den Kopf.

»Er versteht nicht, wer Cosette dieses Spiel gelehrt hat, dieses Du-liebst-mich-du-liebst-mich-nicht. Sie ist ja noch ein kleines Mädchen. Er beobachtet sie im Licht des Morgens, die kleinen Finger an den weißen Blütenblättern. Valjean glaubt, dass das so in Gedanken versunkene Mädchen über etwas Schönes nachsinnt, doch als sie fertig ist, dreht sie sich zu ihm um und sagt: ›Väterchen, was ist denn das, die Galeeren?‹«

Christel hörte den großen Mann vor sich über Victor Hugo reden. Der Autor habe ihn von Anfang an fasziniert und in den Jahren nach der Befreiung Leningrads beinahe am Leben gehalten. Sein Vater war aus dem Krieg nicht mehr zurückgekehrt, und so war sein einziger Trost der ehemalige Galeerensklave Jean Valjean gewesen, der für die Gerechtigkeit gekämpft hatte. Christel verstand nicht alles, wohl aber, dass sie von nun an auf den Namen Cosette hören sollte, weil sie Sascha so sehr an Fantines Tochter erinnerte. Er blätterte zu einer der Seiten vor und zeigte ihr, wie sie Nachrichten mithilfe des Buches schreiben sollte. Es war ein einfaches, altmodisches System, aber effektiv.

Ihr Blick fiel auf einen Abschnitt ganz unten auf der Seite:

Cosette, in a wrapper, was standing erect in that negligent attire of early morning which envelops young girls in an adorable way and which produces the effect of a cloud drawn over a star; and with her head bathed in light, rosy after a good sleep, submitting to the gentle glances of the tender old man, she was picking a daisy to pieces.

Sie speicherte alles ab, was Sascha sagte. Sie durfte weder Adressen noch Namen niederschreiben. Ein Briefkasten bei der Post im Zentrum, ein anderer in Majorstua. Eine Firma mit Namen Valerian im Majorstuveien. Sie sollten sich jeden zweiten Monat in dieser Wohnung treffen, bis sie einen anderen Befehl erhielt oder zwischendurch dringenden Gesprächsbedarf hatte.

Es war bereits nach ein Uhr nachts, als er aufbrach. Der Wodka war so gut wie leer und Christel hatte keine Ahnung, wie oft er die immer gleiche Platte gespielt hatte. Er sammelte die Fotos von ihr und Bjørn zusammen, legte sie umständlich zurück in den Aktenkoffer, als wäre er ein Handlungsreisender, der zu seinem nächsten Kunden musste.

»Beim nächsten Mal will ich, dass Sie mir etwas versprechen. Ich will Magda besuchen.« Christel begleitete ihn bis in den Flur, als wollte sie sich von Bjørn verabschieden.

Er machte keine Anstalten, ihr eine Antwort zu geben. Griff aber in seine Anzugtasche und nahm ein Bündel Hunderter heraus.

»Später. Sie muss eine ganze Weile in Moskau bleiben, du kannst da nicht hinfahren, das verstehst du doch wohl? Ich werde dafür sorgen, dass sie dir so oft schreibt, wie es nur geht.«

»Wenn es zwei Monate dauern soll, bis wir uns wiedersehen, werden Sie das schon schaffen.«

»Wenn du deinen Freund dazu bringst, mir in den nächsten Wochen wieder Material zu liefern, vielleicht. Ich kann nichts versprechen. Sie ist sehr krank.«

Er schnitt eine Grimasse und drückte ihr das Geld in die Hand.

Nachdem er gegangen war, musste sie zwei Stunden warten, bis sie selbst die Wohnung verlassen durfte. Im Taxi auf dem Weg nach Hause fingerte sie mit den Fingern an dem Geld herum, das sie in ihre Jackentasche gesteckt hatte. Es waren zweitausend Kronen. Sie fühlte sich wie eine Hure.

Oktober 2016

11

Tommy hielt die Uhrzeit fest, als er am Ostufer der Glomma an Arvid Storholts Haus vorbeifuhr. Die Einfahrt war noch immer abgesperrt. Natürlich könnte Martin Kleive Storholt umgebracht haben, dachte er. Die Frage war nur, warum er das hätte tun sollen.

Etwas nördlich von Kongsvinger sagte ihm sein GPS, dass er nach rechts abbiegen musste. Gleich darauf war er von Wildnis umgeben. Es war stockdunkel und der kurvige Weg führte ihn durch dichten Wald. Auf den wenigen geraden Streckenabschnitten versuchte er, Gas zu geben, doch noch ehe er sich versah, kam die nächste Kurve. Ihm wurde bewusst, dass das Land außerhalb der großen Städte noch immer so unberührt war, dass man nicht sagen konnte, ob man sich im Heute oder in der Steinzeit befand. Es hätte ihn wirklich nicht überrascht, wenn plötzlich ein Höhlenmann mit einer Keule in der Hand auf die Straße gesprungen wäre. Nur ab und zu war irgendwo ein Licht zu sehen. Die meisten der wenigen Häuser entlang des Weges waren winzige, verlassene alte Höfe.

Als er die Hälfte der Strecke bis zu Kleives Jagdhütte zurückgelegt hatte, begann es zu regnen. Die Scheibenwischer arbeiteten infernalisch, um das Wasser von der Windschutzscheibe zu bekommen, aber nach einer Weile wurde der Regen so stark, dass er aufgeben musste. Er hielt an, vergewisserte sich, dass die Türen abgeschlossen waren, und zündete sich eine Zigarette an. Der Versuch, die Zeit von Storholts Haus in Nes bis zu Kleives Hütte in Finnskogen zu messen, war damit dank des Wetters gescheitert.

Der Regen ging einige Minuten lang unvermindert stark

weiter, sodass die Musik im Radio beinahe übertönt wurde. Gespielt wurde ein Song, der in seiner Jugend sehr populär gewesen war, Al Stewarts »Year of the Cat«. Dieses Lied erinnerte ihn immer an seine erste Liebe und die brutale Zeit zwischen Kindheit und Jugend. Die endlose Trauer, die er verspürt hatte, als ihm klar geworden war, dass seine Angebetete in ihm nur einen jämmerlichen Idioten sah. In seinem ganzen Leben hatte er sich möglicherweise nie wieder so einsam gefühlt wie in jenem Moment. Nicht einmal in Dikemark war er so down gewesen. Aber als Elfjähriger kam man nicht auf die Idee, sich das Leben zu nehmen.

»1976«, sagte der Moderator. »Das ist lange her.«

»Ja, da hast du recht«, sagte Tommy für sich und schaltete das Radio aus.

Plötzlich ergriff ihn eine Sentimentalität, wie man sie nur als Mann auf der falschen Seite der fünfzig spüren konnte.

Er nahm sein Handy und rief Susanne an.

Sie ging sofort ans Telefon.

»Arbeitest du noch?«, fragte er.

»Ja.« Sogar die kurze Antwort enthielt genug Wärme, um ihm zu zeigen, dass sie ihn liebte. An manchen Tagen hatte er den Eindruck, er wäre jünger als sie, und nicht umgekehrt.

»Ich wollte nur deine Stimme hören«, sagte er.

»Das ist aber nett. Wo bist du?«

»Irgendwo unterwegs. Arbeit.«

»Arvid Storholt«, sagte sie und lachte. »Du weißt doch noch, was ich dir gesagt habe, oder? Nachts unterwegs und geheimnisvolle Aufträge. Du führst mich nicht hinters Licht.«

»Kein Kommentar. Ich komme heute Abend nach Hause. Heute Nacht.«

»Gut. Aber glaub mir, du wirst meine Hilfe brauchen.«

Tommy überlegte hin und her. Die Margeriten waren der

Schlüssel, die kleine Karte, die immer mit den Blumen kam. Schätzte Tommy Susanne richtig ein, konnte sie dieses Rätsel lösen. Aber er durfte sie nicht in den Fall hineinziehen, auf jeden Fall noch nicht zu diesem Zeitpunkt.

Abrupt hörte der Regen auf. 1976, dachte er plötzlich. Christel Heinze war damals in Oslo gewesen. Er war zu dieser Zeit noch zur Schule gegangen. Dann waren seine Gedanken wieder bei den leeren Karten, die an den Blumen hingen.

»Was verbindest du mit Gänseblümchen und Margeriten?«, fragte er Susanne.

»Warum fragst du das?«

»Antworte einfach. Du bist klüger als ich. Ich brauche Hilfe bei einem Fall, mehr kann ich dir nicht sagen.«

»Er liebt mich, er liebt mich nicht. Du weißt schon, dieses Spiel, bei dem man die Blütenblätter einzeln ausreißt.«

»Von Margeriten? Oder Gänseblümchen?«

»Das geht bei beiden, würde ich sagen.«

»Das hilft mir auch nicht weiter.«

»Gib mir mehr«, sagte Susanne.

»Später.«

»Jetzt«, forderte Susanne.

»Guck mal, ob du das Wappen von Tordenskiold findest«, sagte Tommy. »Achte auf Blumen. Gänseblümchen oder Margeriten.«

Es wurde still am anderen Ende. Tommy sah sie richtiggehend vor sich. Vielleicht hielt sie ihn jetzt für komplett durchgedreht.

»Am Rathaus steht eine Statue von ihm«, sagte Susanne. »Wenn ich im Netz nichts finde, gucke ich da.«

Tommy war sich sicher, dass Jan Amundsen Susanne mögen würde: Sie kam immer gleich zur Sache und – noch wichtiger – stellte keine unnötigen Fragen.

Er fuhr weiter, und eine gute halbe Stunde später wurden die Lichter der Häuser etwas zahlreicher. Dann tauchten auf der linken Seite ein Wildnishotel, ein kleiner, längst geschlossener Laden und ein Schild auf, das in Richtung einer Kirche zeigte. Das Christentum hat es also bis hierher geschafft, dachte Tommy und fuhr geradeaus durch den Wald weiter. Er kurvte noch weitere zwanzig Minuten durch ein Labyrinth schmaler Wege, bis sich vor ihm eine Lichtung im Wald abzeichnete. Eine große, eingeschossige Jagdhütte tauchte auf und am Küchenfenster kam ein Mann zum Vorschein.

Tommy war noch nicht aus dem Auto ausgestiegen, als bereits zwei Hunde zu bellen anfingen. Die beiden Elchhunde wurden von einer Laufleine gestoppt und standen nur zwei Meter von Tommy entfernt. Von dem Gebell alarmiert kam ein Mann aus der Hütte, er gab einen Befehl und die Hunde waren schlagartig still und trollten sich.

»Ich muss schon sagen«, begann der Mann und streckte Tommy die Hand entgegen. »Den ganzen Weg nur wegen eines kleinen Einbruchs.« Tommy studierte die Finger des Mannes im Licht der Lampe, die über der Tür hing. Sie waren verklebt von angetrocknetem Blut.

Oktober 2016

12

Martin Kleive war das Gegenteil von Christian Wessel. Sein ganzer Körper wirkte vierschrötig und kantig, sah man einmal von dem runden Gesicht ab, das irgendwie nicht zum Rest des Körpers passte. Er war höchstens

1,70 Meter groß, weshalb Tommy spontan der Gedanke kam, dass er sich im U-Boot sicher nur selten den Kopf angeschlagen hatte.

Martin Kleive bat Tommy in die Hütte.

»Ich mache noch eben mit dem Zerlegen weiter«, sagte Kleive und zeigte Tommy seine blutigen Hände. »Für Sie muss das ja so aussehen, als hätte ich gerade jemanden umgebracht.« Er lachte über seinen eigenen Scherz, aber Tommy versuchte nicht einmal mitzulachen. Bei all den Waffen, die in Kleives Hütte zu sehen waren, hätte er jederzeit ein Massaker begehen können. Im Flur standen eine ganze Reihe von Gewehren und genug Munition, um einen Bürgerkrieg zu beginnen.

»Sind Sie allein hier?«

»Jetzt nicht mehr«, sagte Kleive und schlug Tommy sanft auf den Rücken. »Spaß beiseite, meine Söhne sind heute wieder zurück in die Stadt gefahren. Sie kommen am Wochenende wieder her. Ich jage hier oben aber mit einer lokalen Jagdgemeinschaft. Das heißt, die haben einige Reviere von mir gepachtet, als Gegenleistung darf ich mit ihnen zusammen jagen. Sie denken sicher, dass ich mir Freunde gekauft habe, was?«

Kleive ging in die Küche und goss sich eine Tasse Kaffee ein.

»Wollen Sie auch?«, fragte er.

Tommy nickte.

Die Einrichtung sowohl der Küche als auch des Wohnraums zeigten die Handschrift eines Mannes. Holz und Möbel waren von guter Qualität, trotzdem fehlte dem Ort die feminine Prägung, die so viele Wochenendhäuser aufwiesen. Er tippte darauf, dass Kleives Frau nie hier oben in Finnskogen war. Was sollte man hier auch anderes tun, als Tiere zu erlegen.

»Und zu Hause in Son ist niemand?«, fragte Tommy, als er die Tasse von Kleive entgegennahm.

Kleive erstarrte in der Bewegung, die Kanne in der Hand, als wollte er unterstreichen, wie wenig ihm diese Frage gefiel.

»Meine Frau ist nicht sonderlich interessiert an der Jagd, um es mal so zu sagen. Sie ist mit ein paar Freundinnen in New York, auf Mädelstour. Was sagen Sie dazu? *New York.* Nur für ein paar Tage. Wie das wohl in meiner Jugend ausgesehen hätte? Meine weiteste Reise war nach Charlottenberg, wo ich als Rekrut gedient habe. Und *Mädelstour*? Also bitte, das sind doch alles nur alte Schachteln.«

Für ein paar Sekunden wirkte Martin Kleive beinahe aggressiv.

Tommy trank einen Schluck Kaffee und musterte den Hausherrn, der am Küchenfenster stand und über den Hofplatz spähte, als erwarte er noch mehr Besucher.

»Sie sind wohl kaum wegen dieses blöden Einbruchs hier, oder?«, fragte Kleive.

»Wer, glauben Sie, könnte bei Ihnen eingestiegen sein?«

»Wer hat Sie hergeschickt?«

Tommy machte keine Anstalten, die Frage zu beantworten.

»Ich muss das Tier weiter zerlegen«, sagte Kleive, trank den lauwarmen Kaffee aus und ließ Tommy stehen.

Tommy hörte die Tür hinter sich schlagen und nahm sich Zeit, nachzudenken. Ein paar Minuten später folgte er Kleive.

Der alte U-Boot-Offizier war in einem großen Nebengebäude, das auch als Garage verwendet wurde. An einer Seilwinde unter der Decke hing ein großer Elchbulle, oder das, was von ihm noch übrig war. Der Betonboden unter dem Tier war blutüberströmt. Der Anblick war wirklich nichts für zart besaitete Seelen.

»Sagen Sie mir nicht, dass Jan Amundsen Sie hergeschickt hat. Arbeiten Sie für den PST in Follo?«

»Ich frage Sie noch einmal«, sagte Tommy. »Wer könnte bei Ihnen eingestiegen sein?«

»Ich dachte, das sollen *Sie* herausfinden«, erwiderte Martin Kleive, ohne sich Tommy zuzuwenden. Er trennte mit einem Filetiermesser ein großes Stück Fleisch von dem Leib ab, das er dann auf einem großen Stück Butterbrotpapier auf der Gefriertruhe an der Wand platzierte.

»Vielleicht steckt der Geheimdienst selbst dahinter, oder die Russen. Mir ist das egal. Ich will nur meinen Frieden.«

»Warum glauben Sie das?« Tommy zündete sich eine Zigarette an und kam sich wie ein schlechter Schauspieler vor, aber das schien Kleive nicht zu stören.

Der Gründer von MK Projekt schien einen Teil seiner Wut an dem toten Elch abarbeiten zu können.

»Jan Amundsen versucht schon seit den Achtzigern, mein Leben zu zerstören. Er ist ein Fanatiker, und ich mag keine Fanatiker. Das sind die schlimmsten Leute, die man an Bord eines U-Boots oder in einer Jagdgesellschaft haben kann. Sie sind sich ihrer Sache immer so verflucht sicher, sind besessen von ihrer Idee, aber eben nur davon. Man ist dann aber nicht mehr offen dafür, dass es vielleicht auch noch andere Wahrheiten gibt, verstehen Sie?«

»Nein«, sagte Tommy.

»Sagen Sie mir, für wen Sie arbeiten, und ich erzähle Ihnen von Christel Heinze«, sagte Martin Kleive. Er legte das Messer neben das gerade abgetrennte Stück Fleisch. »Es ist doch Christel, die Sie da in dem See in Enebakk gefunden haben, oder? Sie sollte mich damals zum größten Spion des Landes machen, aber das wissen Sie ja bestimmt. Sonst wären Sie ja wohl kaum hier.«

Tommy konnte seine Überraschung nicht verbergen. Was hatte Jan Amundsen gesagt? Dass Kleive nicht reden würde, außer man fingierte einen Einbruch. Tommy hatte einen ganz anderen Eindruck von dem Mann, auf ihn wirkte er recht redselig. Was, wenn er wusste, dass Christian Wessel den Einbruch bei seinem alten Marinekollegen in Auftrag gegeben hatte?

»Ich kann Ihnen nur versichern, dass ich nicht zu denen in Follo gehöre«, sagte Tommy.

Martin Kleive zog mit blutigen Händen einen Stuhl heran, kletterte darauf und begann, die rechte Seite des Elchs zu zerlegen. Tommy sah ihm zu und rauchte seine Zigarette zu Ende. Kurz darauf stieg Kleive mit einem weiteren Stück Fleisch vom Stuhl.

»Sie kriegen ein Herz von mir, wenn Sie herausfinden, wer Christel getötet hat. Ich frage noch mal: Das war doch sie, die Sie da im See gefunden haben, oder? Das Herz von diesem Bullen hier ist aber bereits vergeben. Das kriegt jeweils der Schütze. In Ihrer Branche ist das ja wohl auch so.«

Tommy dachte einen Moment nach. »Waren Sie an ihrem Grab?«, fragte er schnell, bevor er es bereuen konnte.

»Warum fragen Sie das?«

»Nur eine Frage.«

»Eine ziemlich seltsame Frage. Nein, ich war nicht an ihrem Grab, und ich werde da auch nicht hingehen.«

»Sie sind allein hier?«

»Das haben Sie eben schon gefragt.«

»Ich frage noch einmal.«

»Meine Söhne waren gestern und heute hier. Abgesehen davon war ich allein hier, ja.«

Er hat also kein Alibi für den Abend, an dem Storholt getötet wurde, dachte Tommy.

»Also, was ist das für eine Geschichte, die Sie und Christel Heinze verbindet?«

»Christel Heinze war ein wahrer Segen in meinem Leben, ein Segen und ein mindestens ebenso großer Fluch. Sie tauchte im Sommer 1978 wie ein Wirbelwind auf, bis sie dann kurz vor Weihnachten 1982 von einem Augenblick auf den nächsten wie vom Erdboden verschluckt war. Meine Ehe ist daran zugrunde gegangen. Meine Frau, also meine erste, zog im Sommer 1982 mit den Kindern aus, obwohl das Verhältnis zu Christel da schon schwierig geworden war. Weniger als ein halbes Jahr später war Christel verschwunden. Sie hat sich buchstäblich in Luft aufgelöst. 1982 war das schon so eine Art On-off-Beziehung. Ich habe gespürt, dass da irgendwas im Busch war. Sie hätte vielleicht zu einem Psychologen gehen sollen, ich weiß es nicht, sie war auf jeden Fall, wie sagt man das, emotional labil. Sie war eine Frau, die jedem Mann den Kopf verdrehen konnte, sie verunsicherte einen, ließ einen im Regen stehen, um einen dann wieder in die Wärme zu holen. Erst tat sie alles für einen, wollte Kinder, zusammenziehen, heiraten, und dann zog sie sich plötzlich völlig zurück. Eine Woche später wollte sie einen wieder mit Haut und Haaren. Irgendwann war man dann bereit, selbst alles für sie zu geben, absolut alles, nur, um sie wirklich endgültig zu bekommen.«

Tommy wusste nur zu gut, was er meinte.

»Wie haben Sie sich kennengelernt?«

»Sie hatte es auf mich abgesehen, wenn man das so sagen kann? Anfangs war ich skeptisch, sie war viel zu schön für mich. Sie musste bemerkt haben, dass ich sie bei einem Empfang in der westdeutschen Botschaft angesehen hatte. Die da werde ich nie kriegen, dachte ich. Ich war in Bergen verheiratet, hatte Kinder und eigentlich ein ziemlich gutes Leben. Unter der Woche wohnte ich in einem Zimmer in Oslo und versuchte mich ordentlich zu benehmen. Aber Christel konnte ich nicht widerstehen. Bei dem Empfang waren Leute von westdeutschen Werften, aus der norwegischen und deutschen Industrie sowie Offiziere, Beamte, Politiker. Lauter wichtige Leute. Trotzdem hat sie sich mich ausgesucht. Ich erinnere mich noch heute, wie sie mich damals angelächelt hat. Nach dem Empfang waren wir noch mit ein paar Leuten in der Stadt, und sie war mitgekommen und … Tja, ich habe wohl einfach meinen Kopf verloren. Ich weiß nicht, ob ich jemals in einen anderen Menschen so verliebt war wie in sie, aber das müssen Sie ja vielleicht niemandem sagen.«

»Und dann? Was ist dann passiert?«

»Dann war sie irgendwann einfach weg. Kurz vor Weihnachten. Im Herbst vorher lief es bei uns nicht mehr so rund. Es ging, wie gesagt, ziemlich auf und ab. Sie wurde vermisst gemeldet, ich habe mich sehr bedeckt gehalten und wurde nie von der Polizei kontaktiert. Ich hatte für den angenommenen Zeitpunkt ihres Verschwindens ein wasserdichtes Alibi, war aber trotzdem froh über die Nachlässigkeit der Polizei. Ich glaube, die haben das gar nicht richtig ernst genommen. Das ist ja heute auch noch so: Wenn ein Ausländer verschwindet, interessiert das die Polizei nicht wirklich. Ein paar Wochen oder Monate nach ihrem Verschwinden, genau weiß ich das nicht mehr, brach dann aber die Hölle los. Irgendjemand in dem westdeutschen Handelskontor hatte ausgeplaudert, dass wir ein Verhältnis hatten. Ich wurde zu einem Verhör in diesem Keller in der Platous gate einbestellt. Jan Amundsen war da. Er leitete diese Verhöre. Ich entnahm seinen Fragen, dass ein russischer Überläufer meinen Namen genannt haben musste. Ich arbeitete mit den Sonar- und Angriffssystemen der neuen U-Boote, und es war ja nicht wirklich ein Geheimnis, dass ich ein Verhältnis mit Christel hatte. Der Geheimdienst muss sie damals auf dem Radar gehabt haben. Das ist aber noch nicht alles, denn sie hielten mich für einen Mann mit Codenamen Bär. Außerdem glaubten sie, dass ich Christel umgebracht hätte.«

Martin Kleive sah unglaublich traurig aus, als er das sagte. Von dem jungenhaften ersten Eindruck war nichts mehr übrig.

»Sie haben gesagt, Sie hätten alles für sie getan. Wie meinten Sie das?«

Kleive atmete resigniert aus.

»Fangen Sie nicht wie Jan Amundsen an. Wenn er Sie geschickt hat, warum ist er dann nicht selbst gekommen?«

»Dann haben Sie ihr nie irgendwelche Informationen über U-Boote gegeben?«

Der Mann sah zu ihm auf, schüttelte langsam den Kopf und lächelte auf merkwürdige Weise. Es war schwer zu erkennen, ob er den Gedanken, er könne tatsächlich der Spion sein, den Gerwinski entlarvt hatte, amüsant oder tragisch fand.

»Erwarten Sie wirklich, dass ich Ihnen darauf eine Antwort gebe? Meine Karriere war kurz darauf am Ende. Was ich auch sage, Sie werden es mir doch nicht glauben.«

»Ich glaube Ihnen.«

»Nun, Sie können Jan Amundsen sagen, dass ich das alles schon einmal ausgesagt habe und dass er mich mal … gernhaben kann. Ich hoffe, er hat einen schmerzhaften Tod, er hat mein Leben wirklich fast kaputtgemacht.«

»Haben Sie jemals Arvid Storholt getroffen? Christel Heinze und er kannten sich, wenn ich das richtig verstanden habe.«

»Sie waren Freunde. Er hat sich ihrer angenommen, als sie nach Norwegen kam. Das ist alles, was ich weiß. Sagen Sie mir nicht, dass Sie mich für seinen Mörder halten. Ich habe den Mann nie persönlich getroffen. Nie, Bergmann. Ich habe keine Sympathie für Landesverräter, aber ich hätte ihn sicher nicht umgebracht, um es mal so zu sagen.«

»Haben Sie versucht, Christel zu erreichen? Sie hat einen Brief aus Ostberlin geschrieben, dass sie wieder zurückgegangen sei.«

Martin Kleive schüttelte den Kopf.

»Hatte sie einen anderen Mann als Sie? Oder hat sie jemals über einen anderen Mann geredet?«

»Ich glaube schon, weiß es aber nicht sicher. Ich habe ein paar Boxershorts bei ihr gefunden, die nicht mir gehörten. Und ein Rasiermesser, das auch nicht von mir stammte. Und da war so ein Geruch in ihrer Wohnung. Wie von einem anderen Mann. Aber was sollte ich sagen? Immerhin war ich verheiratet. Ich konnte ihr ja wohl kaum andere Beziehungen verbieten. Ich habe das einfach verdrängt.«

»Sie haben nie irgendwelche Fotos von diesem anderen Mann gesehen?«

Kleive schüttelte den Kopf.

»Der Schafsfellmantel?«, fragte Tommy. »Der war nicht von Ihnen?«

»Ich habe sie nie mit so einem Mantel gesehen. Den muss sie vor ihrem Verschwinden von diesem anderen bekommen haben.«

Tommy nickte.

»Wie wurde sie getötet?«, wollte Kleive wissen.

Tommy zündete sich eine Zigarette an und sah zu dem Elchkadaver hinüber, der von der Decke herabhing.

»Ihr wurde das Genick gebrochen. Und dann wurde sie im See versenkt. Sie trug noch ihren Schafsfellmantel.«

Tränen stiegen in Kleives Augen. Er ging ein paar Schritte zurück und setzte sich auf einen Stuhl, legte den Kopf in die blutigen Hände. Ein seltsamer Anblick. Tiere zu töten, war für ihn etwas Alltägliches, aber die Gewissheit zu bekommen, dass einer Geliebten aus den Siebzigerjahren das Genick gebrochen worden war, setzte ihm schwer zu.

Nach einer Minute stand Kleive von seinem Stuhl auf. Er hatte Blutflecken um die Augen. Er sah jetzt nicht nur bizarr aus, plötzlich waren ihm auch die mehr als siebzig Jahre anzusehen, die er auf dem Buckel hatte.

»Dieser andere Mann«, sagte Tommy. Wenn es denn wirklich einen anderen Mann gab. Tommy hatte sich schon früher von emotionalen, reuigen Männern hinters Licht führen lassen. Männern, die ihm selbst ähnelten und eigentlich sympathisch auf ihn wirkten.

»Dieser andere Mann«, sagte er noch einmal. »Von dem Christel den Pelzmantel bekommen haben muss. Sie erinnern sich also nicht daran, dass sie mal über ihn gesprochen hat?«

»Nie. Ich habe nur gefühlt, dass es ihn gibt. Das war wie so eine hauchdünne Wand zwischen uns. Ich bin nie ganz zu ihr vorgedrungen, ich glaube, er stand immer irgendwie zwischen uns.«

»Hat sie jemals eine Person mit Namen Bjørn erwähnt?«

»Nein.«

»Und wie sieht es mit einer Margaret Meyer aus?«

Kleive schüttelte den Kopf.

»Das ist die, die sie vermisst gemeldet hat, oder? Die Polizei ist damals auch davon ausgegangen, dass ich weiß, wer das ist. Aber nein. Ich hatte den Namen noch nie gehört. Sie war es ja, die der Polizei den Tipp gegeben hat, dass Christel ein Verhältnis zu einem Bjørn hatte. Ich habe der Polizei gesagt, dass mein Name Martin ist, aber natürlich dachten sie gleich wieder, das wäre mein Deckname. Was für ein Schwachsinn. Das habe ich denen damals auch gesagt.«

Es wurde still zwischen ihnen.

»Sie hat aus dem Ausland angerufen«, sagte Kleive schließlich. »Diese Margaret Meyer.«

»Aus dem Ausland? Aus Deutschland? Es hört sich fast so an, als würden Sie das nicht glauben.«

»Ach, was weiß denn ich. Die Polizei hat mir das damals gesagt.«

Kleive begann durch den Raum zu laufen, als bedrängte

ihn die alte Geschichte über ihn und Christel richtiggehend physisch.

»Oder ›Bär‹. Auch so ein Codename, den ich tragen sollte, ich weiß echt nicht, wie lange sie diesen Verdacht hatten. Zwei Jahre nach den Verhören 1983 wurde ich vom Geheimdienstchef persönlich angerufen. Dieser Anruf war gleichermaßen eine Entschuldigung und eine Drohung. Er sagte, sie hätten sich vielleicht in mir getäuscht, dass ich aber trotzdem für den Rest meines Lebens den Mund halten müsse. Ich wusste, dass ich erledigt war. Dass ich mich für keinen Job der Welt zu bewerben brauchte. In den entsprechenden Kreisen kursierten die Gerüchte über meine Person nämlich noch immer. Die wollten einfach nicht verschwinden. Ich habe beim Militär aufgehört und mich selbstständig gemacht. Mann, ich war der Beste, den sie hatten. Heute habe ich mehr Geld, als ich jemals brauchen werde. Deshalb ist es mir scheißegal, wer bei mir einbricht. Wenn was repariert werden muss, zahle ich das halt. Aber ich will nicht wieder verdächtigt werden, dieser Bär zu sein. Ich will als der Mann sterben, der ich bin. Eine unschuldige Seele.«

Das ist nicht sonderlich vielen vergönnt, dachte Tommy.

»Es wird langsam spät«, sagte Kleive. »Ich muss morgen früh zeitig raus und jetzt noch weiter das Stück zerlegen.« Er nahm das Messer und zeigte auf den Elch.

Tommy holte eine Visitenkarte aus seiner Tasche.

Er hatte das vage Gefühl, dass Kleive etwas vor ihm zurückhielt, wusste aber nicht, was.

Er sah zu dem U-Boot-Offizier hoch, der wieder auf den Stuhl geklettert war und sich auf das Fleisch des Elchs konzentrierte. Vielleicht war er wirklich der Bär, vielleicht hatte er Christel Heinze aus eben jenem Grund getötet.

»Wie sind Sie auf die Idee gekommen, auf einem U-Boot anzuheuern?«, fragte Tommy.

»Warum nicht?«, erwiderte Kleive.

»Sie sind aus dieser Gegend, oder?«

»Viele Seeleute sind aus dem Inland. Sie können nach Miami fliegen und auf ein Kreuzfahrtschiff gehen und stehen plötzlich einem Kapitän aus dem Rendalen oder aus Lesja gegenüber. Und um auf Ihre Frage zurückzukommen: ja und nein. Ich war während meiner Jugend einige Zeit in Kongsvinger, vielleicht habe ich deshalb hier oben diese Hütte gekauft. Ansonsten habe ich überall gelebt. Von Sørreisa im hohen Norden bis Kristiansand im Süden. Mein Vater war bei der Luftwaffe. Ich bin zur Marine gegangen, um ihm eins auszuwischen.«

»Und dann haben Sie Ihren Dienst auf einem U-Boot abgeleistet«, sagte Tommy. »Ziemlich taffe Verhältnisse dort, oder?«

»Das mag stimmen.«

»Haben Sie noch Kontakt zu den anderen Besatzungsmitgliedern von damals?«

Martin Kleive hielt mit dem Messer inne, drehte sich aber nicht um.

»Denken Sie an jemand Spezielles?«, fragte er.

»Nein«, log Tommy und stellte sich so dumm wie nur möglich. »Hat mich nur interessiert.«

»Nun, der Einzige, mit dem ich noch regelmäßig Kontakt habe, ist Christian Wessel.«

Tommy glaubte, dass es ihm gelungen war, seine Überraschung zu verbergen. Trotzdem fragte er noch einmal nach: »Regelmäßig?«

Immerhin hatte Staatssekretär Christian Wessel angegeben, dass es mehr als zwanzig Jahre her sei, dass er Kleive zuletzt gesehen habe. Und wer hatte ihm den Auftrag erteilt, bei Kleive einzubrechen? Tommy hörte noch die Frage, die er Wessel einen Tag zuvor gestellt hatte: *Wären Sie froh, wenn der Bär Martin Kleive wäre?*

»War er hier oben mit Ihnen auf der Jagd?«, fragte Tommy.

»Sie fragen mitunter wirklich komische Sachen«, sagte Kleive und schüttelte den Kopf. »Was hat das denn mit der Sache zu tun? Christian und ich gehen beide auf die Jagd. Mehr müssen Sie aber wirklich nicht wissen.«

Tommy wusste nicht, was er darauf erwidern sollte.

»Und außer Wessel haben Sie mit niemandem mehr Kontakt?«

»Nein«, sagte Kleive. »Grüßen Sie Jan Amundsen von mir und sagen Sie ihm, dass er langsam in Rente gehen soll. Golf hilft einem, die Zeit zu vertreiben. Über den Einbruch rede ich dann mit Ihren Kollegen, Bergmann.«

Tommy blieb noch ein paar Minuten stehen und sah zu, wie Kleive mit dem Tier arbeitete. Es war offensichtlich, dass er nichts mehr sagen wollte. Trotzdem, dachte Tommy. Kleive hatte ihm etwas verschwiegen. Er entschloss sich, ihn in ein paar Tagen, wenn der Polizeibericht über den Einbruch fertig war, noch einmal anzurufen.

Auf dem Rückweg durch den Wald zur Hauptstraße war er so müde, dass er überlegte, die Nacht in einem Hotel in Kongsvinger zu verbringen. In der Mitte einer schier endlosen gerade Strecke wäre er fast in die Scheinwerfer eines Lastwagens gefahren, der ihm auf dem Weg nach Norden entgegenkam. In der Sekunde aber, in der das Auto auf die Gegenfahrbahn zu kommen drohte, war es so, als tippte ihm jemand auf die Schulter. Er konnte den Wagen ausrichten und hörte nur noch die laute Hupe des Lastwagens hinter sich.

Es wäre sicher das Beste, diesen verfluchten Fall loszuwerden. Das alles war ein schreckliches Labyrinth, und er war sich nicht mal sicher, ob er den Eingang gefunden hatte. Geschweige denn den Weg zum Ausgang.

Als er in Skarnes ankam, zögerte er. War es größenwahnsinnig, zu denken, dass er dieses Wespennest aufräumen konnte? Es war nach Mitternacht, stockdunkel, und der Regen erinnerte an die Sturmgischt auf der Nordsee. Trotzdem bog er nach links ab und fuhr über die Brücke auf die andere Seite des Flusses. Dann bog er nach rechts ab und fuhr auf Arvid Storholts Haus zu.

Im Kofferraum hatte er einen Satz Dietriche. Und ein paar alte Polizeisiegel. Der alte Drecksack Hallgeir Sørvaag, ein früherer Kollege, hatte ihm alles über Türen und Schlösser beigebracht und Tommy nach seiner Pensionierung sein altes Sparrows Set überlassen, mit allen möglichen Schlüsseln, Nadeln und Dietrichen.

»Arvid Storholt und Christel Heinze«, sagte Tommy zu sich selbst. Storholt hatte sich um Heinze gekümmert, als sie nach Norwegen gekommen war. Vielleicht führte ihn der Mord an Storholt zu dem Mord an Christel Heinze und dann weiter zum Bären.

Wenn er bei Martin Kleive einbrechen konnte, warum dann nicht auch bei Arvid Storholt? Wessels Auftrag, bei Kleive einzubrechen, kam ihm mehr und mehr wie ein Ablenkungsmanöver vor. Oder war Kleive ein so guter Lügner, dass er Tommy unbemerkt manipuliert hatte?

Tommy dachte, dass er sicher gut daran tat, sich selber die Aufträge zu geben, statt noch einmal der nützliche Idiot von irgendjemand anderem zu sein.

Zehn Minuten später stand er in der Birkenallee, die zum Haus der Storholts führte. Er riss das Absperrband durch und schlüpfte wieder ins Auto, bevor er durchnässt war.

Das Haus lag völlig im Dunkeln, nicht einmal die Außenlampe brannte. Tommy war das sehr recht.

So wie es aussah, war das Haus an kein Alarmsystem gekoppelt, aber die beiden Schlösser der Haustür machten ihm größere Probleme, als er erwartet hatte. Als er das obere Schloss endlich geöffnet hatte, waren seine Finger rot und geschwollen wie bei einer Wasserleiche.

Kurz darauf trat er in den Flur.

Der Boden an der Tür zum Wohnzimmer war noch immer dunkelrot vom Blut. Fast schwarz. Warum hatte Storholts Frau ein solches Ende verdient? Was hatte sie falsch gemacht?

Er schloss die Tür hinter sich und zog ein paar blaue Schuhüberzieher an, die in einer Schachtel mitten im Flur lagen. Vorsichtig trat er über die Türschwelle. Auch im Wohnzimmer war Blut am Boden. Tommy erinnerte sich an die Bilder von Storholt, auf dessen Körper richtiggehend eingehackt worden war. Christian Wessel hatte gemeint, der Mord sei mit so viel Wut begangen worden, dass kein Russe als Täter in Frage komme. Russische Agenten zeigten keine Gefühle.

Und dann hatte er noch hinzugefügt, dass Storholt von niemandem vermisst werden würde.

Tommy schaltete die Taschenlampe seines Handys ein und ging über die Treppe nach oben. Rechts des großen Raumes, in dem das Teleskop stand, war Storholts Arbeitszimmer. Der Schreibtisch stand vor dem großen Fenster, sodass Storholt mit dem Rücken zur Tür gesessen hatte, was Tommy für einen Mann wie ihn ungewöhnlich fand. Er nahm an, dass ein trainierter Spion sich niemals an eine Stelle setzen würde, von der aus er keinen Überblick über den Raum hatte. Oder war Storholt davon ausgegangen, nichts zu befürchten zu haben? Ein großer Fehler, den man nur einmal machte.

Der Raum war unordentlich, es deutete aber nichts darauf hin, dass die Person, die Storholt und dessen Frau ermordet hatte, etwas mit der Unordnung zu tun hatte. Es war das Chaos, das mit der Zeit von allein entstand. Bücher, Zeitschriften, alte Briefumschläge, Post-it-Zettel, ein paar Kaffeetassen und Teller. Es sah nicht so aus, als hätten die

Kollegen aus dem Polizeidistrikt Romerike oder vom Kriminalamt sich diesen Raum bereits vorgenommen.

Der Schreibtisch war ein antikes Stück im englischen Kolonialstil. Storholt war Kommunist gewesen, hatte sich aber trotzdem einen Schreibtisch aus dem britischen Imperium angeschafft. Tommy dachte, dass Storholt auch nicht besser gewesen war als jeder Kapitalist. Ein Snob. Er überprüfte die Schubladen. Sie waren verschlossen, und die Schlüssel fehlten. Er ging wieder nach unten in den Flur und holte den Koffer mit den Schlüsselsets. Die Schlösser waren beinahe provozierend einfach zu öffnen. Die obere Schublade war voller alter Rechnungen und Bankausdrucke. Des Weiteren fand er alte Ausgaben von *Foreign Policy* und ein Wirtschaftsmagazin vom Ende der Neunzigerjahre.

Tommy blätterte rasch durch die alte Zeitschrift, um zu sehen, weshalb Storholt dieses Heft aufgehoben hatte.

Nach ein paar Minuten stieß er auf einen Artikel, der für Storholts Leben wegweisend gewesen sein musste.

Alexander Maximow arbeitet heute als Berater des Oligarchen Sergej Fedorow in London. Maximow verschwand im Herbst 1989 aus Berlin. Maximow war einer der vielen Decknamen des sogenannten »Sascha«, der als KGB-Abgesandter in Oslo als Arvid Storholts Führungsoffizier fungierte, bis diese Position dann von Leonid Spitskjin übernommen wurde. »Sascha« seinerseits wechselte gegen Weihnachten 1982 als KGB-Chef in die Botschaft nach Ostberlin, die größte in Europa.

Mitten auf der Seite prangte ein Schwarz-Weiß-Foto von Maximow.

Ein Journalist der Financial Times glaubt zu wissen, dass Maximow heute identisch mit dem russischen Staatsbürger Vitali Popow ist, der in Mayfair in London lebt. Es wird angenommen, dass Maximow gemeinsam mit weiteren früheren KGB-Agenten Teile des Berliner KGB- und Stasi-Archivs im Herbst 1989 an die CIA verkauft hat. Die Frage ist nur, für was die CIA da Geld investiert hat. Nach unserem Wissen sind große Teile des sowjetischen und ostdeutschen Geheimdienstarchivs, das auch die norwegischen Agenten während des Kalten Krieges umfasst, noch immer unbekannt. Seit dem Fall der Mauer soll Maximow mit zwielichtigen Geschäften in Großbritannien ein Vermögen gemacht haben. Dazu kommen noch die Gelder, die die Amerikaner und vermutlich auch der norwegische Geheimdienst im Chaos nach dem Zusammenbruch des kommunistischen Imperiums für zweifelhafte Informationen bezahlt haben.

Tja, dachte Tommy. Storholt hatte einen Artikel über seinen alten Führungsoffizier versteckt. Er warf einen Blick auf das Erscheinungsdatum des Magazins. April 1995. Da hatte Storholt noch immer im Gefängnis gesessen. Begnadigt war er erst Neujahr 1996 worden, wenn Tommy sich richtig erinnerte.

Er blätterte den Stapel der Briefe und Rechnungen durch, fand aber nichts Interessantes. Früher hatte man auf den Telefonrechnungen sehen können, mit wem telefoniert worden war, heute hatten die meisten nur noch Sammelrechnungen, meistens sogar nur noch digital. Storholt bekam noch Rechnungen für Strom und Telefon, aber trotzdem konnte Tommy den Listen nichts entnehmen.

Als er das letzte Mal hier gewesen war, hatte Jan Amundsen ihm erzählt, dass im Arbeitszimmer ein mittelgroßer Safe gestanden habe. Ausgehend von den Spuren musste dieser unter dem Fenster seinen Platz gehabt haben. Das Kriminalamt hatte ihn nach Storholts Tod mitgenommen. Laut Amundsen war darin aber nur ein Ausdruck einer halb fertigen Autobiografie gefunden worden, außerdem ein paar alte Briefe, die Storholts Vater ihm ins Gefängnis geschickt hatte. Die meisten Spione waren eitel und sehr von sich eingenommen. Storholt schien da keine Ausnahme darzustellen, das zeigte jedenfalls die Tatsache, dass er an einer Autobiografie geschrieben hatte.

Ein gewöhnlicher Polizist wäre sicher davon ausgegangen, dass Storholt all seine Geheimisse in eben jenem Safe aufbewahrte. Tommy war sich aber sicher, dass ein Mann wie Storholt das Gegenteil von dem tat, was man an der Polizeihochschule lehrte. Wenn Storholt etwas versteckt hatte, dann sicher an verschiedenen Stellen im Haus. Wenn nicht sogar in Glyfada in Griechenland. Die griechische Polizei hatte die Durchsuchung angeblich bereits aufgenommen, aber Tommy bezweifelte, dass es sonderlich schnell gehen würde.

Er betrachtete die übervollen Bücherregale und sah auf seine Armbanduhr. Es war bald zwei Uhr nachts, sodass ihm maximal fünf Stunden blieben, um das Haus zu durchsuchen. Er nutzte die Zeit bis drei Uhr, um alle Bücher aus dem Regal im Arbeitszimmer zu nehmen, sie zu durchsuchen und die Regalbretter auf Hohlräume zu überprüfen. Als er die Stapel von Literatur auf dem Boden sah, erkannte er, dass er niemals die Zeit haben würde, sie wieder zurückzustellen und hinter sich aufzuräumen.

Arvid Storholt hatte nichts von Wert in seinen Büchern versteckt. Das Einzige, was Tommy fand, waren ein paar Lesezeichen und einige Notizen in Fachbüchern. Auch die Regalbretter gaben keine Geheimnisse frei. Außerdem waren die Bretter an der Wand festgeschraubt und ihm fehlte ein Schraubenzieher.

Eine ganze Weile blieb er im Arbeitszimmer auf dem Boden sitzen.

Dieses Haus war zu groß. Sollte er sich Garage oder Schuppen vornehmen? Aber das wäre zu einfach.

Es war bereits halb vier, als er in der Küche begann. Eine solide Bauernküche mit genug Schränken und Schubladen, um dort Stunden verbringen zu können. Tommy zog auf der

Suche nach möglichen Verstecken Töpfe und Besteckfächer heraus, Gläser und Teller.

Er nahm ein Messer und löste den Sockel unter den Unterschränken. Nur Staub und Flusen.

Die Eckschränke enthielten nur Kristallgläser, hauchdünnes Porzellan, Decken und Kerzenständer. Auch dort waren keine Hohlräume zu entdecken.

Um halb fünf lief er noch einmal müde durchs Haus. Er hatte jedes Möbelstück untersucht, das Arvid Storholt und seine Frau in Norwegen besaßen. Er hatte vier alte Stühle malträtiert und die Füllung herausgezerrt. Zwei Sofas hatten dasselbe Schicksal erlitten. Das Resultat war ebenso niederschmetternd wie der Rest der Suche. Mit letzter Hoffnung begann er die untersten Schubladen in der Küche herauszuziehen und von den Schienen zu nehmen.

»Na endlich«, sagte er zu sich selbst, als er die große Schublade unter dem Fenster zum Hof herausnahm. Unter der Bodenplatte klebte eine mittelgroße Plastiktüte. Die Art der Tüte schien reiner Zufall zu sein, sie war aus einer Parfümerie in Paris. Die Platzierung war hingegen kein Zufall. Ein gewöhnlicher Mann hätte die Unterlagen sicher im Safe verstaut, damit niemand darauf Zugriff hatte. Arvid Storholt war aber kein gewöhnlicher Mann.

Die Tüte enthielt eine Reihe von Postkarten.

Die erste war eine normale Ansichtskarte.

Das Bild auf der Vorderseite zeigte die Gedächtniskirche in Berlin.

Abgestempelt in Berlin am 15. Dezember 2012.

Tommy las den kurzen, mit einer zierlichen Handschrift geschriebenen Text:

Dear Arvid

Hope everything is well with you both. Best wishes for the holiday season.

Your friend forever,
Daisy

In der kleinen Tüte lagen noch vier weitere Karten. Alle mit derselben Handschrift. Zwei davon waren mit Daisy unterzeichnet, die zwei anderen nur mit »D«.

Drei der Karten kamen aus Berlin, zwei davon aus den Neunzigern, die dritte war erst ein Jahr alt. Die letzte Karte war aus London gekommen.

You know who says hello, stand auf der Karte aus London, abgestempelt 2004 wenige Wochen vor Weihnachten. Die anderen Karten waren nicht frankiert. Sie mussten in einem Umschlag gesteckt haben.

Ganz unten in der Tüte lag noch ein Standard-10×15-cm-Farbfoto.

Tommy drehte das Foto um. Aus der Zahlenreihe unten auf dem Fotopapier entnahm er, dass das Bild im August 1996 entwickelt worden war.

Auf der Rückseite stand: *Christburger Straße, Juni 1996*, dieselbe Handschrift wie auf den anderen Karten. Das Foto war in einem Restaurant aufgenommen worden, vielleicht auch in einer Bar. Im Hintergrund war die Straße zu erkennen, auf der ein paar Autos parkten. Auf der anderen Straßenseite standen weitere Autos. Dort waren auch einige grüne Bäume zu sehen. An dem Tisch mitten im Lokal saß ein zwanzig Jahre jüngerer Storholt, zusammen mit der Frau, die Tommy nicht kannte, aber für Daisy hielt, sofern diese nicht das Foto gemacht hatte. Sie war etwa zwischen 30 und 40 und hielt eine Zigarette in der Hand. Storholt beugte sich über den Tisch zu ihr vor. Es mussten aber auch noch zwei weitere Personen vor Ort gewesen sein, es standen nämlich vier Teller und mehrere Bier- und Weingläser auf dem Tisch.

Draußen vor den Fenstern schien es zu regnen. Die Qualität der Aufnahme war zu schlecht, um ihre Gesichtszüge deutlich zu sehen. Es war überhaupt ein schlechtes Foto, Storholts Augen waren durch das Blitzlicht ganz rot.

Tommy setzte die Lesebrille auf, aber das machte die Sache nicht besser. Sicher war aber, dass der Tisch, an dem sie saßen, für vier gedeckt war. Die anderen Gesichter im Restaurant waren unscharf. Auf der anderen Seite der Straße schien irgendein Geschäft zu sein.

Wer waren die beiden anderen?, fragte Tommy sich.

Er nahm sein Handy heraus und googelte die Christburger Straße. Sie entpuppte sich als eine Straße im Berliner Viertel Prenzlauer Berg.

Er dachte einen Moment nach.

Die Blumen, die Jan Amundsen geschickt wurden, waren in den letzten Jahren über eine Western-Union-Filiale in der Prenzlauer Allee bezahlt worden. Der Kartenausschnitt auf dem Display zeigte Tommy, dass die Christburger Straße eine Querstraße der Prenzlauer Allee war. Und dass dieses Viertel im alten Ostberlin lag.

Aber die Fotografie war aus dem Jahr 1996.

Das Ganze kann ein Zufall sein, versuchte er sich selbst einzureden.

Morgens um halb sechs öffnete Tommy die Haustür. Hinter sich im Haus von Arvid Storholt und dessen Frau herrschte das totale Chaos. Tommy würde mit Sicherheit einen enormen Anpfiff kassieren, glaubte aber, dass es richtig war, diese Probleme auf sich zu nehmen. Er steckte die Tüte mit dem Foto und den Postkarten in seine Jackentasche, nahm das Dietrich-Set mit und schloss die Tür hinter sich. Sie wieder zu verschließen, hatte keinen Zweck mehr.

Weit entfernt sah er ein paar Lichter zwischen den Bäumen.

Das konnte doch nicht die Polizei sein?

Er blieb regungslos auf der Treppe stehen und sah zu, wie die Lichter näher kamen.

Der Wagen fuhr langsam an der Einfahrt vorbei und wurde dann wieder schneller.

Daisy, dachte Tommy. Wo habe ich den Namen schon mal gehört?

Juni 1978

13

Die Aussicht aus dem Hotel war die beste Reklame für Norwegen. Die Nazis hatten das Hotel im Drachenstil während des Krieges geliebt. Es lag vierhundert Meter oberhalb der Stadt und war umgeben von unberührter Natur. Christel konnte diese Liebe nachvollziehen. Wenn sie zu Hause in Berlin aus dem Fenster geblickt hatte, hatte sie nur das Mietshaus auf der anderen Straßenseite und den tristen Innenhof gesehen. Sie musste den Kopf aus dem Fenster strecken und steil nach oben schauen, um den Himmel sehen zu können, weshalb sie sich in ihrer engen Wohnung manchmal wie in einem Rattenloch gefühlt hatte. Ihre Eltern hatten immer betont, wie froh sie über die Wohnung seien, in der früher einmal vielleicht sogar Otto und Anna Quangel gewohnt hätten. Es hatte eine Zeit gegeben, in der sie diesen Stolz geteilt hatte. Vielleicht würde sie das ja irgendwann wieder können.

Sie hatte Arvid Storholts zwei Jahre alte Tochter Veronika auf dem Arm. Das kleine Mädchen hatte im Hotelzimmer geschlafen, war aber aufgewacht und wollte nicht wieder einschlafen. Christel hatte angeboten, für eine Weile auf sie aufzupassen. Christel hatte ein Händchen für Kinder, das hatte Arvid mehrfach betont, und warum sollte sie es dann zulassen, dass die Kleine sich an das Brautkleid ihrer Mutter klammerte. Zu den Großeltern, die beide oberflächlich wirkten und ständig irgendwelche Forderungen stellten, schien die Kleine kein besonders inniges Verhältnis zu haben.

Christel war kein Fan von Hochzeiten, erst recht nicht, wenn sie allein dort auftauchen musste, wohl wissend, dass sie selbst wohl nie heiraten würde. Nirgendwo sonst fühlte man sich so einsam wie auf einer norwegischen Hochzeit, wenn eine Rede die andere ablöste.

Wann hatte sie Bjørn zuletzt gesehen? Vor drei Monaten? Sascha hatte ihr verboten, ihn weiterhin zu treffen, aber Bjørn hatte sich nicht darum geschert, er hatte Sascha überredet und gesagt, dass er sie brauche. Aber was war das für ein Leben? Sie war sich nicht sicher, dass sie das noch lange durchstand. Wo war die Liebe in alldem? Sie spielte doch längst keine Rolle mehr. Bjørn würde seine Frau nie verlassen, dessen war sie sich nach diesen drei Jahren sicher. Und jetzt hatte Sascha auch noch einen weiteren Offizier auserkoren, mit dem sie anbandeln sollte. Lief alles nach Plan, durfte sie dann ihre Schwester sehen, die nach anderthalb Jahren in Moskau wieder in Berlin war. Christel war dieser Besuch versprochen worden. Sie stellte sich vor, mit Magda in den Ernst-Thälmann-Park zu gehen, wenn sie das schon wieder konnte. Trotz eines heftigen Rückfalls hatte ihre Schwester bis jetzt überlebt. Christel hatte ein paarmal mit der Mutter telefoniert und Härte gezeigt, um nicht wie ein kleines Kind zu wirken. Ihre Mutter durfte inzwischen wieder als Lehrerin arbeiten, wenn auch nicht in ihrer alten Schule. Ihr Vater war noch immer arbeitslos. Christel wusste, dass die Russen und ihre Handlanger bei der Stasi ihn als Geisel nutzten und dass das alles ihre Schuld war. Trotzdem wollte sie ihre Mutter nicht um Vergebung bitten, während die Stasi und die Russen ihre Telefonate abhörten. So tief wollte sie nicht sinken. Tief in ihrem Inneren hoffte sie darauf, dass ihre Mutter sie wieder *mein kleiner Schatz* nennen würde. Sie schämte sich für den Gedanken, wusste aber, dass es stimmte. Sie war dreiundzwanzig Jahre alt, aber noch immer ein Kind. »Warum kannst du nicht nach Hause kommen?«, fragte ihre Mutter immer wieder, aber was sollte sie darauf antworten?

»Papa«, flüsterte das kleine Mädchen in ihr Ohr.

Christel hatte versucht, die Kleine für die Aussicht zu begeistern, aber die Zweijährige hatte noch keinen Sinn für die weit unter ihr liegende Stadt, den dunkelgrünen Wald und die letzten Sonnenstrahlen, die sich auf dem Fjord spiegelten.

»Ja, Papa«, sagte Christel und spürte das Herz der Kleinen durch ihr Kleid. Es klopfte doppelt so schnell wie ihr eigenes.

Sie drückte Veronika an sich und fragte sich zum sicher tausendsten Mal, wie ein Kind von ihr und Bjørn aussehen würde. Aber das würde nie geschehen. Jetzt nicht mehr. Nicht nach Sascha.

Ich muss der Sache ein Ende machen, hatte sie sich so oft gesagt, dass diese Worte sie beinahe verrückt machten. Sie musste einen Ausweg finden. Weg von Bjørn, weg von Sascha.

»Hier seid ihr also!«, hörte sie eine Stimme hinter sich. Sie drehte sich um und sah Arvid auf sie zukommen. Aus dem Zimmer hinter ihm waren laute Stimmen, Lachen und Musik zu hören. Zwei Gruppen von Menschen folgten ihm, blieben dann aber stehen, um ein Gespräch fortzuführen, sich Zigaretten anzuzünden und zu lachen.

Arvid war wirklich ein hübscher Mann, dachte sie. Viel hübscher als Bjørn, wenn sie ehrlich war. Hätte er eine andere Persönlichkeit, hätte das mit ihnen vielleicht etwas werden können.

Veronika streckte ihrem Vater die kleinen Ärmchen entgegen und er nahm sie beinahe widerwillig entgegen.

Ihre Blicke begegneten sich, aber keiner der beiden sagte etwas. Arvid steckte sich eine Zigarette zwischen die Lippen und sie gab ihm Feuer, wobei er länger als nötig ihre Hand umschloss. Irgendwann nahm er seine Hand dann aber wieder weg und fuhr sich durch die Haare. Christel fragte sich, warum sie in all den Jahren, die sie sich kannten, so darauf bestanden hatten, dass sie nur Freunde waren. Sie hatte mehrmals bei ihm geschlafen, sogar in seinem Bett, aber er hatte die Grenzen, die sie gesetzt hatte, immer respektiert. Sie hatten Seite an Seite gelegen und sich berührt, beinahe ohne Kleider, und doch war nichts geschehen.

Veronika drehte sich von ihrem Vater weg. Christel dachte, dass er die Zigarette bestimmt nur angezündet hatte, um die Kleine wieder loszuwerden. Arvid setzte Veronika auf den Boden und sie rannte los, als sie ihre Mutter, Arvids Braut, in dem überreich verzierten Brautkleid in der Tür stehen sah. Christel spürte einen Anflug von Eifersucht, aber vielleicht ging das der Braut genauso, als sie Christel neben ihrem Mann sah.

»Ich sollte das an einem Abend wie heute nicht sagen«, raunte Arvid leise. Er drehte sich rasch um und winkte seiner Braut zu. Die anderen waren wieder verschwunden, es war dunkel geworden und die Luft war in den letzten Minuten spürbar kälter geworden. »Aber ich wollte dich vom ersten Moment an, an dem ich dich gesehen habe, Christel. Als du damals durch die Tür getreten bist, erinnerst du dich?«

Christel wusste nicht, was sie sagen sollte. Es gab Tage, an denen sie dasselbe gedacht hatte. Aber nein.

»Ich weiß«, sagte sie. Nicht, weil sie es sagen wollte, sondern weil sie irgendetwas sagen musste.

»Und trotzdem ist nie etwas daraus geworden«, sagte er und legte ihr die Hand auf die Schulter. Sie war groß und warm und Christel spürte, wie sehr sie einen Mann vermisste. Bjørn war keine Option, es konnte ein halbes Jahr vergehen, bis sie ihn wiedersah.

»Wir kommen!«, rief Arvid seiner Braut zu und lächelte. Dann strich er Christel mit zwei Fingern über ihren nackten Rücken.

»Ich weiß, was du machst«, sagte Christel, während sie auf das rot gestrichene Hotel zugingen. Sie wusste nicht wirklich, warum sie es sagte. Vielleicht um ihm Kontra zu geben, ihn zu schockieren, weil er ihr gegenüber eingestanden hatte, sie trotz seiner Frau noch immer zu begehren.

»Ich verstehe nicht …«

»Sascha«, flüsterte sie. »Du arbeitest für Sascha. Du hast meinen Schlüssel mitgehen lassen. Du hast mich als Möglichkeit gesehen, als jemanden, den du für deine Zwecke nutzen kannst. Du hast ihm von Bjørn erzählt.«

Er blieb stehen, während Christel noch zwei Schritte weiterging, bis auch sie stehen blieb und sich zu ihm umdrehte.

»Nicht jetzt«, sagte Arvid. Für ein paar Sekunden war sein Gesicht kaum wiederzuerkennen, er sah aus, als wäre er auf dem Weg zu seiner eigenen Beerdigung, nicht zu seiner Hochzeit. »Wenn du das jemandem sagst, bin ich tot. Verstehst du das?«

»Arvid?«, hörte Christel jemanden rufen.

»Wir kommen«, antwortete Arvid mit weicher Stimme, als wäre alles in bester Ordnung. Entweder war er ein hervorragender Schauspieler oder ein kompletter Psychopath, dachte Christel.

»Ich werde dir das alles erklären«, flüsterte er. »Nichts ist, wie du glaubst.«

14

Statt zur Polizeiwache Ski fuhr Tommy direkt nach Hause. Er öffnete die Tür, als Susanne gerade aus der Dusche kam. Aus Matheas Zimmer war das nicht enden wollende Schrillen ihres Weckers zu hören. Wie jeden Morgen.

»Ich erklär dir das später«, sagte er.

Susanne schüttelte den Kopf, ließ seine Geheimniskrämerei ansonsten aber unkommentiert.

»Gehst du kurz mit Bulle raus, dann gehe ich in ein oder zwei Stunden noch einmal mit ihm«, sagte er und schlurfte in Richtung Schlafzimmer. Sein ganzer Körper kribbelte vor Müdigkeit. Er legte sich noch angezogen aufs Bett und wachte erst wieder auf, als Bulle draußen auf dem Flur zu winseln begann. Es war bereits elf Uhr, Susanne und Mathea hatten die Wohnung längst verlassen. Er hatte zwei unbeantwortete Anrufe von der Sekretärin und eine Nachricht, in der sie ihn fragte, ob er krank sei.

»Das frage ich mich auch«, sagte er zu Bulle und vergewisserte sich, dass die kleine Plastiktüte mit den Postkarten und der Fotografie noch in der Innentasche seiner Jacke steckte. Er nahm die Fotografie von Storholt und der Frau im Restaurant heraus. War das dieselbe Frau, die die Karten geschrieben hatte?

Daisy. Ein seltsamer Name.

War sie Engländerin oder Amerikanerin?

Dann studierte er die Nachricht, die Susanne ihm geschickt hatte. Im Anhang waren ein Foto des Wappens von Tordenskiold und ein Bild von der Statue vor dem Rathaus. Keine Margeriten, dachte er. Wer würde auch Margeriten auf seinem Wappen platzieren?

Nach einem kurzen Frühstück nahm er Bulle mit nach draußen. Mathea hatte bald ein paar Freistunden und würde hoffentlich etwas länger mit ihm rausgehen. Nachdem er ein paar Meter in Richtung Drammensveien gegangen war, wurde er auf ein Auto auf der anderen Straßenseite aufmerksam, einen simplen weißen Ford Mondeo. Das kleine Logo auf der hinteren Scheibe ließ erkennen, dass es ein Leihwagen war. Warum er darauf reagierte, wusste er nicht. Vielleicht hatte es etwas mit dem recht jungen Mann zu tun, der hinter dem Steuer saß. Der Mann nahm sein Handy heraus, als Tommy mit dem Hund vorbeiging. Tommy widerstand dem Drang, sich umzudrehen. Es war vielleicht nichts Ungewöhnliches, mitten am Tag in einem weißen Ford Mondeo in der Gabels gate zu sitzen und mit dem Handy herumzuspielen? Nach ein paar weiteren Metern überquerte er die Straße und ging auf der anderen Seite zurück. Er warf noch einmal einen Blick auf das weiße Auto, der Mann war noch immer da und starrte auf sein Handy.

Tommy führte den Hund über die Mogens Thorsens gate und zurück über die Niels Juels gate.

Als er zurückkam, war der weiße Wagen verschwunden.

Bestimmt alles Einbildung, dachte er.

Aber diese Illusion währte nur fünf Minuten.

Nur um sicherzugehen, hatte er sich in der Wohnung ans Fenster gestellt, und seine schlimmste Annahme bestätigte sich, als er mithilfe eines Schminkspiegels von Susanne die Straße absuchte. Der weiße Wagen näherte sich langsam über die Gabels gate und parkte auf einem freien Platz etwa in Höhe des Krankenhauses in der Fredrik Stangs gate.

»Für so dumm hältst du mich also«, murmelte er vor sich hin.

Er dachte ein paar Minuten nach, dann ging er in Matheas Zimmer und nahm ihr ausrangiertes Handy aus der Schublade. Es war uralt, hatte keinen Code, das Display war zerbrochen und die Rückseite mit Kleberresten übersät. Er lud es ein paar Minuten, legte die Postkarten nebeneinander auf ihr Bett und fotografierte sie. Dann schaltete er das Handy wieder aus und legte es zurück in die Schublade. Anschließend nahm er sein eigenes Handy und fotografierte alles noch einmal. Er schickte Susanne alle Karten per E-Mail und schrieb in die Betreffzeile: »Nicht öffnen, ich erklär dir das später«. Dann löschte er die Bilder auf seinem Handy und im Mailausgang seines Servers.

Eine Viertelstunde später rief er ein Taxi.

Der weiße Wagen fuhr wie erwartet aus der Parklücke, als der Taxifahrer die Handbremse gelöst hatte.

Tommy hätte den jungen Pakistani bitten können, schneller zu fahren, er rechnete aber damit, dass der Mann in dem weißen Wagen Schritt halten würde.

Es würde keine Überraschung sein, wohin er unterwegs war.

»Fahren Sie mich nach Ski«, sagte er zu dem Fahrer.

Der weiße Wagen folgte ihnen in diskretem Abstand über die Autobahn, als sie aber in Richtung Ski abbogen, blieb er nur noch einen knappen Kilometer hinter ihnen, um dann an einem Kreisverkehr nach links in Richtung Langhus abzubiegen.

Anfängerfehler, dachte Tommy.

Er nahm die kleine Plastiktüte und studierte den Inhalt.

Die hier wirst du niemals finden.

Schon auf dem Parkplatz realisierte er, wer ihm in der Polizeiwache die Ehre erweisen wollte. Ein blitzblanker, schwarzer BMW X5 stand im Halteverbot vor der Wache. Das typische Auto der Leibwächter des norwegischen Geheimdienstes. Neben dem BMW parkte ein ebenso sauberer, gepanzerter Volvo S80 mit getönten Scheiben.

Als Tommy die Tür zu seinem Büro öffnete, stand Staatssekretär Christian Wessel am Fenster und studierte die aschgraue, trostlose Aussicht auf Eisenbahngleise und ein Einkaufszentrum.

Dann drehte er sich zu Tommy um und warf ihm ein verschmitztes Lächeln zu. »Sie kommen aber spät zur Arbeit?«

Tommy antwortete nicht.

»Nicht schlecht, Ihr Büro.«

»Ich beklage mich nicht«, sagte Tommy.

»Vermutlich der Endpunkt Ihrer Karriere. Weiter aufsteigen werden Sie kaum?«

Christian Wessel zog seinen blauen Wollmantel aus und hängte ihn über den Besucherstuhl. Tommy musterte den Goldring, den er am linken Ringfinger trug. Es war der Walkürenring der Marine. Warum kein Siegelring?, fragte Tommy sich. Er versuchte, sich an das nächtliche Treffen zu Hause bei Wessel zu erinnern. War ihm in Wessels Haus nichts aufgefallen? Er erinnerte sich an die Fotografie von Wessel und Kleive als junge Männer in der Messe des U-Bootes.

Wessel nickte in Richtung Tür. »Machen Sie die bitte zu.«

Tommy gehorchte.

Dann zeigte Wessel auf Tommys Schreibtisch. »Setzen Sie sich.« Es klang mehr wie ein Befehl als eine Aufforderung.

Tommy setzte sich auf seinen Bürostuhl, Wessel blieb stehen und verschränkte die Arme vor der Brust. Eine Armbanduhr, die sicher einen halben Jahreslohn von Tommy kostete, kam unter der Manschette zum Vorschein.

»Irgendwie sehen Sie müde aus«, sagte Wessel.

»Im Alter schläft man schlechter«, sagte Tommy.

Wieder setzte Wessel dieses merkwürdige Lächeln auf.

»Nun, ich will gleich zur Sache kommen.«

Wessel ging zur anderen Seite des Büros hinüber, als wollte er einen Blick auf das übervolle Regal werfen, und studierte die Rücken der Ordner. »Mein Chef ist zu dem Schluss gekommen, dass diese Ermittlungen unverzüglich eingestellt werden müssen.«

»Haben Sie das schriftlich?«, fragte Tommy, legte die Beine auf den Tisch und schob die Hände hinter den Kopf.

Christian Wessel zog einen Ordner aus dem Regal und stellte ihn wieder zurück.

»Sie wissen nicht viel über die Arbeit des Ministerpräsidenten, das sehe ich. Ich brauche nichts Schriftliches von ihm. Um es mal so zu sagen, Tommy: Ohne meine Hilfe wäre er niemals Ministerpräsident geworden.«

»Ich bezweifle aber, dass er den Bären noch einmal davonkommen lassen will.«

»Wer hat gesagt, dass er ihn davonkommen lässt?«

Martin Kleive, dachte Tommy. Er musste Wessel über ihr Gespräch informiert und damit den Alarm ausgelöst haben.

»Ich kenne Jan Amundsen nicht so gut«, sagte Tommy, »aber sagen Sie mir nicht, dass er dieses Vorgehen akzeptiert hat.«

»Er ist mit dem Entschluss einverstanden. Der Chef ist mit seinem Vorgehen ganz und gar nicht zufrieden. Es wird für Jan Zeit, den Hut zu nehmen. So hat er sich jedenfalls heute früh ausgedrückt.«

»Ich dachte, Sie hätten den Auftrag zu den Ermittlungen gegeben?«

Christian Wessel nahm umständlich auf dem Besucherstuhl vor dem Schreibtisch Platz. Er wartete, bis Tommy seinem Blick begegnete.

»Und, was haben Sie bei Storholt zu Hause gefunden?«

Tommy breitete die Arme aus.

»Wie meinen Sie das?«

»Spielen Sie nicht den Dummen, Tommy. Ich dachte, Sie wären so verdammt klug, aber dieser Einbruch bei Storholt war wirklich der Tropfen, der das Fass zum Überlaufen gebracht hat. Ich wusste sofort, dass Sie das waren, als ich über den Einbruch informiert wurde. Und wissen Sie, was ich gemacht habe? Ich habe den Polizeipräsidenten angerufen und der hat mir dann im Handumdrehen die Mautpassagen auf der Straße von Kongsvinger nach Kløfta beschafft. Und wer kommt da am frühen Morgen aus dem Norden angefahren? Na, wenn das nicht Tommy Bergmann in seinem Privatwagen ist?«

Tommy verzog keine Miene.

»Es wurde spät bei Martin Kleive«, sagte er.

»Geben Sie mir einfach, was Sie gefunden haben«, sagte Wessel. »Das haben Sie doch irgendwo hier. Oder sind Sie heute Morgen erst nach Hause gefahren? So gut, wie Sie sein sollen, sind Sie doch nicht mit leeren Händen von Storholt weggefahren?«

Tommy antwortete nicht.

»Nun, wenn Sie es auf die harte Tour wollen …«

Wessel holte das Telefon heraus. Wenige Minuten später waren zwei seiner Gorillas zur Stelle.

Tommy betrachtete die drei Männer, als kämen sie aus einem anderen Sonnensystem.

Sie durchsuchten sein gesamtes Büro, in dem sich im Laufe der Jahre eine ansehnliche Menge Papier angesammelt hatte. Ordner, Mappen, lose Blätter, im Grunde sah es bei ihm eher wie in dem Büro eines Professors als in dem eines Kommissars aus.

»Wenn Sie mir den Durchsuchungsbeschluss zeigen, gehe ich so lange runter in die Kantine«, sagte Tommy. Er gab sich gar nicht erst die Mühe, seinen sarkastischen Ton zu unterdrücken.

»Ich will ehrlich zu Ihnen sein, Tommy. Ich dachte, wir zwei würden uns verstehen. Ich hatte wirklich nicht erwartet, dass Sie wie ein Elefant im Porzellanladen herumtrampeln. Mit Jan Amundsen können Sie jetzt nicht mehr rechnen.

Ebenso wenig mit Fredrik Reuter. Sie halten Informationen vor dem Regierungschef dieses Landes zurück. Soll ich auch den Justizminister anrufen?«

In einer anderen Zeit hätte Tommy Christian Wessel in dieser Situation möglicherweise niedergeschlagen, um dann auf die beiden Gorillas vom Geheimdienst loszugehen.

»Nehmen Sie den PC mit«, sagte Wessel zu einem der Leibwächter. »Und geben Sie mir Ihr Handy, Tommy.«

Wessel winkte ihn zu sich und durchsuchte Tommy selbst. Dann nahm er die Jacke, die Tommy über den Stuhl gehängt hatte, leerte die Taschen aus und tastete das Futter ab. Er verteilte den Inhalt auf dem Schreibtisch; Schlüssel, ein Päckchen Halspastillen, Lesebrille, Feuerzeug, Zigaretten, Dienstausweis, Handy und Geldbörse.

»Sie vergeuden Ihre Zeit«, sagte Tommy. »Bei Storholt war nichts.« Er wusste, dass Wessel alles, was er auf seinem Handy gelöscht hatte, wiederherstellen konnte, dass dies aber Zeit kosten würde.

Wessel hielt Tommys Dienstausweis hoch.

»Lange werden Sie den nicht mehr haben. Genießen Sie Ihre letzten Tage«, sagte er und warf ihm den Ausweis zu.

Oktober 2016

15

Tommy drehte sich ein paarmal um, als er zum Einkaufszentrum in Ski ging. Weit und breit war kein weißes Auto zu sehen und auch Wessels Gorillas waren verschwunden. Er ging zur Autowaschanlage im Untergeschoss des Zentrums.

»Schon zurück?«, sagte der Einwanderer, der die Anlage betrieb.

»Ich brauche die Quittung«, sagte er.

»Für dich immer, mein Freund.«

»Und suchen Sie mir die Nummer eines Martin Kleive heraus«, sagte er.

Oben im Einkaufszentrum besorgte er sich ein Prepaid-Handy und registrierte es auf seinen eigenen Namen. Es würde Wochen dauern, bis Wessel das herausfand. Er tippte Martin Kleives Nummer ein, aber der Anruf wurde nicht angenommen. Tommy schickte Kleive daraufhin eine Nachricht und bat um Rückruf. Als er wieder im Eingangsbereich war, leuchtete das Display des neuen Handys auf.

»Haben Sie mit Christian Wessel gesprochen?«, fragte Tommy, noch ehe Kleive etwas sagen konnte. Nicht gerade das intelligenteste Vorgehen, es gelang ihm aber einfach nicht, sich zu beherrschen.

»Was? Ich hatte hier oben seit gestern keinen Empfang mehr. Warum rufen Sie von dieser Nummer aus an?«

»Antworten Sie mir einfach. Haben Sie mit Christian Wessel gesprochen, seit ich bei Ihnen war?«

Kleive wartete eine ganze Weile.

»Ich habe mit Christian schon seit Jahren nicht mehr gesprochen. Seit vielen Jahren«, sagte Kleive. »Und ich habe Ihnen gestern nicht die Wahrheit gesagt. Er war nie hier oben in der Hütte.«

Kleive klang so, als wollte er noch mehr sagen, aber die Worte verhakten sich.

Tommy versuchte, seine Gedanken zu sammeln, während Kleive noch herumdruckste. Christian Wessel war Anfang der Achtzigerjahre der persönliche Sekretär des Ministerpräsidenten gewesen. Er war Mitglied des Komitees zur Anschaffung der neuen U-Boote und hatte zuvor Dienst in einem U-Boot geleistet. Und jetzt durchsuchte er sein Büro auf der Polizeiwache, beschlagnahmte Tommys persönliche Sachen und ließ seine Wohnung überwachen. Die Rechenaufgabe ergab kein sonderlich gutes Ergebnis. Tommy richtete den Blick auf den Warteraum auf dem Bahnsteig. Er drehte sich noch einmal um. Wessel ließ ihn im Augenblick nicht überwachen, dessen war er sich ziemlich sicher.

»Warum soll ich Ihnen heute glauben, wenn Sie mir gestern nicht die Wahrheit gesagt haben?«, fragte Tommy.

»Ich …«, begann Kleive. Tommy dachte, dass Kleive im Begriff war, noch mehr über Christian Wessel zu sagen, sich aber nicht traute.

»Ich glaube einfach, dass Sie gestern hier mit dem Gefühl aufgebrochen sind, dass ich Christel umgebracht habe. Weil ich der Bär bin. Ja, ich fürchte wirklich, dass Sie das glauben. Und vermutlich habe ich nicht sonderlich überzeugend auf Sie gewirkt.«

»Das ist im Augenblick auch nicht besser«, sagte Tommy.

Die Frage, ob Kleive eine Frau namens Daisy kannte, verkniff er sich im letzten Moment.

»Sie glauben mir nicht«, sagte Martin Kleive. »Aber Sie müssen wissen, dass ich Christel sehr, sehr gerne hatte.«

»Erzählen Sie mir lieber von Christian Wessel«, sagte Tommy.

Martin Kleive blieb stumm.

»Waren Sie einmal Freunde? Mehr als nur Kollegen?«

Kleive sagte noch immer nichts.

»Wenn Christian Wessel Sie anruft oder Kontakt mit Ihnen aufnimmt, will ich das wissen. Und Sie sagen ihm nichts über dieses Gespräch, verstanden?«

»Ja, okay«, sagte Kleive und legte auf.

Tommy ging mit schnellen Schritten zu dem Warteraum hinüber. Er tat so, als müsse er einen Zug erwischen, und blickte immer wieder auf seine Armbanduhr und an die Anzeige auf dem Gleis. Dann setzte er sich für ein paar Minuten auf eine der Bänke und beobachtete die vier anderen Personen im Warteraum. Sie gehörten ganz sicher nicht zu Wessel. Trotzdem hatte er das beinahe klaustrophobische Gefühl, dass Wessel bald herausfinden würde, wo er war. Er ging zu den Schließfächern, tippte den Code ein, der auf der Quittung stand, und öffnete die Metalltür. Die kleine Plastiktüte mit der Fotografie und den Postkarten war zum Glück noch da.

Als er nach Hause kam, war Mathea noch nicht wieder zurück. Der weiße Wagen stand nicht mehr unten auf der Straße. Für einen Moment hatte er Sorge, es könne etwas mit Mathea geschehen sein, oder hatte sie heute ihren langen Tag in der Schule? Tommy erinnerte sich nicht. Wenn er die Augen schloss, sah er immer nur Wessel und die beiden Gorillas in seinem Büro.

Er versuchte, Jan Amundsen anzurufen, erreichte ihn aber nicht. Bei der Zentrale brauchte er sich gar nicht erst zu melden. Jan Amundsen hatte ihm gesagt, dass er nur auf einen Anruf auf dem Festnetzanschluss reagieren würde, dessen Nummer er Tommy gegeben hatte.

Er suchte Matheas Nummer heraus und schickte ihr eine Nachricht. Sie antwortete sofort, dass sie bei einer Freundin sei.

Tommy wurde für einen Moment etwas ruhiger.

Wusste Jan Amundsen überhaupt, was Wessel trieb, oder hatte Wessel ihm ins Gesicht gelogen? Er versuchte noch einmal, Amundsen zu erreichen, und ließ es extra lange klingeln, bis irgendwann das Besetztzeichen kam.

Dann ging er mit Bulle raus, lief mit ihm an der russischen Botschaft vorbei und fragte sich, in welchem Haus Amundsen gewesen sein musste, als Leonid Spitskjin mit den Papieren, die er vom Bären erhalten hatte, zurückgekommen war.

Es war anzunehmen, dass der Geheimdienst diese Wohnung noch immer besaß. Wer war es, wer hatte den Russen seinerzeit diese Dokumente gegeben? Konnte es Wessel gewesen sein?, fragte er sich, als ihm bewusst wurde, dass die Überwachungskamera der Botschaft ihn längst eingefangen haben musste. Mit schnellen Schritten ging er über den Drammensveien weiter.

Er nahm die übliche Route vorbei an der Nationalbibliothek, über den Solli plass, von da hinauf zum Frogner plass und mit ein paar Umwegen wieder zurück über die Gabels gate. In der Regel waren sie etwa eine Stunde unterwegs, so lange brauchte er oft auch, um einen klaren Kopf zu bekommen.

Als Tommy mit Bulle zurück in die Wohnung kam, war Susanne bereits zu Hause. Die Tür war nur angelehnt. Als er sie aufschob, sah er, dass das Schloss aufgebohrt worden war.

»Susanne?« Für einen Moment packte ihn eine Angst, wie er sie seit mehr als zehn Jahren nicht mehr verspürt hatte.

»Was ist …«, sagte sie kaum hörbar im Wohnzimmer.

Er war erleichtert. Erst jetzt sah er, dass der Kleiderschrank im Flur ausgeräumt worden war und Jacken und Taschen auf dem Fußboden lagen. Er tastete seine Jacke ab. Die kleine Tüte war noch da. Er hatte mehr Glück, als er verdient hatte.

Er hielt Bulle zurück, während er sie im Wohnzimmer stehen und von einem Bein aufs andere treten sah. Sie trug noch immer eines ihrer strengen, schwarzen Kostüme, wie immer, wenn sie vor Gericht eine Robe tragen musste.

Dann ließ er Bulle los, der schwanzwedelnd ins Wohnzimmer lief.

»Mein Gott, habe ich mich erschrocken«, sagte Susanne. Sie kniete sich hin und nahm den kräftigen Bullterrier für einen

Moment in den Arm. Dann wischte sie sich die Tränen ab. Sie blickte sich verzweifelt im Wohnzimmer um, das kaum wiederzuerkennen war: Die Regale waren umgestürzt worden, alle Bücher lagen auf dem Boden. Das Sofa hatte jemand aufgeschlitzt, die Lithografien an den Wänden zerstört.

»Was ist hier los, Tommy?«, fragte sie leise. »Habe ich dich dafür gerettet? Zwei Tage pro Woche in Dikemark? Ich bin schon einmal fast gestorben, Tommy. Hörst du?« Ihre Stimme wurde immer lauter und drohte, sich zu überschlagen.

Er wollte sie in die Arme schließen, aber sie stieß ihn weg.

»Was ist hier los?«, fragte sie noch einmal. »Was zum Henker ist hier los?«

»Diese E-Mail, die ich geschickt habe ...«, begann er.

Sie hob eine Hand.

»Ruf den Schlüsseldienst an«, sagte sie. »Jetzt! Und dann alarmierst du deine Kollegen.«

Nein, sagte Tommy. »Und du rufst sie auch nicht an.«

Sie rauschte an ihm vorbei und gleich darauf hörte er die Badezimmertür zuknallen.

Er ging zum Telefon und rief den Schlüsseldienst an. Es würde eine Stunde dauern, bis jemand kam, sagten sie ihm.

»Was, wenn Mathea zu Hause gewesen wäre?«, rief sie aus dem Bad. »Die hätten sie umbringen können!«

Nein, dachte Tommy. Sie haben gewartet, bis alle aus dem Haus waren. Sie haben es nicht gewagt, in die Wohnung einzubrechen, als Bulle allein zu Haus war, denn dann hätten sie das kräftige Tier töten müssen.

Dann kam ihm das alte Handy in den Sinn.

Er schlüpfte in Matheas Zimmer, das wie immer unordentlich war, sodass er nicht sagen konnte, ob sie überhaupt dort gewesen waren. Er öffnete die Schreibtischschublade.

»Amateure«, sagte er leise und nahm das alte Handy heraus.

Dann ging er ins Treppenhaus und klingelte bei der alten Frau Halseth, die neben ihnen wohnte.

Es dauerte eine Ewigkeit, bis sie die Tür öffnete.

»Ja, was ist?«, fragte sie.

»Jemand ist bei uns eingebrochen.«

»Nein, die waren vom Schlüsseldienst, haben sie gesagt. Ich habe denen die Haustür geöffnet, die waren sehr freundlich. Ich dachte … Die haben gesagt, Sie hätten Probleme mit dem Schloss.« Sie schüttelte den Kopf, vielleicht war es aber auch nur ihr Parkinson.

Witwe Halseth war eine vornehme alte Dame, die aber langsam die Kontrolle zu verlieren drohte.

»Wie viele Leute waren hier?«

Sie schüttelte nur noch heftiger den Kopf. Tränen stiegen ihr in die Augen.

»Schon gut«, sagte Tommy.

Eine Stunde später war Susanne noch immer im Bad. »Ich will nichts hören«, war alles, was sie sagte. Tommy hatte versucht, die Wohnung aufzuräumen, war aber fast von Resignation übermannt worden, bevor er richtig angefangen hatte. Die einzig gute Nachricht war, dass der Schlüsseldienst früher als erwartet kam.

Während der Mann das kaputte Schloss der Eingangstür auswechselte, öffnete Tommy die Tüte mit den vier Postkarten und der Fotografie von Storholt und der unbekannten Frau. Nachdem er ein paar Minuten das Gesicht der Frau studiert hatte, fiel ihm ein, dass Mathea irgendwo ein Vergrößerungsglas aufbewahrte. Als sie neun oder zehn Jahre alt gewesen war, hatte Susannes Mutter ihr ein Detektivset geschenkt, weil die Kleine damals wie Tommy zur Polizei gewollt hatte.

Er durchsuchte den Unterschrank ihres Schreibtisches,

fand aber nur zwei Flaschen einer ausländischen Biersorte und eine Schachtel Zigaretten hinter einem Stapel alter Schulbücher.

In der mittleren Schublade stieß er dann auf die kräftige Lupe.

Der Mann vom Schlüsseldienst sagte ihm, dass er noch einmal zurück in die Firma müsse, um ein Teil zu holen. Das Schloss sei nicht so einfach zu ersetzen. Tommy hoffte, dass er schnell wieder da war, da er sonst noch größere Probleme mit Susanne bekommen würde.

Am Küchentisch gingen seine Gedanken dann in eine ganz andere Richtung. Die Gesichtszüge der Frau waren noch immer zu undeutlich, um ihm irgendetwas zu sagen. Aber als er die Lupe auf die rechte Seite des Bildes richtete, erkannte er auf der anderen Seite der Straße zwischen geparkten Autos und Bäumen die Konturen von vier Buchstaben. Vermutlich ein Friseursalon, die Schere aus rotem Neonlicht war kaum anders zu deuten, aber nur vier Buchstaben des Namenszugs waren durch die Fenster des Restaurants zu erkennen.

eyer stand an der Wand.

»Meyer«, dachte Tommy spontan.

Er hörte ein Räuspern.

»Was machst du eigentlich?«, fragte Susanne. »Bist Tag und Nacht weg. Willst was über das Wappen von Tordenskiold wissen. Und jetzt das hier? Ein Einbruch am helllichten Tag!« Sie deutete auf die Postkarten auf dem Tisch und dann in Richtung Wohnzimmer. Sie band sich ihren Morgenmantel zu. Die nassen Haare steckten in einem dicken, weißen Handtuch, das sie sich wie einen Turban um den Kopf gewickelt hatte. Für einen Moment erinnerte sie ihn an eine Frau, die er seit mehr als zehn, ja, bald fünfzehn Jahren nicht mehr gesehen hatte.

»Arvid Storholt«, sagte Tommy und zündete sich eine Zigarette an. »Das hat alles mit Storholt zu tun. Deshalb darfst du auch nicht die Polizei anrufen oder mit jemand anderem als mir darüber reden. Aber uns droht keine Gefahr. Sie werden nicht zurückkommen. Die sind hier fertig.« Susanne nahm ihm die Zigarette aus der Hand, öffnete das Küchenfenster, setzte sich aufs Fensterbrett, schloss die Augen und nahm einen tiefen Zug. Sie schien seine Erklärung zu akzeptieren.

»Wer hat ihn getötet?«, fragte sie. »Die Russen?«

»Nein.«

Er ging ins Wohnzimmer und wollte den Mac einschalten, der dort stand, bis ihm klar wurde, dass der Computer nicht mehr da war.

»Was hat Arvid Storholt mit Tordenskiolds Wappen zu tun?«, fragte sie aus der Küche.

»Das frage ich mich auch«, sagte Tommy und nahm sein Prepaid-Handy heraus.

Hairdresser + Meyer + Berlin tippte er in das Suchfeld. Es erschien rasch eine ganze Liste von Ergebnissen. Tatsächlich lautete einer der ersten Treffer: *Franziska Meyer, Christburger Straße, Prenzlauer Berg, Berlin.* Er öffnete die Website des Salons. Es war lange her, dass er zuletzt in Deutschland gewesen war, und noch länger, dass er Deutsch in der Schule gelernt hatte, trotzdem verstand er das meiste. Die Familie Meyer betrieb den Friseursalon im Prenzlauer Berg seit 1970. Nach dem Tod von Margaret Meyer 1975 hatte ihre Tochter Franziska Meyer den Betrieb übernommen und nach 1990 weitere vier Filialen in Berlin eröffnet.

Der Salon in der Christburger Straße war nur einen Steinwurf von der Prenzlauer Allee entfernt, wo die Blumen für Jan Amundsen bezahlt worden waren.

»Tommy?«, hörte er aus der Küche.

Er ging zurück und nahm eine der Postkarten, die er bei

Arvid Storholt gefunden hatte. Wie ein Erstklässler fuhr er mit dem Finger unter der Unterschrift entlang. *Daisy.*

»Was verbindest du mit dem Namen Daisy?«, fragte er und setzte sich zu ihr.

Susanne saß noch immer auf dem Fensterbrett. Er reichte ihr die Postkarte. Rauchend las sie den kurzen Text, studierte die Vorderseite und drehte die Karte dann wieder um.

»Margeriten«, sagte sie. »Und Gänseblümchen.«

Er sprang auf. »Margeriten?«, fragte er deutlich lauter, als er es beabsichtigt hatte. »Hast du das gerade wirklich gesagt? Margeriten und Gänseblümchen?«

Sie hielt sich am Fensterbrett fest, als hätte sie mit einem Mal Angst vor ihm.

»Tommy …?«

»Was hast du gesagt?«, fragte Tommy.

»Ich habe Margeriten und Gänseblümchen gesagt. Auf Englisch heißen die beide *daisy*.«

»Na klar!«, sagte Tommy und kapierte erst jetzt, wie sehr er in den letzten Tagen neben sich gestanden hatte. Ein paar Nächte ohne Schlaf reichten für einen Mann wie ihn anscheinend aus, um all sein Allgemeinwissen mindestens vorübergehend zu löschen.

Jetzt erinnerte er sich auch, wo er den Namen gelesen hatte. Er hatte in den englischen Artikeln gestanden, die er über die Blumen gelesen hatte, die Amundsen bekam und die auch auf der Karte auf dem Friedhof von Enebakk gewesen waren.

»Außerdem haben Mädchen, die auf den Namen Maggie oder Margareth oder Margareta hören, häufig den Spitznamen Daisy.«

»Bist du dir eigentlich im Klaren darüber, was du da sagst?«, fragte Tommy und schloss sie in die Arme.

»Tut mir leid«, sagte er. »Das ist nur so …« Er hielt sich selbst zurück, bevor er ihr alles erzählte. Danach rief er Martin

Kleive an. Er versuchte, seine Gedanken zu sortieren, während es am anderen Ende klingelte. Jemand lief durch das alte Ostberlin und schickte Blumen an Jan Amundsen. Und dieser jemand konnte nur Daisy sein, dachte er. Die Frau, die auf dem Foto aus dem Jahr 1990 neben Arvid Storholt sitzt. Entweder wohnte sie in der Nähe der Prenzlauer Allee oder der Christburger Straße, oder sie arbeitete dort in der Nähe.

Dieses Mal ging Martin Kleive sofort ans Telefon.

»Wissen Sie, wo die Familie Heinze wohnte?«, fragte Tommy.

»Warum fragen Sie?«

»Antworten Sie einfach. Vielleicht ist es nicht wichtig, aber sollten Sie sich erinnern, wäre das eine große Hilfe.«

Martin Kleive wurde still.

»Sie wissen es nicht?«

»Ich versuche, nachzudenken«, sagte Kleive. »Aber haben Sie nicht einen Einbruch aufzuklären?«, fragte er säuerlich, als säße plötzlich er am längeren Hebel.

»Ich habe mehr Einbrüche aufzuklären, als Sie sich überhaupt vorstellen können«, sagte Tommy.

»Also, die wohnten in Ostberlin«, begann Kleive.

»Bitte«, sagte Tommy. »Verschwenden Sie nicht meine Zeit.«

»Ich denke nur laut nach«, sagte Kleive. »Und versuche, zu einem Schluss zu kommen.« Er machte eine längere Pause. »Ich erinnere mich nicht mehr an den Namen der Straße, aber Christel hat ein paarmal erzählt, dass sie in einer Straße gewohnt hat, die in einem bekannten Buch eines deutschen Autors eine wichtige Rolle gespielt hat. Irgendwas aus dem Krieg.«

»Das hilft mir nicht sonderlich«, sagte Tommy. »An mehr erinnern Sie sich nicht?«

»Tut mir leid, ich war nie sonderlich belesen.«

»Wie hieß ihre Schwester?«

»Magdalena«, antwortete Kleive wie aus der Pistole geschossen.

Magdalena, dachte Tommy. Was hatte Susanne gesagt? Daisy war Margareta oder Maggie. Das war nah dran, aber nicht derselbe Name.

Aus Kleive war nicht mehr herauszubekommen, sodass Tommy auflegte. Ein deutsches Buch aus der Kriegszeit? Martin Kleive konnte Tommy auch zum Narren halten.

»Wenn ich dir sage, ein deutsches Buch aus der Kriegszeit, fällt dir dann irgendwas ein?«, fragte er Susanne. Er unternahm eine kurze Google-Recherche mit dem Handy, aber alle Bücher, die ihm vorgeschlagen wurden, waren norwegische Titel. Eine Suche nach »Magdalena Heinze« war niederschmetternd, es gab einfach zu viele Deutsche, die diesen Namen trugen. Wenn es Amundsen und seinen Kollegen nicht gelungen war, die Familie zu finden, wie groß waren dann Tommys Chancen, da doch noch Erfolg zu haben?

Susanne antwortete nicht. Er ging in die Küche, aber sie war nicht mehr da.

Er fand sie im Schlafzimmer. Sie lag auf dem Bett, eine Hand auf den Augen.

»Was hast du gesagt?«, flüsterte sie. »Ein deutsches Buch aus dem Krieg?«

»Vergiss es«, sagte er und legte sich neben sie. Erst jetzt wurde ihm bewusst, wie spät es war.

»Ich hoffe, das alles ist vorbei, wenn ich morgen aufwache.«

»Ich kann Pizza bestellen«, sagte er.

»Nein, lass mich einfach in Frieden.«

Er tat, was sie wollte, und nutzte die nächsten Stunden, um das Wohnzimmer aufzuräumen. Der Mann vom Schlüsseldienst half ihm, die Regale aufzurichten, und Tommy dachte, welch wunderbarer Ort die Welt wäre, gäbe es nur solche

Menschen wie ihn. Um elf Uhr abends ging er noch einmal mit Bulle raus. Es war kein weißes Auto zu sehen, aber sie waren sicher nicht so dumm, wieder denselben Wagen zu nutzen.

Anschließend legte er sich auf das zerfetzte Sofa. Bulle kletterte auf ihn und machte es sich auf seinem Bauch bequem. Dieser Fall überfordert mich wirklich, dachte Tommy, als es plötzlich klingelte.

Wusste ich's doch, dachte er. Er richtete sich auf und griff nach dem altmodischen Festnetztelefon, das neben dem Sofa auf einem Beistelltischchen stand.

Susanne kam aus dem Schlafzimmer. Die Sorge um Mathea, die bei ihrer Freundin übernachten wollte, stand ihr ins Gesicht geschrieben.

Tommy wusste genau, wer am anderen Ende war, durfte aber nichts preisgeben.

»Ich hoffe, ich habe niemanden geweckt?«, sagte Jan Amundsen.

»Mich jedenfalls nicht«, erwiderte Tommy.

Amundsen lachte leise. Erst jetzt wurde Tommy klar, dass Amundsen zu Hause eine abhörsichere Leitung haben musste und dass dies die Nummer gewesen sein musste, die er Tommy gegeben hatte.

»Ich gehe davon aus, dass Sie mit Christian Wessel gesprochen haben«, sagte Tommy, »und wissen, dass seine Leute meine Wohnung auf den Kopf gestellt haben? Ich kann mir nicht vorstellen, dass Sie das gutheißen! Bringen Sie ihn dazu, mich hier in Ruhe zu lassen, Amundsen, und damit meine ich wirklich in Ruhe.«

»Ich habe den Großteil des Tages damit verbracht, hinter Ihnen aufzuräumen, Bergmann. Wie …«, begann Amundsen, vollendete den Satz aber nicht.

»Wie ich bei Arvid Storholt einbrechen konnte? Oder wie Christian Wessel bei mir einbrechen konnte?«

Er begegnete Susannes Blick, die noch immer im Flur stand und entgeistert den Kopf schüttelte.

»Fredrik hat mich davor gewarnt, dass Sie schon mal über die Stränge schlagen. Das haben Sie jetzt bewiesen. Sie verstehen sicher, dass ich jetzt nicht mehr auf Sie zurückgreifen kann, aber vergessen Sie nicht die Vereinbarung, die Sie unterschrieben haben. Ich weiß, wenn Leute reden, und die Konsequenzen sind nur selten angenehm.«

»Sie können Wessel sagen, dass er mich mal kreuzweise kann, kapiert? Ich habe die ganze Nacht Arvid Storholts Haus durchsucht und nichts, aber auch gar nichts gefunden. Und jetzt soll ich diesen Mist hier einfach so hinnehmen? Er hat mir alles genommen, mein Handy, meinen PC.«

»Da kann ich nichts machen. Tut mir leid, Bergmann. Das liegt außerhalb meiner Kontrolle. Christian vertraut Ihnen nicht mehr, das ist alles.«

»Er führt Sie hinters Licht. Haben Sie schon mal darüber nachgedacht?«

Es wurde still, als wären sie beide am Ende des Weges angekommen.

»Wer schickt Ihnen diese Blumen, Amundsen? Jemand muss das ja in Berlin bezahlen. Es ist nicht möglich, Geld zu schicken, ohne dafür zu unterschreiben und einen Ausweis vorzuzeigen, sei es nun den eigenen oder den einer anderen Person.«

»Sie haben doch bestimmt schon erraten, wer das ist. Das Problem ist nur, dass ich sie nicht finden kann.«

»Margaret Meyer«, sagte Tommy und war kurz davor, den Decknamen Daisy zu nennen.

Amundsen antwortete nicht, aber sein Schweigen war Bestätigung genug.

»Margaret Meyer schickt Ihnen die Blumen, und sie war auch am Grab von Christel Heinze«, sagte Tommy. »Sie hat ihren Namen von einer verstorbenen Friseurin in Berlin übernommen.«

Amundsen blieb lange still.

»Fredrik hat mir gesagt, dass Sie gut sind. Aber wenn Sie jetzt nicht aufhören, weiter in dieser Sache zu graben, sorge ich dafür, dass Sie hier in Norwegen nie wieder eine Arbeit finden. Ich kann mir keine weiteren fatalen Fehler leisten. Ich muss diesen Bären fassen, und wenn es das Letzte ist, was ich in diesem Leben tue.«

Tommy wollte etwas sagen, aber Amundsen hatte bereits aufgelegt. Er versuchte, ihn noch einmal zurückzurufen, aber die Verbindung war unterbrochen, der Anschluss am anderen Ende war tot.

Er blieb noch eine Stunde auf und studierte auf einer Karte die Umgebung rund um den Salon von Franziska Meyer in der Christburger Straße, kam aber nicht weiter. Irgendwann gab er auf und ging ins Bett.

Susanne murmelte ein paar Worte, als er sich so vorsichtig wie nur möglich neben sie legte. »Tut mir leid, dass ich so sauer war, es ist nur …«

Er legte den Arm um sie und spürte, dass er sofort einschlafen würde. Unmittelbar, bevor er ins Reich der Träume abdriftete, zuckte er zusammen.

»Du?«, flüsterte Susanne.

Sie drehte sich auf den Rücken.

Er versuchte, ihr Gesicht zu erkennen, aber es war zu dunkel im Raum.

»Dieses Buch«, sagte sie.

»Buch?«

»Jablonskistraße«, sagte sie.

Jablonskistraße, dachte Tommy. Das kam ihm irgendwie

bekannt vor. Hatte er den Straßennamen nicht schon irgendwo gesehen?

»Das ist das einzige deutsche Buch aus dem Krieg, an das ich mich erinnere. Hans Falladas *Jeder stirbt für sich allein.* Ich habe das vor Jahren mal von Papa bekommen. Es ist schrecklich. Das Ehepaar, um das es in dem Buch geht, wohnt in der Jablonskistraße und …«

»Warte …«, sagte Tommy. Er drehte sich um, nahm das Handy, das auf dem Nachtschränkchen lag, und lud die Karte.

»Das darf doch nicht wahr sein«, sagte er.

»Was?«

»Das ist direkt oberhalb der Christburger Straße. Ganz in der Nähe von dem Restaurant. Christel Heinze wohnte in der Jablonskistraße.«

Der Diensthabende des polizeiinternen Reisedienstes schien noch zu schlafen, als Tommy sich vorstellte. Tommy dachte, dass das alles einen höheren Sinn haben musste, als er den letzten freien Platz im Morgenflug nach Berlin bekam.

Juni 1978

16

Arvid hatte sie direkt nach der Mittagspause im Büro angerufen. Christel hatte da schon fast vergessen, was sie auf der Hochzeit besprochen hatten. Eine unbeschreibliche Taubheit lähmte immer öfter ihr Bewusstsein, als könnte sie die Wirklichkeit manchmal gar nicht mehr richtig erfassen. Was hatte er gesagt? Nichts ist, wie du glaubst? Schon am nächsten Tag hatte sie es bereut, überhaupt etwas gesagt zu haben. Vielleicht hatte er ja recht, warum kam sie jetzt damit, drei Jahre später?

»Ich komme heute Abend zu dir«, sagte Arvid ohne die netten einleitenden Sätze, die sonst so typisch für ihn waren.

»Wir können uns irgendwo in der Stadt treffen«, schlug sie vor.

»Nein.«

Nach einer langen Pause hatte sie schließlich eingewilligt. Sie wusste nicht, ob er sauer war oder jemanden mitbringen würde. Als sie sich kennengelernt hatten, hatte sie den Eindruck gehabt, er gehöre zu denen, die, wenn sie eine Frau erobert hatten, schon nach der nächsten Ausschau hielten. Genau dieses Gefühl meldete sich jetzt wieder. Solche Männer konnten auf die seltsamsten Ideen kommen.

Jedes Mal, wenn sie Arvid in der Zeitung oder seltener noch im Fernsehen irgendwo hinter dem Außenminister sah, dachte sie, dass er den anderen in den Rücken fiel. Genau wie sie selbst es auch tat. Aber warum hatte er sie da hineingezogen? Und warum hatte sie so lange gebracht, um wütend zu werden? Mehrere Jahre, als wäre sie der feigste, ja, dümmste Mensch auf Erden.

Nach dem kurzen Telefonat mit Arvid setzte sie sich aufs Fensterbrett und zündete sich eine Zigarette an. Sie versuchte sich einzubilden, dass ihre Hand nicht zitterte, als sie durch ihre Haare fuhr. Vor Arvid musste sie keine Angst haben. Er kennt mich, dachte sie, und er will mich noch immer. Der Anblick der grünen Bäume und der großen Stadtvillen auf der anderen Straßenseite beruhigte sie etwas. Dieser Teil des Drammensveien erinnerte sie wirklich an Berlin. Sie beugte sich aus dem Fenster und dachte für einen Moment an den Tag, an dem sie mit Bjørn in Trondheim gewesen war und geglaubt hatte, dass er sie aus dem Fenster stoßen wolle.

Heute früh hatte sie ein Bild von Bjørn in der Zeitung

gesehen. Es hatte tags zuvor eine Pressekonferenz gegeben, über die mit einem großen Foto berichtet worden war. Er hatte im Hintergrund am Rand des Podiums gestanden. Sein Anblick hatte ihr einen Stich versetzt.

Sie verdrängte den Gedanken an Bjørn. Die Gewissheit, dass sein Gesicht in der Zeitung zu finden war, die draußen, nur wenige Schritte entfernt auf dem Tischchen im Gemeinschaftsbereich lag. Sie musste sich über andere Dinge als über Bjørn Gedanken machen. Vielleicht sah sie ihn vor Weihnachten noch einmal. Maximal zweimal.

Auf dem Schreibtisch lag die Mappe, die einer von Saschas Laufburschen vor zwei Monaten in einem toten Briefkasten auf Bygdøy platziert hatte. In einer alten, hohlen Eiche am Königshof. Die Mappe enthielt Informationen über einen U-Boot-Offizier, der in der Gruppe mitarbeitete, die für den Erwerb neuer U-Boote zuständig war. Ein paar Bilder von ihm und eine kurze Biografie. Verheiratet in Bergen, Kinder, Haus, ein hoher Kredit, der abzuzahlen war, kurz gesagt: perfekt. Man durfte sich natürlich fragen, wer Saschas Quelle war, die Informationen waren einfach verdammt präzise.

Christel hatte dafür gesorgt, dass er zum Sommerfest des Handelskontors eingeladen wurde, obwohl er nicht unbedingt auf die Gästeliste gemusst hätte. Es würde vor Menschen nur so wimmeln, darunter äußerst attraktive Männer, doch die Wahl musste auf ihn fallen. Martin Kleive, las sie. Er war das komplette Gegenteil von Bjørn, aber daran konnte sie nichts ändern. Sie hatte mit Schlimmeren als ihm geschlafen; Männern, die ihr nichts gegeben hatten, oder besser gesagt, die Sascha nichts gegeben hatten. Die Informationen, die sie Sascha über das Handelskontor vermittelt hatte, waren nicht viel wert gewesen. Das hatte sich erst geändert, als die Norweger entschieden hatten, deutsche U-Boote zu kaufen. Und dieser Kleive sollte ihr nun Informationen geben, von denen Sascha nur träumen konnte, sie musste nur Geduld haben.

Um halb zehn war Arvid noch immer nicht da. Der Tag und der Abend waren für Norwegen sehr warm und Christel konnte sich an einem Donnerstagabend im Juni wirklich Besseres vorstellen, als hier in ihrer Wohnung auf ihn zu warten, und das, wo sie nun ausnahmsweise einmal von ihrer Kollegin Melanie eingeladen worden war, einer verwöhnten Abteilungsleiterin aus einer steinreichen Hamburger Familie, die Christel sonst immer nur von oben herab angeschaut hatte.

Christel tröstete sich mit einem Glas Weißwein und ein paar Zigaretten. Dann nahm sie den Telefonhörer von der Gabel und lauschte auf die Klicklaute, vor denen Sascha sie gewarnt hatte. Nichts. Die einzigen Männer, die sie überwachten, waren Saschas Leute, dachte sie. Und als Gegenleistung für dieses Leben durfte sie ein paarmal mit ihrer Mutter und Magda telefonieren. Dabei vermutete sie die Mutter oder Magda bei jedem Anruf in der mächtigen russischen Botschaft am Boulevard Unter den Linden, wo selbst die Spiegel mit Hammer und Sichel graviert waren. »Warum könnt ihr nicht bei Frau Brauer telefonieren?«, hatte Christel gefragt. Die Mutter wollte nicht antworten. »Kommt sie nicht mehr runter?« Sie wusste die Antwort, noch bevor ihre Mutter etwas erwidern konnte. »Sie redet nicht mehr mit uns, Christel.« Für einen Moment war sie versucht, Witwe Brauer anzurufen, die in der dritten Etage wohnte, und sie auszuschimpfen. Frau Brauer hatte immer ein Telefon gehabt, da ihr Mann eine hohe zivile Position bei der Stasi bekleidet hatte. Für gewöhnlich war ihre Mutter nach oben zu Frau Brauer gegangen, wenn sie ein seltenes Mal jemanden anrufen musste. Dafür war Frau Brauer jeden Montag zu ihnen nach unten gekommen, um »Der Schwarze Kanal« zu schauen, das Programm, in dem Karl-Eduard von Schnitzler die Westnachrichten aufs Korn nahm.

Es wurde halb elf, bis Arvid klingelte. Sie hatte bereits eine halbe Flasche Wein getrunken und war kurz davor, einzuschlafen.

Sie hätte wütend auf den Mann sein sollen, der vor ihr stand, ihm mit der Weinflasche, die auf dem Tisch stand, ins Gesicht schlagen, aber als sie ihn sah, war das alles unmöglich. Er sah beinahe zerbrechlich aus, müde und verlebt, gar nicht wie ein frisch gebackener Ehemann. Arvid blieb im Flur stehen, noch im Sakko, während der Schweiß ihm nach den fünf Stockwerken auf der Stirn stand.

»Hast du bis jetzt gearbeitet?«, fragte Christel und widerstand dem Verlangen, ihm über die Wange zu streicheln, als wäre sie und nicht Beate seine Frau.

Er ging an ihr vorbei zum Wohnzimmerfenster und starrte nach unten auf den Kirkeveien.

»Ich habe zwei Stunden gebraucht, nur um hierherzukommen«, sagte er leise. Er suchte die Nachbargebäude ab, die Autos, achtete auf jede Bewegung.

»Wir arbeiten beide für Sascha, wovor hast du solche Angst?«, fragte sie.

»Warum kommst du erst jetzt damit?«, fragte er und breitete die Arme aus. »Hast du drei verdammte Jahre darüber nachgedacht?«

Sie zögerte mit ihrer Antwort.

»Für die großen Entscheidungen brauche ich immer lang«, sagte sie, wohl wissend, dass das nicht immer stimmte. »Schon mit vierzehn habe ich darüber nachgedacht, mich abzusetzen. Bis es dann so weit war, sind beinahe vier Jahre vergangen.«

»Mit vierzehn? Da warst du noch ein Kind«, sagte Arvid. »Kinder begehen keine Republikflucht.«

»Sag mir einfach die Wahrheit«, fuhr Christel fort. »Es ist deine Schuld, dass ich in dieser Situation gelandet bin. Ich kann hier nicht weg, ich kann nie wieder nach Hause. Ich bin eine Gefangene meines eigenen Lebens. Es hat Zeit gebraucht, bis ich das verstanden habe. Aber ich habe nur mit dir über Bjørn geredet. Und der Schüssel, von wem sonst sollte Sascha den Schlüssel bekommen haben? Der saß einfach irgendwann in meinem Zimmer, als wäre das die größte Selbstverständlichkeit. Du hast den genommen, nicht wahr? Damals, im Winter?«

Arvid schnitt eine Grimasse und nickte.

»Und ich kenne das System, Arvid. Von dem Tag an war ich erledigt, verstehst du? Eine lebende Tote. Er hat Magda als Druckmittel eingesetzt. Ich darf jetzt ein paarmal pro Jahr mit ihr telefonieren, wie ein Gefängnisinsasse. Aber das weißt du alles, das hat er dir doch bestimmt erzählt.«

Arvid nickte wieder.

»Es tut mir leid.« Er holte ein Weinglas aus der Küche und schenkte sich ein. Dann trank er den Wein wie Wasser und schenkte sich nach.

»Hast du nichts Stärkeres?« Er schwitzte noch immer, sodass sie daran zu zweifeln begann, dass es nur an der Wärme lag.

»Ich werde dich nicht fragen, was du machst«, sagte Christel.

»Ich kann es erklären«, erwiderte Arvid.

»Ich bin nicht interessiert an Erklärungen«, sagte sie leise. »Du verkaufst dein Land an ein System, aus dem ich geflohen bin. Da gibt es nichts zu erklären. Und ich tue jetzt dasselbe. Ich habe einen Mann, den ich geliebt habe, ja, den ich vielleicht noch immer liebe, dazu gebracht, so zu handeln wie du. Und du glaubst, dass du das erklären kannst.«

Arvid Storholt nahm Christels Päckchen Zigaretten vom

Couchtisch. Sie gab ihm Feuer und er legte den Kopf in ihren Schoß, als wäre sie seine Mutter.

Er blieb lange mit geschlossenen Augen liegen, ohne einen einzigen Zug zu nehmen, sodass sie ihm die Zigarette schließlich aus der Hand nahm und selber rauchte.

»Ich habe in Athen ein Mädchen kennengelernt«, sagte er. »Elina.«

Christel wartete auf die Fortsetzung, aber er schien nichts mehr sagen zu wollen.

»Was meintest du damit, ›es ist nichts so, wie du glaubst‹?«

»Hast du jemals jemanden getroffen, für den du alles tun würdest?«

»Was glaubst du?«, fragte sie. »Was meinst du, warum ich hier sitze?«

»Da unten zu leben, in der Zeit der Militärdiktatur, du kannst dir nicht vorstellen, wie das war. Ich war nie zuvor so verliebt wie damals, und ich werde nie wieder so lieben. Ich habe Beate gern, aber das wird nie dasselbe sein, nie. Elina war Mitglied der verbotenen KKE, der kommunistischen Jugendorganisation der Universität. Ich habe sie wahnsinnig bewundert. Sie war der mutigste Mensch, dem ich jemals begegnet bin. Und sie ist noch immer der einzige Mensch, den ich wirklich, wirklich heiraten wollte, verstehst du? Ich habe einfach zu spät erkannt, dass sie für den KGB arbeitete. Vielleicht wollte ich es auch nicht sehen. Als ich wieder zu Hause war, hat Sascha Kontakt mit mir aufgenommen. Er war damals Kulturattaché. Ich hatte keine Wahl. Vielleicht glaubte ich auch noch immer, dass die USA teuflische Imperialisten sind. Ich hasste sie für das, was in Vietnam passiert ist. Und in Griechenland und Chile. Ohne die USA hätte es diese Putsche nicht gegeben, Christel. Diese Folter. Hast du jemals den Blick eines Menschen gesehen, der über Monate hinweg jede Nacht aus seiner Zelle geholt worden ist? Es geht nicht um die blauen Flecken, nicht um die fehlenden Nägel oder ausgeschlagenen Zähne, die Brandwunden oder den zerstörten Unterleib. Es sind die Augen, Christel, sie werden nie wieder dieselben. Deshalb habe ich Ja zu Sascha gesagt. Alle sagen Ja zu ihm. Als ich nach dem Fall der Junta zurück nach Griechenland gefahren bin, habe ich erfahren, dass Elina kurz vor Ende des Putschregimes gefangen genommen worden war. Sie hatten sie im Gefängnis vergewaltigt und halb tot geschlagen. Sie hat sich in ihrer Zelle erhängt. Das war in dem Jahr, in dem du dich abgesetzt hast.«

»Ist das jetzt der Punkt, an dem ich weinen soll?«, fragte Christel. Sie streichelte ihm über die Haare, als sie das sagte, nur um die Ironie zu betonen. »Willst du das?«

Er ignorierte sie.

»Vielleicht war Elinas Selbstmord der ausschlaggebende Punkt. Auf jeden Fall hatte ich meine Entscheidung längst gefällt. Es war ein Krieg, der nicht zu gewinnen war und in dem ich mein eigenes Land verraten hatte. Ein halbes Jahr nachdem ich für Sascha zu arbeiten begonnen habe, vielleicht war es auch ein Dreivierteljahr später, sollte ich nach Moskau geschickt werden, um dort meinen Kontrolloffizier zu treffen ... Erst da wurde mir richtig klar, dass ich nicht mehr war als ein kleines Rädchen im Imperialismus der Sowjets, aber da war es zu spät.«

Er machte eine neuerliche Pause.

»Zuerst hatte ich Angst, verhaftet zu werden, ich träumte nachts davon, unterwegs ermordet zu werden, vielleicht auf dem Weg von der Zelle ins Gericht, wie es Lee Harvey Oswald passiert ist. Inzwischen habe ich mehr Angst davor, dass Sascha weiß, was ich getan habe, sodass ich jetzt niemandem mehr vertraue, abgesehen vielleicht von dir.«

»Wie meinst du das?«

»Wenn du das jemandem sagst, bin ich tot, Christel.«

»Ich verstehe nichts.«

»Als ich aus Moskau zurück war, habe ich drei Monate gewartet, dann bin ich zum norwegischen Geheimdienst gegangen. Ich habe meine Karten auf den Tisch gelegt und dachte, das Spiel wäre damit vorüber.«

Er wartete.

»Und?«

»Sie wollten, dass ich als norwegischer Agent weitermachte. Dass ich weiterhin mit Sascha Kontakt hatte, als wäre nichts geschehen. Sie haben mir gesagt, wie gefährlich das ist, und mich einer Reihe von Tests ausgesetzt, um zu sehen, ob ich die Nerven dafür habe. Doppelagent zu sein, ist wie sein eigenes Todesurteil zu unterzeichnen, aber ich musste meine Haut retten. Hätte ich es nicht getan, säße ich jetzt als russischer Agent im Gefängnis. Beate war schwanger, ich war verzweifelt, wirklich komplett außer mir, und sie muss das irgendwie gespürt haben, was dann zu einer Fehlgeburt geführt hat.«

Mit einem Mal war es vollkommen still in der Wohnung. Sogar das nie aufhörende Rauschen des Verkehrs auf dem Kirkeveien war verstummt. Ein Gedanke formte sich in Christels Kopf, vielleicht wartete er auch schon seit Jahren darauf, aktiviert zu werden.

»Nichts ist, wie du glaubst«, sagte Christel. »Das meintest du also?«

Arvid Storholt antwortete nicht.

Sein Kopf ruhte schwer auf ihrem Schoß. Dann nahm er ihre Hand und drückte sie vorsichtig, ehe er sie wieder losließ.

»Das alles tut mir schrecklich leid, Christel. Vor allem, dass ich dich da reingezogen habe. Aber ich hatte keine Wahl. Sascha ist nicht dumm. Du bist ein Opfer geworden. Und Bjørn auch. Vielleicht ist er aber klug genug, um zu wissen, was er tun muss. Vielleicht hat er von Anfang an dasselbe gemacht wie ich.«

»Ich weiß nicht«, sagte Christel. »Ich sehe ihn kaum noch. Und er redet nie darüber.«

»Es ist seine Entscheidung, nicht meine. Ich gebe Sascha teils falsche, teils richtige Informationen. Ich glaube, er begann mich wegen ein paar Falschinformationen zu verdächtigen. Als ich ihm aber den Tipp bezüglich Bjørn gegeben habe, wurde ich zum Star in der sowjetischen Botschaft. Da hatte ich plötzlich wieder sein volles Vertrauen, verstehst du?«

»Du hast also mich und Bjørn geopfert, um deine Haut zu retten?«

»Christel …« Arvid versuchte ihre Hand zu nehmen, aber sie zog sie weg.

»Was soll ich denn sagen?«, fragte er.

Christel schob ihn weg und stand auf. Draußen war es dunkel geworden. Trotzdem stellte sie sich ans Fenster und sah auf die Lichter des Hauses gegenüber.

»Ich würde mich da nicht hinstellen«, sagte Arvid vom Sofa aus. Er hatte sich eine Zigarette angezündet, die er dieses Mal auch rauchte. »Wenn sie uns zusammen sehen …«

»Dann haben sie dich schon ins Haus gehen sehen. Und überhaupt. Sie sehen uns doch die ganze Zeit zusammen. Und Sascha vertraut dir, das hast du doch selbst gesagt. Sonst wärst du doch schon längst erledigt. Wovor hast du Angst? Wir sind doch Freunde, seit ich hier ins Land gekommen bin, oder?«

»Am liebsten würde ich das alles gar nicht wissen. Wenn du dich paranoid fühlst, weil du für Sascha arbeitest, kannst du dir ja vielleicht vorstellen, wie ich mich fühle. Eine Sache ist es, von den eigenen geschnappt zu werden, aber kannst du dir vorstellen, wie es mir ergeht, wenn Sascha mich entlarvt?«

Christel ging in die Küche und ließ Wasser ins Spülbecken laufen. Auf der Arbeitsplatte stand das dreckige Geschirr mehrerer Tage. Sie musste etwas tun, irgendetwas. In ihr wuchs eine Unruhe heran, genau wie damals, als sie den Entschluss gefasst hatte, sich abzusetzen.

Verfluchter Arvid, dachte sie.

Sie hatte zu spülen begonnen, als Arvid in die Küche kam. Das Wasser war kochend heiß, aber sie benutzte keine Handschuhe, es war ihr egal, wenn sich die Haut von ihren Fingern schälte.

Arvid setzte sich an den Küchentisch und zündete sich eine weitere Zigarette an. Die Weißweinflasche hatte er geleert, er suchte nach etwas anderem zu trinken. Sie sagte ihm, dass er gerne noch eine Flasche Rotwein öffnen könne, wenn er wollte, sie würde aber nicht mehr mittrinken. Sie war im Begriff, eine Entscheidung zu fällen, die nicht minder groß war als die Entschlüsse, die sie 1973 und vor zwei Jahren gefasst hatte, und da durfte sie nicht betrunken sein.

»Wenn ich …«, begann sie. »Wenn ich dasselbe tun würde wie du …«

Arvid zog den Korken aus der Weinflasche.

Sie hatte mit dem Spülen aufgehört, stand nur still da, die Spülbürste in der Hand.

»Sascha täuscht mich«, sagte Christel. »Magda war nie krank. Ich will nach Hause reisen, um sie zu besuchen, aber ich darf nicht. Und meine Mutter, ich vertraue ihr nicht ganz. Sie kann seit Jahren für die Stasi gearbeitet haben, ohne das jemals jemandem gesagt zu haben.«

»Aber Magda? Du hast doch auch mit ihr gesprochen?«

Christel nickte. Sie spürte eine Träne im rechten Auge, ohne zu wissen, warum.

»Ja. Aber im letzten Jahr habe ich mich gefragt, ob sie nicht eine Gehirnwäsche verpasst bekommen hat. Sie will nicht über die Krankheit reden. Oder die Zeit in Moskau. Da stimmt irgendwas nicht.«

Sie war in der Bewegung erstarrt und stand regungslos

mitten im Raum. Ihr Blick ruhte auf Arvid, war irgendwie aber auch sehr weit weg.

Arvid stand vom Küchenstuhl auf und nahm ihr die Spülbürste aus der Hand.

»Setz dich«, sagte er.

Sie tat wie geheißen.

»Bist du dir über die Konsequenzen im Klaren?«

»Daran denke ich jetzt nicht. Ich verleite unschuldige Menschen dazu, für Sascha zu arbeiten. Ich habe Bjørns Leben kaputtgemacht, ich habe ihn verloren, ich habe Dokumente gestohlen und kopiere geheime Unterlagen. Und jetzt diese U-Boote. Ich arbeite mittlerweile wirklich für diese Kadermenschen in Moskau, Arvid. Genau für die, vor denen ich geflohen bin, Arvid. Die verhalten sich schlimmer als damals Goebbels.«

Arvid sagte nichts. Er sah nicht überrascht aus, wirkte eher distanziert, fast uninteressiert.

»Hilfst du mir? Deine Kontakte …«

»Nein«, sagte er.

»Nein?«

»Mein Name darf nirgends erwähnt werden«, sagte Storholt. »Das verstehst du doch. Unter keinen Umständen, und das meine ich wörtlich. Ich vertraue niemandem. Ich habe eine kleine Tochter. Und Beate ist wieder schwanger. Ich kann nicht zwei vaterlose Kinder hinterlassen.«

»Und was soll ich dann tun?«

Arvid Storholt sah auf seine Armbanduhr.

»Ich muss langsam nach Hause. Ich will ja nicht schon nach einer Woche geschieden werden.« Er schüttelte den Kopf, legte die Hand an ihre Wange und streichelte sie.

»Wie konntest du mir das antun?«, sagte Christel leise.

»Ich hatte Todesangst, Christel. Ich musste Sascha etwas geben. Etwas Großes. Ich hatte mich verändert, nachdem ich für die Norweger zu arbeiten begonnen hatte, war nervös, paranoid. Ich kann mich wirklich nur bei dir entschuldigen. Ich schulde dir einen großen Gefallen. Was immer du willst.«

»Dann fang doch damit an, mir einen Namen zu geben, Arvid. Sonst gehe ich direkt in die amerikanische Botschaft, aber das wäre sicher Selbstmord.«

Er rauchte schweigend die Zigarette zu Ende. Schließlich sagte er: »Lindsey Spannel. Sie ist von der CIA.« Er stand auf und lief im Wohnzimmer im Kreis herum.

»Lindsey Spannel?«, fragte Christel. Sie hatte den Namen schon einmal gehört, wusste aber nicht, in welchem Zusammenhang.

»Sie arbeitet für die Außenstelle des American Press Bureau in Stockholm, ist aber hier in der Stadt stationiert. Sie hat auch ein paar Jahre als Freelancerin in Westberlin gearbeitet. Ich weiß, dass sie sauber ist. Aber wenn du meinen Namen ins Spiel bringst, lebe ich nicht mehr lange. Und Bjørn, ich weiß nicht …«

Er lächelte blass, als resignierte er bei dem Gedanken, dass es kaum jemanden gab, dem man trauen konnte.

»Ich bin kein Kind mehr, Arvid. Und du schuldest mir einen Gefallen.«

Er kniete sich vor ihr hin.

»Du kannst dich auf mich verlassen, Christel. Bitte mich, um was du willst, und ich werde sehen, was ich tun kann.«

Sie blieb noch eine Weile auf, nachdem Arvid gegen ein Uhr nachts gegangen war. Um drei Uhr ging sie nach draußen. Es war eine dieser weißen Nächte, ohne Dunkelheit, warm und kalt im selben Windhauch, der Himmel ein Gemisch aus bläulichen Pastelltönen hinter einem Schleier aus Weiß.

Sie ging zur Universität, ohne auch nur einem Menschen zu begegnen. Nur ein einzelnes Taxi fuhr über den Blindernvei.

Die Hochhäuser des Univiertels sahen wie schlafende Riesen aus, die Gefahr liefen, auf den gepflasterten Platz zu stürzen. Sie legte den Kopf in den Nacken und sah zu den Fenstern im zehnten Stock hoch, wo sie Arvid das erste Mal begegnet war. Danach ging sie um den Block herum auf die Rückseite, wo sie zum ersten Mal mit Bjørn gesprochen hatte, in der Hand das Flugblatt der Anarchisten.

Sie hatte einmal davon geträumt, in einer der großen Villen auf der anderen Seite der Straße zu wohnen, umgeben von fruchtbaren Gärten und hohen, träumenden Birken. Mit Bjørn.

Nur dass die Welt so kindlich und naiv nicht war.

Als sie zurück in ihre Wohnung kam, suchte sie die Briefe von Magdalena heraus, sortierte sie nach Datum und breitete sie auf dem Fußboden aus. Sie las sie noch einmal, einen nach dem anderen. Es waren immer nur irgendwelche oberflächlichen Floskeln. Oder nicht? Drei der Briefe waren in Moskau abgestempelt worden, aber wie viel Mühe konnte das Saschas Lakaien gekostet haben?

Sie konnte zu keinem eindeutigen Schluss kommen. Aber das spielte auch keine Rolle mehr.

Am nächsten Tag rief sie aus der Telefonzelle vor dem Majorstuhuset die Auskunft an und ließ sich mit der Zweigstelle des American Press Bureau in Oslo verbinden.

»Lindsey Spannel«, sagte eine überraschend warme Frauenstimme am anderen Ende.

»Kommen Sie ins Restaurant am Frognerseteren. Mittwoch nächste Woche, 17 Uhr. Ich habe Informationen für Sie.«

»Was für Informationen?«

»Kommen Sie einfach. Ich werde Sie erkennen. Sie werden es nicht bereuen«, sagte Christel.

Sie legte auf, noch bevor ihre Gesprächspartnerin irgendwelche Einwände vorbringen konnte.

17

Einmal vor langer Zeit, in seinem früheren Leben – vor Susanne –, hatte Tommy mit einem Polizisten in Berlin zusammengearbeitet. Das Problem war nur, dass ihm der Name des Mannes beim besten Willen nicht mehr einfallen wollte. Und das war nicht sein einziges Problem: Wenn er Fredrik Reuter anrief, der sich mit Sicherheit an den Namen erinnerte, war seine Laufbahn als norwegischer Polizist definitiv beendet.

Er war im Ibis-Hotel am Hauptbahnhof einquartiert worden. Die Aussicht aus dem Hotelzimmer war, wenn das überhaupt möglich war, noch trauriger als das billig eingerichtete Zimmer. Nieselregen fiel aus einem stahlgrauen Himmel, und der gewaltige Bahnhofsbau auf der anderen Seite der breiten Straße sah wie die Kulisse eines deprimierenden Ostblockfilms aus. Der Verkehr auf der Invalidenstraße pulsierte Tag und Nacht, was Tommy nur noch mehr bedrückte.

Eine Weile blieb er tatenlos auf dem Bett sitzen. Dann ließ er sich nach hinten fallen und schlief beinahe unmittelbar ein.

Als er wach wurde, dämmerte es bereits. Er musste mehrere Stunden geschlafen haben.

»Verdammt«, sagte er. Jetzt hatte er den blaugemachten Tag auch noch verschlafen.

Für drei Tage hatte er sich krankgemeldet, es blieben ihm also noch zwei weitere, um Margaret Meyer, die Frau, die es nicht gab, zu finden.

Durch das Fenster hörte er den endlosen Verkehr in dieser für einen Norweger viel zu großen Stadt. Was bildete er sich nur ein? Wollte er in Berlin bleiben, bis Margaret Meyer irgendwann in vielen Wochen in die Bankfiliale marschierte? Vielleicht überwies sie das Geld einen Tag vor Christel Heinzes angenommenem Todestag, vielleicht tat sie dies aber auch schon eine Woche vorher oder noch früher. Wenn Margaret Meyer die Frau auf der Fotografie war, musste sie jetzt rund zwanzig Jahre älter sein. Würde er sie da überhaupt wiedererkennen? Es gab nur eine Möglichkeit: Er musste den deutschen Polizisten finden und höhere Mächte um Hilfe bitten.

Er war hungrig und hätte in der Hamburger-Bar im Hotel etwas essen sollen, entschied sich stattdessen aber, ins Viertel Prenzlauer Berg zu fahren und die Christburger Straße zu suchen. Am Hauptbahnhof aß er eine Currywurst und versuchte die Gesichter der Menschen zu studieren, als glaubte er wirklich daran, dass einer der Tausenden von Passanten die Frau auf der Fotografie sein konnte.

Wie soll es mir nur gelingen, in dieser Stadt Margaret Meyer zu finden? Wenn es sie denn überhaupt gibt. Und wenn sie die Frau ist, die mit Storholt gegessen hat.

Doch, dachte er auf dem Weg zur U-Bahn. Susanne hatte recht. Margaret Meyer muss Daisy sein, sie schickt Postkarten an Storholt und Blumen mit Margeritenkarten an Jan Amundsen. Und sie hat eine Karte auf das Grab von Christel Heinze gelegt. Ein Gruß von Daisy, von Margaret Meyer – eine andere Deutung war kaum möglich.

Die Prenzlauer Allee war so breit, dass sie in Oslo nirgends Platz gefunden hätte, dachte Tommy. Zwei Straßenbahntrassen verliefen in der Mitte der Straße, ließen aber trotzdem Platz für mehrere Fahrspuren auf beiden Seiten. Auf dieser Straße waren mehr Autos unterwegs als im gesamten Zentrum von Oslo. Er fand die Western-Union-Filiale und wählte eine jämmerliche Strategie: Er zog eine Wartenummer. Die meisten anderen Kunden waren offensichtlich

Menschen mit Migrationshintergrund. Gerade als er an der Reihe war, rief Susanne an. Er ignorierte den Anruf und trat an den Schalter.

»Kennen Sie diese Frau?«, fragte er auf Deutsch.

Der junge Mann machte ein skeptisches Gesicht.

»Sie verschickt von hier aus Geld unter dem Namen Margaret Meyer.«

Der Mann breitete die Arme aus und schüttelte den Kopf.

»Ich glaube, sie kommt einmal im Jahr her. Im Dezember. Möglicherweise auch im November.«

»Dann sollten Sie vielleicht dann zurückkommen«, sagte der Mann. »Ich habe sie nie gesehen. Wir sind ein Dienstleister für internationale Geldgeschäfte, nicht für vermisste Personen. Wird sie denn vermisst?«

»Vielleicht können mir Ihre Kollegen …?«

»Nein«, sagte der Mann. »Sie haben sie nicht gesehen.«

»Könnten Sie sie fragen?«

»Tut mir leid«, sagte der Mann und drückte den Knopf vor sich. Ein neuer Kunde trat an den Schalter. Tommy stellte sich so hin, dass der Mann keinen Zutritt bekam.

»Entschuldigen Sie, aber ich muss den Sicherheitsdienst rufen, wenn Sie nicht … Hinter Ihnen warten noch viele Kunden.« Der junge Mann nickte in Richtung des offenen Geschäfts und ein kräftiger Kerl in blauer Uniform kam zum Vorschein.

Tommy wollte sich schon als Polizist ausweisen und sagen, dass das nicht nötig sei, ließ es dann aber doch sein. Der Typ neben ihm, vermutlich Afrikaner, lächelte seltsam, als wollte er dem verwirrten Mann mit der Fotografie in der Hand sein Mitgefühl ausdrücken.

»Haben Sie diese Frau gesehen?«, fragte Tommy und zeigte erst dem Wachmann, dann dem Afrikaner das Foto. Der

Wachmann legte vorsichtig seine Hand auf Tommys Schulter. »Kommen Sie bitte mit.«

Tommy blieb auf dem Bürgersteig vor der Western-Union-Filiale stehen und starrte durch die Fenster nach drinnen. Der Schalterbeamte sollte sich wenigstens ein bisschen schlecht fühlen. Schließlich kam der Wachmann noch einmal nach draußen und scheuchte ihn weg.

»Ich gehe ja«, sagte Tommy. »Aber ich komme wieder.« Er wich nach hinten zurück. Mit der Polizei, dachte er, wohl wissend, dass das kaum der Fall sein würde.

Er ging ein Stück die Straße hinunter, überquerte dann den breiten Boulevard und kam in die Christburger Straße. Schon nach ein paar Metern sah er Meyers Friseursalon auf der linken Straßenseite. Er sah tatsächlich noch so aus wie auf der Fotografie in der Innentasche seiner Daunenjacke. Er beschleunigte seine Schritte, als hätte er wirklich kaum Zeit.

»Hier muss es sein«, sagte er zu sich, als er vor dem Laden schräg gegenüber des Friseursalons stand, der einmal das Restaurant beherbergt haben musste. Es war mittlerweile ein Antiquariat. Wie konnte man nur davon leben?

Er riss die Tür auf und ein Mann in seinem Alter sah von einer alten Kasse am anderen Ende des Geschäfts zu ihm auf. Es roch nach alten Büchern und Karten. Alle Wände waren mit Büchern bedeckt, die meisten mit Ledereinbänden. Auch auf den fünf oder sechs Tischen in der Mitte lagen Karten und Bücher. Auch einige Globusse standen dort.

»Kann ich Ihnen helfen?«, fragte der Mann und musterte Tommy über seine schmale Lesebrille hinweg.

Die Glocke an der Tür gab noch immer ein helles Singen von sich.

»Ich dachte, das wäre ein Restaurant hier.«

»Das war es einmal. Bis vor zehn Jahren«, sagte der Mann und nahm seine Lesebrille ab.

Tommy holte die Fotografie hervor und ging zwischen den Tischen des Ladens hindurch. Aus einem Hinterzimmer war leise klassische Musik zu hören.

Er ging bis fast zur Kasse und stellte sich so, dass er aus dem Fenster den Friseursalon auf der anderen Straßenseite sehen konnte. Dann hielt er die Fotografie hoch und fand den Punkt, an dem Arvid Storholt und diese Frau, Daisy oder Margaret Meyer, in Begleitung zweier weiterer Personen, die Tommy nicht sehen konnte, am Tisch gesessen hatten.

Eine dieser Personen musste das Foto aufgenommen haben.

»Entschuldigen Sie bitte, aber was machen Sie da?«, fragte der Mann hinter der Kasse. Er fuhr sich nervös mit den Fingern durch die Haare.

»Haben Sie diese Frau schon einmal gesehen? Sie hat hier gegessen, vor vielleicht zwanzig Jahren.« Er hörte selbst, wie verrückt die Frage klang. Vor zwanzig Jahren, wenn nicht noch früher.

Der Mann nahm das Foto und setzte sich wieder die Brille auf.

»Tja«, sagte er und hielt das Foto am ausgestreckten Arm. Dann nahm er eine Lupe aus einer Schublade hinter dem Kassentresen. Tommy spürte, wie seine Erwartungen stiegen. Er wollte etwas sagen, wurde aber vom Klingeln der Türglocke unterbrochen. Er wirbelte herum, als erwartete er Margaret Meyer, aber stattdessen hatte ein Mann jenseits der siebzig den Laden betreten.

»Guten Tag«, sagte Tommy, als betriebe er das Antiquariat.

»Tut mir leid«, sagte der Mann hinter dem Tresen. »Ich dachte, sie hätte etwas Bekanntes, aber ich habe mich wohl geirrt.«

»Wie lange betreiben Sie den Laden hier schon?«

»Fünf Jahre.«

Tommy nickte. »Ich habe das Gefühl, dass diese Frau ganz in der Nähe wohnt, verstehen Sie? Möglicherweise in der Jablonskistraße? Haben Sie Kunden in der Jablonskistraße?«

»Bestimmt. In der Regel sagen meine Kunden mir aber nicht, wo sie wohnen.«

Tommy kritzelte seine Handynummer auf die Rückseite eines Katalogs, der auf dem Kassentresen lag.

»Sollte sie wie durch ein Wunder hier auftauchen …« Er zeigte auf die norwegische Handynummer.

Der Mann sah ihn mit ernster Miene an. Offensichtlich wollte er in nichts hineingezogen werden, dessen Konsequenzen er nicht kannte.

»Warum wollen Sie sie finden? Was … was haben Sie mit ihr vor?«

»Das kann ich Ihnen nicht sagen.«

Auf der anderen Seite der Straße war ihm das Glück auch nicht hold. Es war mittlerweile vollkommen dunkel und das rote Neonlicht spiegelte sich in den Pfützen auf dem Bürgersteig. Das Ganze sah aus wie eine Szene aus einem Film. Im Friseursalon arbeiteten drei Frauen, die aber alle so jung waren, dass sie kaum auf der Welt gewesen sein konnten, als das Foto von Daisy oder Margaret Meyer aufgenommen worden war. Alle drei schüttelten den Kopf. Und Franziska Meyer hatten sie nie gesehen. Sie wussten nur, dass sie irgendwo in der Schweiz wohnte, wo sie auch noch andere Filialen eröffnet hatte. Die Dinge hatten sich verändert, seit die wirkliche Margaret Meyer den Salon im alten Ostberlin gegründet hatte. Kaum jemand aus dem alten Ostberlin könne es sich heute noch leisten, in diesem Kiez zu wohnen, meinte eine der jungen Frauen. Prenzlauer Berg sei eines der gefragtesten Viertel von ganz Berlin.

»Aha«, sagte Tommy. Er gab ihnen seine Nummer, sah aber

selbst, dass die Frau auf dem Foto nicht zu den Kunden passte, die heute in den Salon gingen. Das Einzige, was er erhielt, war eine E-Mail-Adresse von Franziska Meyer. Die Telefonnummer hatten sie nicht.

»Verdammt«, fluchte Tommy vor sich hin, als er wieder auf den Bürgersteig trat. Er zündete sich eine Zigarette an und musterte das Antiquariat auf der anderen Straßenseite. Ein ziemlich junges Paar kam mit einer Tüte in der Hand aus dem Laden. Sie mussten eines der tausend Bücher gekauft haben.

Erst als er die Zigarette zu Ende geraucht hatte, bemerkte er, dass es wenigstens aufgehört hatte, zu regnen.

In der Psychologie geht es immer um Erwartungen, sagte sein Psychiater Viggo Osvold immer zu ihm. Erwartet man, dass etwas schiefgeht, ist die Wahrscheinlichkeit, dass man etwas unternimmt, was wirklich zum Scheitern des Projekts beiträgt, besonders groß.

»Das hier kann wirklich nur in die Hose gehen«, murmelte Tommy vor sich hin und ging in Richtung Jablonskistraße. Am liebsten hätte er die Fotos, die er in seiner Tasche hatte, einfach unter die Straßenbahn geworfen. Sie waren nichts wert.

Er hatte Tausende von Kronen aufgewendet, um nach Berlin zu reisen, und konnte es sich wirklich nicht leisten, gefeuert zu werden. Was sollte er tun, wenn das trotzdem geschah? Er konnte Susanne doch nicht für den Rest seines Lebens auf der Tasche liegen.

Genau in diesem Augenblick fiel ihm ein, dass er vergessen hatte, Susanne zurückzurufen. An einer roten Ampel wählte er ihre Nummer.

»Bist du noch immer in Berlin?«, fragte sie.

»Ich vermisse dich«, sagte er und klemmte sich das Handy zwischen Schulter und Ohr, während er sich mit den Fingern die Narbe an seinem linken Handgelenk rieb. Eine Art Phantomschmerz breitete sich im Körper aus, als wäre er wieder dabei, sich zu schneiden.

»Wann bist du so ein Romantiker geworden?«

»Das hat bestimmt etwas mit dieser Stadt zu tun.« Er sah die lange, breite Straße mit ihren funkelnden Lichtern und dem nassen Asphalt und dachte an die mit *Boulevard of Broken Dreams* betitelte Schwarz-Weiß-Fotografie. Aber er war kein James Dean. Er ging um die Ecke der Jablonskistraße und blieb stehen. Die Straße war überraschend schmal und lang. Eine Art Allee, Bäume zu beiden Seiten. Eine reine Wohnstraße. Die Ampel hinter ihm piepte, er drehte sich um, und es wurde grün. Eine Gruppe Menschen kam ihm entgegen. Daisy war nicht unter ihnen.

Tommy drehte sich wieder um und folgte der Jablonskistraße.

Als er an dem ersten Haus vorbeiging, fiel ihm der Name des deutschen Polizisten wieder ein:

Udo Fritz.

Oktober 2016

18

Tommy hatte den vergangenen Abend genutzt, um sich eine Übersicht über alle Udo Fritz in Berlin und Brandenburg zu erstellen. Er hätte auch bis zum Ende seines Lebens die Jablonskistraße hoch und runter laufen können, ohne Margaret Meyer zu finden. Fritz war seine einzige Hoffnung, so dünn diese auch war. Nach einer traumlosen Nacht wartete er bis neun Uhr. Ein alter deutscher Polizist war um diese Uhrzeit sicher bereits auf. Die vier ersten Versuche schlugen fehl. Der fünfte Udo Fritz war der richtige.

»Wir haben vor etwas mehr als zehn Jahren hier in der Stadt an einem Fall gearbeitet«, sagte Tommy.

»Das ist richtig«, sagte Fritz. »Sie hatten damals keine Erlaubnis, um hier irgendwelche Ermittlungen durchzuführen, haben die aber nachgereicht, nicht wahr?«

»Das ist gut möglich«, sagte Tommy. »Leider habe ich dieses Mal auch keine Erlaubnis. Deshalb rufe ich Sie privat an.«

»Ich kann mich nicht daran erinnern, Ihnen noch einen Gefallen schuldig zu sein?«

Tommy atmete schwer. Der andere hörte sich resigniert an, sogar unfreundlich.

»Außerdem bin ich pensioniert«, sagte Fritz. »Ich werde Ihnen kaum helfen können.«

»Ich bin mir sicher, dass Sie das können. Es ist nichts Kompliziertes«, log Tommy. »Ich muss nur eine Frau in der Jablonskistraße finden.«

Mein Problem ist nur, dass ich keine Ahnung habe, wie sie heißt, dachte er. Wenn sie denn überhaupt dort wohnt.

Es folgte eine lange Pause. Tommy fühlte sich wie ein kleiner, aufdringlicher Hund, der ein Hosenbein geschnappt und nicht wieder loslassen wollte.

»Sind Sie in Norwegen?«, fragte Fritz.

»Nein, in Berlin.«

Wieder wartete Fritz mit der Antwort.

»Es geht um den Mord an Arvid Storholt, Norwegens größtem Spion. Mehr kann ich Ihnen nicht sagen.«

»Nun, ich lasse mich vielleicht überreden, wenn Sie einen guten Fall haben. Ich wohne in Siemensstadt, in der Mäckeritzstraße. Jeder Taxifahrer in Westberlin findet die.«

Das Gebäude in der Mäckeritzstraße war wirklich etwas Besonderes, auch wenn die Fassade etwas heruntergekommen war. Die Wohnungen wirkten klein und wie aus einer anderen Zeit. Tommy dachte, dass er Susanne einmal mit hierher nehmen sollte. Der Dreißigerjahre-Funktionalismus war wirklich überwältigend.

Er fand Fritz' Namen auf dem Klingelknopf. Ein Fenster in der zweiten Etage öffnete sich und ein Mann mit grauen Haaren blickte herunter.

»Ja, ja, ich erkenne Sie sogar wieder«, sagte Fritz. Tommy dachte, dass ein Mann mit einem solchen Gedächtnis Gold wert sein musste.

Die Wohnung hatte den undefinierbaren Geruch eines alten Mannes. Fritz war gepflegt und hatte einen wachen Blick, trotzdem schienen seine Lebensgeister irgendwie verschwunden zu sein.

»Meine Frau ist letztes Jahr gestorben«, sagte Fritz. »Sie war ein paar Jahre älter als ich und schon länger pensioniert. Wir wollten eigentlich Reisen unternehmen, aber, nun ja, so ist das Leben.«

»Es tut mir leid, das zu hören«, sagte Tommy.

»Immerhin hab ich diese Wohnung«, sagte Fritz. »Mein Vater hat bei Siemens gearbeitet. Ich bezahle nicht viel, wirklich nicht.«

»Das ist gut«, sagte Tommy.

Er nahm die Kopien der Fotos und Postkarten heraus, die er bei Storholt gefunden hatte, und reichte sie Fritz.

Sein Gegenüber blieb lange still sitzen und ging die Bilder durch.

Der Gedanke war unausweichlich. Tommy hatte reichlich Zeit, den Mann vor sich zu studieren. Fritz hatte nicht mehr als seine Pension, die Wohnung und die Erinnerung an seine verstorbene Frau. Allenfalls noch einen Freund. Genau so würde es auch Tommy gehen, wenn Susanne vor ihm starb. Immerhin war sie ja schon einmal für Minuten tot gewesen.

»Wer ist die Frau?«, fragte Udo Fritz. »Daisy?« Er blieb mit der alten Lesebrille auf der Nase sitzen und zeigte auf die Schrift auf der Rückseite des Bildes.

»Um das herauszufinden, bin ich hier. Der Mann, der da neben ihr sitzt, ist Arvid Storholt. Norwegens bekanntester Spion. Er wurde vor ein paar Tagen getötet.«

»Und warum wenden Sie sich nicht an die Polizei, das Bundesamt für Verfassungsschutz oder den BND?«

»Das darf ich Ihnen nicht sagen.«

»Ich habe ein paar Jahre für den Berliner Verfassungsschutz gearbeitet, das ist der lokale Nachrichtendienst hier, vielleicht kann ich einen Kontakt zu ein paar früheren Kollegen herstellen.«

»Nein danke«, sagte Tommy.

»Dann werde ich Ihnen kaum helfen können.«

Tommy rutschte auf seinem Stuhl etwas weiter nach vorn.

»Hören Sie mich erst einmal an.«

Fritz hob die Augenbrauen und blickte ihn auffordernd an.

»Christel Heinze«, begann Tommy und erzählte, so gut er konnte, die Geschichte des achtzehnjährigen Mädchens aus Ostberlin, das sich in Oslo abgesetzt hatte, und wie sie dann später verschwunden war, als sie angeblich nach Ostberlin zurückkehrte, um ihre kranke Schwester Magdalena zu besuchen.

»Ein Mann, mit dem sie eine Beziehung hatte, meinte, dass die Familie in der Jablonskistraße gewohnt hat. Ich habe Grund zu der Annahme, dass die Frau auf dem Foto auch in dieser Straße wohnt. Sie nennt sich Margaret Meyer. Sie schickt an Heinzes vermutlichem Todestag Blumen an einen norwegischen Polizisten. Die Bezahlung läuft über die Filiale der Western Union in der Prenzlauer Allee.«

Er sagte kein Wort über den Mann, auf den er es eigentlich abgesehen hatte, den Bären.

Udo Fritz hörte mit geschlossenen Augen zu. Er nickte, öffnete die Augen und starrte auf einen Punkt hinter Tommys Kopf.

»Dieser Brief«, sagte er. »Christel Heinze hat also geschrieben, dass sie zurück nach Ostberlin ziehen wolle?«

»Ja«, sagte Tommy. »Es gibt aber Leute, die nicht daran glauben, dass sie diesen Brief wirklich selbst geschrieben hat.«

»Die ganze Sache hört sich nach Stasi an«, sagte Fritz. »Sind Sie sich sicher, dass diese Christel Heinze nicht in Wirklichkeit für die gearbeitet und alle hinters Licht geführt hat?« Er setzte ein trauriges Lächeln auf.

Juni 1978

19

Es hatte den ganzen Tag geregnet. Christel hatte sich eigentlich nach draußen setzen wollen, musste sich so aber mit einem Tisch am Fenster begnügen. Sie war bereits Viertel nach drei vor Ort und hatte sich den Tisch mit den besten Fluchtmöglichkeiten gesucht. Es gab einen Weg über die Terrasse und einen anderen, der vermutlich durch die Küche führte. Sie bestellte ein Smørbrød mit Mineralwasser und konzentrierte sich auf die Gesichter der anderen Gäste. Ein paar ältere Damen aus der Oberschicht, zwei Mütter mit Kindern und ein paar Geschäftsleute, denen sie nicht ganz traute, die aber garantiert Norweger und keine Russen oder Ostdeutschen waren.

Sie ging auf die Toilette und blieb dort wenige Minuten.

Als sie ins Restaurant zurückkam, hörte sie Deutsch. Leise Stimmen, Gemurmel, ein Dialekt, den sie nicht einordnen konnte. Zwei Paare um die siebzig hatten nur zwei Tische neben dem ihren Platz genommen. Einer der beiden Männer erklärte, was alles zu sehen war: der Fjord, die Halbinsel Nesodden und die verschiedenen Vorstädte. Er war bestimmt während des Krieges hier gewesen, dachte Christel. Die neuen Gäste brachten sie für ein paar Minuten durcheinander. Eine Sentimentalität, die sie längst vergessen gewähnt hatte, ergriff Besitz von ihr und drängte sie erneut, nach Hause zu fahren.

Doch kurz darauf kam ein weiterer Gast, der ihre ganze Aufmerksamkeit in Anspruch nahm.

Die Frau, die das Restaurant von der anderen Seite aus betrat, konnte nur Lindsey Spannel sein. Sie war etwa so groß wie Christel und für eine Journalistin elegant gekleidet. Sie sah allerdings älter aus als die fünfunddreißig Jahre, die sie angeblich sein sollte. Christel musste der Journalistin kein Zeichen geben. Spannel scannte kurz den Raum und nahm sofort Kurs auf sie.

Ein winziger Verdacht, dass auch Arvid nicht zu trauen war, zog wie ein Schleier durch ihr Hirn, als Lindsey Spannel sich setzte. Die Augen der Amerikanerin waren dunkelbraun und strahlten eine solche Wärme aus, dass jeder außer Christel Heinze sofort Vertrauen zu ihr gefasst hätte. Die Fältchen um die Augen deuteten an, dass Spannel ein hartes Leben geführt hatte. Was hatte Arvid gesagt? Dass sie in Westberlin gearbeitet hatte?

Ihr Händedruck war fest und trocken.

»Sie sind also diese geheimnisvolle Frau vom Telefon.«

Christel nickte.

»Wir sollten woanders hingehen«, sagte sie.

Es war beinahe Mitternacht, als sie erschöpft wieder nach Hause kam. Ihr Anruf musste in der amerikanischen Botschaft eine Art Alarm ausgelöst haben, denn Spannel hatte gleich ein Taxi bestellt und war mit ihr in die Hvervenbucht gefahren, zu einem abgelegenen Badestrand im Süden der Stadt mit lauschigen Buchten und schmalen Waldwegen. Bei dem Regen waren sie dort fast allein gewesen. Lindsey Spannel hatte alles mit stoischer Ruhe aufgenommen, als hätte sie von vornherein gewusst, worum es ging. Sie hatte nur genickt, als Christel gesagt hatte, sie arbeite für den KGB-Abgesandten in der sowjetischen Botschaft.

Oben an der Hauptstraße war Spannel in die Telefonzelle am Campingplatz gegangen. Eine Stunde später hatte Christel in einer leeren Wohnung am Riddervolds plass gesessen und mit einem Amerikaner mittleren Alters geredet, der sich Mike nannte. Ein freundlicher, dicker Mann mit fliehendem Kinn, der eine Zigarette nach der anderen rauchte. Sein Englisch hatte noch einen abgeschliffenen Südstaatenakzent und sein Deutsch war so gut, dass sie ihn beinahe für einen Hannoveraner gehalten hätte.

In der kommenden Woche wollte er wieder Kontakt mit ihr aufnehmen. Bis dahin sollte sie sich über das Angebot, das sie ihnen gemacht hatte, keine weiteren Gedanken machen. Christel wusste, dass sie unzählige Verhöre überstehen musste, bis sie sich sicher waren, dass nicht Sascha sie geschickt hatte. Sie hatte das alles schon einmal in Westdeutschland durchgemacht und war sich nicht sicher, ob sie es noch einmal durchstehen würde.

Keine Gedanken mehr machen?, sagte sie zu sich selbst, als sie am Gardeveien aus dem Taxi stieg, um die restliche Strecke bis zu ihrer Wohnung zu Fuß zu laufen. Schon von der Suhms gate aus sah sie, dass die Lampe im Küchenfenster brannte. Man las so etwas in Spionageromanen, aber sie hatten vereinbart, dass er ihr ein Zeichen gab, wenn er in der Wohnung war. Und was war da besser als eine Lampe im Fenster: Während die Norweger rund um die Uhr das Licht brennen ließen, schaltete Christel es kaum ein, selbst wenn sie zu Hause war.

Sie rannte über die Kreuzung und wäre fast von einem alten Volvo Amazon erwischt worden. Der Fahrer drückte die Hupe, hielt mitten auf der Kreuzung an und stieg aus. Er schrie ihr hinterher, aber sie hörte nicht, was er sagte, sondern stürmte durch die offene Haustür und rannte dann wie ein kleines Mädchen, das nicht abwarten konnte, seinen Vater zu sehen, die Treppe hoch.

Vor ihrer eigenen Wohnungstür blieb sie stehen und rang nach Atem. Bjørn hatte den kleinen Papierschnipsel wieder in den Türspalt geschoben. Aber Sascha hätte natürlich das Gleiche gemacht. Wer von beiden wartete in ihrer Wohnung?

»Sie wollen das also wirklich durchziehen«, hörte sie irgendwo weit hinten in ihrem Kopf die Stimme des übergewichtigen Amerikaners. Glaubte Mike ihr nicht? Nächste Woche? Vielleicht war sie dann längst tot. Oder sie schaffte es nicht, sich dem norwegischen U-Boot-Offizier hinzugeben, den sie am Freitag ins Bett gekriegt hatte.

»Nein«, sagte sie zu sich selbst und steckte den Schlüssel in die Tür. Ich ziehe das durch. Ich werde Sascha so wehtun, wie er mir wehgetan hat. Mike hatte tief Luft geholt. »Die meisten wollen da nur raus, aber das wissen Sie sicher? Während es uns darauf ankommt, die Mitarbeiter so lange wie möglich als Doppelagenten zu behalten. Ich will ehrlich zu Ihnen sein, Christel. Wir haben schon Agenten durch solche *walk-ins* verloren. Und Sie müssen wir nicht einmal überreden.« Die Skepsis in seiner Stimme war deutlich zu hören gewesen.

»Sie haben keine andere Wahl. Sie müssen mir vertrauen«, sagte Christel.

»Ich nehme in einer Woche wieder Kontakt zu Ihnen auf, dann sehen wir, ob Sie noch immer derselben Meinung sind.«

Sie drehte den Schlüssel so vorsichtig wie nur möglich im Schloss und öffnete langsam die Tür.

Sie fürchtete, dass Sascha im Flur stand, eine Klaviersaite in den Händen, und sagte: Wie konntest du nur zu den Amerikanern gehen? Die Angst hatte sie nicht losgelassen, seit sie die Wohnung am Riddervolds plass verlassen hatte.

»Bjørn?«, fragte sie leise.

Schon im Flur nahm sie seinen Geruch wahr. Er musste es sein. Ja, dachte sie, als sie seine Schuhe an der Wand sah, Sascha hätte niemals die Schuhe ausgezogen. Der Gedanke ließ sie schmunzeln.

Warum hatte er so viel Zeit verstreichen lassen?

Sie schlich sich in die Wohnung und fand ihn im Schlafzimmer. Er lag quer auf dem Doppelbett und schlief. Ohne den dunklen Schimmer an seinem Kinn, der von seinem kräftigen Bartwuchs herrührte, hätte er wie ein Jugendlicher ausgesehen.

Sie zog sich aus und legte sich neben ihn.

Im Gegensatz zu dem untersetzten und ziemlich hässlichen U-Boot-Offizier Kleive ließ sie Bjørn in sich kommen. Wurde sie schwanger, war das vielleicht der Ausweg aus dem ganzen Dilemma. Vielleicht durfte sie dann in die USA gehen und alles vergessen.

»Ich vermisse dich«, sagte er. Sie musterte sein Profil, während er auf dem Bett eine Zigarette rauchte. Hatte er sich verändert, seit sie ihn das erste Mal gesehen hatte? »Ich werde jetzt wieder öfter kommen.«

»Sascha bringt dich um.«

»Er wird mich noch dringender brauchen, als ihm klar ist.«

Mehr sagte er nicht, und mehr wollte sie auch nicht wissen.
»Es würde mich sehr freuen«, sagte sie, »wenn du öfter kämest.«
Sie schloss die Augen und drehte sich von ihm weg.
»Rede mit mir«, sagte sie.
»Worüber?«
»Ich will einfach nur deine Stimme hören.«
Er ging in die Küche und öffnete eine Flasche Wein. Dann kam er mit zwei Gläsern zurück, aber Christel wollte nichts trinken. In der nächsten Stunde redete er langsam, aber ohne Unterlass über seine Tochter und darüber, dass seine Frau unbedingt noch ein Kind wollte. Dann sprach er über die bevorstehenden Ferien. Er wollte mit der Familie ins Ferienhaus in Østfold, wo er auch mit Christel gewesen war, und dann noch zwei Wochen mit dem Auto nach Italien.
»Warum willst du das alles hören?«, fragte er, als er fertig war.
»Red weiter«, sagte sie. »Egal worüber.«
Er trank und erzählte weiter. Was er sagte, bekam sie kaum mit, es spielte keine Rolle, solange sie nur seine Stimme hörte.
»Glaubst du, dass Magdalena noch am Leben ist?«, fragte sie, als er verstummt war.
»Warum sollte sie das nicht sein?«
»Nur so ein Gedanke. Dass sie mich entweder täuscht oder tot ist.«
»Du hast doch mit ihr gesprochen?«
»Wenn ich darüber nachdenke, bin ich mir gar nicht so sicher, ob das wirklich sie war.« Nur eine Verrückte sagt so etwas, dachte sie. Aber seit ihrer Flucht waren bald fünf Jahre vergangen. Konnte man da die Stimme seiner Schwester vergessen?
Unmittelbar vor dem Einschlafen raunte sie ihm ins Ohr: »Du darfst mich niemals verlassen, niemals.«

Erst gegen fünf Uhr morgens schlief sie ein und wachte noch vor dem Klingeln des Weckers nach einem Albtraum auf. Sie war in dem Haus am Riddervolds plass gewesen, das irgendwie groß und weiß und luftig gewirkt hatte, und war durch die Zimmer geirrt. Sie hatte Mike gerufen, aber keine Antwort bekommen. Dann hatte sie Geräusche aus einem der Schlafzimmer gehört und eine Tür geöffnet. Kalte Luft schlug ihr entgegen. Ein kleiner Junge stand mit einem blutigen Messer im Zimmer. Er hatte eingefallene Wangen und sah sie mit einem traurigen Lächeln an, als könnte er jeden Moment sterben. Auf dem Boden lagen eine abgemagerte Frau und ein verdreckter Mann, mit durchgeschnittener Kehle. Auch auf die Brust war eingestochen worden. Der Junge kam mit dem Messer in der Hand auf sie zu. Sie wollte zurückweichen, konnte sich aber nicht bewegen.

Gerade als er das Messer anhob und auf sie einstechen wollte, hatte sie die Augen aufgeschlagen. Das Morgenlicht flutete den Raum und unten auf dem Kirkeveien rauschte bereits der Verkehr.

Sie drehte sich um, aber Bjørn war verschwunden.

Für einen Moment war sie sich nicht sicher, ob er wirklich da gewesen war oder ob sie das alles nur geträumt hatte.

Sie wagte es kaum, durch die Wohnung zu gehen, sagte sich dann aber selbst, dass alles stimmte. Es war Sommer, nicht Winter, die Sonne schien und Bjørn liebte sie. Natürlich tat er das. In der Küche lag ein Zettel für sie:

Ich werde dich niemals verlassen.

Drei Monate später, Ende September, war sie zurück in der Wohnung in der Schweigaards gate. Auf dem Weg nach oben musste sie unablässig an das Ehepaar Quangel in der Jablonskistraße denken, und wie die beiden Alten sich in ihrem stillen Widerstand gegen Hitler mit den Postkarten die

Treppen hochgeschleppt hatten. Auch ihre eigene Kindheit kam ihr wieder in den Sinn.

Nicht ein einziges Mal waren ihr in diesem Haus in Oslo die Leute begegnet, die dort wirklich wohnten. Sie schienen hinter den schmutzigen Fenstern und dem brüchigen Putz in dem ewigen Inferno aus Verkehr gefangen zu sein. Sascha hatte ihr erzählt, dass jeder Lastwagen, der zwischen Oslo und Trondheim verkehrte, unter diesen Fenstern entlangfuhr, und das rund um die Uhr. Kein Mensch kümmere sich um die Menschen in dieser Straße, hatte Sascha gesagt. Morgens und nachmittags hörte man in diesen alten Häusern kaum seine eigenen Gedanken. Sollte einer der Anwohner die Polizei rufen, die auf der anderen Seite des Parks nur wenige hundert Meter entfernt lag, würde er kaum ernst genommen werden. Gab es einen perfekteren Ort für ihre Zwecke?

Sie schloss die Tür hinter sich und ließ die Schultertasche auf den Boden fallen. Wie ein leuchtender Fremdkörper lag sie im Flur. Jeder, der sie sah, musste erkennen, dass ihr Inhalt nicht der Wahrheit entsprach. Schnell hob sie sie wieder auf und ging langsam weiter. Das ist alles nur Einbildung, versuchte sie sich selbst einzureden. Man konnte ihr ihre Angst nicht ansehen, wie auch niemand wissen konnte, dass der Inhalt der Briefumschläge, die sie bei sich hatte, von den Amerikanern gefälscht worden war.

Die Wohnung hatte sich seit ihrem ersten Besuch verändert. Sie ging durch die Räume und inspizierte die Schränke. Es gab deutlich mehr Gläser, neue Teller und Besteck. Offensichtlich wohnte jetzt wirklich jemand hier. Die Kleider im Schlafzimmerschrank waren neu und von guter Qualität. Zwei Anzüge, Hemden, Schlipse. Auf dem Nachtschränkchen lagen Manschettenknöpfe. Daneben ein Glas Wasser und ein noch ungelesenes Taschenbuch. Sie nahm das Kissen aus dem Bett und roch daran. Ein gepflegter Mann.

Dieses Mal musste sie vier Stunden warten. Erst um zwei Uhr nachts hörte sie das Türschloss. Wann war sie eingeschlafen? Gegen zwölf? Das Dröhnen der Lastwagen, die unten an der Ampel losfuhren, wurde lauter, um dann zu verebben. Ihre Nervosität lähmte sie, sodass sie kaum aufstehen konnte.

Sie hörte eine Tür schlagen, gefolgt von fast lautlosen Schritten.

Mit einem Mal drang der schwache Geruch von Rasierwasser in das Wohnzimmer, in dem sie lag.

Ein paar Sekunden später starrte sie in das Gesicht ihres Aufpassers, Leonid Spitskjin. Sie öffnete den Mund, es kamen aber keine Laute. Sie hatte ihn seit dem ersten Mal, dass sie hier gewesen war, im Sommer vor drei Jahren, nicht mehr gesehen. Einmal hatte sie Sascha nach Spitskjin gefragt und erfahren, dass der schmächtige Mann mit dem seltsamen Lächeln für ein Jahr nach Moskau zurückgerufen und dann in einem anderen Land stationiert worden war.

»Bleib nur liegen, Kamerad.« Christel sah erst jetzt, da sie sein Gesicht falsch herum sah, dass der eine Teil von kleinen Narben übersät war, wie nach einer Explosion.

Spitskjin zündete sich eine Zigarette an und blieb über ihr stehen, als wollte er ihr die Asche aufs Gesicht schnippen.

Warum musste Spitskjin ausgerechnet jetzt nach Oslo zurückkehren? Das machte sie noch nervöser, als sie es ohnehin schon war. Sie hatte sich im Laufe des Abends zweimal übergeben müssen und den Mundgeruch mit Wodka zu kaschieren versucht. Dabei sollte Wodka angeblich gar nicht riechen, das hatte sie jedenfalls immer Magda gesagt, wenn ihre Eltern mal über Nacht weggeblieben waren und sie auf ihre Schwester aufpassen sollte, sich stattdessen aber rausgeschlichen hatte, um sich zu betrinken.

Wenn Spitskjin roch, dass sie sich erbrochen hatte, würde

sie eine Schwangerschaft vortäuschen. Natürlich wäre das eine blanke Lüge, obwohl Bjørn im Laufe des Herbstes so oft bei ihr gewesen war, dass sie alles hatte daran setzen müssen, damit Bjørn und Kleive sich nicht begegneten. Kleive war so verliebt in sie, dass er ihr die gewünschten Papiere sicher freiwillig gegeben hätte. Und jetzt brauchte sie sie nicht einmal mehr.

»Ich habe dich lange nicht gesehen, Kamerad«, sagte sie mit fester Stimme. Spitskjin legte den Finger an die Lippen und wich etwas zurück, gerade so weit, dass die Asche nicht auf ihr Gesicht fiel.

Er ging zum Plattenspieler und schaltete ihn ein. Klassische Musik, wenn auch dieses Mal keine russische. Ein Streichkonzert in Dur. Wenigstens das, dachte Christel und spürte beim Gähnen, dass ihr Atem noch immer leicht zitterte.

Danach überprüfte Spitskjin das niedrige Sideboard, den Lampenschirm und die Deckenlampe.

Diese ewige Paranoia, dachte Christel. Es wäre besser, wenn die Russen die Wohnung hin und wieder wechseln würden, statt ständig Angst davor zu haben, dass der norwegische Geheimdienst Wanzen montierte.

Sie sah zu, wie Spitskjin ein paar Minuten lang ruhelos durch die Wohnung tigerte. Dann ging ihr Blick zu der Schultertasche, die auf der anderen Seite des Zimmers auf dem Boden lag.

»Suchst du was?«, fragte Spitskjin, der plötzlich vor ihr stand, ohne dass sie ihn bemerkt hatte. Aus ihrer liegenden Position sah sie nur seine Schuhe. Sie wirkten teuer, das Leder war speziell, Krokodil oder Schlange, vielleicht aus Paris oder London.

Als Christel aufstand, hätten ihre Beine ihr fast den Dienst verweigert. Sie ging zwei Schritte durch das Zimmer und nahm ihre Tasche.

Die zwei großen, weißen Umschläge waren noch darin.

»Alles in Ordnung?«, fragte er und setzte wieder ein komplett ausdrucksloses Gesicht auf.

»Bist du wieder hier, um mich zu durchsuchen?«

Er verzog keine Miene.

»Wo bist du gewesen, ich habe dich wirklich lange nicht gesehen, Kamerad?«

Spitskjin sog an seiner Zigarette und setzte sich in den Sessel auf der anderen Seite des Couchtisches. Dann begann er mit der linken Hand seine Schuhe zu putzen.

»Hat deine Mutter dir nicht beigebracht, dass du nicht so viel fragen sollst?«, fragte er.

Christel dachte, dass diese Idioten aus den norwegischen Unis und Lehrerzimmern und die selbst ernannten Proletarierärzte, die im Hafen arbeiteten und diese sogenannten Friedensreisen nach Ostdeutschland, Rumänien und Albanien unternahmen, nur ein einziges Mal Besuch von Spitskjin bekommen sollten.

»Bist du aus dem Baltikum?«, fragte sie. »Du siehst nicht aus wie ein Russe. Oder ist dein Vater aus dem Baltikum? Deine Mutter?«

Spitskjin musterte sie und für den Bruchteil einer Sekunde erkannte sie, dass sie seinen schwachen Punkt getroffen hatte. Er war einer der Fanatiker, der einen russischen Namen angenommen hatte. Diese Leute waren die schlimmsten von allen, sie hatten ihr eigenes Land verraten und fast ihre Kameraden umgebracht, um in den KGB oder GRU zu kommen.

»Steh auf«, sagte er. »Zieh dich aus.«

»Nein«, erwiderte sie. Im gleichen Augenblick glaubte sie die Tür im Flur zu hören. Spitskjin sprang aus dem Sessel auf.

Sascha, dachte sie. Sein Anblick ließ sie für einen Moment ruhiger werden, ehe die Nervosität wieder die Oberhand gewann. Sie zündete sich eine Zigarette an, damit auch wirklich niemand bemerkte, dass sie sich erbrochen hatte.

Sascha roch nach Old Spice und würzigem Essen, Zigaretten und Alkohol, als er sie auf beide Wangen küsste.

Spitskjin schob Sascha den Sessel hin, in dem er bis gerade selbst gesessen hatte. Er blieb hinter seinem Chef stehen und verschränkte die Arme vor der Brust. Dieses Mal würde er bleiben, dachte Christel. Fanden die beiden Männer in den Papieren etwas Verdächtiges, tat sie in dieser Wohnung ihren letzten Atemzug.

»Diese Männer tun alles für dich«, sagte Sascha. Sein Gesicht erinnerte sie spontan an einen alten Hund, obwohl er noch nicht einmal fünfzig war.

»Wir sind nicht hier, um über die Männer zu sprechen«, sagte Christel leise.

Sie nahm die beiden dicken Umschläge aus der Schultertasche und legte sie auf den Couchtisch.

Beide Umschläge waren verschlossen. Von dem Inhalt hatte sie keine Ahnung. Sie hatte ihr Leben in die Hände eines Amerikaners gelegt, den sie erst ein paarmal getroffen hatte. Bei dem fingierten Material sollte es sich um Kopien oder Abschriften handeln, die Martin Kleive gemacht und aus Bergen oder der Oberkommandozentrale in Huseby mitgebracht haben sollte.

Christel hätte am liebsten die Luft angehalten, hatte aber Angst, dass die beiden Männer dies bemerken könnten.

Sascha riss den ersten Umschlag mit dem Zeigefinger auf. Spitskjins Blick brannte auf ihr wie Sonne durch ein Vergrößerungsglas. Ihre Haut war wie trockenes Gras. Wie wird er mich töten?, fragte sie sich. Die Kehle aufschneiden?

Sollte Sascha mit Martin Kleive Kontakt aufnehmen, wäre alles vorbei. Kleive war unschuldig wie ein Baby. Einen Plan B hatte sie nicht, aber wenn Sascha herausfand, dass sie ihn mit einer Mischung aus echten und falschen Dokumenten fütterte, wie Mike es genannt hatte, brauchte sie den auch nicht.

Sascha nahm eine Lesebrille aus der Innentasche seines Sakkos. Christel versuchte, die Lehne des Sofas nicht so fest zu umklammern, damit ihre Knöchel nicht weiß wurden, andererseits brauchte sie irgendwo Halt.

»Ich habe zwei Forderungen«, sagte Christel und sah Sascha direkt an. Ihre Stimme war so dünn, dass sie ihren Satz noch einmal mit kräftigerer Stimme wiederholte.

»So, so«, sagte Sascha und blätterte durch die Papiere. Christel versuchte zu erkennen, um welche Dokumente es sich handelte, aber ohne Erfolg. »Erstens: Ihr haltet euch von Kleive fern. Ich habe Angst, dass er sich das Leben nimmt. Dann wäre er für euch verloren. Zweitens: Ich will in ein paar Jahren nach Hause. Gebt mir einen Job in Berlin. Ich mache auch, was ihr wollt. Und ich meine das wirklich so.«

Sie hob den Kopf und begegnete Spitskjins Blick. Er hatte den Kopf wie ein Hund leicht zur Seite gelegt. Dann schüttelte er ihn vorsichtig.

»Sehe ich aus wie eine gute Fee?«, fragte Sascha. »Keine weiteren Forderungen, bitte. Wenn die Zeit reif ist, kriegst du schon die Chance, nach Hause zurückzukehren. Und wenn Kleive liefert, kann ich mir gut vorstellen, ihn sein Leben leben zu lassen.«

Er zündete sich eine Zigarette an und legte sich den Stapel Blätter in den Schoß.

»Können Sie damit etwas anfangen?« Christel schaffte es nicht, den Mund zu halten. »Ich will nicht wissen, was er tut.« Es fühlte sich an, als krabbelten Ameisen von ihren Beinen bis in ihren Unterleib, um dann durch den Nabel wieder herauszukommen und an der Seite ihres Oberkörpers weiter nach oben zu laufen. Sie schloss die Augen und stellte sich vor, wie sie in das Becken der Schwimmhalle im Prenzlauer Berg sprang. Der Chlorgeruch stach ihr in die Nase und verdrängte jeden anderen Geruch, und wenn sie den Kopf zum Atmen auf die Seite legte, hörte sie Magdas Stimme vom Beckenrand: *Christel, Christel!*

»Ich kenne mich mit U-Booten nicht aus«, sagte Sascha. »Das soll Moskau entscheiden. Aber für mich, einen einfachen Jungen aus Leningrad, sieht das gut aus …«

Er nickte mehrere Male.

»Fast zu gut, um wahr zu sein, Kamerad.« Sascha sammelte die Papiere zusammen und reichte sie Spitskjin.

In seiner Stimme war ein strenger Unterton zu hören.

»Sie halten die Unterlagen nicht für echt?«, fragte Christel.

»Das habe ich nicht gesagt.«

»Sie vertrauen mir nicht, Kamerad.«

»Natürlich, Christel.«

»Woher willst du wissen, dass dieser Kleive nicht zur Polizei gegangen ist?«, fragte Spitskjin.

Sascha schien verdattert über den plötzlichen Ausbruch seines Untergebenen.

»Warum bist *du* nach Oslo zurückgekommen?«, fragte Christel. »Es ist mir unmöglich, meinen Job zu machen, wenn Kamerad Spitskjin mir noch immer nicht glaubt. Glauben Sie etwa, dass ich irgendwelche Wanzen an mir trage?«

Christel knöpfte sich hastig die Bluse auf und warf sie auf den Boden. Dann begann sie, auch die Hose zu öffnen.

»Mein Kind«, sagte Sascha. »Zieh dich wieder an.« Er deutete auf die Bluse am Boden.

»Vielleicht ist es Martin Kleive, dem ich nicht traue«, sagte Spitskjin. Er ging um den Tisch herum, hob die Bluse auf und reichte sie ihr. Sie machte keine Anstalten, das Kleidungsstück anzunehmen. Er war ein paar Zentimeter kleiner als sie, und sie tat ihr Bestes, um auf ihn herabzublicken.

»Woher willst du wissen, dass Kleive uns keine Falle stellt?« Christel hielt die Augen weit geöffnet, während sie die Zähne zusammenbiss.

Eine ganze Weile blieb es still.

»Woher wollt ihr wissen, dass Bjørn euch keine Falle stellt? Eines Tages werdet ihr diesen Kampf verlieren, Kameraden.«

Sie spürte Spitskjins flache Hand auf ihrer Wange, genau wie früher die ihrer Mutter.

»Ist das der Dank dafür, dass wir deine Schwester gerettet haben?«, fragte Spitskjin und warf ihr die Bluse ins Gesicht.

»So wirst du sie niemals wiedersehen«, sagte Spitskjin. »Wenn Kleive dich hintergeht, seid ihr beide tot.«

»Tut mir leid«, sagte sie. »Tut mir wirklich leid.«

Sascha breitete die Arme aus.

»Es reicht, Spitskjin. Ich glaube ihr jedenfalls, und den Rest soll Moskau entscheiden.«

»Ich kümmere mich um Kleive«, sagte sie. »Aber ihr dürft ihn nicht unter Druck setzen, sonst bricht er zusammen. Oder er geht wirklich zur Polizei, kapiert ihr das denn nicht?«

Spitskjin nickte und schnitt dabei eine Grimasse.

»Wir tun, was du willst, Kamerad. Du hast mir versprochen, dass du uns nicht im Stich lässt, erinnerst du dich?«

»Ich erinnere mich«, sagte Christel.

Sie hielt Saschas Blick stand. Der schien etwas in seiner geballten Faust zu halten. Zu guter Letzt öffnete er sie und stellte eine kleine Kamera auf den Tisch.

»Es geht nicht an, dass Kleive weiterhin Papierkopien liefert«, sagte er. »Allenfalls von nicht als geheim eingestuften Dokumenten, die er leicht kopieren kann. Was wir kriegen, ist gut, aber sein Vorgehen ist zu riskant.« Er deutete auf Spitskjin, der sich die Dokumente wie ein Baby an den Körper drückte. »Solltest du mit diesen Papieren in der Tasche festgenommen oder Kleive von einem Sicherheitsoffizier bloßgestellt werden …« Sascha ließ die Worte in der Luft hängen.

Dann sind wir beide tot, dachte Christel und nahm die Miniaturkamera von der Tischplatte.

»Minox«, sagte Sascha. »Natürlich deutsch.«

Christel wog die schwarze Kamera in der Hand und legte die Finger darum.

»Und wenn ich damit festgenommen werde? Ist das dann besser?«

»Dann spielst du einfach ein geschichtsinteressiertes Mädchen, das in einem Archiv ein paar harmlose Dokumente fotografiert hat.«

Christel schüttelte langsam den Kopf.

»Tu, was ich sage«, befahl Sascha. »Finde heraus, ob er die Kamera nutzen kann. Die Bedienung ist nicht schwer.« Er nahm eine Metallkette heraus und ließ sich die Kamera zurückgeben.

»Er hat über Fotografie gesprochen. Ich denke, er kennt sich ganz gut damit aus«, sagte Christel.

»Gut, sonst müssen wir ihn einweisen.«

»Dann geht er zur Polizei. Ich sage euch, dann ist alles verloren.«

Sascha atmete resigniert aus. Er hörte sich wie ein großer, müder Hund an, der sich um die eigene Achse drehte, bevor er sich schlafen legte.

»Na dann«, sagte er nur.

Er zeigte Christel, wie man die Kamera mithilfe der Metallkette an den Kleidern befestigte, und wies sie dann in die verschiedenen Einstellungen für Belichtungszeit, Blende und Blitz ein.

Als Letztes erklärte er ihr, dass die kleinen Messingkugeln an der Kette Abstandsmarkierungen waren.

»A4-Dokumente müssen aus 60 cm Höhe fotografiert

werden«, sagte er und zeigte auf die oberste Kugel an der Kette.

Christel nahm Stift und Papier aus der Tasche. Sie versuchte, die Wörter zu identifizieren, die aus Saschas Mund kamen, aber ein hohes Pfeifen in ihrem Kopf überlagerte mehr und mehr alle Geräusche.

Sie hatte erst ein paar Sätze notiert, als sie eine Hand auf ihrem Handgelenk spürte.

»Nicht aufschreiben, erinnern«, sagte Spitskjins Stimme an ihrem Ohr.

Christel schloss die Augen und dachte, dass die Kamera eine Falle war, sie wusste nur nicht, warum.

»Nächstes Mal«, sagte Spitskjin und nahm neben ihr auf dem Sofa Platz, wobei er ihr Handgelenk noch immer festhielt. »Nächstes Mal, Kamerad, gibst du mir seine Fingerabdrücke. Etwas, das Kleive in der Hand hatte, ein Glas, eine Zeitung, irgendetwas, verstanden?«

Oktober 2016

20

Am Abend war er so down, dass er schon erwogen hatte, mit dem Morgenflieger zurück nach Oslo zu reisen, sollte er bis dahin nichts von Udo Fritz gehört haben. Am Montag musste er ohnehin wieder zurück zur Arbeit.

Wenn er denn überhaupt noch einen Job hatte, zu dem er mit eingezogenem Schwanz zurückkehren konnte.

Die Tatsache, dass Fredrik Reuter ihn nicht ein einziges Mal angerufen hatte, sollte ihm vielleicht Sorgen machen. Tommy war mehrmals im Laufe des Tages drauf und dran gewesen, das Handy herauszunehmen, um Reuter oder eine der Sekretärinnen anzurufen, da er wissen wollte, ob Wessels Gorillas noch immer sein Büro okkupierten. Am Ende hatte er sich aber im Zaum halten können.

Er lag dösend auf seinem Bett und schaltete zwischen einem bayerischen Unterhaltungsprogramm und einer todernsten Dokumentation über die Geschichte des Kommunismus hin und her.

Als ein glatzköpfiger Kerl in Lederhose zu jodeln begann, schaltete er wieder um und sah alte Aufnahmen eines 1.-Mai-Umzugs auf dem Roten Platz in Moskau.

Dann klingelte das Handy, das er auf den kleinen Hoteltisch gelegt hatte.

Irgendwie dachte er spontan, dass es Jan Amundsen war, aber der wusste von diesem Telefon ja noch gar nichts.

Das Display zeigte eine deutsche Nummer.

»Hier ist Fritz«, sagte die Stimme am anderen Ende. »Tut mir leid, Sie so spät noch zu stören, Herr Bergmann.«

»Glauben Sie mir, ich liebe es, gestört zu werden. Deshalb bin ich ja hier.« Tommy starrte auf den Fernsehbildschirm. Schwarz-Weiß-Bilder aus Moskau während des Krieges. *Der ostdeutsche Generalsekretär Walter Ulbricht ließ an diesem Ort viele seiner Parteikonkurrenten liquidieren*, sagte der Kommentator.

Udo Fritz lachte höflich. »Ich glaube, ich habe etwas gefunden, das …«, begann er dann. »Aber es ist spät, das kann sicher bis morgen warten.«

»Nichts kann warten«, sagte Tommy, nahm die Fernbedienung und stellte den Ton ab. Ulbricht sah mit seinem Kinnbart wie der Moderator eines Kinderprogramms aus. »Was haben Sie gefunden?«

»Einen interessanten Namen. Ich kann mich irren, würde das aber lieber nicht am Telefon besprechen.«

Der Eindruck, dass es sich bei Fritz' Wohnung um ein Museum einer verlorenen Zeit handelte, wurde abends noch unterstrichen durch die abgestandene, irgendwie nach Verfall riechende Luft, den flimmernden Fernseher – ein Fußballspiel ohne Ton – und den einsamen Teller in der Spüle. Die Wohnung war beinahe dunkel, nur eine Leselampe brannte und warf ihr spärliches Licht auf einen Tisch mit einem Stapel Papiere.

»Sind Sie der Sache selbst ein bisschen nähergekommen?«, fragte Fritz.

»Ich habe den ganzen Tag überlegt, ob ich nicht morgen nach Hause fliegen soll, also nein, ich bin keinen Schritt weitergekommen.« Tommy hielt sich zurück, um nicht auch noch zu sagen, dass er seine Lebensgefährtin vermisste und dass es sich bestimmt besser anfühlen würde, in Oslo zu sein, statt in Berlin einem Phantom mit dem Namen einer verstorbenen Friseuse hinterherzujagen.

»Also«, sagte Fritz, räusperte sich und gab Tommy zu verstehen, dass er neben ihm auf einem der alten Esstischstühle Platz nehmen sollte.

»Ich habe einen früheren Kollegen gebeten, eine Liste aller Bewohner der Jablonskistraße auszudrucken. Das sind natürlich viele Menschen, trotzdem ist die Anzahl noch überschaubar.

Tommy glaubte ein Funkeln in Fritz' Augen zu sehen. Das hatte er also den ganzen Tag und Abend gemacht.

»Sehen Sie mal hier«, sagte er und legte seinen dicken Zeigefinger unter einen Namen etwa auf der Mitte der Seite.

Lena Elfelt, las Tommy.

Jablonskistraße 39.

»Frau Elfelt ist Englischlehrerin an einem Privatgymnasium in Schöneberg. Des Weiteren ist vermerkt worden, dass sie 1962 in Bitterfeld geboren wurde, also in der früheren

DDR. Ich habe einen Kollegen in meiner alten Dienststelle gebeten, den Namen mal nachzuschlagen. Nicht ganz legal, aber gewisse Freiheiten hat man als alter Polizist schon.«

Tommy lächelte über Fritz' Enthusiasmus. Vielleicht war dieses Lächeln auch Ausdruck seiner Erleichterung, auch wenn es sich um einen Schuss ins Dunkle handeln konnte.

»Was hat es mit dieser Lena Elfelt denn nun auf sich?«

»Lena ist eine Abkürzung«, sagte Fritz.

Udo Fritz nahm die Lesebrille ab und holte tief Luft, als wäre er gespannt auf Tommys Reaktion.

»Es ist die Kurzform von Magdalena«, sagte Fritz. »Ganz einfach.«

Tommy schüttelte den Kopf. Erst einen Augenblick später gelang es ihm, die Informationen mit dem zu koppeln, was er wusste. Christels Schwester hieß Magdalena.

»Und?«, fragte Tommy. »Ich meine, Lena ist ein ziemlich häufiger Name?«

»Das stimmt«, sagte Udo Fritz. »Aber diese Lena hat einen seltsamen Nachnamen.«

Tommy nahm Fritz die Liste aus den Händen.

»Elfelt«, las er. Jablonskistraße 39. Er nahm das Handy heraus und lud die Karte. Die Nummer 39 war etwa in der Mitte der Straße.

»Also, Elfelt«, fuhr Fritz fort, »das klingt irgendwie konstruiert. Ich habe deshalb begonnen, mit den Buchstaben ein bisschen herumzuspielen. Und dabei ist mir etwas aufgefallen.«

Tommy sah von seinem Handy auf.

Die Augen des deutschen Polizisten hatten sich zu schmalen Schlitzen verengt. So hatte Tommy ihn noch nie gesehen. Als er das letzte Mal in Berlin gewesen war, hatte Fritz eher gelangweilt und uninteressiert gewirkt.

»Was ist Ihnen aufgefallen?«

»Für mich sieht der Name nach einem Anagramm aus, wie sie häufig von Geheimdiensten genutzt wurden.«

Fritz nahm einen Kugelschreiber aus der Brusttasche seines Hemdes. »Ich glaube, es handelt sich um einen konstruierten Namen.«

Er schrieb die Buchstaben einen nach dem anderen.

Elfelt. Dann zog er einen Kreis um das »t«. »Drehen wir das mal um, dann bekommen wir ein ›f‹, nicht wahr?«

Tommy nickte. Dann schrieb Fritz langsam: Fellfe.

»Ein ›l‹ zu viel, aber das ändert nichts am Namen.«

»Ich verstehe gar nichts«, sagte Tommy.

»Heinz Felfe war einer der bekanntesten Doppelagenten in Westdeutschland. Ein Ex-Nazi, der nach dem Krieg für die Westmächte spioniert hat. In Wahrheit war er aber ein Spion der Sowjetunion.«

»Hört sich ziemlich weit hergeholt an«, sagte Tommy. »Ein Zufall?«

Udo Fritz hob einen Zeigefinger.

»Glauben Sie wirklich, dass der Name Heinz Felfe ein Zufall ist? Was kriegen Sie, wenn Sie Lena Elfelts Vornamen nehmen und Felfes Vornamen als ihren Nachnamen nutzen?«

Tommy schnitt eine Grimasse.

»Lena Heinz«, antwortete Udo Fritz für ihn. »Oder warum nicht Magdalena Heinze?« Udo Fritz legte den einen Stapel Papiere zur Seite und nahm einen weniger dicken zur Hand.

»Und dann ist da noch dieser Grundbuchauszug«, sagte er. »Von 1960 bis 1982.«

Tommy setzte seine Lesebrille auf.

»Dieselbe Wohnung wie Frau Elfelt.«

»Gerd und Ilse Heinze«, sagte Tommy leise.

»Mein Kollege kann sie nicht mehr finden. Sie müssen noch vor der deutschen Wiedervereinigung aus den Registern verschwunden sein. Vielleicht haben sie nur die Nachnamen geändert und neue Geburtsdaten bekommen, und dann sind die alten Einträge gelöscht worden.«

»Sie wohnt in derselben Wohnung wie die Eltern von Christel Heinze?«, fragte Tommy, als wäre das schwer zu verstehen. »Aber wer ist sie? Eine Englischlehrerin?« Er nahm das Blatt mit den Informationen, die Fritz zusammengetragen hatte. Geboren 1962. Wenn das denn stimmte. Das Geburtsjahr konnte ebenso konstruiert sein wie der Name.

»Lena Elfelt ist ein Stasi-Name, Herr Bergmann. Nur die sind auf solche Ideen gekommen.«

Dezember 1982

21

Noch eine Woche, dachte Christel, als sie die Suhms gate überquerte und dann weiter über den verschneiten Kirkeveien lief: Sascha hatte ihr noch vor Weihnachten ein Telefonat mit Magda versprochen, und bis dahin waren es nur noch wenige Tage. Sie hatte die Stimme ihrer Schwester seit dem Frühjahr nicht mehr gehört und wusste nicht, ob sie sich freuen oder traurig sein würde, wenn sie sie wieder hörte. Magda war kein Kind mehr, sie studierte Jura in Dresden. Vielleicht war es dieser Gedanke, der sie so unbeschreiblich deprimierte. Vielleicht wollte sie, dass die Zeit stehen blieb und Magda nie älter wurde als die dreizehn Jahre, die sie bei Christels Flucht gewesen war.

Sie schob sich in den bereits übervollen Bus nach Majorstua. Es war so eng, als wäre sie in Berlin oder Paris, aber im Gegensatz zu jeder anderen europäischen Großstadt war es in diesem Osloer Bus mucksmäuschenstill. Ihr war das recht, sie war in Gedanken versunken, dabei war der Auftrag, der ihr erteilt worden war, eigentlich ziemlich einfach: Sie sollte Kopien von Dokumenten, die in Verbindung mit dem bevorstehenden Besuch des norwegischen Handelsministers in Westdeutschland erstellt worden waren, in ein Postfach der Poststelle Majorstua legen.

Die Firma, auf die dieses Postfach angemeldet war und die den idiotischen Namen Andresen & Co trug, war eine Scheinfirma, deren einziger Zweck darin bestand, mehrere gut über die Stadt verteilte Postfächer zu mieten. Sascha hatte ihr einmal mitgeteilt, dass ein norwegischer Anwalt mehrere Firmen für die Russen gegründet habe, nachdem man ihn nach einer Geschäftsreise nach Helsinki unter Druck gesetzt hatte. Weitere Details wusste sie zum Glück nicht. Wie hoch ist der Preis dafür, den Schein zu wahren, eine Ehe zu retten, an der Illusion von Glück festzuhalten?, fragte Christel sich und begegnete dem Blick eines Studenten, der im Mittelgang des Busses stand und sich festhielt. Christel warf ihm ein flüchtiges Lächeln zu und die Wangen des jungen Mannes wurden rot. Sie stiegen wie fast alle vor dem Majorstuhuset aus. Der Student ging diagonal über den Platz in Richtung eines Tabakladens davon. Christel blieb im Schneetreiben stehen und sah ihm nach. Er war bestimmt auf dem Weg zu einer Vorlesung. Vielleicht studierte er Theologie oder Musik. Seine Hände waren groß und kräftig, die Finger wirkten aber trotzdem ziemlich schlank.

Wie wäre ein Leben mit einem unschuldigen, jüngeren Mann wie ihm? Sicher anders als das Leben, das sie jetzt führte.

Sie setzte ihre Mütze auf, steckte die Haare unter die Jacke und ging zur Post. Solche Gedanken brachten sie weder weiter noch halfen sie ihr aus diesem Leben heraus. In der Postfiliale war es recht voll, mehrere ältere Menschen waren dort, außerdem Männer mittleren Alters, von denen einige ziemlich fertig aussahen. Sogar in diesem Viertel grassierte die Arbeitslosigkeit, sodass viele gekommen waren, um sich Stütze und Sozialhilfe auszahlen zu lassen. Sie kannte diese Termine mittlerweile ganz genau und kam unbemerkt zu den Postfächern, wo sie die Box von Andresen & Co öffnete und einen dicken Umschlag zwischen die Briefe schob, die dort bereits lagen. Nur Dokumente von kommerzieller Bedeutung sollten ins Postfach, und Christel war dieses Vorgehen lieber als jedes andere. Schon der Gedanke, wieder durch den Schnee nach Bygdøy zu müssen, ließ sie schaudern. Außerdem fühlte sie sich paradoxerweise sicherer, wenn sie Kopien echter Dokumente ablieferte. Dreimal hatte sie in den letzten zwei Jahren Filmrollen abgeliefert, die Martin Kleive aufgenommen haben sollte, und jedes Mal hatte sich ihr Hals dabei ein bisschen weiter zugeschnürt, als würde ihr Atem von einer tödlichen Krankheit behindert, die sich langsam in ihrem Körper ausbreitete. Die kleine Kamera stürzte sie noch ins Unglück, das wusste sie ganz genau. Nachdem sie Kamera und Filme Mike gegeben hatte, hatte dieser eine ganze Weile still dagesessen. »Genau das hatte ich befürchtet«, sagte er schließlich. Als sie dann noch hinzufügte, Spitskjin wolle Kleives Fingerabdrücke, war Mike sich mehrfach mit den Händen über das Gesicht gefahren und hatte dabei »okay, okay, okay« vor sich hingemurmelt. »Das ist kein Problem, Christel, das kriegen wir hin.«

Sie stellte keine Fragen, nicht weil sie keine hatte, sondern weil die Angst vor den Antworten ihr den Mut nahm. Erst nach ein paar Wochen, als klar war, dass die Amerikaner sie nicht fallen lassen würden, war ihr bewusst geworden, dass diese sich ebenso wenig um ihr Leben scherten wie die Russen.

Aber zwei Jahre waren vergangen und sie lebte noch immer. »Wie waren die Filme?«, fragte sie Sascha bei ihren beiden Begegnungen 1980. »Moskau war zufrieden«, hatte er geantwortet. »Sehr gut, Kamerad.« Ach, liebste Mutter, liebe *Mama*, liebe Magda, hatte sie so oft gedacht, auf lange Sicht konnte das alles nicht gut gehen, da die Amerikaner ja Hilfe von den Norwegern brauchten, auf jeden Fall von jemandem, der mit Martin Kleive zusammenarbeitete. Sollte er jemals herausfinden, dass sie ihn als Lockvogel nutzte, oder Sascha wirklich Kontakt mit ihm aufnehmen, war sie so tot, wie sie nur sein konnte.

Am schlimmsten war es vor fünf Wochen gewesen, als sie den kompletten Vertrag zwischen der deutschen Werft und der norwegischen Marine übergeben hatte. Zehn Filmrollen, auf denen jedes Wort, jede geheime Anlage, jede Klammer abgebildet war. Der Vertrag war erst wenige Wochen zuvor unterzeichnet worden, weshalb Christel überzeugt davon war, dass sie zu schnell vorgingen, aber die Amerikaner hatten auf ihrer Fälschung bestanden. Christel schloss daraus, dass sie einen Kontaktmann im selben Komitee hatten, in dem auch Kleive arbeitete, sodass sie den ursprünglichen Vertrag als Ausgangspunkt nutzen konnten. Vielleicht hatten sie auch den westdeutschen Geheimdienst in Kenntnis gesetzt. Auf lange Sicht konnte das nicht gut ausgehen. Es war nur eine Frage der Zeit, bis ihre Lüge ans Licht kam. Manchmal träumte sie nachts, dass sie die falschen Dokumente in die Postfächer legte, dass die gefälschten U-Boot-Dokumente, die die Amerikaner ihr gegeben hatten, im Postfach landeten statt in der Schweigaards gate oder einer der anderen sicheren Wohnungen. Oder dass den Amerikanern Fehler unterliefen und irgendwo noch ein Post-it-Zettel mit dem Namen »Mike« oder »Lindsey Spannel« klebte. Sie fürchtete, zu einem Treffen mit Sascha in die Schweigaards gate geladen zu werden und zu hören, dass Moskau die Dokumente, die sie ihm gegeben hatte, als fragwürdig einstufte.

Nachdem sie die Post wieder unbemerkt verlassen hatte, wohl wissend, dass die Kamera ihren Besuch aufgezeichnet hatte, ging sie die kurze Strecke bis zur Telefonzelle im Kirkeveien. Wann immer sie in eine Telefonzelle kam, musste sie an den Wintertag vor neun Jahren denken, als sie in der deutschen Botschaft angerufen hatte. Sie hörte kaum ihre eigene Stimme, so sehr lärmte der Verkehr. Sie verstand einfach nicht, wie man in einer dieser Telefonzellen ein sinnvolles Gespräch führen konnte. »Ich hätte gerne mit Herrn Frederiksen gesprochen«, sagte sie und legte auf. Die dümmstmögliche Bestätigung, die sie sich denken konnte, aber sie hatte ja nichts zu sagen und wusste auch nicht, wer das Postfach leerte. Andererseits war ihr das auch egal, sie wollte nur, dass es Abend wurde.

Der Tag wurde stressiger, als sie es erwartet hatte. Martin Kleive rief sie noch am Vormittag an und erzählte ihr, er habe eine Überraschung für ihren morgigen Geburtstag und dass er sich so freue, am nächsten Wochenende wieder nach Oslo zu kommen. Sie war eine gute Schauspielerin, aber der arme Mann musste sie doch irgendwann durchschauen? Sie hatte sich schon nach fünf Minuten entschuldigt und aufgelegt. Die Vorbereitungen für das Treffen der Abgesandten des norwegischen Handelsministeriums mit ihren westdeutschen Kollegen waren für den Direktor des Handelskontors, einen dicken Berufsdiplomaten aus Schwaben, von größter Bedeutung. Was er nicht wusste, war, dass dieses Treffen nicht weniger wichtig für Sascha und seine ostdeutschen KGB-Leute war.

Arvid sollte mit der Delegation nach Bonn reisen, weshalb sie fürchtete, dass der Handelsminister in Deutschland irgendwie über den Tisch gezogen werden oder ihm eine Falle gestellt werden sollte. Dass der Minister eine Schwäche für Frauen hatte, war kein Geheimnis. Arvid musste ihn über seine Kontakte aber doch wohl gewarnt haben?

Natürlich, dachte sie, so musste es sein.

Erst gegen sechs Uhr abends war sie im Büro fertig.

Der Schnee war in Regen übergegangen, als sie die schwere Eichentür hinter sich ins Schloss fallen ließ und sich vergewisserte, dass sie auch wirklich zu war. Mit weichen Knien ging sie über die Granittreppe nach unten und über den gepflasterten Weg zum Tor am Drammensveien.

Hatte sie zu wenig gegessen? Oder war es die übermäßige Freude?

Sie sah auf ihre Armbanduhr, nachdem sie den Code in das Schloss des schmiedeeisernen Tors getippt hatte.

Ob Bjørn jetzt gleich kam oder erst in einigen Stunden? Sie wusste nur, dass er kam. Denn morgen war ihr Geburtstag. Vor einer Woche hatte er sie auf der Arbeit angerufen und ihr gesagt, dass er an diesem Morgen neben ihr aufwachen wolle.

Der Verkehr auf dem Drammensveien war erträglich, sie fand schnell eine Lücke, um auf die andere Seite zur Straßenbahnhaltestelle zu laufen. Am Solli plass musste sie umsteigen. Aus den Augenwinkeln sah sie, wie ein Auto am Straßenrand die Scheinwerfer einschaltete, sie achtete aber nicht weiter darauf. An der Ampel an der Bygdøy Allé hielt ein Volvo mit getönten Scheiben neben ihr. Sie wartete gemeinsam mit einem älteren Büroangestellten mit Galoschen und Regenschirm, dass die Ampel auf Grün schaltete, und verstand erst nicht, was geschah.

»Steig ein, Kamerad«, hörte sie links von sich.

Spitskjins Gesicht kam auf der Rückbank zum Vorschein. Er kurbelte das Fenster herunter. Für einen Moment dachte sie, dass er wie Nikolai Jeschow aussah, Berias Vorgänger, von dem Arvid ihr erzählt hatte. Eine kleine, blutrünstige Ratte mit engstehenden Augen.

Spitskjin streckte die Hand in den Regen und winkte sie zu sich, als wäre sie eine simple Hure.

Der Mann, der neben ihr stand, drehte sich um und grinste, als dächte er dasselbe. Er ging über die Ampel und Christel erwog für eine Sekunde, um Hilfe zu rufen, fürchtete aber, dann auf offener Straße zu sterben. Sie blieb wie angewurzelt stehen, bis die Ampel wieder auf Rot schaltete. Spitskjin öffnete die Tür und rutschte auf die linke Seite.

»Nicht hier«, flüsterte sie. Sein Vorgehen konnte niemals von Sascha genehmigt worden sein.

»Nicht hier«, wiederholte sie und steckte den Kopf in den Wagen.

Lächelnd packte er den Kragen ihrer Jacke.

»Setz dich«, sagte er leise.

»Ich habe heute Abend eine Verabredung«, sagte sie, als sie sich widerwillig ins Auto setzte.

Spitskjin zündete sich an der Glut seiner Zigarette eine neue an.

»Das haben wir alle, Kamerad.«

Er beugte sich über sie und schloss die Autotür.

»Fahren Sie!«, sagte er zu dem auffallend jungen Chauffeur.

Der Wagen setzte sich etwas ruckhaft in Bewegung. Sie fuhren um den Block herum, bis sie wieder am selben Punkt waren. Als sie bei Rot hielten, öffnete Spitskjin die Aktentasche, die zwischen ihnen auf der Rückbank stand.

Christel schloss für einen Moment die Augen. Sie wollte gar nicht wissen, ob die kleine Ratte eine Pistole herausholte.

»Setz die auf«, sagte Spitskjin.

Er zog ihr die Mütze vom Kopf, die sie trug, und reichte ihr eine schwarze Schlafmaske, wie sie manche Leute auf langen Flugreisen nutzten.

»Setz die auf«, wiederholte er.

»Habe ich noch einen letzten Wunsch frei?«, fragte sie und tat, was er verlangte.

Spitskjin lachte, dieses Mal spürte sie, dass sein Lachen echt war.

Sie fuhren ein paar Minuten, ohne dass jemand etwas sagte.

Seine Hand lag auf ihrer.

»Hab keine Angst«, sagte er.

Ihre Lippen waren verklebt, als sie den Mund zu öffnen versuchte. Sie hatte schrecklichen Durst.

»Warum sollte ich Angst haben?«

Nachdem sie eine Weile gefahren waren, sagte Spitskjin: »Warst du jemals in der Sowjetunion, Kamerad?«

»Nein.«

»Würdest du gerne mal hin?«

»Selbstverständlich.«

Danach herrschte wieder Schweigen.

Sie nahm an, dass sie etwa eine Stunde gefahren waren, als der Wagen anhielt. Das letzte Stück hatte über einen holperigen und – wie sie glaubte – schmalen Weg geführt, der bergauf geführt hatte. Der Fahrer fluchte, als der Wagen auf der glatten Straße ins Rutschen kam.

»Idiot«, schimpfte Spitskjin. »Egal ob in Moskau, Leningrad, Minsk oder hier. Dieser Typ kann einfach nicht fahren!« Noch schimpfend nahm er ihr die Maske ab, sodass die schwache Innenbeleuchtung sie blendete. Dann wurde die Tür auf der rechten Seite des Wagens geöffnet. Christel bereute es, noch immer kein Testament gemacht zu haben, aber was hatte sie schon zu vererben? Und an wen? Magda? Ein paar Seifenstücke, tausend Kronen auf der Bank und drei falsche Pässe in einem Schließfach in der Tollbugata, dachte sie. Die Amerikaner hatten sie mit einem Schweizer, einem österreichischen und einem westdeutschen Pass ausgestattet. Für den Notfall. Und dieser Notfall war jetzt eingetreten, nur dass ihr in diesem Augenblick kein Pass der Welt helfen konnte.

»Christel«, hörte sie rechts von sich. Saschas Gesicht kam zum Vorschein. Der große Mann beugte sich vor und reichte ihr die Hand. »Vorsichtig, es ist sehr glatt hier.«

Christel hatte keine Ahnung, wo sie war. Ihrer Uhr entnahm sie, dass sie etwa fünfzig Minuten unterwegs gewesen waren. Der seltsam gelb erleuchtete Himmel im Westen ließ sie vermuten, dass sie noch immer in der Nähe von Oslo war. Aber auch im Osten wurde der Himmel irgendwie angestrahlt. Sascha führte sie zu einer alten Holzvilla, hinter der das Meer zu erkennen war. Durch das leichte Schneetreiben roch sie jetzt auch das Salzwasser. Der Geruch erinnerte sie daran, wie sie damals ins kalte Wasser gesprungen war und Bjørn sie gerettet hatte. Hatte sie sich schon damals das Leben nehmen wollen? Vielleicht hatte sie auch nur gewollt, dass er sie rettete.

Aber wer rettet mich jetzt?, fragte sie sich, als sie über die Treppe zum Haus ging, Sascha neben und Spitskjin hinter sich.

Es roch nach offenem Kaminfeuer und Essen, als sie in den Flur traten, mehr kam ihr aber nicht mehr in den Sinn, als sie Arvid auf sich zukommen sah. Er lächelte breit, aber er konnte immer lächeln, wenn es darauf ankam.

»Alles Gute schon mal für morgen«, sagte er und umarmte sie. Sie versuchte, seinen Blick einzufangen, aber er wich dem ihren aus.

Für meinen Geburtstag?, dachte sie. Während der ganzen Fahrt hatte sie nicht ein Mal an ihren Geburtstag gedacht. Ihre Gedanken waren immer nur darum gekreist, dass sie nie hätte fliehen dürfen, sondern damals wie die anderen in den Bus hätte einsteigen sollen.

»Wir wollten deinen morgigen Festtag nicht kaputtmachen«, sagte Sascha. Er geleitete sie in einen der Salons, wo der Tisch mit russischen Gerichten gedeckt war: Es gab Fisch, gefüllte Eier, Schaschlik, Piroggen und Blini, die sie noch aus Ostberlin kannte. Einer von Saschas Helfern trug ein weiteres Tablett aus der Küche herbei. Er nickte Christel mit ernster Miene zu. Mitten auf dem Tisch lag neben drei Wodkaflaschen ein mit teurem Papier eingewickeltes Päckchen.

»Ein kleines Zeichen unserer Dankbarkeit«, sagte Sascha und deutete in Richtung Tisch. Er nahm das kleine Päckchen und reichte es Christel.

Sie hatte noch immer nicht verstanden, dass sie nicht liquidiert werden, sondern ein Geschenk bekommen sollte, weshalb ihre Bewegungen ungelenk und kantig waren.

»Keine Angst, das ist nicht gefährlich«, sagte Sascha. »Auch wenn es drinnen tickt, ist das ganz sicher keine Bombe.« Arvid Storholt und Spitskjin lachten leise.

Sie hob den Kopf einmal kurz an, während sie das Geschenk auspackte, als wollte sie sichergehen, dass Spitskjin auch keine Waffe auf sie gerichtet hatte. Er nickte ihr zu und deutete auf das Geschenk. Seine Miene war aber beim besten Willen nicht zu deuten. Sah er in ihr womöglich nur ein verwöhntes Kind?

Die blaue Schachtel verriet ihr, dass das Geschenk bei Uhrmacher Bjerke gekauft worden war.

Arvid räusperte sich und zeigte unauffällig sein eigenes Handgelenk mit der exklusiven Armbanduhr.

Christel öffnete die Schachtel und sah eine Schweizer Armbanduhr aus Stahl. Die Marke sagte ihr nichts, aber welcher Ostdeutsche kannte sich schon mit Markenuhren aus? Die Uhr war diskret, aber ein Kenner erkannte sicher ihren Wert, sodass Christel dachte, dass sie diese Uhr kaum tragen konnte.

»Leg sie an«, sagte Sascha. Das Armband passte perfekt, was Christel ängstigte. Kannte er sie so gut, dass er die genaue Größe ihres Handgelenks angeben konnte? Als hätte er bereits Maß für ihren Sarg genommen.

»Danke«, sagte sie leise, als wäre sie wirklich das arme Mädchen aus dem französischen Roman, den Sascha so liebte.

Die vier setzten sich an den Tisch und Spitskjin goss allen Wodka ein. Und das nicht nur einmal. Christel dachte, dass sie mehr essen musste, als sie es jemals getan hatte, wollte sie nicht sturzbetrunken werden und vollkommen weggetreten sein, wenn sie zu Bjørn kam. Sollte sie denn überhaupt jemals wieder nach Hause kommen.

Sie hielten ein bisschen Small Talk über Afghanistan, wo der Vormarsch der Russen Spitskjin begeisterte, dann räusperte Sascha sich. Mit einem Mal wurde es vollkommen still im Raum. Christel richtete ihren Blick auf Spitskjins Chauffeur, der draußen im Flur wartete, als wäre er einer der Ausgehungerten, die vor dem Winterpalast standen und durch die Fenster die rauschenden Feste beobachteten.

»Die Zentrale ist sehr zufrieden«, sagte Sascha. »Sehr zufrieden.« Er lächelte, wie sie ihn nur selten lächeln gesehen hatte. »Und das ist euer Verdienst, Kameraden Arvid und Christel.« Er erhob sein Glas, sodass Christel keine andere Wahl hatte, als dasselbe zu tun. »Ihr wisst selbst, dass man Erfolg in Moskau immer in Menge und Qualität der Rekrutierungen misst, die wir vornehmen.« Sascha streckte die Hände zu Arvid und Christel aus, als wäre er Jesus, der vor den Kindern predigte. »Und dieser Kleive ist ein Treffer. Die in der Zentrale wollten kaum ihren Augen trauen«, sagte Sascha. Christel begegnete Spitskjins Blick. Er nickte ihr zu und leerte die Wodkaflasche. Dieses verfluchte Grinsen, dachte sie. »Und dein anderer Fund …«, sagte Sascha, brach eine Pirogge durch und nahm einen Teil in die Finger.

»Bjørn, Bjørn, Bjørn«, sagte er und stieß mit allen an.

»Moskau ist so zufrieden …« Er machte eine Kunstpause und holte eine Zigarette hervor. Spitskjin gab ihm Feuer. »… dass sie mich gebeten haben, die Zentrale in Berlin zu übernehmen. Ich habe das letzte Woche erfahren und ich wollte diese Botschaft so schnell wie möglich mit euch teilen. Ohne euch wäre das undenkbar gewesen.«

»Dann ist es an uns zu gratulieren«, sagte Christel. Sie spürte ein leichtes Zittern im Arm, als wäre das die Chance, auf die sie gewartet hatte.

»Schon vor Weihnachten, glaube ich.«

»Ein großer Verlust für uns«, sagte Arvid Storholt. »Darf ich …« Er wartete und zündete auch sich eine Zigarette an. Christel durchschaute ihn. Sie kannte ihn zu gut. Sein Gesicht verriet nichts, aber seine Handbewegungen waren irgendwie fremd, als wollte er zeigen, dass er nicht nervös war. »Darf ich fragen, wer hier übernehmen wird?«

»Es würde mich nicht überraschen, wenn die Zentrale Kamerad Spitskjin auswählen würde.« Sascha legte seinen Arm um den beinahe abgemagert wirkenden Mann.

»Nun«, sagte Spitskjin, »wenn ich nicht nach Moskau zurückbeordert werde.«

»Vermutlich nur, um dann später meine Position zu übernehmen«, sagte Sascha. »Zurückbeordert zu werden, ist nicht mehr wie zu Stalins Zeiten«, sagte Sascha und lachte. Auch Spitskjin begann zu lachen, aber das Lachen erreichte seine Augen wie immer nicht. Allein die Tatsache, dass er über den heiklen Witz lachte, ohne sich erst durch einen Blick zu Sascha den Segen dafür zu holen, sagte ihr genug über seine Position. Er erinnerte Christel an eine Figur in einer Munch-Lithografie, als wären die eingefallenen Wange Striche und die Augenhöhlen schwarze Ellipsen.

Als Sascha wieder begann, von Berlin zu reden, flackerte

beinahe kindliches Heimweh in ihr auf. Für einen Moment war es fast so, wie im Riesenrad im Kulturpark Plänterwald zu sitzen. Wie viele Chancen würden sich ihr noch bieten?

Nach einer halben Stunde begann die kleine Gesellschaft sich aufzulösen. Spitskjin war auf die Toilette gegangen, und Christel nutzte die Gelegenheit und nahm Saschas Hand.

»Ich muss mit Ihnen unter vier Augen sprechen.«

Saschas Gesicht veränderte den Charakter. Arvid Storholt sah sie an, als wollte er sagen: Bist du verrückt? Was tust du da?

»In der Küche«, sagte Christel.

Der Mann, der sich dort aufhielt, wurde sofort nach draußen beordert. Sascha warf die Tür zu und Christel stellte sich an den Küchentisch. Durch das Fenster sah sie den schwarzen Fjord, in dem der Schnee lautlos versank.

»Ich will Magda sehen«, sagte sie.

Sascha zog missbilligend die Augenbrauen hoch.

»Kamerad Maximow, Sie haben es mir versprochen. Und jetzt gehen Sie nach Berlin. Sie haben alle Macht. Wollen Sie nach all dem, was ich für Sie getan habe, einfach so verschwinden?«

»Du darfst ja bald wieder mit ihr telefonieren«, sagte er.

»Sie haben es mir versprochen.«

»Setz dich«, sagte er.

Sie gehorchte und begann die Fransen der Decke zu drehen.

»Magda ist wieder krank geworden, Kamerad. Ich hätte dir das schon früher sagen sollen. Es hätte keinen Zweck, jetzt nach Berlin zu fahren. Vermutlich muss sie wieder nach Moskau. Sie ist sehr, sehr krank, Christel. Ich weiß nicht, ob sie auch dieses Mal ihr Leben retten können.«

»Das ist doch Unsinn«, sagte Christel, es gelang ihr aber nicht, ihre Unsicherheit zu verbergen. Ein Bild von Magda flimmerte vor ihren Augen. Eine frühe Erinnerung aus dem

Ernst-Thälmann-Park, Magda hatte dort ihre ersten Schritte gemacht. War sie überhaupt jemals krank gewesen? Und sollte sie jetzt wirklich sterben?

»Wie wollen nächste Woche telefonieren. Da wüsste ich das doch.«

»Was du erfährst, entscheide noch immer ich«, sagte Sascha. »Du kannst nächste Woche mit ihr telefonieren, wenn sie denn die Kraft dazu hat. Mehr nicht.«

»Aber …«

»Keine weiteren Fragen.«

»Sie wollen mich nur hier am Ort halten, weil Bjørn wichtig für Sie ist. Und dieser verfluchte Kleive. Ich will Magda sehen, und ich will einen Job in Berlin. Sie haben mir das versprochen.«

»Tut mir leid«, sagte Sascha ohne jede Freundlichkeit, als wäre er sie langsam leid. »Und fordere mich nicht heraus.« Er nahm einen der Küchenstühle und stellte ihn an den Tisch. »Wer außer mir verteidigt dich?«

Sascha dämpfte seine Stimme. »Ich kann dir sagen, dass es in Moskau einen ziemlichen Streit über dich gegeben hat. Es gibt Kräfte im Marinestab und in einigen der Direktorate, die Zweifel daran haben, dass die Berichte von deinem Freund Kleive korrekt sind, Kamerad. Aber ich habe Freunde noch weiter oben. Weichst du jetzt von meiner Seite, weiß ich nicht, was passiert.«

»Das tut mir sehr leid«, sagte sie. »Lassen Sie mich nach Moskau reisen, wenn die Leute mir da nicht glauben.«

Sascha schüttelte den Kopf.

»Reden wir nicht mehr darüber. Verabschiede dich lieber anständig von mir«, sagte er und streckte seine Arme nach ihr aus.

Er nahm sie in den Arm, als wäre er ihr Vater und dies ihre letzte Begegnung. Dann verabschiedete er sich von Spitskjin und verschwand gemeinsam mit Arvid. Christel stand mit der Stirn am Fenster und sah ihnen nach.

»Dann sind nur noch wir zwei übrig«, sagte Spitskjin hinter ihr.

»Warum sind Sie hierher zurückgekehrt, Kamerad?«, fragte Christel. »Alles war gut, solange Sie weg waren.«

Spitskjin nickte, als verstünde er sie nur zu gut.

»Auch wir müssen zurück«, sagte er. »Du hast heute Abend ja noch eine Verabredung, nicht wahr?« Sein Blick war nicht misszuverstehen.

Spitskjin ließ sie an einem Ort aus dem Wagen, an dem sie noch nie zuvor gewesen war. Das Viertel war geprägt von einzelnen Wohnblocks und besseren Einfamilienhäusern. Sie wusste nicht, wo sie war, aber ihr war alles lieber, als mit dem stillen Mann, der jetzt also Saschas Position einnehmen würde, in einem Auto zu sitzen.

Das Einzige, was er auf der Fahrt, auf der sie wieder die Maske hatte anlegen müssen, gesagte hatte, war: »So, so, du warst also Schwimmerin?«

»Ja.«

»Wenn ich das richtig verstanden habe, warst du gar nicht so schlecht?«

Sie antwortete nicht. Spitskjin wusste ohnehin bereits alles, was es über ihre Vergangenheit zu wissen gab.

Nachdem er lange gewartet hatte, sagte er irgendwann: »Als ich schwimmen gelernt habe, hatte ich immer Angst zu ertrinken. Und du?«

»Nein«, antwortete sie mit fester Stimme.

»Das soll ja ein angenehmer Tod sein.«

Spitskjin zog die Autotür zu, ohne sich von ihr zu verabschieden. Christel stand mitten im Schneetreiben, linker

Hand ein Wohnblock, dann eine Straße und dahinter eine Reihe großer Villen mit kahlen Hecken.

Es war so spät, dass niemand mehr unterwegs war, den sie nach dem Weg hätte fragen können. Zu guter Letzt fand sie aber eine U-Bahn-Haltestelle. Sie war in einer der westlichen Vorstädte.

Exakt um elf Uhr kam sie nach Hause. Im Hinterhof lag der Schnee wie eine Decke, alle Fußspuren waren verschneit. Sie wusste nicht, ob sie enttäuscht oder erleichtert war. Entweder war er nicht gekommen, oder aber er war schon lange da. Als sie auf den Treppenabsatz kam, sah sie aber, dass er da war. Wenn jetzt nur nicht Martin Kleive auf die Idee kam, ihr einen Überraschungsbesuch abzustatten. Aber sie hatte ihm nie einen Schlüssel gegeben. Christel ging vor der blau gestrichenen Tür in die Hocke. Der dünne Papierstreifen, den sie immer zwischen Tür und Rahmen schob, wenn sie wegging, war noch da.

Schon im Flur schallte ihr das Geräusch der Fernsehnachrichten entgegen. Sie zog ihren Mantel aus und hängte ihn an die Garderobe.

An der Wand im Flur stand eine große Tüte. Darin ein Geburtstagsgeschenk in rotem Geschenkpapier und mit goldener Schleife.

Bjørn lag auf dem Sofa und sah kaum zu ihr auf, als sie ins Wohnzimmer kam.

Weinende Kinder und Mütter, irgendwo in einem Flüchtlingslager in Peshawar. Dann Militärhelikopter, die tief über einem afghanischen Dorf kreisten.

»Das ist das Ende für Moskau«, sagte er. »Niemand wird uns jemals verstehen.«

»Mach das aus«, sagte sie.

Er sah weiter. Sie blieb beunruhigt stehen.

»Mach das bitte aus.«

Er tat noch immer nicht, was sie sagte. Der Fernseher zeigte Ronald Reagan, dann George Shultz im Oval Office.

»Wartest du schon lange?«

»Eine Weile.« Er stand auf und küsste sie. »Wo bist du gewesen?«

Sie antwortete nicht.

Der Kommentar aus dem Fernseher schien irgendwie all ihre Gedanken zu übertönen. *Die Russen nutzen kleine Landminen in der Form von Schmetterlingen, damit die afghanischen Kinder sie aufheben.*

»Erinnerst du dich an den Tag, an dem Saigon gefallen ist?«, fragte er.

Sie nickte, während er sie fest umarmte.

»Jetzt übt die CIA in Afghanistan Rache. Du wirst schon sehen. Sie werden die Russen in dieselbe Lage bringen.«

Eine Erinnerung an die Parade auf der Karl-Marx-Allee kam in ihr hoch, der Stolz und das Hochgefühl, das sie empfunden hatte, und jetzt brachten sie Kinder um?

»Können wir nicht irgendwohin fahren?«, fragte sie. »Einfach weit weg?«

Er schüttelte den Kopf. Dann zog er ihr den Pullover aus und begann, sie zu küssen.

»Aber ich kann dir versprechen, dass ich dich niemals verlasse«, sagte er.

Als er den Reißverschluss ihres Rockes öffnete, dachte sie zum ersten Mal, dass sie ihm dieses Versprechen nicht geben konnte.

»Sie werden mich umbringen«, sagte sie.

»Sag so was nicht.«

»Sascha geht nach Berlin«, erwiderte sie.

Bjørn schüttelte den Kopf, als wollte er jetzt nicht darüber reden. Und als er sie hochhob und ins Schlafzimmer trug, begann sie zu lachen, als wären ihre Sorgen bereits verflogen.

Auf der Schwelle begann er den Hochzeitsmarsch von Mendelssohn zu singen. Sie würde nie jemand anderen als ihn heiraten, dachte sie, als er sich auf sie legte, und dass es diese Hochzeit nie geben würde. Sie würde in dieser Wohnung alt werden, eine alte Frau auf dem Wartegleis, während sie die gefährlichsten Menschen der Welt mit falschen Informationen fütterte. Ihr einziger Trost war, dass sie auf diese Weise sicher nicht alt werden würde.

Sie ließ ihn in sich kommen, als wäre ein Kind wirklich die Rettung, ja, als könnte es ihrem Leben einen anderen Sinn geben, als ein paarmal im Jahr mit Magda zu reden.

Krank, dachte sie, als er ihr, halb auf ihr liegend, seine Liebe ins Ohr flüsterte. *Magda ist sehr krank. Ich weiß nicht, ob sie ihr Leben retten können.* Ihre Schwester musste wieder nach Moskau. Oder hatte Sascha ihr Lügen aufgetischt? Sie spürte die Tränen kommen und legte den Arm auf ihr Gesicht.

»Nicht weinen«, sagte er. »Du hast doch in ein paar Minuten Geburtstag.«

Er kletterte aus dem Bett und sie sah ihm nach, als er aus dem Zimmer ging. Sein Körper war noch immer durchtrainiert, trotzdem sah sie, dass auch er älter geworden war. Ein erwachsener Mann, der versuchte, sich von dem Schicksal, das sie ihm auferlegt hatte, nicht in die Knie zwingen zu lassen. In die Bitterkeit, die Angst vor dem nächsten Tag. Aber geschnappt werden wir alle irgendwann, dachte sie. Es gibt keinen Ausweg, irgendwann wird jede Rechnung beglichen, lebend oder tot.

»Sieh mal, hier«, sagte Bjørn. Splitternackt stand er da, das große Geschenk in den Händen. Dann warf er das Paket aufs Bett. Christel schrie auf, aus Angst, es an den Kopf zu bekommen, oder weil sie einfach Lust hatte zu schreien.

Sie riss das Papier herunter, als befände sie sich noch in

Berlin in ihrem Zimmer, über ihr im Stockwerkbett Magda, die aufgedreht schrie: »Aufmachen! Aufmachen!«

»Du sollst doch nicht …«, sagte sie, als sie sah, was es war. Das Etikett verriet ihr, dass der Schafspelzmantel in einem der teuersten Geschäfte der Stadt gekauft worden war. Irgendwann gegen Ende des Winters, um Ostern herum, hatte sie mal ohne jegliche Hintergedanken erwähnt, dass sie gerne einen solchen Mantel hätte, sich den aber nicht leisten könne.

»Und was sagt deine Frau dazu?«

Er begann zu lachen.

»Sie hat mehr als genug«, sagte er. »Sie erstickt in all ihren Kleidern. Und du bist die Frau, die ich liebe.«

Christel zog den Mantel an und spürte das weiche Futter auf der nackten Haut. Dann öffnete sie ihn und zog Bjørn an sich.

»Herzlichen Glückwunsch zum Geburtstag«, sagte er.

»Du hättest mich besser niemals treffen sollen.«

»Doch.«

»Wir hätten heiraten sollen«, sagte sie. »Du weißt ja, ich wünsche mir nur, die Deine zu sein.«

Er schloss die Augen und lehnte seinen Kopf an ihre Schulter. »In einem anderen Leben«, sagte er.

Früh am nächsten Morgen aßen sie den Kuchen, den Bjørn tags zuvor gekauft hatte. Er hatte sogar eine Kerze oben hineingesteckt, die er von zu Hause mitgebracht hatte. Anschließend spazierten sie Hand in Hand über den Kirkeveien. Der Verkehr war dicht, es war aber noch dunkel. Vielleicht wagte er es deshalb, ihr mitten in Oslo seine Liebe zu zeigen. Als sie in die Ole Vigs gate kamen, ließ er ihre Hand los, küsste sie rasch und beschleunigte seine Schritte, bis er ein paar Meter vor ihr war. Sie blieb stehen und sah ihn über die

Majorstukreuzung gehen und in der Menschenmenge verschwinden, die in den Durchgang zur U-Bahn strömte.

Sie starrte lange auf den Punkt, an dem sie ihn zuletzt gesehen hatte, als wüsste sie innerlich, dass sie sich nie mehr wiedersehen würden. Hinter ihr hupten Autos. Sie drehte sich um, kam zu sich und bemerkte, dass auf der Valkyriegata zwei Wagen zusammengestoßen waren. In diesem Moment wurde ihr bewusst, dass sie vergessen hatte, Bjørn nach den beiden verschwundenen Fotografien zu fragen. Irgendwann im Herbst, als sie ihn am meisten vermisst hatte, hatte sie das Album hervorgeholt, das sie eigentlich nie mehr ansehen wollte. Zwei Bilder waren verschwunden, eins nur von ihm und eins von ihnen beiden, aufgenommen mit Selbstauslöser in einem Hotel in Tønsberg. Kurz bevor sie das Fehlen bemerkt hatte, war er noch bei ihr gewesen. Vielleicht bereute er es, diese Fotos gemacht zu haben, vielleicht wollte er aber auch nur eine Erinnerung an sie besitzen. Sie musste ihn beim nächsten Mal fragen. Wenn es denn ein nächstes Mal gab.

Der Schafspelzmantel war das große Gesprächsthema im Handelskontor. Christel sprach von einem »Geschenk an mich selbst«, die Armbanduhr von Sascha hatte sie im Bankschließfach in der Tollbugata deponiert. Sie hätte natürlich sagen können, dass der Mantel von Martin Kleive sei, aber sie wollte ihn noch geheim halten. Sie könnte Schwierigkeiten auf der Arbeit bekommen, wenn publik wurde, dass sie ein Verhältnis hatten, und dasselbe galt für ihn, sollte jemand erfahren, dass er der große Maulwurf in der norwegischen Marine war.

»Jetzt tu doch nicht so geheimnisvoll«, sagte Melanie Mielke. »Wann lernen wir ihn endlich kennen? Ist es dieser nette kleine Marineoffizier? Kleive? Oder ein anderer Mann?«

»Glaub mir, ich spare schon eine Ewigkeit für diesen Mantel.«

Melanie verdrehte die Augen und walzte aus dem Büro.

Gegen drei Uhr war Christel ein seltsames Gefühl gekommen. Irgendwann nach dem Mittagessen hatte ihre Laune sich komplett gewandelt, ohne dass sie wusste, warum. Als wäre sie auf einmal von Kopf bis Fuß angefüllt mit dunklem Wasser aus einem kalten See. Die Nacht mit Bjørn war wie ausgelöscht und das Einzige, an das sie sich noch erinnern konnte, war Spitskjins Rasierwasser.

»Ich glaube, aus der kleinen Feier nachher wird nichts«, sagte sie zu Melanie Mielke. »Ich habe das Gefühl, ich werde krank.«

»Musstest du dich übergeben?«, fragte Melanie und dachte gleich, Christel könne von dem Mann, der ihr den Mantel geschenkt hatte, schwanger sein.

»Sagst du den anderen Bescheid? Ich muss wirklich nach Hause und mich ins Bett legen.«

»Du Arme, und das an deinem Geburtstag. Sag mir Bescheid, wenn ich dir helfen kann.«

Und das sagst du jetzt?, dachte Christel und knöpfte sich auf dem Weg nach unten den Mantel zu. Unten an der Straße blieb sie stehen, das schmiedeeiserne Tor noch in der Hand, und hielt nach einem Wagen Ausschau, den Spitskjin gemietet haben konnte.

Nichts, dachte sie, nachdem sie alle Autos am Straßenrand studiert hatte.

Ein paar Straßen vor der amerikanischen Botschaft stieg sie aus der Straßenbahn aus. Am Løkkeveien musste sie an der Ampel warten und musterte das schwarze Gebäude. Ein kräftiger Wind wehte, die unverkennbare Flagge stand für einen Moment gerade vom Mast ab. Der Schnee kam jetzt beinahe waagerecht. Sie zog die Mütze tiefer über die Ohren und dachte, dass sie einfach hineingehen und aus allem aussteigen sollte.

Als es grün wurde, ging sie langsam durch den Schneematsch und beobachtete die Soldaten hinter den gepanzerten Glastüren. Dann beschleunigte sie ihre Schritte. Wenn nun auch Arvid bei der Arbeit früher Schluss machte?

Aus einer Telefonzelle an der Vika Terrasse rief sie die Zentrale des Ministeriums an und bat darum, mit Arvid Storholt verbunden zu werden.

»Draußen, in zehn Minuten«, sagte sie und legte auf, ehe er antworten konnte.

Eine halbe Stunde später, es wurde bereits dunkel, kam er gemeinsam mit einer Gruppe Angestellter, die nach Hause wollten, aus dem Ministerium. Sie stand auf der anderen Seite des Drammensveien am Schlosspark und sah durch das Schneetreiben, wie er sich näherte. Er ging leicht gebeugt und hatte eine Aktentasche unter den Arm geklemmt. Sie wartete, bis der Verkehr etwas lichter war, und überquerte unauffällig die Straße. Auch wenn es dunkel war, würde Spitskjin kaum Probleme haben, ihr zu folgen.

Storholt hatte sie bereits gesehen, als sie zu ihm aufschloss. Sie ging entspannt einen Meter hinter ihm, sodass es so aussah, als würden sie sich nicht kennen.

»Hallo, Kamerad«, sagte sie.

Er blieb für einen kurzen Moment stehen, ging dann aber weiter, ohne sich umzudrehen.

»Was machst du hier? Ist heute nicht dein Geburtstag?«

Sie kämpften sich über den verschneiten Bürgersteig, auf dem der Schnee von dem heftigen Wind immer wieder aufgewirbelt wurde, sodass die Werbeplakate auf der Rückseite des Odd-Fellow-Gebäudes kaum zu erkennen waren. Der Mantel war schwer, einen Moment lang bereute sie es, ihn angezogen zu haben.

»Sie dürfen uns nicht zusammen sehen.« Storholt tat noch immer so, als wäre ihm die Frau, die neben ihm ging, nicht bekannt.

»Ich glaube, sie werden mich töten, Arvid. Ich kann Spitskjin das ansehen. Er vertraut mir nicht. Aber ich komme da jetzt nicht mehr raus. Wenn plötzlich keine Berichte von Kleive mehr kommen, werden sie alles verstehen und sich an ihn wenden. Und wenn er dann sagt, dass er mir nie irgendwelche Dokumente gegeben und auch nie eine Kamera bekommen hat, dann bin ich erledigt.«

»Du bist doch eh am Ende, hast du das noch nicht kapiert?«, sagte Storholt. »Sascha ist heute Morgen nach Moskau geflogen.« Er überquerte bei Rot die Frederiks gate, da der Verkehr sich keinen Millimeter rührte. »Er wird nicht mehr hierher zurückkommen. Hat er dir das nicht gesagt? Spitskjin ist jetzt der Chef. Die Entscheidung ist längst gefallen.«

»Es hieß doch, er würde noch bis Weihnachten bleiben.«

»Seit wann traust du denn den Russen, Christel? Verdammt, ich war mir gestern so sicher, dass ich den Tag nicht überleben würde. Einer der Fahrer hat mich vor der Botschaft eingesammelt. Ich dachte wirklich, dass sie mich enttarnt hätten.«

Sie hatten den Zebrastreifen an der Ecke des Odd-Fellow-Gebäudes erreicht und wurden von immer mehr Menschen umringt, die auf dem Weg nach Hause waren.

»Ich will weg, Arvid. Aber nicht in die USA. Du musst deine Freunde dazu bringen, mir zu helfen! Verstehst du, was ich sage?«

»Nein«, sagte er. »Ich vertraue ihnen nicht.«

Sie spürte, wie die Beine unter ihr nachgaben.

»Aber ich kann dich vielleicht nach Schweden bringen«, sagte er. »Da kriegst du dann eine neue Identität und kannst für sie arbeiten. Lass mich darüber nachdenken.«

»Und wie soll das gehen?«

»Spitskjin mag mich. Ich weiß nicht, warum«, sagte Storholt.

»Dann bring mich hier raus«, sagte Christel. »Du bist mir das schuldig. Das weißt du doch wohl? Du hast gesagt, dass ich dich um alles bitten kann.«

»Geh jetzt geradeaus weiter und komm nicht hinter mir her.« Storholt bog nach links ab und hastete über einen Fußgängerüberweg, während Christel am Hotel Continental und am Theatercafé vorbeiging. Durch die Scheiben musterte sie die herausgeputzten Menschen. An den Tischchen am Fenster hielten einige sogar Händchen.

In einem anderen Leben, dachte sie.

Sie drehte sich um, als sie zur Zentrale der konservativen Partei kam, und wartete an der Ampel bei der Kreditbank. Durch das Schneegestöber sah sie kaum noch etwas, trotzdem blieb sie ein oder zwei Minuten stehen, um sicherzugehen, dass keiner von Spitskjins Leuten oder schlimmstenfalls er selbst sie beschattete.

Es war niemand da.

Dass alles hier und auf diese Weise enden sollte, dachte sie. Es würde niemanden kümmern, wenn sie plötzlich verschwunden wäre. Die Amerikaner würden sie auf dem Konto des Imperialismus als Fehlinvestition abschreiben. Aber sie war ja auch wirklich nicht mehr als eine nützliche Idiotin für Moskau.

Sie ging in das Kaufhaus Steen & Strøm und tat so, als ließe sie sich vom überreichen Angebot der Weihnachtszeit faszinieren. Dann fuhr sie mit der Rolltreppe nach ganz oben, um gleich wieder nach unten zu fahren und das Kaufhaus auf der anderen Seite über den Ausgang Kongens gate zu verlassen.

Als sie nach Hause kam, erkannte sie, wie nutzlos das alles gewesen war.

Auf der anderen Straßenseite stand ein dunkelblauer Volvo. Es war bei der Dunkelheit nur schwer zu erkennen, aber trotzdem glaubte sie, im Licht der Straßenlaterne ausmachen zu können, wie sich ein Schatten im Wagen bewegte.

Außerdem war die Windschutzscheibe frei von Schnee. Hin und wieder schien da jemand den Scheibenwischer zu betätigen.

Sie fluchte leise, als sie nach oben ging und einen Blick auf ihre alte, billige Armbanduhr warf. Der Mann im Volvo schrieb jetzt sicher: *Objekt angekommen, 18.41 Uhr.*

Der Anblick, der sich ihr bot, als sie den zweitobersten Treppenabsatz erreicht hatte, freute sie im ersten Augenblick, um ihr dann aber mehr und mehr Angst zu machen.

An ihrer Türklinke hing ein eingepackter Blumenstrauß.

Daran eine kleine Glückwunschkarte.

Pozdravljaju, stand darin. *Gratuliere.*

Sie ließ den Strauß zu Boden fallen.

Ein vertrautes Geräusch weckte sie, trotzdem wusste sie für einen Moment nicht, wo sie war. Sie hatte von einem laufenden Mann geträumt. Vielleicht eine Erinnerung aus ihrer Kindheit, aus der Zeit vor dem Bau der Berliner Mauer. Dann, laute Stimmen und ein Schuss.

Wieder dieses Geräusch. Sie drehte den Kopf nach links und realisierte, dass sie auf dem Sofa lag. Die Blumen lagen auf dem Couchtisch. Sie hatte den Strauß nicht ausgepackt, wollte gar nicht wissen, was das für Blumen waren. Sie fror, sie hatte sich nicht zugedeckt.

Die Türklingel, dachte sie.

Sie trat ans Fenster, achtete aber darauf, die Gardine nicht zu bewegen. Das Auto, der Volvo, stand noch immer dort. Die Scheiben schneefrei, obwohl es seit ihrem Kommen sicher einen oder zwei Zentimeter geschneit hatte. Aus der Entfernung war aber nicht zu erkennen, ob der Mann noch im Auto saß. Etwas weiter oberhalb im Kirkeveien kam ein oranges Licht zum Vorschein. Ein Räumfahrzeug fuhr langsam die Straße herunter. Die Schaufel kratzte über den Asphalt und warf den Schnee über die Autos, die am Straßenrand parkten.

Wieder klingelte es.

Sie sah auf ihre Armbanduhr. Elf. Sie lief in die Küche, holte das Brotmesser und trat in den Flur.

Ihr Puls hämmerte bis hinauf in ihren Kopf, sodass sie kaum etwas hörte, als sie den Hörer der Gegensprechanlage ans Ohr legte und »Hallo« sagte. Sie glaubte, ein Kratzen zu hören, als versuchte dort unten jemand, die Tür aufzubrechen. Autos waren keine zu hören.

»Ich bin's.«

Es dauerte ein paar Sekunden, bis sie die Stimme wiedererkannte.

»Arvid?«

»Lass mich rein.«

Sie zögerte ein paar Sekunden, dann drückte sie auf den Knopf.

Wo war der Mann aus dem Volvo? Saß er noch im Auto?

Sie drückte ihr Auge an den Spion in der Tür und hielt das Messer fest umklammert. Dann hörte sie, wie die Schritte sich über die Treppe näherten. Eine Person oder zwei?

Ein Schatten kam im Spion zum Vorschein. Dann sah sie Arvids Hand auf dem Geländer.

»Tritt zur Seite«, sagte sie durch die Tür, als er draußen stehen geblieben war und sie nur noch sein Gesicht sah. Sie hatte nicht erkennen können, ob ihm jemand gefolgt war.

Er schüttelte den Kopf, tat aber, was sie wollte.

Die Treppe war leer.

Sie schloss die Tür auf und nahm die Türkette ab.

»Mein Gott«, sagte er, als er auf das Messer aufmerksam wurde, das sie noch in der Hand hielt. »Willst du mich töten?«

Er ging direkt in die Wohnung, ohne die Schuhe auszuziehen. Christel folgte seinen nassen Spuren. Arvid Storholt nahm die eingepackten Blumen in die Hand und las die Karte.

»Verstehst du jetzt, was ich meine?«, fragte sie. Spits…« Storholt legte den Finger an die Lippen, dann schaltete er das Licht im Wohnzimmer aus. Er ging an der Wand entlang, vorbei am Sofa, am Wohnzimmerfenster, und zog den Weihnachtsstern aus der Steckdose. Schließlich schien nur noch das spärliche Licht aus der Küche ins Wohnzimmer. Er stellte sich ans Fenster, sodass er die Autos auf der anderen Straßenseite sah.

Eine alte Ausgabe der Aftenposten und ein Kugelschreiber lagen auf dem Couchtisch. Bjørn hatte dort am letzten Abend ein Kreuzworträtsel gelöst. Sie schrieb: »Volvo. Der ohne Schnee auf der Windschutzscheibe«, und zeigte Arvid, was sie geschrieben hatte. Er brauchte ziemlich lange, um ihre Botschaft zu verstehen. Das orange Licht der Straßenbeleuchtung verlieh seinem Gesicht eine kranke Farbe.

Er atmete durch die Nase ein und wartete beunruhigend lange, bis er wieder ausatmete.

»Ja, ich sehe ihn. Der Fahrer hat sich bewegt, als ich das Licht ausgeschaltet habe. Ein automatischer Reflex, er glaubt, dass du die Wohnung verlassen hast. Aber da müssen wir ihn enttäuschen.«

Arvid Storholt schaltete das Licht im Wohnzimmer wieder ein und ging in die Küche, wo er das kleine Reiseradio anmachte, das in der Fensterbank stand. Die klassische Musik erinnerte sie an die Wohnung in der Schweigaards gate, an die sie wirklich nicht erinnert werden wollte.

Er setzte sich an den Küchentisch und zündete sich eine Zigarette an, während er in den Hinterhof starrte. Der große Weihnachtsbaum, der dort aufgestellt worden war, litt unter der Last des Schnees. Die Lämpchen waren kaum zu sehen. In vielen Fenstern, die zu dem großen, rechteckigen Hof hinausgingen, hingen Weihnachtssterne.

»Es gibt vier Tore zu diesem Hof?«, fragte er leise.

Sie schnitt eine Grimasse. »Das stimmt.«

»Da hinten kommt man auf die Fagerborggata, oder?«, fragte er und zeigte mit der Zigarette quer über den Hofplatz.

Sie zuckte mit den Schultern. Sie wusste es nicht, obwohl sie nun schon vier Jahre in diesem Haus wohnte. Sie kannte kaum die Nachbarn. Man grüßte sich, mehr aber auch nicht. Und bald würden sie in ihr sicher das sehen, was sie wirklich war: eine verdammte Agentin, die ihnen in den Rücken gefallen war.

Als könnte er ihre Gedanken lesen, fragte er: »Du weißt es nicht?«

»Nein.«

»Warte hier«, sagte er, als hätte sie irgendwohin gewollt. Arvid verschwand über die Treppe nach unten. Eine Weile glaubte sie, er würde gar nicht wieder zurückkommen. Als wäre das Schlagen der Tür dort unten das Letzte, an das sie sich von Arvid Storholt erinnern würde.

Nach zehn Minuten war er zurück. Sie hatte das Radio laufen lassen und dachte an Schweden. Vielleicht würde man sie dort auch einfach wieder zurück nach Ostdeutschland schicken. Sollte dem so sein, musste sie die amerikanische Botschaft aufsuchen. Vielleicht wäre das ohnehin die beste Lösung.

»Es geht«, flüsterte Storholt.

»Mittwoch in einer Woche«, sagte er und beugte sich über den Küchentisch. »Ich habe eine Idee. Spitskjin vertraut mir. Er hat nur wenige Leute, um dich zu überwachen, und mich beschattet niemand. Drüben in der Fagerborggata ist niemand, das habe ich überprüft. Die Russen sind klug, gleichzeitig aber auch wenig kreativ. Weil sie niemals gesehen haben, dass du diese Route nimmst, ist dort auch niemand postiert worden.«

Sie blieben schweigend eine Weile sitzen und rauchten.

»Exakt um zehn Uhr«, sagte er. »Du lässt das Licht brennen, als wärst du noch in der Wohnung. Du packst nichts ein. Nimm deine Pässe mit, die Amerikaner haben dir doch welche gegeben, oder? Bis dahin machst du alles wie gewöhnlich. Kommt Martin Kleive am Wochenende?«

Sie nickte.

»Das ist gut. Solltest du irgendetwas Außergewöhnliches unternehmen, wird Spitskjin dich holen. Sascha kann dich jetzt nicht mehr schützen, Christel.«

»Ich muss am Dienstag noch eine Reihe von Papieren von den Amerikanern holen. Die Russen glauben, dass ich die jetzt am Wochenende von Kleive kriege.«

»Dann tust du das. Hol sie am entsprechenden Ort ab und vereinbare wie gewöhnlich die Übergabe mit den Russen.«

»Warum? Was ist, wenn sie mich dann ausschalten?«

»Es könnte sein, dass du die Papiere für Schweden brauchst«, sagte er. »Irgendetwas solltest du denen schon mitbringen. Die Schweden bauen eigene U-Boote, die nehmen alles, was sie kriegen können. Industriespionage eben. Wenn du Kleive von Schweden aus unter Druck setzt, wird er dir sicher geben, was du haben willst, oder? Vielleicht geben sie dir einen Job in Westdeutschland. In der Botschaft oder einem Industrieverband.«

Sie schüttelte vorsichtig den Kopf. So weit hatte sie noch gar nicht gedacht.

»Hör mir zu«, sagte Arvid. »Sieh mich an.« Er fasste sie vorsichtig am Kinn. Ein Schubertstück, sie kannte es gut, verklang langsam im Radio. Arvid wartete, bis das nächste Musikstück begann. »Morgen spreche ich mit einem Freund von mir. Er ist ein hohes Tier bei der Säpo, der Schwedischen Sicherheitspolizei. Sie halten immer nach Leuten wie dir Ausschau, Christel. Sollte er negativ reagieren, lasse ich dich das wissen. Ich werde alles tun, was in meiner Macht steht, um etwas für dich zu organisieren. Das bin ich dir schuldig. Noch ist es nicht zu spät, oder?«

Christel wollte etwas sagen, aber ihre Stimme versagte. Sie blinzelte ein paarmal. Eine Träne rann über ihre Wange. Arvid wischte sie ab.

»Wenn du nichts von mir hörst, trittst du am nächsten Mittwoch um Punkt zehn Uhr da drüben durch die Tür auf die Fagerborggata.«

Er streichelte ihr über die Haare.

»Wenn du jetzt anfängst, dich merkwürdig zu verhalten, weiß Spitskjin sofort, dass du seine Bewacher bemerkt hast. Ich nehme an, dass sie zwei Leute auf dich angesetzt haben. Den einen da draußen im Auto und einen zweiten, der dir von der Arbeit aus folgt.«

Verdammt, fluchte sie innerlich und dachte an den idiotischen Weg, den sie heute genommen hatte, um mögliche Verfolger abzuschütteln.

»Ich wollte nächsten Donnerstag mit Magda telefonieren«, sagte sie plötzlich. »Ich habe ihr ein Weihnachtsgeschenk geschickt. Ich will doch wissen, ob sie es gekriegt hat, und …« Ihr brach die Stimme.

»Also, willst du hier weg oder willst du mit Magda reden? Wir können nicht länger warten. Sobald Spitskjin formell die Kontrolle hier in der Stadt übernommen hat, kann er um ganz andere Befugnisse bitten, als Sascha das getan hat.«

Sie antwortete nicht.

»Mach einfach alles wie vereinbart«, flüsterte Arvid Storholt, der sich weit über den Tisch gebeugt und ihre Hände genommen hatte. »Ich verspreche dir, dass alles gut gehen wird.«

22

Als Tommy morgens um sechs Uhr in der Jablonskistraße ankam, brannte im ersten Stock des Hauses Nr. 39 bereits Licht. Er nahm an, dass es sich um das Küchenfenster handelte. Er hatte zwei Zigaretten geraucht, ohne auch nur eine Bewegung in der Wohnung wahrzunehmen. Eine Weile fürchtete er, Lena Elfelt könnte bereits unterwegs zur Schule in Schöneberg sein. Er hatte unter einem der Balkone auf der anderen Straßenseite vor dem Regen Schutz gesucht. Zwanzig Minuten hielt er bereits nach einem Lebenszeichen in der Wohnung Ausschau, als er hinter einem Fenster der Wohnung, die am nächsten zum Hauseingang lag, eine Frau erkannte. Genau wie Udo Fritz es gesagt hatte. Sie hielt einen Kaffee in der Hand und blickte unverwandt nach draußen. Tommy ging ein paar Schritte in Richtung Prenzlauer Allee. Hätte die Frau ihren Blick nur ein wenig weiter nach rechts gerichtet, wäre ihr aufgefallen, dass der große Mann, der unter dem Balkon stand, sie beobachtete. Die hohen Bäume, die in der Straße standen, verzweigten sich erst so weit oben, dass sie ihm keinen Sichtschutz boten. Tommy ging bis zum Haus 43, ehe er stehen blieb. Von dort konnte er das Fenster gerade noch sehen. Wenig später ging er ein Stück zurück und stellte sich unter einen anderen Balkon. Die Straße war zu dunkel, als dass sie ihn aus der Entfernung sehen konnte.

Er nahm die Fotografie aus der Innentasche seiner Daunenjacke, obwohl er sich genau an das Gesicht erinnerte. Aber ein Mensch kann sich im Laufe von zwanzig Jahren deutlich verändern. Betrachtete er alte Bilder von sich selbst, was er nur selten tat, da sie irgendwo auf Susannes Dachboden verstaut waren, erkannte er sich selbst kaum wieder.

Zwanzig Minuten später ging das Licht in der Wohnung aus.

Tommy ging zurück und wartete auf der anderen Straßenseite vor dem Haus. Genau in dem Moment, in dem die Haustür aufging, überquerte er die Straße. Ein Mann kam heraus, gefolgt von einer etwa fünfzigjährigen Frau.

Sie sah ihn direkt an und nickte, als erwartete sie, dass er irgendwo im Haus klingeln wollte.

In dem schwachen Licht der Lampe erkannte er die Gesichtszüge, die auf dem Foto nicht richtig zu sehen waren.

»Christel Heinze?«, sagte Tommy. Der Name rutschte ihm wegen der Ähnlichkeit einfach so über die Lippen. Vielleicht wollte er sie aber auch provozieren. Ein paar Sekunden glaubte er aber wohl wirklich daran, Christel Heinze vor sich zu haben. Frisch geschminkt, elegant in einem beigen Mantel und einem schwarzen Pullover mit hohem Kragen.

Die Frau blieb auf dem Bürgersteig stehen und drehte sich um. Sie verbarg ihre Überraschung gut, Tommy sah aber auch, wie ein Anflug von Angst und Trauer über ihr Gesicht huschte.

Die Scheinwerfer eines am Straßenrand geparkten Wagens leuchteten auf und ein Dieselmotor startete.

»Kommst du?«, rief der Mann, der zusammen mit ihr aus dem Haus gekommen war. Er war noch einmal aus dem Auto ausgestiegen, um etwas Laub von der Windschutzscheibe zu wischen.

Die Frau drehte sich ohne ein Wort von Tommy weg.

»Frau Elfelt, oder … oder Margaret Meyer?«

Die Frau ging einen Schritt auf das Auto zu.

»Warum schicken Sie Jan Amundsen Blumen?«

»Gibt es ein Problem?«, fragte der Mann vom Auto aus. Er war einen Kopf kleiner als Tommy, kam ihm aber mit selbstsicherer Miene entgegen.

Die Frau ging mit schnellen Schritten zum Auto und setzte sich auf den Beifahrersitz.

»Wer sind Sie?«, fragte der Mann.

Tommy antwortete nicht.

Er schob den Mann vorsichtig zur Seite.

»Ich rufe die Polizei!«, sagte der Mann und nahm sein Handy aus der Tasche.

»Ich bin von der Polizei«, sagte Tommy und ging schnell zu dem Wagen.

Die Frau wandte demonstrativ den Kopf ab. Tommy blieb einen Meter vor ihr stehen.

»Sind Sie sich wirklich sicher, dass Sie eine Beziehung mit Lena Elfelt haben?«, sagte er zu dem Mann, der jetzt neben die offene Autotür getreten war. Er hielt das Handy in der Hand.

»Wovon reden Sie?«, sagte der Mann.

»Sagen Sie ihr, dass sie die Einzige ist, die mir helfen kann, den Mörder von Christel Heinze zu finden.« Und die Einzige, die den Bären identifizieren kann, dachte er. »Christel Heinze«, wiederholte er. »Fragen Sie doch mal nach Christel Heinze.«

Der Mann schüttelte den Kopf und steckte das Handy zurück in die Tasche.

Er stieg in den Wagen und setzte zurück. Dann fuhr er aus der Parklücke und beschleunigte in Richtung Prenzlauer Allee. Nach dreißig bis vierzig Metern sah Tommy die Bremslichter aufleuchten. Das Auto wurde langsamer und hielt am Straßenrand an.

Tommy begann zu gehen, erst langsam, dann immer schneller.

Dezember 1982

23

In der alten Bahnhofshalle wimmelte es an diesem Dienstagnachmittag vor Menschen. Ein eiskalter Wind zog durch das gelb gestrichene Gebäude mit dem gewölbten Glasdach. Sogar der große Weihnachtsbaum, der vor dem langen Werbeschild der norwegischen Kreditbank aufgestellt worden war, musste seinen Wipfel einen Augenblick beugen. Christel ging inmitten der Menschen, die zu den Zügen strömten. In der Mittagspause war sie in der Sparkasse in der Tollbugata gewesen und hatte die drei Pässe geholt, die dort lagerten. Vorher hatte sie ihr Bankkonto geleert. Sie wollte selbst aktiv werden, jetzt, sich einfach in einen Zug nach Göteborg setzen und es hinter sich bringen.

Sie lief zu Gleis 8, wo der Zug nach Göteborg wartete, und ging einige Meter das Gleis hinunter. Ein Schaffner half gerade einer Mutter mit zwei kleinen Kindern an Bord des blauen Waggons. Christel steckte die Hand in die Innentasche ihres Schaffellmantels und versicherte sich, dass der österreichische Pass, den sie ausgewählt hatte, auch da war. So schwer konnte das doch nicht sein? Wenn sie den Namen von Arvids Kontaktmann bei der Säpo hätte, könnte sie einfach in den Zug einsteigen, beim Schaffner eine Karte nachlösen und sich gegenüber der jungen Mutter einen Platz suchen. Wie ein ganz gewöhnlicher Mensch. Die Tatsache, dass sie den Namen des Kontaktmannes nicht kannte, war aber nicht ihr einziges Problem. Sie war nämlich überzeugt davon, dass ihr mindestens eine der Personen in der Menschenmenge in den Zug folgen würde, und wollte nicht mit einer Kugel im Kopf auf einer Zugtoilette enden.

Es knackte in der Lautsprecheranlage. Eine Frauenstimme

verkündete verspätete Abfahrtszeiten. Christel drehte sich um und ging zurück zum anderen Ende des Gleises, wo die Schließfächer waren. Sie bahnte sich ihren Weg und sah einen Mann hinter dem länglichen Kiosk verschwinden. War das Spitskjin selbst?

Sie ging langsam im Zickzack zwischen den leeren Pommesschachteln und Würstchenpapieren hindurch, die auf dem Boden lagen. Als sie den Kiosk hinter sich hatte, warf sie rasch einen Blick nach links. Die Gesichter waren in der kurzen Zeit nicht zu unterscheiden. Sie ging weiter zu den Schließfächern. Es roch nach Urin und Erbrochenem und für ein paar Sekunden glaubte sie sich wieder in der Unterführung am U-Bahnhof Tøyen, ihr Puls hämmerte und sie fürchtete, jeden Augenblick Manfreds Stimme hinter sich zu hören.

Sie nahm den kleinen Schlüssel aus der Handtasche, warf die notwendige Anzahl Münzen ein und schloss auf. Der Schließmechanismus knackte hörbar. Wie beiläufig öffnete sie die Tür und steckte den Umschlag, der im Schließfach lag, in ihre Handtasche. Irgendwo links von ihr schepperte es, ein älterer Mann hatte Probleme, sein Schließfach zu öffnen.

Er drehte sich zu ihr um, aber sie hatte ihren Blick schon wieder auf den Kiosk gerichtet.

Spitskjin, dachte sie. Dann meldete sich wieder die Lautsprecherstimme. »Achtung an Gleis 8. Der Zug nach Göteborg fährt jetzt ab.«

»Könnten Sie mir helfen?«, fragte der alte Mann. Seine Hand zitterte und er war im Begriff, den kleinen Schlüssel zu verlieren, den er zwischen Daumen und Zeigefinger hielt.

Christel schloss ihre Tasche und sah ihn an.

»Tut mir leid«, erwiderte sie und schubste ihn beinahe zur Seite.

Sie hatte Spitskjin aus den Augen verloren, war sich aber sicher, dass er es gewesen war.

Sie ging zurück zum Kiosk, wo sie sein Gesicht gesehen hatte, und ließ ihren Blick über die vielen Menschen schweifen, die ein und aus gingen, den kleinen Mann sah sie aber nicht mehr.

Als sie auf den Bahnhofsvorplatz hinaustrat, begann sie an sich selbst zu zweifeln. Es war dunkel und sie konnte niemanden erkennen, sah nur den gleichmäßigen Strom der Menschen, die zwischen Bahnhof und Parkplatz hin und her liefen. Sie ging ein paar Meter in Richtung Parkplatz, erachtete es dann aber als sicherer, doch wieder zurück in den Bahnhof zu gehen.

Als sie endlich nach Hause kam, schloss sie die Tür mit der Sicherheitskette und sank auf dem Flur zu Boden. Es dauerte mehrere Minuten, bis sie wieder aufstehen konnte. Was sie an diesem Tag alles gesagt und gemacht hatte. Konnte man im Laufe von vierundzwanzig Stunden wirklich so viel lügen? Sie hatte mit dem Chef des Handelskontors gesprochen, einem hochnäsigen Snob aus Lüneburg, und weinend erzählt, dass es ihrer Schwester in Ostberlin sehr schlecht gehe. Sie habe früher schon Krebs gehabt und liege jetzt vielleicht im Sterben, weshalb sie die Woche Ferien nehmen wolle, die ihr noch zustand. Um das Visum wollte sie sich am nächsten Tag kümmern, eine mündliche Zusage habe sie bereits bekommen. Außerdem sei sie seit zehn Jahren nicht mehr zu Hause gewesen. Ihr Chef hatte nicht nur eingewilligt, sondern sie bis zum Ende des Jahres freigestellt. Sie haben nur diese eine Schwester, hatte er gesagt. Es gibt wichtigere Dinge im Leben als die Arbeit. Er hatte so wohlwollend reagiert, dass Christel beinahe misstrauisch geworden war.

Am Wochenende hatte sie dieselbe Lüge auch Martin Kleive aufgetischt. Der Idiot würde sie sicher vermisst melden. Sollte er doch, solange er damit bis nach Weihnachten wartete.

Tags darauf schlief sie bis morgens um elf Uhr. Ein tiefer, traumloser Schlaf. Gleißendes Sonnenlicht fiel in den Raum, es war ein klarer, kalter Tag, keine Spur mehr von dem Schneechaos der letzten Tage. Als sie ans Wohnzimmerfenster trat, sah sie den Volvo auf der anderen Seite des Kirkeveien stehen. Ihr Bewacher musste mitbekommen haben, dass sie nicht zur Arbeit gegangen war. Verdammt, dachte sie. Es war möglicherweise idiotisch, gerade an diesem Tag nicht zur Arbeit zu gehen. Aber sie hatte angegeben, den Tag in der ostdeutschen Botschaft zu brauchen, um ihr Visum zu holen.

Sie verbrachte die Zeit bis drei Uhr mit Rauchen und sah dabei ihre Kleider durch. Das einzige Lebensmittel, das sie im Kühlschrank hatte, waren ein paar Eier, aber sie hatte keinen Hunger.

Als es dunkel wurde, war sie für einen Moment untröstlich über all das, was sie in der Wohnung und in diesem Land zurücklassen musste, obwohl sie sich immer so einsam gefühlt hatte. Sie brauchte eine Stunde, um einen Brief an Bjørn zu schreiben, nur ein paar Zeilen. Schließlich hatte sie aber zehn verschiedene Versionen. Sie entschloss sich für die banalste: *So bin es letzten Endes ich, die dich verlässt. Ich werde dich immer lieben, aber ich kann so nicht leben. Entschuldige, für alles. C.* Sie hatte eigentlich vorgehabt, nach Majorstua zu gehen, um den Brief einzuwerfen, traute sich aber nicht mehr, die Wohnung vor dem vereinbarten Zeitpunkt zu verlassen.

Um Viertel vor zehn schaute sie aus dem Fenster, um sich zu vergewissern, dass der Volvo noch an seinem Platz stand und nicht in die Fagerborggata gefahren war. Gott sei Dank, dachte sie, als sie den Wagen erblickte. Sie ging in den Flur und zog sich den Schafspelzmantel und die Mütze an. Die wichtigsten Utensilien hatte sie bereits in der Schultertasche verstaut, darunter den Umschlag von den Amerikanern, etwas Unterwäsche, ihre Kulturtasche, ein sowjetisches Codebuch und die amerikanische Taschenbuchausgabe von *Les Misérables*, die sie längst nicht mehr nutzte. Darüber hinaus zwei Fotos von Bjørn, den Rest hatte sie in der Wohnung gelassen, auch wenn sie nicht wusste, warum. Und natürlich die Briefe von Magda und die Seife, die sie während ihrer ganzen Zeit in Norwegen gehabt hatte. Sie durchwühlte ihre Tasche danach, hielt sich die Seife an die Nase und sog den Duft ein, der noch immer so stark war wie vor zehn Jahren. Jedenfalls bildete sie sich das ein.

Jetzt würde sie Magda niemals wiedersehen. Oder vielleicht doch?

Sie drehte die Lautstärke des Fernsehers herunter, ließ ihn aber laufen, wie sie auch alle Lampen brennen ließ, die schon den ganzen Abend über gebrannt hatten. Die Blumen von Spitskjin lagen noch immer eingepackt auf dem Couchtisch. Sie trat einen Schritt vor und wollte sie wegwerfen, bevor sie ging, ließ sie dann aber doch liegen. Sie ging von Raum zu Raum, als wollte sie still Abschied nehmen. Zu guter Letzt stand sie im Schlafzimmer, in dem sie viel zu oft von einem Kind neben sich im Gitterbettchen geträumt hatte, Bjørn an ihrer anderen Seite.

Es geht so schnell, ein Leben wegzuwerfen, hatte ihre Mutter einmal in einem selbstkritischen Moment gesagt. Jetzt reicht es, dachte Christel. In einem anderen Leben, waren das nicht Bjørns Worte gewesen?

Sie hatte gerade die Wohnungstür geöffnet, als sie unten die Haustür ins Schloss fallen hörte. Das Geräusch verhieß nichts Gutes. Sie blieb auf der Türmatte stehen und lauschte auf Schritte. Aber nein, nichts, als wartete die Person unten auf sie.

Das Messer, dachte sie. Warum habe ich kein Messer mitgenommen? Sie sah nach links auf die Treppenstufen, die nach oben zum Dachboden führten, von dem aus man in das nächste Treppenhaus kam. Jetzt hörte sie auch leise Schritte von unten. Weiche Sohlen.

Die Schritte blieben im Erdgeschoss nicht stehen, sondern kamen immer näher. Eine Person, nein, zwei.

Sie drückte die Tür vorsichtig zu, schloss lautlos ab und schlich so leise wie nur möglich nach links. Bei jedem Schritt in Richtung Dachboden lauschte sie den Schritten unter sich. Oben vor der Dachbodentür setzte sie sich auf die Treppe. Die Schritte von unten näherten sich weiter. Sie hörte jetzt aber, dass es doch nur eine Person war. Ihr Atem ging so schwer, dass sie fürchtete, sich dadurch zu verraten, wenn die Person tatsächlich bis ganz nach oben kam.

Dann war es plötzlich still im Treppenhaus, bis sie irgendwo eine Klingel hörte.

Es dauerte eine Sekunde, bis ihr klar wurde, dass die Person unter ihr auf dem Treppenabsatz stand. Sie hätte sich über das Geländer beugen und nach unten schauen können, sie wusste aber längst, wer da vor ihrer Tür stand. Der Betreffende musste einen Schlüssel haben, sonst wäre er nicht ins Haus gekommen.

Es klingelte wieder.

»Christel?«, sagte eine Stimme. Sie spürte, wie ihr Magen sich zusammenzog, und musste sich fast die Hand vor den Mund legen, um nicht zu antworten.

Dann hörte sie, wie die Wohnungstür geöffnet und wieder geschlossen wurde.

Sie sah auf ihre Armbanduhr. Es war bereits zehn.

Hatte Spitskjin Bjørn geschickt? Der Gedanke war nicht auszuhalten, fast wie die Albträume, die sie als Kind gehabt hatte. Eine Frau, die wie ihre Mutter ausgesehen hatte, hatte darin versucht, sie zu töten. Erst durch Erdrosseln, dann mit einem Messer. Aber warum jetzt? Warum tauchte er exakt in dem Moment auf, in dem sie verschwinden wollte?

Sie nahm ihre Schultertasche und stand auf. Für einen Moment fühlte es sich so an, als wollten die Beine unter ihr nachgeben, doch dann kam sie wieder zu sich. Sie hielt die Schlüssel noch in der Hand und öffnete so leise sie konnte die Tür zum Dachboden. Kalte Luft schlug ihr entgegen. Sie schaltete das Licht ein, und eine lange Reihe von Maschendrahtverschlägen kam zum Vorschein. Leise schloss sie die Tür und ging dann so vorsichtig, wie sie konnte, über die Dielen. Sie war direkt über ihrem Schlafzimmer. Es knirschte, obgleich sie leicht wie eine Ballerina ging. Sie rechnete jede Sekunde damit, dass fünf, zehn, fünfzehn Meter hinter ihr jemand gegen die Tür hämmerte. Dann war sie endlich an der Tür zum anderen Treppenhaus. Auf dieser Seite des Dachbodens war es dunkel, sodass sie eine Weile brauchte, um die Tür zu öffnen. Anschließend lief sie die Treppe bis ganz nach unten, versuchte aber nicht zu rennen, da sie nicht sicher war, dass ihre Glieder ihr gehorchten. Sie konnte kaum die Schultertasche halten und auch in ihrem Kopf schien Sauerstoff zu fehlen. Fast wollte sie einfach aufgeben und sich selbst einreden, dass alles sicher doch noch irgendwie gut gehen würde.

Unten im Erdgeschoss dachte sie nicht mehr weiter nach. Vielleicht stand Bjørn jetzt am Küchenfenster und sah eine Frau in einem Mantel, den er kannte, an dem verfroren im Hof stehenden Weihnachtsbaum vorbeitaumeln.

Es spielt keine Rolle, dachte sie und zwang sich dazu, sich nicht umzudrehen und zum Küchenfenster in der fünften Etage hinaufzuschauen. Wenn sie es täte, würde sie wie Lots Frau in der Bibel zu einer Salzsäule erstarren.

Sie war an dem grünen Tor zur Fagerborggata, aber ihre Finger wollten ihr nicht gehorchen, es gelang ihr nicht, den Türknopf zu drehen.

»Verdammt!«, sagte sie laut. Ich will nach Hause, dachte sie. Einfach nur nach Hause.

Endlich drehte sich der Knopf. Sie spürte, dass Bjørn nach ihren Fersen schnappte, genau wie Manfred es getan hatte. Sie schloss das Tor hinter sich und versuchte, das richtige Auto zu finden. Etwas weiter hinten stand ein Wagen in zweiter Reihe und blendete auf.

Sie begann zu laufen und drehte sich erst um, als sie kurz vor dem Wagen war. Es war niemand hinter ihr.

Sie riss die Tür von Arvids Privatwagen auf.

»Wo zur Hölle warst du?«, fragte er durch zusammengebissene Zähne und tippte mit dem Finger auf seine Armbanduhr.

Sie schlug sich die Hände vors Gesicht.

»Fahr!«, sagte sie. »Fahr einfach.«

Arvid ließ den Motor an und sie rollten langsam in Richtung Kirkeveien. Beim Vorbeifahren sah sie noch einmal zu dem grünen Tor hinüber. Es ging auf und ein Schatten kam zum Vorschein.

»Schneller«, sagte sie und versank im Sitz. Im Seitenspiegel sah sie einen Mann auf die Straße treten und sich ein paarmal um sich selbst drehen.

Arvid bog auf den Kirkeveien ein. Der Wagen scherte auf der glatten Fahrbahn etwas aus, fing sich aber schnell wieder, als sie die Steigung zum Ullevålsveien hinauffuhren. Christel drehte sich ganz um, aber es war niemand zu erkennen. Arvid wurde schneller und fuhr am Krankenhaus Ullevål vorbei.

Sie wandte sich von ihm ab, damit er nicht sah, dass sie weinte.

24

Die Frau war aus dem Auto ausgestiegen und stand vielleicht fünfzehn Meter vor der Mündung der Jablonskistraße in die Prenzlauer Allee unter einem der Bäume auf dem Bürgersteig. Die Art, wie sie ihre Handtasche umklammerte, ließ Tommy glauben, dass sie aufgegeben hatte.

»Wer sind Sie?«, fragte sie, als Tommy zu ihr kam.

»Genau das wollte ich Sie fragen.«

Sie maßen sich einen Moment lang mit den Augen. Tommy studierte ihr Gesicht. Es war die Frau von dem Foto, das er bei Arvid Storholt gefunden hatte. Sie hatte einige Züge von Christel Heinze, die Augenpartie und die Nase, der Rest stimmte aber nicht. Es konnte nur ihre Schwester sein, dachte er.

»Ich habe gehört, dass Sie krank waren«, sagte er.

Sie antwortete nicht, blieb aber regungslos stehen, die Handtasche noch immer an sich gedrückt.

»Ich war es, der Ihre Schwester gefunden hat. Ich bin Tommy Bergmann, von der Polizei in Norwegen«, sagte er und reichte ihr die Hand.

Die Frau machte keine Anstalten, seinen Gruß zu erwidern, sie schloss nur kurz die Augen. Als sie sie wieder öffnete, standen Tränen darin. Sie öffnete den Mund, um etwas zu sagen, war aber offensichtlich nicht in der Lage, auch nur einen Laut über die Lippen zu bringen.

»Ich muss zur Arbeit«, sagte sie. »Kommen Sie um vier Uhr ins Impala in der Maaßenstraße.«

Tommy blieb stehen und sah dem Wagen nach, der nach rechts über die Prenzlauer Allee verschwand.

Schöneberg wirkte auf Tommy sehr wohlhabend. Die Cafébar, in der er die Frau treffen sollte, die sich jetzt Lena Elfelt nannte, passte ins Umfeld. Er setzte sich an einen freien Fenstertisch und musterte die Klientel. Die Leute sahen aus wie bei ihm zu Hause in Oslo. Auf der enormen Uhr an der Wand sah er, dass er gut eine Viertelstunde zu früh war, aber er wollte kein Risiko eingehen. Lena Elfelt könnte es sich noch anders überlegen, wenn sie über die Schwelle des Cafés trat, dies würde ihr aber schwerer fallen, wenn er schon da war.

Er hatte gerade erst die Fragen überflogen, die er sich notiert hatte, als jemand an seinem Tisch stand. Die Ähnlichkeit zwischen Christel Heinze und der Frau war jetzt beinahe überwältigend.

»Ich dachte, Norweger kämen immer ein bisschen zu spät?«, sagte sie. »Das hat mir jedenfalls Christel erzählt.«

»Meine Mutter hat mich gut erzogen«, erwiderte Tommy.

Er beobachtete sie, als sie zum Tresen ging. Ihre Bewegungen ließen erkennen, wie angespannt sie war, sie kramte etwas hektisch in ihrem Portemonnaie herum, als wäre sie es nicht gewohnt, an einem Tresen zu bezahlen.

»Ich habe weitaus schlimmere Dinge gemacht als dies hier«, sagte sie, als sie zurück am Tisch war. Sie schien Tommys Gedanken gelesen zu haben. »Aber dass Sie mich gefunden haben, über diesen Schock bin ich noch nicht weg.«

»Magdalena Heinze«, sagte Tommy. Eine leichte Röte stieg in die Wangen der Frau.

»Bitte, ich heiße jetzt Lena«, sagte sie. »Nur Lena.«

Er nahm die Fotografie aus dem Restaurant in der Christburger Straße heraus und reichte sie ihr. Für einen Moment sah es so aus, als wollte sie das Foto nicht annehmen.

»Wo haben Sie das her? Von Arvid?«

»Aus seinem Haus. Sie haben vermutlich …?«, sagte Tommy und vollendete den Satz mit Absicht nicht.

Sie nickte. »Wer hat ihn umgebracht?«

»Ich hoffe, dass Sie mir helfen können, das herauszufinden.«

»Nein. Keine Ahnung.«

Sie gab ihm das Foto zurück.

»Wie haben Sie sich kennengelernt? Arvid Storholt und Sie?«

Sie hob die Tasse an die Lippen, trank aber nicht. Ihr Blick wanderte durch die großen Fenster zu den Fahrrädern, die draußen standen.

»Wer waren die beiden anderen, die bei diesem Essen dabei waren?«

Keine Reaktion.

Tommy ließ ihr die Zeit, die sie brauchte.

»Wie ist Christel ums Leben gekommen?«, fragte sie, ohne den Blick von den Fahrrädern zu nehmen. Die Tasse hing noch immer vor ihren Lippen, kippte aber langsam zur Seite, sodass Tommy sie ihr aus der Hand nahm.

»Ihr wurde das Genick gebrochen.«

Wie am Morgen wurden Lena Elfelts Augen blank, mehr Reaktion zeigte sie jedoch nicht.

Sie steckte die Hand in die Tasche ihres Mantels, holte etwas heraus und legte es zwischen sie auf den Tisch. Ein kleines, altes Stück Lux-Seife, eingepackt in glattes rosa Papier.

»Ich konnte heute nicht mehr arbeiten. Ich habe mich krankgemeldet und bin nach Hause gefahren. Christel und ich hatten diese Seifen in unserer Nachttischschublade. Ich habe die alle aufgehoben. Vielleicht dachte ich, dass sie doch noch zurückkommt, wenn ich sie behalte.«

Tommy nahm die Seife und hielt sie eine Weile in der Hand, ehe er sie zurücklegte.

»Mutter sagte, Christel sei immer so impulsiv gewesen. Ein Wildfang, außer Kontrolle. Ich weiß nicht, ob das stimmt.

Ich war dreizehn, als sie geflohen ist. Wie gut kennt man jemanden? In diesem Alter? Auch wenn man seit der Geburt das Zimmer geteilt hat?«

Tommy zuckte mit den Schultern. »Man ist ja noch ein Kind«, sagte er.

Lena Elfelt nickte. »Ja. Nur ein Kind. Mehr war ich damals nicht.«

»Warum schicken Sie Blumen an Jan Amundsen?«

Lena Elfelt oder Magdalena Heinze, wenn man so wollte, lehnte sich zurück, als bräuchte sie mehr Abstand zum Tisch.

»Weil mich jemand darum gebeten hat.«

»Wer ist jemand?«

»Das kann ich Ihnen nicht sagen. Ein Mann, der mir einmal das Leben gerettet hat.«

Tommy wartete, aber sie machte keine Anstalten, weiterzureden.

»Sie scheinen nicht sonderlich schockiert darüber zu sein, dass Arvid Storholt ermordet wurde? Dabei sieht es doch so aus, als wären Sie einmal gute Freunde gewesen?«

»Ich war zu lange in der Branche, um noch über irgendetwas schockiert zu sein, Herr Bergmann.«

Tommy zog die Augenbrauen hoch.

»In der Spionagebranche«, sagte sie leise. »Aber das ist inzwischen lange her. Sehr lange.«

Tommy wusste nicht, was er sagen sollte.

»Ich dachte, Sie wären Englischlehrerin?«

»Wie gesagt, das ist inzwischen lange her. Die Zeiten haben sich geändert. Und ich muss ja von etwas leben, genau wie Sie.«

»Fragen Sie sich nicht, wer Storholt getötet hat?«

»Nein. Das ist nicht mein Job. Er musste sein ganzes Leben auf der Hut sein, sich ständig über die Schulter schauen. Ich wohne in der alten Wohnung meiner Eltern und sollte eigentlich dasselbe tun. Sentimentalität ist manchmal teuer erkauft.«

Tommy machte nicht einmal den Versuch, verstehen zu wollen, worüber sie redete.

»Aber was ist mit Christel? Sie wollen doch wohl wissen, wer sie getötet hat, sonst wären Sie doch nicht hier?«

»Ich weiß nicht. Wozu soll das gut sein?« Sie trank ihren Kaffee aus und sah auf die Uhr. Ein Lied, das Tommy sonst immer rührte, kam leise durch die Lautsprecher des Lokals.

»Wenn Sie mir sagen, wer Sie gebeten hat, Blumen an Jan Amundsen zu schicken, finde ich Christels Mörder.«

»Das bringt sie auch nicht zurück, oder?«

»Bjørn«, sagte Tommy. Keine Reaktion von der Frau auf der anderen Seite des Tisches. »Hat Christel Ihnen jemals von einem Mann erzählt, der Bjørn genannt wurde oder den Decknamen Bär hatte?«

»Nein«, sagte sie.

»Wer war sonst noch bei diesem Essen dabei?« Tommy klopfte direkt neben der Fotografie, die noch vor ihnen lang, mit den Fingern auf den Tisch.

»Wie gesagt, das macht sie auch nicht wieder lebendig.«

Tommy lehnte sich auf seinem Stuhl zurück und sah aus dem Fenster. Wieder so eine Allee mit noch mehr Autos und noch mehr Menschen. Der Anblick ließ ihn unruhig werden. Oslo war für ihn überschaubar, die Menschen und ihre Geschichten, aber das hier?

»Warum sind Sie gekommen, wenn Sie mir nichts verraten wollen?«, fragte er. »Ich verstehe überhaupt nicht, was Sie sagen. Wieso Spionagebranche?«

»Also …«, begann sie, hielt dann aber wieder inne. Sie nahm ein Papiertaschentuch aus der Tasche und putzte sich die Nase.

Tommy beugte sich über den kleinen Tisch, der bedrohlich knackte.

»Christel hielt Sie kurz vor Weihnachten 1982 für schwer krank. Sie wollte nach Berlin reisen, um Sie zu besuchen. Das hat sie jedenfalls ihrem Chef gesagt. Und trotzdem sitzen Sie jetzt hier und wollen nichts sagen.«

Sie schüttelte langsam den Kopf. »Ich habe nie etwas erfahren. Nie.«

»Wie meinen Sie das?«

»Ich kann hier nicht darüber reden.« Sie sah sich in dem halb vollen Lokal um, stand auf und zog sich den Mantel an, den sie über die Stuhllehne gehängt hatte.

Tommy begleitete sie nach draußen. Sie ging mit schnellen Schritten über die Straße. Tommy zündete sich eine Zigarette an und ignorierte sein Handy, das in der Tasche zu klingeln begann. Als es sich ein weiteres Mal meldete, nahm er es aus der Tasche und stellte es lautlos.

Fredrik Reuter, dachte er. Jetzt geht's los.

Sie gingen schweigend eine Minute lang nebeneinander her. Er glaubte, dass Lena Elfelt weinte, was in den dunklen Straßen aber schwer zu sehen war.

Das Handy vibrierte in der Tasche. Tommy nahm es heraus und sein Verdacht bestätigte sich. Reuter informierte ihn in einer Textnachricht, dass er ein höchst unangenehmes Telefonat von der Polizeidirektion bekommen habe, die Tommy mit sofortiger Wirkung suspendieren wolle. Gleich darauf kam eine neue Meldung: *Lernst du eigentlich nie?*

Lena Elfelt blieb an einer Kreuzung stehen. Tommy wusste weder wo sie waren, noch wohin sie wollte.

»Ich habe ihr nie verziehen, dass sie mich verlassen hat«, sagte sie. »Irgendwann kam ihr Schwimmtrainer und teilte uns mit, dass sich Christel in Oslo abgesetzt habe. Ich dachte, dass es Christel wäre, die geklingelt hätte, und dass sie mir ein Stück Seife aus Oslo mitgebracht hätte, und dann war es dieser verfluchte Trainer. Ich war untröstlich. Wie hatte sie mir das antun können?« Die Ampel wurde grün, aber Lena Elfelt machte keine Anstalten, die Straße zu überqueren. »Anschließend bekamen wir Riesenschwierigkeiten. Für Mutter und Vater war es vernichtend, dass Christel geflohen war – sie verloren beide ihre Arbeit. Gerettet hat uns die Tatsache, dass ich Krebs bekommen habe, so absurd das klingen mag.« Sie wischte sich mit beiden Händen die Tränen weg. »Nur Monate nachdem Christel in Oslo verschwunden war, bekam ich immer öfter schreckliche Kopfschmerzen. Meine Mutter meinte, das sei Christels Schuld. Erst ein Jahr später fanden die Ärzte heraus, dass ich einen Tumor hatte. Ich war mir sicher, dass Gott uns für Christels Verrat bestraft hatte.«

Sie überquerten die Straße und kamen auf eine ruhigere Nebenstraße. Lena Elfelt ging so langsam, dass Tommy fast stehen bleiben musste.

»Vater war Elektriker, er war ein netter, vielleicht etwas einfältiger Mensch. Er hat vermutlich nie mitbekommen, dass Mama für Mielke gearbeitet hat. Oder er wollte es nicht sehen. Er war kein überzeugter Kommunist und ich glaube, er hatte eine Affäre, weshalb es ihn nicht so gekümmert hat, was Mutter getan oder nicht getan hat. Nach Christels Flucht hat er aufgegeben. Mutter hingegen wurde noch fanatischer, sie arbeitete als Putzfrau in einer Schule in der Stadt, hat aber nie den Glauben daran verloren, das Richtige zu tun. Ein paar Wochen nachdem die Ärzte den Gehirntumor diagnostiziert hatten, kam ein Mann, der sich Sascha nannte, nach Berlin. Er kam gemeinsam mit einem Deutschen, einem hohen Tier in der Stasi, und sagte, alles werde gut werden, wenn ich nur täte, was sie sagten. Das war der Moment, in dem Mutter wieder zum Leben erwachte.«

»Sascha«, sagte Tommy leise.

»Alexander Maximow. Sascha. Ich habe für ihn gearbeitet.«

»Er war Storholts Führungsoffizier in Oslo. Dann ist er einer der beiden anderen auf dem Foto aus der Christburger Straße?«

»Von dem Tag an, an dem Sascha nach Berlin kam, stand ich in den Diensten des KGB, Herr Bergmann. Mutter wurde gezwungen, als Stasi-Spitzel zu arbeiten, das war ihre Bedingung, mir zu helfen. Sie bekam ihre Anstellung als Lehrerin an der alten Schule zurück und begann, Berichte über oppositionelle Kollegen zu schreiben. Mit fünfzehn Jahren wurde ich nach Moskau geflogen. Sie haben mir das Leben gerettet, aber ich weiß, dass Christel mit der Zeit Zweifel hatte, dass ich überhaupt jemals krank gewesen war. Sie war misstrauisch Mutter gegenüber, sie hat sie nie wirklich gemocht, was mir das Leben nicht leichter machte. Auch wenn sie weinte und nett mit mir sprach, wenn wir telefonierten. Alles wurde aufgenommen. Ich habe diese Aufnahmen eigenhändig verbrannt. 1989. Wie gern ich ihre Stimme doch noch einmal hören würde.«

Darauf erwiderte Tommy nichts. Er wusste nicht, wohin das Gespräch ihn bringen würde oder ob sie überhaupt die Wahrheit sagte.

»Sie glauben mir nicht?«, fragte sie. »Sehen Sie hier.« Sie nahm seine Hand und führte sie an die Seite ihres Kopfes. Etwas über dem Ohr spürte er eine kreisförmige Narbe unter den Haaren. Auf jeden Fall fühlte es sich so an. »Sie haben mich am Gehirn operiert und den Tumor entfernt«, sagte sie leise.

Sie schob Tommys Hand weg und drückte sie vorsichtig, bevor sie sie losließ.

»Wo haben Sie miteinander telefoniert, Christel und Sie?«

»Bei der Stasi oder in der sowjetischen Botschaft.«

»Und Bjørn? Haben Christel und Sie auch über ihn gesprochen?«

Sie nickte vorsichtig.

»Sie hat gesagt, dass sie einen Freund habe, der Bjørn heißt. Aber viel mehr wollte sie nicht erzählen.«

»Warum haben Sie sie vermisst gemeldet?«

»Wir hatten vereinbart, kurz vor Weihnachten zu telefonieren, ich sollte sie aus einer Stasi-Wohnung in Berlin-Mitte anrufen. Aber sie ging nicht ans Telefon. Ich wusste sofort, dass irgendetwas nicht stimmt, sie hätte niemals ein Telefonat verpasst, *niemals.* Tags darauf habe ich es noch einmal von einer Freundin aus versucht, die ein Telefon hatte, aber auch da ging niemand dran. Ich habe daraufhin das westdeutsche Handelskontor angerufen und mich für eine alte Freundin ausgegeben. Sie sagten mir nur, sie sei in Urlaub gefahren. Tags darauf habe ich dann bei der norwegischen Polizei angerufen. Der Vater meiner Freundin war Stasi-Offizier, er bekam reichlich Ärger dafür, dass jemand nach Norwegen telefoniert hatte. Den Namen Margaret Meyer habe ich mir selbst ausgedacht. Mama ist da immer zum Haareschneiden hingegangen. Zum Glück hat Sascha nie herausgefunden, dass ich diesen Anruf gemacht habe. Oder er ging einfach nicht darauf ein. Eine Woche später sagte er mir, ich solle nichts mehr unternehmen, um Christel zu finden, sonst könne das gefährlich für mich selbst werden. Er meinte, es sei sicher das Beste, ich würde Christel vergessen.«

Tommy wartete, bis er sagte: »Was hat Christel sonst noch über Bjørn gesagt? Sie muss doch noch mehr erwähnt haben?«

»Eigentlich nichts. Nur dass er verheiratet sei und Kinder habe. Und einen Hund. Sie sagte, mehr könne sie mir nicht über ihn erzählen.«

Das hilft mir wenig, dachte Tommy.

»Sonst nichts?«

»Nein.«

»Und Sascha? Hat er noch mehr über Christels Verschwinden gesagt?«

»Sascha war in Berlin, als Christel verschwunden ist. Ich habe ihn selbst getroffen. Als er sagte, es könne gefährlich für mich werden, nach Christel zu fragen, habe ich Angst bekommen. Er sagte, er wisse nicht, was geschehen sei, nur dass da gefährliche Kräfte im Spiel sein könnten. Ich habe ihm geglaubt. Es war schwer für mich, ich habe sie für ihre Flucht noch immer gehasst, und Mutter und Sascha hatten mir noch dazu eine Gehirnwäsche verpasst. Auf der anderen Seite war sie meine Schwester, verstehen Sie? Irgendwo tief in mir hatte ich sie noch immer sehr, sehr lieb. Gleichzeitig glaubte ich, dass Sascha nichts wusste und da irgendetwas außer Kontrolle geraten war. Der Brief, den Christel angeblich geschrieben hat, muss von einem sowjetischen Fälscher stammen. Auf so etwas verstanden die sich wirklich gut. Ich fuhr zurück nach Dresden und beendete mein Jurastudium. Nach dem Studium zog ich wieder zurück nach Berlin. In all den Jahren habe ich Dissidenten angeschwärzt und vermutlich mehr Leben kaputtgemacht, als mir klar ist. Ich war ein Zahnrad in der Maschinerie der Geheimdienste. Ich wurde eine Maschine und habe sogar im Oktober 1989 in den Rosenholtz-Archiven selbst alle Spuren von Christel beseitigt. Es war ein seltsames Erlebnis, um es mal vorsichtig auszudrücken.«

»Bittet Maximow Sie, die Blumen an Jan Amundsen zu schicken?«

»Ich glaube, er mag Spielchen, Herr Bergmann. Er war es, der mir Arvid Storholt vorgestellt hat, nachdem Storholt aus dem Gefängnis entlassen worden war. Er hat mir gesagt, Arvid sei Christels bester Freund in Norwegen gewesen. Ich mochte ihn und wir haben uns ein paarmal getroffen. Er war vermutlich der Einzige, dem Christels Schicksal wirklich naheging. Er hat selbst herauszufinden versucht, was mit ihr geschehen war, aber ohne Erfolg, was ihn sein ganzes Leben gequält hat. Das hat er jedenfalls behauptet. Er meinte, ein Mann namens Jan Amundsen versuche, diesen Bjørn zu finden, und fände man den, käme man auch der Wahrheit über Christel näher.«

»Tja.« Dann dachte Storholt genau wie ich, dachte Tommy.

»Ich hatte den Verdacht, dass Sascha Christel hat töten lassen, habe ihm dann aber geglaubt. Er hat gesagt, dass er nach ihrem Verschwinden für ein paar Tage nach Norwegen zurückgekehrt sei, um nach ihr zu suchen. Später sagte er, dass er mehrere Wochen aufgewendet habe, um zu klären, was passiert sei. Ihr Schicksal hat ihn nicht losgelassen. 1989, als hier alles den Bach runterging, hat er mir erzählt, dass Christel diesen Bjørn rekrutiert habe, mehr sagte er aber nicht. Dann verkaufte er unzählige Archivdaten an die Amerikaner, nicht alles, aber viel. 1990 zog er nach Großbritannien und gründete eine Beraterfirma. Ich bin ihm gefolgt und habe ein paar Jahre in London gearbeitet.«

»Und er hat Ihnen nie wieder von diesem Bjørn erzählt? Und Sie haben auch nicht gefragt?«

»Nein, er wollte nichts mehr sagen.«

Man sollte einem alten KGB-Mann niemals trauen, dachte Tommy, hielt aber wohlweislich den Mund. Vielleicht sollte man auch nicht glauben, was eine alte Stasi-Frau wie Magdalena Heinze sagte, die mit neuem Namen und neuem Leben in der alten Wohnung in Berlin wohnte.

»Warum die Karte mit Margeriten oder Gänseblümchen, *daisies*?«

»Daisy war mein Codename, Christel war Cosette. Sascha war ein großer Bewunderer von Hugo. Irgendwo in dem

Roman *Les Misérables* zupft Cosette die Blätter von einem Gänseblümchen oder einer Margerite. Sascha liebte diese Szene. Seiner Meinung nach fasste sie das Wesen des Kommunismus perfekt zusammen, das Erwachen aus der Unterdrückung, den ewigen Kampf der Arbeiter, um der Sklaverei zu entfliehen.«

Tommy verstand nicht ganz, worauf sie anspielte, wichtig war nur, dass er eine Antwort darauf bekommen hatte, wie die Margeriten ins Bild passten.

»Sie haben also Blumen und Karten in Norwegen gekauft und sie als Gruß auf Christels Grab gelegt?«

Lena Elfelt zuckte ein wenig zusammen.

»Nein«, sagte sie. Die Antwort kam so schnell, dass Tommy dachte, sie müsse eingeübt sein. Als hätte sie die Frage erwartet.

»Herr Bergmann, ich war nie in Norwegen.«

Tommy sagte nichts.

Er sah sich einen Moment lang um. Sie standen in einer kleinen Fußgängerzone, ohne dass Tommy das mitbekommen hatte.

»Glauben Sie mir nicht?«

»Ich habe keine andere Wahl«, sagte Tommy. Er kam zurück zu seiner ursprünglichen Theorie: Christels Mörder musste Blumen und Karten niedergelegt haben.

»Wer kennt sonst noch den Codenamen Daisy?«

»Das weiß ich nicht«, sagte Lena Elfelt. »Nur wenige Menschen.«

»Sascha natürlich«, sagte Tommy. »Wohnt er noch immer in London?«

Sie antwortete nicht. Er deutete das als Bestätigung.

»Er heißt jetzt nicht mehr Alexander Maximow.«

»Nein«, sagte Tommy. »Er heißt Vitali Popow.«

Lena Elfelt ging ein paar Schritte weiter, bevor sie vor einer kleinen Buchhandlung stehen blieb und mehrmals anerkennend nickte.

»Das ist richtig, den Namen Maximow nutzt er schon lange nicht mehr, das war sein Arbeitsname. Aber Popow war auch nur ein Deckname, bei einer Vergangenheit, wie Sascha sie hat, lauern immer überall Gespenster«, sagte sie und nahm einen Notizblock aus der Tasche. Mit einem kleinen Stift notierte sie ein paar Zeilen und riss das Blatt vom Block. »Er wird verstehen, dass Sie direkt von mir kommen. Aber er wird trotzdem nichts sagen. Geben Sie Arvids Tod als Grund für Ihr Kommen an, auch wenn er Sie durchschauen wird, sobald Sie sein Zimmer betreten.«

Ein letztes Gespenst, dachte Tommy und nahm den Zettel entgegen.

»Ich glaube nicht, dass er ihnen mehr sagen wird als mir.«

»Es ist einen Versuch wert.«

»Ich würde morgen fahren«, sagte Lena Elfelt. Sie waren an eine Kreuzung gekommen. Sie trat einen Schritt auf die Straße und hielt ein Taxi an, das abrupt bremste.

»Er liegt im Sterben.«

Tommy versuchte noch etwas zu sagen, aber sie hatte sich bereits in das Taxi gesetzt und die Tür geschlossen. Er sah dem Mercedes nach, bis die Rücklichter nicht mehr zu erkennen waren.

Eine ganze Weile blieb er regungslos stehen, den Zettel in der Hand. Das Handy in seiner Tasche vibrierte wieder. Er wusste, wer das war und dass er nicht antworten würde. Dann richtete er seinen Blick nach unten.

Vitali Nikolin, Palliativabteilung, Marie Curie Hospice, Hampstead, London.

Dezember 1982

25

Nicht loslassen«, sagte sie jedes Mal, wenn Arvid ihre Hand losließ, um zu schalten. Christel saß mit geschlossenen Augen neben ihm, seit sie das Krankenhaus Ullevål passiert hatten. Sie waren auf dem Weg hinaus aus der Stadt, der Wagen fuhr langsam über den Mosseveien. Linker Hand klammerten sich die Häuser wie Bergziegen an den Hang, während unterhalb an der Küste große, herrschaftliche Villen lagen. Der Oslofjord glänzte weiß vor Eis und Schnee. Am hinteren Rand des Blickfeldes waren die Lichter von Nesodden zu erkennen, sie funkelten wie die Sterne am Himmel, dachte Christel und nahm wieder Arvids Hand.

Sie hatten kaum ein Wort gesprochen, seit sie in der Fagerborggata losgefahren waren.

Arvid nahm seine Hand vorsichtig weg und korrigierte den Rückspiegel. Er war ein paarmal um Gamlebyen herumgefahren, um sicherzugehen, dass sie nicht verfolgt wurden, und war überzeugt, dass sie nicht beschattet wurden. Christel dachte an die Gestalt, die durch das Tor auf die Fagerborggata getreten war. War das Bjørn gewesen?

Vor einer Kreuzung wurde der Wagen langsamer.

»Was tust du?«, fragte Christel.

Arvid Storholt blinkte nach links. Sie fuhren von der Hauptstraße ab und eine steile, von Villen gesäumte Straße hoch.

»Mir hat jemand geholfen«, sagte Arvid Storholt. »Ich habe doch gesagt, dass ich etwas klarmachen würde, erinnerst du dich?«

»In Schweden?«

»Ja und nein. Nicht in Schweden, aber mit einem Schweden.«

»Wie meinst du das?« Christel zündete sich eine Zigarette an, aber plötzlich verloren ihre Finger die Kraft.

Arvid richtete noch einmal den Rückspiegel aus.

»Fredrik von Aschen«, sagte Storholt. »Mein Freund in der Säpo.«

»Und er will mich haben?«

»Deinen Namen habe ich natürlich nicht genannt, nur beschrieben, was du anbieten kannst.«

»Aber warum hier?«, fragte sie und zeigte nach vorn. Sie waren noch immer in der Stadt, nur dass sie nicht wusste, wo. Rechter Hand kam ein kleiner Bahnhof zum Vorschein, es gelang ihr aber nicht, den Namen zu lesen.

»Aschen will dich in Norwegen abholen. Das ist sicherer so, du könntest Probleme an der Grenze bekommen. Sie könnten jederzeit genauere Grenzkontrollen einführen. Es soll eine Drohung von RAF-Terroristen gegen das westdeutsche Konsulat in Göteborg und die Botschaft in Stockholm geben. Er hat den Ort selbst vorgeschlagen, nachdem er mit ein paar norwegischen Kollegen gesprochen hat.«

Arvid Storholt warf einen langen Blick in den Rückspiegel. Der Wagen fuhr geradeaus auf die Leitplanke zu, aber es gelang ihm im letzten Moment, ihn auf der Straße zu halten.

»Dreh dich nicht um«, sagte er.

Christel sog fest an der Zigarette und schloss die Augen.

»Ein Auto?«, fragte sie.

Er antwortete nicht gleich.

»Nein«, sagte er nach einer Minute. »Es ist nach rechts abgebogen.«

Christel atmete erleichtert aus, bis ihr in den Sinn kam, dass sie den Brief an Bjørn noch nicht abgeschickt hatte. Dann musste sie ihn aus Schweden schicken. Sie drückte die

Zigarette im Aschenbecher aus und versicherte sich, dass der Brief auch in ihrer Schultertasche war.

Sie wandte sich Arvid zu und streichelte ihm über die Wange.

Er lächelte sie vorsichtig an, nahm die Hand vom Schaltknüppel und legte sie auf ihr Bein.

»Wir zwei gehören eigentlich zusammen«, sagte er.

»Ja, das tun wir«, sagte sie und nahm seine Hand.

Als sie auf dem Weg aus der Stadt waren und die Lichter immer spärlicher wurden, begann sie einzuschlafen. Seit sie sich vor Jahren vor dem Munchmuseum abgesetzt hatte, war sie nicht mehr so müde gewesen. Und jetzt musste sie aus dem Land fliehen, in das sie geflohen war. So hätte das nicht enden sollen, dachte sie und schlief ein, die Hand noch immer in Arvids Hand.

Oktober 2016

26

Tommy warf einen letzten Blick auf den Flughafen Schönefeld. Er hatte einen Last-Minute-Platz in einem Flug nach Gatwick bekommen und versuchte nun vergeblich zu schlafen. Ein Dutzend Engländer um die dreißig machten ein paar Reihen hinter ihm einen Heidenlärm. Erst eine halbe Stunde vor der Landung schlief er endlich ein und wachte erst wieder auf, als die Räder auf der Rollbahn in West Sussex aufsetzten.

Lena Elfelt, dachte er. *Magdalena Heinze.* Hatte sie ihm die Wahrheit gesagt? Sie wirkte glaubwürdig, war allerdings auch viel besser im Lügen ausgebildet als er. Frühere Geheimdienstmitarbeiter waren nicht gerade die vertrauenswürdigsten Menschen, denen man im Rahmen einer Ermittlung begegnen konnte.

Eine Ermittlung, die meine Karriere beenden wird, dachte Tommy und schaltete das Handy ein, als das Flugzeug die Position am Gate erreicht hatte. Er rief Susanne an und nicht Fredrik Reuter, der ihm zwei weitere SMS geschickt und ihn noch dreimal telefonisch zu erreichen versucht hatte. *Was soll ich sagen?*, schrieb Reuter. Nachdem er im Zubringerzug nach London mit Susanne telefoniert und ihr wohl oder übel alles erzählt hatte, was Lena Elfelt gesagt hatte, antwortete er Reuter: *Ich weiß nicht, ob dir die Antwort gefallen wird!* Tommy erwog, auf dem Rückweg nach Norwegen die Fähre zu nehmen und den Rest der Strecke dann mit einem Zug oder Leihwagen zurückzulegen. Wenn Christian Wessel seinen Namen auf einer Flugpassagierliste las, würde er ihn vermutlich in Gardermoen festnehmen lassen.

In dem schweineteuren Hotelzimmer am Regent's Park schlief er beinahe sofort ein. Am Morgen darauf hoffte er, dass Maximow nicht im Laufe der Nacht verstorben war. Er nahm den Zettel heraus, den Lena Elfelt ihm geschrieben hatte. *Marie Curie Hospice.* Mit welchem Bluff sollte er sich da Zutritt verschaffen? Eine Palliativstation war der letzte Stopp vor dem Tod, auch wenn die Patienten wohlhabende Menschen aus einer der angesehensten Gegend Londons waren. Kein Geld der Welt rettet einen, wenn man sterben muss, hatte seine Mutter immer gesagt. Tommy war sich nicht so sicher, ob das in jedem Fall stimmte.

Nach dem Frühstück fuhr er mit der Northern Line zum Belsize Park. Die Lage konnte kaum idyllischer sein, auf jeden Fall nicht in einer Megastadt wie London. Trotzdem schauderte Tommy, als er das mehrstöckige Ziegelgebäude betrat. Ob aus Spannung angesichts dessen, was ihn erwartete, oder wegen der Erkenntnis, dass auch seine Tage gezählt waren, wusste er nicht. Doch, er wusste es. Nur wenige Kräfte sind stärker als die Todesangst, die unbemerkt in einem Menschen heranwächst, der die fünfzig passiert hat.

Als er an der Rezeption stand und darauf wartete, dass die Person vor ihm fertig wurde, dachte er, dass er wirklich weit gekommen war, seit er Dikemark verlassen hatte. Es musste doch ein positives Zeichen sein, den Tod zu fürchten und nicht zu suchen.

Er richtete den Blick nach links. Einer der Aufzüge war gekommen. Eine Frau, deutlich jünger als er, wurde herausgeschoben. Sie saß wie eine lebende Tote in ihrem Rollstuhl. Das gelbe T-Shirt verbarg nicht, dass sie bis auf die Knochen abgemagert war. Ihre Hände sahen aus wie Klauen. Er wandte sich ab.

»Herzlich willkommen im Marie Curie Hospice, was kann ich für Sie tun?«, begrüßte ihn in diesem Moment die Rezeptionistin. Er trat einen Schritt vor.

»Ich würde gerne zu Vitali Nikolin«, sagte Tommy. »Ich bin ein Freund aus Norwegen.«

Eine Falte grub sich in die Stirn der Schwester an der Rezeption. Sie tippte etwas in die Tastatur vor sich und studierte den Bildschirm.

»Die Besuchszeit ist erst heute Nachmittag. Es ist erst zehn Uhr«, sagte sie und nickte in Richtung der Uhr an der Wand hinter ihr.

»Es ist sehr wichtig«, sagte Tommy.

»Herr Nikolin ist sehr krank«, sagte die Schwester. »Wie alle Patienten hier«, fügte sie mit leiser Stimme hinzu. »Ihre Diagnosen sind … terminal.«

Tommy überlegte, sich als Polizist zu erkennen zu geben und ihr seinen Dienstausweis zu zeigen, aber dann kontaktierte sie vielleicht die Londoner Polizei und das wäre das Letzte, was er wollte.

»Ich bin Anwalt«, sagte er schließlich und dachte, kaum dass er es ausgesprochen hatte, dass wohl jedes Kind sehen könne, dass er kein Anwalt war. »Das heißt, ich arbeite als Ermittler für eine Anwaltskanzlei.«

»Als Ermittler?« Die Stirnfalte wurde noch tiefer und reichte jetzt bis zur Nase.

»Ein alter Freund von Herrn Nikolin wurde vor Kurzem ermordet. Unsere Kanzlei steht der Familie des Opfers bei.«

Die Schwester atmete tief durch.

»Fünf Minuten, mehr brauche ich nicht. Wenn es nicht geht, warte ich aber natürlich auch.«

Tommy dachte spontan, dass er diese Worte bereuen würde. Nach einer Stunde Warten an der Rezeption, in der er so tat, als läse er The Times, kam ein Arzt zu ihm, doch noch bevor er etwas sagen konnte, wurde er von einem Anruf abgelenkt, den er annehmen musste. Sein eigenes Handy hatte Tommy ausgeschaltet. Vielleicht arbeitete er inzwischen ja wirklich als Privatermittler. Fredrik Reuter und Susannes früherer Lebensgefährte hatten vor mehr als zehn Jahren seine Karriere gerettet. Die Frage war nur, ob die beiden sich noch einmal für ihn einsetzen würden.

Nach einer weiteren halben Stunde kam der Arzt zurück. Tommy stand wie ein Schuljunge auf.

»Ich habe mit Herrn Nikolin gesprochen«, sagte der Arzt, ein junger Mann mit einem altmodischen Seitenscheitel.

Tommy dachte, dass er bestimmt zu beeinflussen war, auch wenn er fühlte, dass er nichts Gutes sagen würde.

»Er wünscht keinen Besuch. Er versteht auch nicht, was Sie hier wollen. Es tut mir deshalb leid, Herr …«

»Bergmann«, sagte Tommy. »Sie wissen vielleicht nicht, wer Herr Nikolin einmal war?«

Der Arzt antwortet nicht.

»Wenn Sie noch einen Versuch unternehmen würden, wäre ich Ihnen sehr dankbar.« Tommy nahm eine der Visitenkarten heraus, die er in der Tasche hatte. Der Arzt studierte die Seite der Karte, die auf Englisch verfasst war. Er sah zu Tommy auf, sagte aber nichts.

»Ich will ehrlich zu Ihnen sein. Ich möchte zum jetzigen Zeitpunkt noch nicht die englische Polizei bemühen. Der Fall ist sehr sensibel und tragisch. Wenn Sie Herrn Nikolin sagen könnten, dass ich es war, der Christel Heinze gefunden hat? Und dass Lena Elfelt mich schickt.« Tommy nahm den Kugelschreiber, den der Arzt in der Brusttasche hatte, und schrieb die Namen auf die Rückseite der Times. Hinzu fügte er noch die Namen Margaret Meyer und Magdalena. Dann drückte er dem Arzt die Zeitung in die Hand.

Nach einer weiteren halben Stunde war der Arzt zurück an der Rezeption. Zwei Patienten waren nach draußen gefahren worden, um in der Sonne zu sitzen und die Illusion zu genießen, dass das Leben weiterging.

Der Arzt nickte Tommy mit ernster Miene zu.

»Er hat sich anders entschieden.«

Schweigend fuhren sie mit dem Fahrstuhl in die dritte Etage. Tommy folgte dem Arzt über den Flur. An jeder Seite zweigten blaue Türen ab. Vor der hintersten Tür an der rechten Seite wartete eine junge, blonde Schwester. Sie weckte eine schmerzliche Erinnerung in ihm, wie er sie seit Dikemark nicht mehr gehabt hatte. Die gleichen türkisfarbenen Augen, dasselbe offene Lächeln. Tommy spürte ein Ziehen im Bauch.

»Sollte etwas sein, ich bin im Schwesternzimmer«, sagte sie und nickte in Richtung eines Punktes hinter Tommy. Er murmelte etwas, vermutlich ein Okay, und dann war er wieder in der Gegenwart, in Hampstead, in London.

Der Arzt klopfte vorsichtig an. »Herr Nikolin?«, sagte er,

als er die Tür einen Spaltbreit geöffnet hatte. Ein klinisch steriler Geruch schlug Tommy entgegen. Alles war glänzend sauber, als wäre das Zimmer bereits für den nächsten Patienten vorbereitet worden.

Es kann nicht mehr lange dauern, dachte Tommy, als er den Mann im Bett am Fenster sah. Er hatte den Kopf zu den Gardinen gewendet, die zur Seite gezogen waren, sodass die Sonne in den Raum fiel. Tommy hatte in seinem Leben schon viele Leichen gesehen, und hätte er es nicht besser gewusst, wäre er wirklich überzeugt gewesen, Nikolin sei bereits tot.

Ein Radio lief leise in einer Ecke des Raumes. Eine Nachrichtensendung ging zu Ende und wurde von klassischer Musik abgelöst. Auf einem Tisch am Bett standen frische Blumen, darüber an der Wand hing eine russische Ikone. Die Heilige Jungfrau.

»In Leningrad war ich noch dünner«, sagte der Mann im Bett ohne Vorwarnung. »Wer dort war, fürchtet den Tod nicht mehr.«

Tommy nickte ein paarmal.

»Herr Nikolin, oder soll ich Sie Maximow nennen?«

Der alte Mann sah aus, als wollte er einschlafen. Seine Augenlider schienen sich nicht mehr öffnen zu wollen. »Schalten Sie bitte das Radio aus. Für heute habe ich genug gehört.«

Tommy tat, worum er gebeten worden war, und trat wieder neben das Bett.

»Herr Maximow«, sagte er.

»Sascha«, sagte der Mann im Bett. »Freunde nennen mich Sascha. Vielleicht auch meine Feinde. Aber Sie sind ein Freund, nicht wahr?«

»Das hoffe ich«, sagte Tommy.

Ein Laut kam aus Maximows Nase. Tommy glaubte, dass es eine Art Lachen sein sollte.

»Ich fürchte nur, dass ich Ihnen nicht helfen kann.«

»Sie waren Christel Heinzes Führungsoffizier?«

Maximow schloss wieder die Augen. Tommy studierte das skelettartige Gesicht, den eingefallenen Hals, an dem der Kehlkopf sich bei jedem gurgelnden Atemzug bewegte, als hätte er eine schwere Lungenentzündung.

»Was ist mit ihr passiert? Lena Elfelt, oder sollen wir sie Magdalena Heinze nennen, hat mir erzählt, dass Sie ihr Leben gerettet und dafür Christel ausgenutzt haben?«

»Es gibt in dieser Welt unterschiedliche Formen von Ausnutzung. Jetzt wirkt es gerade so, als wollten Sie mich ausnutzen«, sagte Maximow. »Sollten wir bei dem schönen Wetter nicht besser draußen sein?« Er versuchte die Hand zu heben und in Richtung Fenster zu zeigen. »Die Aussicht ist schön, finden Sie nicht auch?«

Tommy trat ans Fenster. Unter ihm lag ein quadratischer Park, eine Sitzgruppe war zu sehen, zwei Patienten in Rollstühlen, zwei Schwestern. Sie lachten über irgendetwas.

»Man könnte meinen, es wäre Frühling«, sagte Tommy.

Er wandte sich wieder zu Maximow um. Die Augen schwimmen in Morphin, dachte er. Ein träumender Ausdruck, als wäre Maximow gar nicht richtig hier.

»Was ist mit Arvid Storholt?«, fragte Tommy. »Wer hat ihn getötet?«

Maximow sah weg. »Ist er tot?«

»Spielen Sie nicht mit mir«, sagte Tommy. »Ich bin mir sicher, dass Sie das mitbekommen haben.«

Der alte Mann antwortete nicht.

»Bjørn«, sagte Tommy. »Erzählen Sie mir von Bjørn. Er war wichtig für Sie, nicht wahr? Oder war er nur ein kleiner Fisch? Vielleicht war ja auch Martin Kleive der Bär?«

Maximow schüttelte langsam den Kopf.

»Das Leben holt einen immer wieder ein«, sagte er leise.

»Arvid ist also tot. Sieht das hier nach einem Ort aus, an dem man informiert ist? Natürlich, ich höre die Nachrichten, aber was in Norwegen passiert, interessiert hier niemanden. Außerdem kriege ich kaum etwas mit. Ich dachte, ich würde in Leningrad sterben, ich glaubte, dass ich nicht einmal zehn Jahre alt werden würde. Und jetzt sehen Sie mich an. Jetzt warte ich nur noch auf den Tod, wenn nicht in dieser Woche, dann in der nächsten.«

»Dann helfen Sie mir.«

Tommy setzte sich neben Maximow auf einen Stuhl. Die Haut im Gesicht des Mannes war so dünn, dass Tommy das Gefühl hatte, direkt auf seinen Schädel zu blicken.

»Christel war ein gutes Mädchen«, sagte er und schloss wieder die Augen.

Verdammt, dachte Tommy. Wieder umsonst. Wie hatte er glauben können, dass Maximow ihm irgendeine Information geben würde?

»Werden Sie im Dezember wieder Blumen an Jan Amundsen schicken? Sie wissen ja genau, wenn wir herausfinden, wer Arvid Storholt getötet hat, finden wir auch heraus, wer der Bär ist – oder war. Storholt und Christel waren gute Freunde, nicht wahr?«

»Ich weiß nicht, ob sie gute Freunde waren«, sagte Maximow. »Und Blumen im Dezember? Sieht es für Sie wirklich so aus, als ob ich dann noch leben würde?«

Irgendwo im Raum war ein Geräusch zu hören. Tommy hob den Kopf. Der Arzt kam. Er zeigte auf die Armbanduhr und hielt zwei Finger hoch.

»Ich werde in zwei Minuten rausgeworfen«, sagte Tommy.

»Was sind zwei Minuten in einem Leben?«, fragte Maximow.

»Für manche ist das der Unterschied zwischen Leben und Tod.«

Maximow schnitt eine Grimasse, dann schlief er tatsächlich ein.

Tommy dachte, dass er ihn schütteln sollte, um ihn zu wecken, aber das würde nicht helfen. Vielleicht war er ja auch tot.

»Der Bär«, sagte er leise. »Oder Bjørn. Ich bin mir sicher, dass Sie wissen, wer das ist. Christel hatte ein Verhältnis mit einem Mann, der sich Bjørn nannte. Er war verheiratet, hatte Kinder und einen Hund. Das ist alles, was ich weiß. Sind Bjørn und der Bär dieselbe Person? Ich dachte, Sie hätten 1989 die Seiten gewechselt. Warum schützen Sie ihn dann noch?«

»Die Zeit ist um«, sagte der Arzt, der in den Raum gekommen war, ohne dass Tommy ihn bemerkt hatte. Tommy schüttelte den Kopf, stand aber trotzdem auf.

»Herrn Nikolin setzt alles extrem zu. Wir dürfen ihn jetzt nicht mehr stören.«

Tommy ging zurück zum Fenster. Der Park war jetzt leer. Ein paar Vögel hüpften um die Sitzgruppe herum. Wolken hatten sich vor die Sonne geschoben.

»Sagen Sie mir, wer den Codenamen Daisy kennt, Sascha. Jemand hat Blumen auf Christels Grab gelegt. Und eine Karte mit Margeriten, *daisies*. Wie die Karten, die Lena Elfelt in Ihrem Auftrag jedes Jahr an Christels Todestag geschickt hat. Sagen Sie mir nicht, dass Sie das waren! Sie waren ja wohl kaum in Norwegen.«

»Die Zeit ist um«, wiederholte der Arzt. »Bitte, hier entlang.«

»Na dann«, sagte Tommy resigniert.

Der Arzt legte ihm vorsichtig die Hand auf die Schulter.

»Es tut mir leid, aber ich muss Sie jetzt wirklich bitten zu gehen.«

Tommy nickte. »Natürlich.«

Er war schon auf dem Flur, der Arzt hinter ihm, als er ein leises Geräusch aus dem Zimmer hörte.

Der Arzt hob die Augenbrauen, als wollte er Tommy ermuntern, zum Aufzug zu gehen.

»Was hat er gesagt?«, fragte Tommy.

»Nichts«, sagte der Arzt und schloss die Tür.

Tommy drängte sich an ihm vorbei und ging noch einmal zurück ins Zimmer.

»Christel«, sagte Maximow so leise, dass es kaum zu hören war. Er lag noch immer wie eine Mumie da, starrte jetzt aber wieder an die Decke.

»Christel?«, fragte Tommy und ging langsam zurück zum Bett. Maximow hob die linke Hand.

»Den Rest müssen Sie selbst herausfinden.«

Tommy setzte sich noch einmal auf den Stuhl neben dem Bett.

»Ich verstehe nicht.«

»Christel hat mir erzählt, dass er ihretwegen in die Partei eingetreten ist.«

»In die Partei?«

»Die Arbeiterpartei. Das war wichtig für sie. Sie glaubte an die Sozialdemokratie. Aber die gibt es nicht, Bergmann. Es gibt nur entweder Kapitalismus oder Sozialismus.«

Maximows Kopf versank wieder in dem großen, weichen Kissen.

»Wann?«

Maximow versuchte den Kopf zu schütteln. Sein Atem ging so schwer, als wäre er einen Marathon gelaufen, dabei aber so langsam, dass man jederzeit mit dem Ende rechnen musste.

»Nicht mehr«, flüsterte er. »Nicht mehr.«

Dezember 1982

27

Sie wachte von der kalten Luft auf und schlug den Kragen ihres Schaffellmantels hoch. Draußen war nur dunkler Wald und Schnee zu erkennen. Sie fuhren durch ein enges Tal. Die Straße vor ihnen war kaum geräumt.

Kalte Luft kam durch das halb geöffnete Fenster auf Arvids Seite. Er hatte eine Zigarette im Mund und schaltete vor der nächsten Kurve runter. Ein paar Häuser kamen zum Vorschein. Auf der Uhr des Armaturenbretts sah sie, dass es schon nach elf war.

»Kannst du das Fenster schließen?«, sagte sie und versuchte, wieder einzuschlafen.

»Wir sind gleich da«, sagte er. »Es lohnt sich nicht, wieder einzuschlafen.«

Leise Musik kam aus dem Radio. Ein Popsong, an dessen Namen sie sich nicht erinnerte. Dann meldete sich der Moderator. Er sprach Schwedisch.

»Sind wir in Schweden?« Sie erinnerte sich daran, was er gesagt hatte, bevor sie eingeschlafen war.

Er schüttelte den Kopf und warf die Zigarette aus dem Fenster. Als er es wieder hochgekurbelt hatte, drehte Christel die Heizung voll auf. Sie fühlte sich, als würde sie krank werden.

»Gibt es in Schweden gute Schwimmbäder?«, fragte sie, obgleich sie die Antwort kannte. Sie war früher schon einmal in dem Nachbarland gewesen, erinnerte sich aber nicht an den Namen der Stadt. Das Einzige, woran sie sich im Moment wirklich noch erinnerte, war, dass sie vergessen hatte, den Brief an Bjørn einzuwerfen, und dass sie am nächsten Tag Magda hätte anrufen sollen. Aber vielleicht konnte sie von Schweden aus anrufen. Dieser von Aschen würde ihr bestimmt helfen. Oder auch nicht. Dann wüssten die Russen ja bestimmt, wo sie war.

»Ah, Zivilisation«, sagte Arvid und zeigte auf eine Tankstelle auf der linken Seite der Straße. Dahinter war ein kurzer Abschnitt der Straße von Laternen und Häusern gesäumt. An der Kreuzung, die darauf folgte, blieb Arvid stehen und studierte die Karte. Christel zündete sich eine Zigarette an und musterte Arvid. Er kratzte sich im Nacken und fuhr sich mit der rechten Hand ein paarmal durch die Haare, während er mit der linken einer Straße folgte.

»Ist es hier?«, fragte Christel.

Er antwortete nicht, legte aber wieder den Gang ein. Sie bogen scharf nach rechts ab und befanden sich bald darauf wieder im Niemandsland. Weit hinten war auf der linken Seite ein Bauernhof zu erkennen, zu dem eine kurvige Straße hinaufführte. Kurz vor einer Anhöhe kam ihnen ein Lastwagen entgegen, der Christel blendete.

»Verdammt!«, schimpfte Arvid und wich dem Laster aus. Christel wandte sich um und sah die roten Bremslichter des Wagens im Dunkel aufleuchten. Als sie sich wieder umdrehte, führte die Straße erneut nach unten. Am Talboden knickte sie nach links ab, während ein schmaler Waldweg weiter geradeaus führte. Arvid fuhr schnell. Erst unmittelbar vor der Kurve bremste er kräftig ab, sodass Christel fast die Zigarette aus der Hand gefallen wäre.

»Wir kommen noch von der Straße ab«, sagte sie.

Er antwortete nicht.

Die Straße führte beinahe in einem rechten Winkel nach links. Ihr Körper bereitete sich auf den Richtungswechsel vor, weshalb sie umso überraschter war, als Arvid geradeaus in den Wald fuhr.

»Arvid?«, fragte sie nach einigen Metern.

»Das muss hier sein«, sagte er. »Aschen hat gesagt, es sei hier. Ich bin mir ganz sicher.«

Er drehte das Radio stumm und machte das Licht aus. Mit einem Mal war es stockfinster, trotzdem fuhr Arvid weiter in den Wald hinein. Jetzt sogar wieder schneller. Schneebedeckte, eingefrorene Fichten zischten an ihnen vorbei, als der Weg nach einem kurzen Anstieg wieder abflachte.

»Was tust du?«

»Vertrau mir.«

Sie drehte sich um. Sie waren auf allen Seiten von dichtem Wald umgeben.

»Bist du dir sicher?«

»Aschen hat das so beschrieben. Er hat darauf bestanden.«

Das Auto wurde langsamer, die Reifen knirschten auf dem kalten Schnee. Dann blieb es stehen.

Arvid blieb eine Weile sitzen, die Hände auf dem Lenkrad, dann schien er sich zu besinnen und stieg aus.

Christel schüttelte perplex den Kopf und folgte ihm.

»Mach die Zigarette aus«, sagte er leise. »Die sieht man kilometerweit.« Christel verstand nicht, wer sie in diesem dichten Wald denn sehen sollte, tat aber trotzdem, was er wollte.

Der Schrei einer Eule hallte durch die Dunkelheit. Christel legte schaudernd den Kopf in den Nacken. Die Dunkelheit war hier ganz anders als in der Nähe der Stadt, sogar der Schnee war schwarz. Die graue Wolkendecke verbarg Mond und Sterne. Arvid machte ein paar Schritte in die Richtung, aus der sie gekommen waren. Nur das Knirschen unter seinen Schuhen war zu hören. Dann blieb er eine ganze Weile stehen. Christel wagte es nicht, etwas zu sagen, sie drehte sich vorsichtig um die eigene Achse, als suchte sie zwischen den hohen Bäumen nach Menschen, die sich dort verborgen hatten.

»Glaubst du, dass uns jemand beschattet?«, fragte sie schließlich.

Er schüttelte den Kopf.

»Lass uns wieder reingehen«, sagte sie. »Ich friere.«

Arvid hob die Hand, um sie zum Schweigen zu bringen.

In der Ferne war ein leises Geräusch zu hören. Ein Auto, dachte sie. Das dumpfe Geräusch wurde lauter, verschwand für einen Moment und war dann wieder deutlicher zu hören, als kämpfte der Wagen sich über den schneebedeckten Waldweg voran.

Lichter zuckten über die Stämme der Bäume und für einen Moment war die Welt schwarz-weiß. Dann wurde alles wieder dunkel. Das Brummen nahm aber weiterhin an Stärke zu.

»Endlich«, sagte Storholt und drehte sich zu ihr um. Er machte den Mund ein paarmal auf und zu, als hätte er Probleme, bei der Kälte zu atmen. »Da kommt von Aschen.«

Christel spürte, dass sie zitterte, ob vor Kälte oder Nervosität, wusste sie nicht. Der Brief an Bjørn fiel zu Boden, als sie die Zigaretten aus der Tasche nahm. Sie bückte sich schnell, um ihn aufzuheben, doch in der Bewegung fiel auch noch der Rest aus ihrer Tasche. Die Geldbörse, die Briefe von Magda, die Seife und Unterwäsche zum Wechseln. Sie zündete sich die Zigarette an und schickte ein Stoßgebet zum Himmel, dass der Schwede nicht gerade jetzt kam. Sonst wirkte sie wie eine Idiotin. Sie hatte gerade den Schnee von dem Brief an Bjørn gewischt, als der Wagen mit ausgeschalteten Scheinwerfern über die Kuppe fuhr. Das Brummen des Motors übertönte jeden Gedanken, den sie im Kopf hatte. Sie raffte die anderen Dinge zusammen, aber irgendwie schienen ihre Finger ihr nicht mehr gehorchen zu wollen. Das Auto rollte knirschend aus, dabei hatte sie gerade erst die Briefe von Magda eingesteckt. Direkt vor ihr wurde eine Autotür geöffnet, sie wollte aufstehen und umklammerte mit der Linken die Seife, als wäre sie das Wichtigste auf der ganzen Welt.

Der Schwede kam auf sie zu, und sie streckte der Person,

die jetzt nur noch einen Meter von ihr entfernt war, die Hand entgegen.

Er ist kleiner als ich, war das Einzige, was sie noch denken konnte.

Der Schlag in die Nieren tat so weh, dass sie wie paralysiert nach vorne kippte, sie konnte sich kaum bewegen. Dann kam ein Tritt an die exakt gleiche Stelle. Irgendetwas in ihrem Bauch schien zu reißen, es fühlte sich an, als blutete sie innerlich. Der Urin ging ihr ab, als sie zu Boden fiel, ihr ganzer Körper fühlte sich mit einem Mal brennend heiß an, obwohl sie mit dem Gesicht im Schnee lag. Sie merkte, dass ihr Körper sich bewegte, als sie noch einmal getreten wurde, spürte aber nichts mehr. Sie versuchte, wegzurobben, ihre Nägel gruben sich in den Schnee, wobei sie noch immer die Seife umklammerte. Nichts schien ihr wichtiger zu sein, als diese Seife nicht aus den Fingern gleiten zu lassen.

Dann sah sie die Schuhe vor sich, sie kamen ihr bekannt vor. Teure Lederschuhe.

»Arvid«, flüsterte sie. »Hilf mir.«

»Christel«, hörte sie ihn weit hinter sich sagen. »Im Leben läuft es nie, wie man glaubt.«

Oktober 2016

28

Das Archiv der Arbeiterbewegung öffnete erst um neun Uhr, dabei war Tommy schon seit halb sechs hellwach. Er hatte Zeit genug gehabt, Frühstück für Susanne zu machen und mit Bulle rauszugehen, der irgendwie müde wirkte, als sie zurückkamen, aber vielleicht war es dem Hund einfach noch zu früh. Er selbst hatte aus irgendeinem Grund überhaupt keinen Hunger.

Er versuchte, die Zeit mit dem einzigen Wikipedia-Artikel totzuschlagen, den es über Alexander Maximow gab. Er war nur auf Norwegisch verfügbar und knappe fünf Zeilen lang. Trotzdem las er ihn wieder und wieder, als würde wie durch ein Wunder etwas geschehen, wenn er ihn nur oft genug durchging. *Maximow ist in Norwegen auf Lebenszeit eine Persona non grata.* Es wurden nur zwei Referenzen angegeben, eine davon war der Artikel in dem Wirtschaftsmagazin, den Tommy in Arvid Storholts Büro gelesen hatte.

Maximow arbeitete außergewöhnlich lang in der sowjetischen Botschaft in Oslo. Er war dort von 1973 bis Dezember 1982, in den letzten Jahren als KGB-Repräsentant. Sein Nachfolger war Leonid Spitskjin. Tommy versuchte, den Link Spitskjin anzuklicken, kam aber nur auf eine leere Seite. Er googelte den Namen, erhielt aber keine relevanten Resultate, dabei konnte dieser Spitskjin noch nicht so alt sein. Andererseits war Spitskjin sicher nur ein Deckname, der wahre Name würde ohne Zugriff auf die FSB-Archive in Moskau kaum zu ermitteln sein. Tommy dachte, dass er sich mit den Archiven der Arbeiterbewegung in Oslo begnügen musste. Der Bär musste dort, im vierten Stock des Folkets Hus, zu entlarven sein.

»An dieses Archiv hättest du nicht gedacht, wenn ich nicht gewesen wäre«, sagte Susanne, als sie mit dem üblichen Turban auf dem Kopf aus dem Bad kam. Abends zuvor, als er nach Hause gekommen war, hatte er ihr endlich alles erzählt. Nun ja, fast alles, dachte er. Susanne war neben ihm und Maximow der einzige Mensch auf der Welt, der davon wusste, dass der Bär – der mutmaßlich größte Spion des Landes – einmal Mitglied der Arbeiterpatei gewesen war. Und auch über die Blumen wusste Susanne nun Bescheid.

»Wenn wir heute früh Feierabend machen, komme ich und helfe dir. Es ist gut möglich, dass wir schon zur Mittagspause fertig werden.« Susanne schien voller Energie zu sein, so hatte Tommy sie seit der Zeit vor der Katastrophe, bei der sie fast ihr Leben gelassen hatte, nicht mehr erlebt.

Widerwillig schüttete er sich etwas Müsli in die Schale, dabei sagte er: »Achte darauf, dass dir nicht die Gorillas von Christian Wessel folgen. Die sind ja wohl auf uns angesetzt worden. Eigentlich kann es doch nur er sein, oder?«

Susanne zog das Handtuch um die Haare straffer.

»Möglich«, sagte sie.

»Wenn ich gekündigt werde, musst du eine eigene Kanzlei aufmachen und mich einstellen. Sonst werde ich Hausmann. Das wirst du schnell leid werden.«

Susanne tauschte einen Kuss mit Kefirgeschmack gegen zwei Zigaretten aus dem Päckchen, das er auf den Küchentisch gelegt hatte.

Um halb neun machte Tommy sich auf den Weg.

Er war gerade erst in der Gabels gate angekommen, als Fredrik Reuter anrief. Dieses Mal hatte er keine Wahl, er musste den Anruf annehmen. Wenn er heute kein Attest lieferte, hatte er ein größeres Problem, als ihm lieb war.

»Wenn du zur Arbeit kommst, liegt ein Brief auf deinem Schreibtisch, das heißt, wenn das dann noch dein Schreibtisch ist. Verstehst du, auf was ich hinauswill? Die Direktion hat mich heute schon wieder angerufen. Um Viertel nach sieben, verdammt, Tommy, um Viertel nach sieben!«

»Ich fürchte, die Leute in der Direktion kriegen bald ein paar Sachen auf den Tisch, über die sie wirklich nachdenken müssen«, sagte Tommy. »Morgen wirst du vermutlich deine Ruhe haben.«

»Morgen arbeitest du nicht mehr hier«, sagte Reuter.

Wie geht man gegen einen Angestellten im Büro des Ministerpräsidenten vor?, fragte Tommy sich im Stillen.

»Hast du gehört, was ich gesagt habe?«, fragte Reuter.

»Nein«, sagte Tommy und legte auf.

Er stand in der Tür der Rezeption, als das Archiv öffnete. Punkt neun Uhr wurde er hereingelassen. Im Gegensatz zum Staatsarchiv gab es hier keine Warteschlange.

»Mitgliederlisten«, sagte Tommy. »Arbeiterpartei. 1975–1982.«

Der Mitarbeiter sah ihn misstrauisch an, sein Blick war so freundlich, als hätte Tommy ihm eine Handgranate in den Schoß gelegt.

»Ein Großteil des Archivs ist klausuliert …, das heißt …«

Tommy hielt ihm seinen Dienstausweis hin.

»*Das hier* heißt jedenfalls, dass ich wenig Zeit habe.«

Die wenigen Haare, die der Archivar noch auf dem Kopf hatte, stellten sich auf, als hätte er in eine Steckdose gefasst.

»Na dann«, sagte er säuerlich, als wäre die Tonlage die einzige Form von Widerstand, die er jetzt noch bieten konnte. »Welche Ortsgruppe?«

Verdammt, dachte Tommy und folgte ihm. Daran hatte er nicht gedacht. Scheiß Maximow, nicht einmal auf dem Sterbebett gab ein Mann wie er etwas gratis.

Tommy folgte dem Archivar in den Lesesaal. »Fangen wir mit Oslo an. Sagen wir Oslo West«, sagte er. Es dauerte eine halbe Stunde, bis der Archivar zurückkam. Er musste gründlich gesucht haben, sein Hemd war aus der Hose gerutscht.

»Sie müssen von hinten anfangen«, sagte er. »Die Boxen aus den Siebzigern habe ich noch nicht gefunden.«

»Mein Gott«, rutschte es Tommy heraus, als er die erste Box öffnete. Es waren viel mehr Einträge, als er erwartet hatte.

Um zwölf Uhr hatte er eine Liste der Männer erstellt, die 1982 Mitglied der Arbeiterpartei in Oslo geworden waren und deren Vorname Bjørn lautete. Nicht ein einziger von ihnen hatte einen Nachnamen, der mit »W« anfing.

Sein Problem war natürlich, dass der Mann, der sich Bjørn genannt hatte, nicht Bjørn heißen musste. Tommy brauchte Zugang zu den Daten des Einwohnermeldeamtes. Wenn seine Theorie über Wessel stimmte, musste er wissen, wo der Mann ab 1975 gewohnt hatte. War er erst suspendiert, waren ihm diese Informationen verschlossen. Und dann würden ihm auch keine alten Kollegen zu Hilfe kommen.

»Musste man sich ausweisen, um Mitglied zu werden?«

»Nein«, sagte der Archivar. »Damals nicht. Solange die Mitgliedsgebühr bezahlt wurde, gab es keine Probleme. Damals hat man den Leuten noch vertraut.«

Um zwei Uhr war Tommy mit dem Jahr 1981 durch. Er hatte seit dem Frühstück nichts gegessen und dachte, dass ihn dieses Vorhaben bestenfalls eine Woche seines Lebens kosten würde, vermutlich mehr. Dann tauchte Susanne in dem kleinen Lesesaal auf. Sie nahm den Schal ab und legte ihn auf seinen Tisch. Als der Duft ihres Parfüms ihn erreichte, dachte er, dass es sicher das Beste wäre, mit ihr nach Hause zu gehen. Und zwar auf der Stelle.

Sie beugte sich über den Tisch und strich sich die Haare hinter das Ohr, genau wie er es liebte.

»Im Gericht ist mir etwas in den Sinn gekommen«, flüsterte sie.

»Ja, aber guck mal hier«, sagte Tommy ungeduldig wie ein Kind.

Er zeigte ihr die Liste, die er führte. Zwanzig verschiedene Bjørns für die Jahre 1981 und 1982. Er schrieb ihr auf einen Zettel, dass sie alle Namen mit »W« und natürlich alle Bjørns auflisten solle.

»Ich dachte …«, flüsterte sie jetzt noch leise, um den alten Mann und die Studentin, die mit Tommy im Lesesaal waren, nicht zu stören. »Ich meine, du hast doch gesagt, dass niemand wusste, ob die …«, sagte sie.

»Die was?«, unterbrach Tommy sie viel zu laut. Der Archivar legte den Zeigefinger vor den Mund.

»Ach, nichts«, flüsterte Susanne.

»Es tut mir leid, aber …« Der Archivar zupfte an seiner Strickjacke. Offensichtlich war es ihm unangenehm, sie aus dem Archiv zu verweisen.

Tommy hätte sich natürlich auf seinen Dienstausweis berufen und den Nachmittag dort bleiben können, aber wofür sollte das gut sein? Keiner der Bjørns, die er in den sechs Stunden gefunden hatte, wirkte auch nur irgendwie relevant. Und einen Christian Wessel hatte er schon gar nicht gefunden. Der Junge aus dem Hochbürgertum hätte sich zudem niemals mit seinem wirklichen Familiennamen eingeschrieben, dachte Tommy. Trotzdem, er musste es sein.

Susanne schlug vor, in einem der Restaurants in der Folketeaterpassage essen zu gehen.

»Das hat noch gefehlt«, sagte Tommy, als er über dem Eingang das Riesenplakat mit der Ankündigung sah, dass in der nächsten Spielzeit *Les Misérables* auf dem Plan stand.

»Vergiss das doch mal für eine Weile«, sagte Susanne.

»Was wolltest du eben eigentlich sagen?«, fragte Tommy.

»Ach, das hatte nur was mit den Blumen zu tun.«

»Mit den Blumen?«

»Ja, aber das hat bestimmt keine Bedeutung, jetzt habe ich erst mal Hunger.«

Er bohrte nicht weiter. Wenn er eine Sache gelernt hatte, dann, ihr Zeit zu lassen. Nicht er bestimmte, was wann passierte, sondern Susanne.

Es war dunkel, als sie mit dem Essen fertig waren. Während der ganzen Zeit hatten sie das Thema Wessel nicht mit einem Wort angeschnitten, ebenso wenig den Fall Christel Heinze oder Bjørn. Stattdessen hatte Susanne das wenige über das Verfahren erzählt, das sie sagen konnte. Susannes Job war möglicherweise noch schlimmer als seiner, so er denn noch einen Job hatte. Der Versuch, einige der reichsten Menschen des Landes wegen zweifelhafter Transaktionen zwischen Liechtenstein und Andorra hinter Gitter zu bringen, war die reinste Sisyphos-Arbeit. Da war es trotz allem noch besser, einen Spion zu jagen, den es vielleicht gar nicht gab. Und deshalb seinen Job zu verlieren.

Sie fuhren mit einem Taxi nach Hause in die Gabels gate. Mathea hatte Susanne geschrieben, dass sie doch nicht wie versprochen zu Hause geblieben war, sodass Susanne dringend zurückwollte, um mit Bulle rauszugehen. Vor dem Haus stieg Tommy auf der linken Seite aus dem Taxi aus und hörte, wie ein Stück weiter am Ende der Straße ein Motor angelassen wurde. Er hielt es natürlich für einen Zufall. Dass jemand auf einer Straße einen Wagen anließ, war ja nichts Besonderes. Tommy warf die Autotür zu und ging langsam über die Straße.

Der Wagen fuhr aus der Parklücke und raste auf das Taxi zu. »Pass auf!«, schrie Susanne. Tommy sah zur Seite und warf sich im letzten Moment hinter das Taxi.

Der Wagen bremste ab, rutschte ein paar Meter über den nassen Asphalt und kam hinter dem Taxi zum Halten.

Dann wurde das Fenster auf der Fahrerseite herabgelassen.

Es dauerte einige Sekunden, bis Tommy den Mann hinter dem Steuer des großen Mercedes erkannte.

Die Pistole in seiner Hand war allerdings nicht zu übersehen.

»Einsteigen«, sagte Martin Kleive.

»Tommy …«, stammelte Susanne. Sie stand an der offenen Haustür und streckte ihm den Arm entgegen.

»Geh ins Haus«, sagte Tommy und trat auf die Straße.

29

Martin Kleive fuhr im Drammensveien an der russischen Botschaft vorbei. An der Kreuzung der Bygdøy Allé bog er nach rechts ab und raste über mehrere rote Ampeln.

»Legen Sie die Pistole weg«, sagte Tommy. »Und erzählen Sie mir, was passiert ist.«

»Werfen Sie mal einen Blick in den Rückspiegel«, sagte Kleive. Er drehte den Spiegel und Tommy justierte ihn, um etwas sehen zu können. Als sie die Anhöhe der Bygdøy Allé erreicht hatten, bog Kleive in die Fredrik Stangs gate ein.

Tommy sah im Rückspiegel, dass sie allein waren.

»Da ist niemand«, sagte er.

Kleive blieb stumm. Er umklammerte die Pistole mit der Rechten und steuerte mit links. Sie fuhren kreuz und quer durch die stillen Straßen von Skillebekk, bis Kleive endlich auch selbst davon überzeugt war, dass ihnen niemand folgte.

»Was ist passiert?«, fragte Tommy ein weiteres Mal.

»Wir fahren nach Huk«, sagte Martin Kleive und fuhr in Richtung Bygdøy. Keiner der beiden sagte ein Wort. Das Navi-Display verlieh Kleives Gesicht eine krankhaft grünliche Farbe.

Kleive kurvte langsam über den leeren Parkplatz des Strandbads und parkte schließlich mit der Front nach Norden, um jedes sich nähernde Auto sehen zu können.

Er befahl Tommy auszusteigen. Die milde, salzige Luft, die durch die Bäume des nahe gelegenen Wäldchens strömte, ließ erkennen, dass der Fjord nur wenige Meter entfernt war.

»Drehen Sie sich um«, befahl Kleive. Tommy gehorchte

und hob die Arme über den Kopf. Martin Kleive tastete mit der linken Hand Tommys Körper ab.

»Die Pistole brauchen Sie nicht«, sagte Tommy. Kleive wollte etwas sagen, wurde aber von dem Motorengeräusch eines Autos abgelenkt, das mit laufendem Motor fünfzig oder sechzig Meter weiter oberhalb stand. Das Licht der Scheinwerfer fiel auf sie, sodass Kleive die Waffe schnell wegsteckte.

»Das sind sie«, sagte er.

Der Wagen setzte zurück und das Licht schweifte über die Reihe der Bäume.

»Das glaube ich nicht«, sagte Tommy. »Können Sie mir bitte erklären, um was es hier geht?«

Kleive umklammerte den Schaft der Pistole, die er in die Manteltasche gesteckt hatte.

»Lassen Sie uns zum Strand runtergehen«, sagte er.

Als sie das Restaurant erreichten, das den ganzen Winter geschlossen hatte, blieb Kleive stehen und sah zu den Lichtern von Nesodden und den südlichen Vorstädten hinüber. Ein Leuchtturm blinkte mitten im schwarzen Fjord.

»Heute Nacht ist schon wieder bei mir eingebrochen worden«, sagte Kleive. »Dieses Mal ist alles auf den Kopf gestellt worden. Der Alarm wurde nicht ausgelöst. Da war ein Profi am Werk, Bergmann. Meine Frau ist gestern Nachmittag aus New York zurückgekommen und ist direkt ins Bett gegangen. Sie ist erst heute um drei Uhr nachmittags wieder aufgewacht. Erst dachte sie, es läge am Jetlag, dass sie so benommen war, ich glaube aber, dass irgendjemand Fentanyl oder irgendeine andere Scheiße im Haus versprüht hat. Sie hat nichts gehört. Keinen Laut. Dabei ist auch das Schlafzimmer, in dem sie lag, vollkommen durchwühlt worden.«

Christian Wessel, dachte Tommy.

»Wer war das? Was glauben Sie?«, fragte Tommy. »Sie müssen mir jetzt endlich eine Antwort geben.«

»Ich hoffe, dass es die Norweger waren«, sagte Kleive. »Ich fürchte aber, es waren Russen. Nach dem Anruf meiner Frau bin ich sofort von der Hütte zurückgekommen. Ich bin erst nach Norden in Richtung Elverum gefahren und dann direkt nach Süden. Ich rechne damit, dass sie von Süden gekommen sind, über Kongsvinger, und jetzt meine Hütte auf den Kopf stellen.«

Tommy gab Kleive ein Zeichen, weiterzureden.

»Ich war vor zwei Wochen beim Arzt«, sagte Kleive. Er nahm die Pistole aus der Tasche und richtete sie auf den Boden. »Ich hatte vor ein paar Jahren Krebs. Jetzt ist er wieder da. Vielleicht ist das ja eine Vorwarnung für alles, was noch kommt. Jetzt kriege ich die Quittung.«

»Was wollen Sie mir eigentlich sagen?«

Kleive zuckte mit den Schultern.

»Geben Sie mir die Pistole«, sagte Tommy. »Wir werden nicht verfolgt, das sehen Sie doch.«

Kleive wartete einen Augenblick, dann reichte er Tommy die Waffe. Tommy sicherte sie und steckte sie in seine eigene Jackentasche.

»Leonid Spitskjin«, sagte Martin Kleive. »Wissen Sie, wer das ist?«

Tommy nickte. »Saschas Nachfolger.«

»Saschas Vize und späterer Nachfolger, ja. Spitskjin kam im Sommer 1979 nach Bergen. Ein paar Wochen zuvor hatte ich ein Päckchen in der Post: Fotos von mir und Christel und ein kurzer Brief. Meine Ehe war nicht so toll, sodass mich das nicht sonderlich schockiert hat. Ich sollte um 17 Uhr in irgendein Zimmer des Hotels Norge kommen, stand in dem Brief. Ich wagte es nicht, mich zu widersetzen. Spitskjin unterrichtete mich, dass ich über Christel von den Amerikanern als fiktiver Spion genutzt würde und dass Christel mich die ganze Zeit betrogen habe. Christel lieferte den Russen U-Boot-Dokumente, die sie angeblich von mir bekommen hatte, die in Wahrheit aber die Amerikaner in Zusammenarbeit mit den norwegischen Geheimdiensten erstellt hatten. Spitskjin sagte mir, meine Karriere sei so oder so zu Ende, sie könnten mich wegen des Verhältnisses mit Christel, die ja mit den Russen kooperiere, jederzeit feuern. Deshalb erwartete er von mir, dass ich für die Russen arbeiten würde.«

»Wie haben die Russen herausgefunden, dass sie von Christel und den Amerikanern getäuscht wurden?«

»Das habe ich damals noch nicht erfahren. Erst Jahre später. Spitskjin hatte Christel eine Minox-Kamera gegeben. Eine kleine Spionagekamera, die ohne besonderes Training nur sehr schwer zu bedienen ist. Die Fotos, die die Amerikaner mit dieser Kamera gemacht haben, waren einfach zu gut, als dass sie von mir hätten stammen können. Außerdem waren auf den Filmhülsen keine Fingerabdrücke von mir, auf jeden Fall nicht an den richtigen Stellen. Daraus schlossen sie dann, dass Christel sie betrog. Sie haben sie aber trotzdem weitermachen lassen.«

»Und dann? Was haben Sie Spitskjin gesagt?«

»Dass er mich mal kann. Auf dem Rückweg aus dem Hotel habe ich aber trotzdem am ganzen Körper gezittert. Und zu Hause musste ich mich dann übergeben. Zwei Wochen später erzählte mir mein Sohn, dass er auf dem Rückweg von der Schule von einem Auto verfolgt worden sei. Ich habe versucht, ihm das auszureden. Tags darauf wartete dasselbe Auto aber wieder vor der Schule. Und dann wurde er von einem Mann angesprochen, der sich für einen Freund von mir ausgegeben hat.«

»Und dann haben Sie die Zusammenarbeit begonnen?«

»Ja.«

»Wie viel haben Sie ihnen gegeben?«

»Alles, was ich in die Finger bekommen habe. Bis zum Fall der Mauer. Da habe ich beim Militär aufgehört. Danach waren sie alle verschwunden. Spitskjin, Sascha und all die anderen. Seit 1991 habe ich nichts mehr gehört, sie haben nie wieder versucht, mich zu reaktivieren.«

»Und was suchen die dann jetzt?«, fragte Tommy.

»Das hier«, sagte Kleive, schob die Hand in die Tasche seines Mantels und nahm einen weißen Umschlag heraus.

Tommy nahm ihn entgegen.

»Ich bin der U-Boot-Spion, von dem Gerwinski gesprochen hat. Aber ich bin nicht der Bär, auch wenn die Russen mir den Codenamen Medwedew gegeben haben.«

»Dann war Gerwinski ein echter Abtrünniger?«

Martin Kleive antwortete nicht. Er holte ein Päckchen Zigaretten hervor, aber seine Hände zitterten so, dass er keine Zigarette herausbekam. Tommy fischte eine für ihn heraus, steckte sie ihm zwischen die Lippen und gab ihm Feuer.

Kleive nahm ein paar tiefe Züge.

»Sie haben mich gefragt, ob Christel noch einen anderen Mann hatte.« Er nickte und deutete auf den Umschlag, den Tommy in der rechten Hand hielt. Tommy öffnete ihn und fand ein paar Fotos.

»Das sind die Originale, seien Sie also vorsichtig. Ich habe zehn Kopien im Land verteilt. Das ist meine Versicherung. Und mein Todesurteil«, sagte Kleive. »Ich habe meiner Frau gesagt, wem sie die Bilder geben muss, sollte mir etwas zustoßen.«

Tommy nahm das erste Foto heraus, aber der Himmel war zu dunkel, um richtig sehen zu können. Zwei Gesichter, zwei Personen, die eine war Christel Heinze, aber die andere?

»Ich war eifersüchtig, Bergmann. Von Eifersucht zerfressen, insbesondere gegen Ende unserer Beziehung. Im Herbst

1982 habe ich zwei Bilder von ihr gestohlen, aus einem Fotoalbum, das bei ihr im Regal stand. Morgens, als sie unter der Dusche war. Sie hat immer gern Fotos gemacht.«

Kleive zündete das Feuerzeug an, sodass Tommy besser sehen konnte.

Es dauerte ein paar Sekunden, bis er das Gesicht des Mannes erkannte.

»Das kann doch nicht wahr sein«, sagte er und nahm das andere Foto. Es zeigte ein Porträt desselben Mannes. Er drehte es um. *Bjørn, August 1977.*

»Rufen Sie die Polizei und bringen Sie mich hier weg«, sagte Kleive. »Und damit meine ich die Polizei. Ich habe Ihnen gesagt, ich will als unschuldiger Mann sterben. Mag sein, dass das jetzt nicht mehr geht, aber ich will wenigstens reinen Tisch machen und dieses Schwein mit in den Abgrund reißen.« Er zeigte auf den Mann auf dem Foto.

»Fahren wir ins Präsidium«, sagte Tommy.

Der diensthabende Staatsanwalt und ein blasser Fredrik Reuter erwarteten sie in der Kriminalwache. Reuter sah aus, als wäre er auf dem Weg zu seiner eigenen Beerdigung.

»Wohin willst du?«, fragte Reuter, als Tommy auf dem Absatz kehrtmachte, nachdem er Kleive abgeliefert hatte.

»Bring ihn in die U-Haft und postiere ein paar bewaffnete Wachen vor seiner Tür. Den Rest kriege ich allein hin«, sagte Tommy und rannte aus dem Präsidium. Aus Kleives Auto hatte er den Archivar im Archiv der Arbeiterbewegung angerufen und ihm erzählt, was er sehen wollte.

Eine Viertelstunde später war er da.

Der Archivar erwartete Tommy bereits an der Rezeption, er hielt die Archivbox in der Hand.

Tommy blätterte sich rasch zum Jahr 1975 vor, Ortsgruppe Bærum.

Er zog die Karten heraus, und tatsächlich sah er mitten auf der Seite, was er erwartet hatte, genau wie Sascha es angedeutet hatte. Er hatte sich sogar mit seinem richtigen Namen eingetragen.

»Ich habe in der falschen Ortsgruppe gesucht«, sagte er dem Archivar.

Als Nächstes rief er Christian Wessel an und bat ihn, zum Archiv zu kommen.

»Jetzt?«, fragte Wessel.

»Genau jetzt«, erwiderte Tommy.

Oktober 2016

30

Der Weg von Fagernes hinauf in die Berge war glatter, als Tommy es angenommen hatte. Es schneite unablässig, und an manchen Stellen war die Straße bereits mit einer dünnen Eisschicht überzogen. Er drosselte die Geschwindigkeit etwas und warf einen Blick in den Rückspiegel. Die kleine Stadt funkelte unten am Strondafjord, ansonsten war entlang der Straße kein Lebenszeichen zu erkennen. Außer ihm kam niemand auf die blöde Idee, mitten in der Nacht durchs Fjell zu fahren. Sah man einmal von den Fernfahrern ab, die keine andere Wahl hatten. Für einen Moment fühlte es sich so an, als wäre er auf dem Weg in einen weißen Tunnel, dann wurde das Schneetreiben noch dichter.

An anderen Tagen hätte er vermutlich angehalten und irgendwo die Nacht abgewartet. Oder er wäre nach Bergen gefahren, wenn das nötig gewesen wäre. Nicht so an diesem Tag. Er warf einen Blick auf das Navi. Durch das Zentrum von Beitostølen und dann die zweite rechts. Irgendwo dort oben sollte diese ganze Sache enden. Tommy rechnete damit, erwartet zu werden.

Christian Wessel hatte klar zum Ausdruck gebracht, nicht selbst fahren zu wollen. Er saß aber auf dem Beifahrersitz und starrte schon fast die gesamte Strecke steif vor sich hin. Im Stillen dachte Tommy, dass es bessere Anlässe gäbe, einen Luxusschlitten wie den von Wessel zu fahren.

»Es gibt nichts zu sagen«, hatte Wessel irgendwann im Laufe des Abends von sich gegeben. Paradoxerweise war das eine ziemlich treffende Bezeichnung für ihre Situation. Wessel und Tommy waren vom Archiv direkt nach Hosle gefahren, aber der Herr des Hauses war nicht zu Hause gewesen. Seine Frau hatte angeben, dass er am Morgen ganz überraschend zum Ferienhaus aufgebrochen sei. Er müsse Überstunden abarbeiten, habe er gesagt und sei dann mit dem Hund losgefahren. Christian Wessel hatte sie gebeten, ihren Mann unter keinen Umständen anzurufen. Er konnte ihr nicht sagen, um was es wirklich ging, nahm ihr aber das Versprechen ab, ihren Mann nicht über ihr Kommen zu informieren. Sie hatte ohne Vorwarnung zu weinen angefangen, als wartete sie schon seit Jahren voller Angst auf diesen Moment. Anfangs hatte sie hart und abweisend geklungen, ihnen dann aber doch Wegbeschreibung und Adresse gegeben, und als sie aufgebrochen waren, hatte sie so untröstlich gewirkt, dass Tommy sie umarmt und gesagt hatte: »Alles wird gut.« Dabei wusste er genau, wie falsch das war.

»Die arme Frau«, sagte Christian Wessel, als hätte er Tommys Gedanken gelesen. »Wir müssen irgendwie auf sie aufpassen. Ich fürchte, sie wird völlig zusammenbrechen.«

Tommy tat, was das Navi von ihm wollte, und fuhr durch das Zentrum von Beitostølen. Ein letzter Außenposten der Zivilisation, bevor sie wirklich ins Vestland kamen. Schließlich fand er den richtigen Abzweig. Nach einigen Kurven, in denen er beinahe von der schmalen Straße abgekommen wäre, musste er an einer Mautschranke halten und bezahlen. Dann ging es geradewegs ins Hochgebirge hinein. Trotz des Schneegestöbers waren einige Lichter von kleineren Holzhäusern zu sehen. Er fuhr langsam und dachte, dass bei Christels Ermordung möglicherweise ähnliches Wetter gewesen war. An einer Kreuzung blieb er stehen, bis ihm klar wurde, dass er nach rechts musste. Fünf Minuten später war er am Ziel. Oben auf einer Anhöhe lag ein etwas größeres Haus, von dem aus man bei gutem Wetter sicher gute Rundumsicht hatte. Er blieb im Auto sitzen, rauchte eine Zigarette und musterte das weitläufige Areal. Hinter zwei Fenstern brannte Licht; ob auch Qualm aus dem Schornstein kam, war nicht zu erkennen. Er nahm die Dokumentenmappe, die auf Wessels Schoß lag, und drückte sie an sich, als er über den ungeräumten Weg zum Haus hinaufstieg.

Christian Wessel war ein paar Meter hinter ihm, er verzögerte alles irgendwie, als hoffte er noch immer auf einen anderen Ausweg.

Tommy hatte sich den Schnee noch nicht von den Schuhen getreten, als auch schon die Tür geöffnet wurde. Der schlanke Setter kam zum Vorschein und näherte sich vertrauensvoll, als würde er Tommy wiedererkennen.

»Kommen Sie lieber rein, sonst erfrieren Sie da draußen noch«, sagte die Stimme aus dem Windfang.

Tommy stieg die letzten Treppenstufen hoch und ergriff Jan Amundsens Hand.

Aus der Hütte schlug ihm Wärme entgegen. Er blieb regungslos auf dem persischen Teppich stehen, der auf den Schieferplatten lag, und wusste nicht, was er zu dem Mann sagen sollte.

»Ich habe gestern einen Anruf bekommen«, sagte Amundsen. »Aus London. Sascha hat mir gesagt, dass Sie da waren. Ich bin schon davon ausgegangen, dass es nicht lange dauern wird, bis Sie mich finden. Fredrik hat Sie mir mit Recht als den Besten empfohlen.«

Kurz darauf trat Christian Wessel durch die Tür. Er wickelte sich aus dem dicken Schal, den er um den Hals trug, und wischte sich den Schnee von seinem dünnen Mantel.

Amundsen und er sahen sich eine ganze Weile an, als suchten sie beide nach den richtigen Worten. Ein Unterfangen, das sie dann aufzugeben schienen.

Amundsen gab Tommy zu verstehen, dass er seine Jacke ausziehen sollte. Er öffnete einen der Schränke im Flur und nahm einen Kleiderbügel heraus.

»Ich bin hier drinnen«, sagte er und ging langsam zu einer doppelten Glastür. Der Setter blieb bei Tommy und Wessel im Windfang und wedelte mit dem Schwanz, als wünschte er sich bereits ein neues Herrchen.

Tommy umklammerte die Dokumentenmappe noch fester als zuvor. Dann folgte er Amundsen. Die Tür führte in ein großes Wohnzimmer, an das eine offene Küche angrenzte. Amundsen stand an der Anrichte und goss Kaffee in einen Becher.

»Von da aus kann man das Bitihorn sehen«, sagte er und zeigte nach rechts. »Vielleicht war es dieser morgendliche Blick, den ich nicht aufgeben wollte.« Er lächelte, aber seine Augen waren schwarz. Dann hielt er Tommy die Tasse hin.

»Ich dachte, ich könnte in Frieden sterben«, sagte Amundsen. »Und das wäre ich auch, wenn Christel nicht in diesem Scheißsee aufgetaucht wäre und Martin Kleive nicht aus lauter Eifersucht Fotos von mir gestohlen hätte.«

»Fangen Sie bitte von vorne an«, sagte Tommy. »Es war also Wessel, der Ihnen den Auftrag gegeben hat, bei Kleive einzubrechen?«

Tommy deutete mit einem Nicken auf den Staatssekretär, der auf einem Küchenstuhl hockte, den Kopf in die Hände gelegt. Er schien noch immer nicht begreifen zu wollen, was passiert war.

»Christian hat mich gleich nach dem Fund der Leiche angerufen. Er meinte, es müsse Christel Heinze sein, die ihr da gefunden hattet. Er war der Überzeugung, dass Martin Kleive Heinze umgebracht hatte. Christian war über Jahrzehnte hinweg besessen von Martin Kleive, nicht nur, weil er der festen Überzeugung war, dass Kleive Informationen an die Russen verkauft hatte, auch wenn ihm das niemand beweisen konnte, sondern auch, um den Verdacht von sich selbst abzulenken. Ist das so weit richtig, Christian?«

Christian Wessel hob weder den Blick, noch machte er irgendwelche Anstalten, selbst reden zu wollen.

Amundsen fuhr fort: »Der Auftrag lautete, draußen bei Kleive alles zu durchsuchen. Ich sagte ihm, das sei unmöglich, wir könnten ihn allenfalls ein bisschen aufscheuchen. Wir hatten keine andere Wahl. Ich musste mitspielen, dabei wusste ich, dass das ein Spiel mit dem Feuer war. Kleive weiß, wer ich bin, das hat er schon damals bei einer Vernehmung herausgefunden. Ich rechne damit, dass er Ihnen schlussendlich doch noch die Fotos gegeben hat?«

»Kleive will vor seinem Tod noch reinen Tisch machen«, sagte Tommy, nahm die Fotografien aus der Innentasche seiner Jacke und legte sie auf den Tisch.

»Idiot«, sagte Amundsen, ohne einen Blick auf die Bilder von sich und Christel Heinze zu werfen.

»Er wollte vermutlich nicht von deinen russischen Freunden ermordet werden, Jan«, sagte Christian Wessel, ohne den Kopf zu heben. »Ich gehe davon aus, dass du denen gesagt hast, dass Kleive Fotos von dir hat und folglich weiß, dass du der Bär bist? Was ist passiert, Jan? Hast du Christels

Wohnung nach ihrem Verschwinden durchsucht und dabei bemerkt, dass die Bilder fehlen? Jetzt rede schon, Jan. Rede! Hast du deine Stalin-Kameraden ausgesandt, um Kleive zu beseitigen?«

Christian Wessel hatte die letzten Worte beinahe geschrien, hob aber erst jetzt den Kopf. Amundsens Hund kam herbeigelaufen und winselte leise. Tommy beugte sich hinunter, um ihn zu beruhigen. Dann begegnete er Christian Wessels Blick und dachte, dass es sicher eine Weile dauern würde, bis er wieder in ein derart deprimiertes Gesicht schaute.

Jan Amundsen antwortete nicht. Er ging aus der Küche und setzte sich vor dem Kamin aufs Sofa. Tommy folgte ihm, während Wessel in der Küche sitzen blieb.

»Sie waren an Christels Grab in Enebakk«, sagte Tommy. »Sonst wusste ja niemand von den Blumen, die Sie bekommen haben, nicht wahr?« Tommy begriff erst jetzt, dass ihm Susanne genau das hatte sagen wollen, als sie vor einigen Stunden im Archiv gewesen waren.

»Das ist richtig. Ich wusste, dass die Tote Christel war. Als ich mitten in der Nacht dort stand, hatte ich längst den Entschluss gefasst, Arvid Storholt umzubringen. Im Sommer, als Christel in diesem See auftauchte, bin ich zu Sascha nach London gefahren. Er musste mir einfach die ganze Geschichte erzählen. Er war es mir schuldig. Ich weiß, dass man sich auf einen alten sowjetischen Geheimdienstchef nicht verlassen kann, aber er hat mir alles erzählt, was ich wissen wollte. Storholt hat Christel verraten, obwohl er sie hätte retten können. Er hätte sie warnen können. Er hätte …« Jan Amundsen verstummte.

»Sie wollten gefasst werden?«, sagte Tommy. »Nicht wahr? Sie haben mir die Karten ganz bewusst zugespielt. Sie hätten mir doch gar nichts von Margaret Meyer oder den Blumen sagen müssen.«

Jan Amundsen ignorierte ihn.

»Martin Kleive hätte das Geheimnis irgendwann nicht mehr für sich behalten können. Verdammt, ich hatte wirklich Angst vor ihm, genau wie er Angst vor mir hatte. Mein Leben stand gleich zweimal auf Messers Schneide. Arvid Storholt, dieses Schwein, hat seinen Mund gehalten, obwohl er wusste, dass ich der Bär bin. Und Martin Kleive. Ich habe ihm sofort angesehen, dass er mich erkannt hat, als ich 1983 zu ihm kam, um ihn zu vernehmen. Die Russen haben Sinn für Ironie, finden Sie nicht auch, immerhin haben sie Kleive den Decknamen Medwedew gegeben. Ich wäre fast vor Schock gestorben, als Gerwinski in Gardermoen plötzlich von einem U-Boot-Spion mit dem Codenamen Bär zu reden anfing. Ein morbider, fieser Spaß, der mich das Leben hätte kosten können. Ich dankte dem Gott, an den ich nicht glaubte, dafür, dass Gerwinski keine konkreten Informationen über mich hatte. Und ja, Christian, das Merkwürdige ist, dass ich an jenem Abend, an dem Christel verschwand, ein verdammt schlechtes Gefühl hatte. Ich weiß nicht, warum, aber ich bin abends noch zu ihr gefahren, nur um zu sehen, ob alles in Ordnung war. Sie war nicht da, sie musste gerade gegangen sein. Vom Küchenfenster aus habe ich dann gesehen, wie sie durch das Tor auf die Fagerborggata gegangen ist. In diesem Moment wusste ich, dass etwas schiefläuft und sie möglicherweise fliehen will. Ich bin über die Treppen nach unten gerannt, hab sie aber nicht mehr eingeholt. Ich sah sie nur noch in ein Auto einsteigen, einen Volvo, der dann über die Straße verschwunden ist.«

»Und dann?«

»Dann bin ich nach Hause gefahren, ich wollte ja nicht von den Nachbarn gesehen werden. Tags darauf habe ich bei ihrer Arbeit angerufen, aber sie ging nicht ans Telefon. Anschließend habe ich mehrere Abende hintereinander bei ihr zu Hause angerufen, immer wieder. Irgendwann bin ich dann noch mal zu ihrer Wohnung gefahren und habe alles rausgeholt, was auch nur irgendwie in Verbindung mit mir stand. Ein paar Kleider, Kassetten, alte Zeitungen, auf denen ich etwas notiert hatte, Kreuzworträtsel. Ich habe alle Oberflächen abgewischt und das Fotoalbum mitgenommen, das sie versteckt hatte. Dabei habe ich dann gesehen, dass zwei Bilder verschwunden waren. Ich dachte erst, dass sie die vielleicht mitgenommen hatte, aber dann wurde mir klar, dass sie das Album dann sicher nicht wieder versteckt hätte. Warum hätte sie sich diese Mühe machen sollen? Irgendwann begriff ich dann, dass Kleive diese Bilder genommen haben musste. Christel und ich hatten über ihn gesprochen, und über seine Eifersucht. Eine Woche später wurde sie vermisst gemeldet. Es herrschte eine Art Gleichgewicht des Schreckens zwischen Martin Kleive und mir. Später habe ich mit Spitskjin darüber gesprochen. Der kleine Sadist sagte natürlich nichts über Christel. Außer dass er keine Ahnung habe, wo sie sei und dass sie sich wahrscheinlich via Schweden in die USA abgesetzt habe. Ich teilte ihm mit, dass Kleive vermutlich Bilder von mir habe, und er gab mir den Rat, mich von Kleive fernzuhalten. Ich sollte nicht in seine Nähe kommen. Er ließ keinen Zweifel daran, was geschehen würde, sollte Kleive irgendetwas zustoßen. Es gefiel Spitskjin, mich leiden zu sehen, er war ein Teufel, der die Kunst beherrschte, Menschen gegeneinander aufzubringen.«

»Blödsinn«, sagte Christian Wessel und stand auf. Es sah so aus, als wollte er sich Jan Amundsen gehörig vorknöpfen.

»Du hast Kleive jetzt doch den FSB auf den Hals gehetzt, oder?«

»Setzen Sie sich«, sagte Tommy. Wessel blieb mitten im Raum stehen.

Es wurde still zwischen den drei Männern. Schließlich

ging Christian Wessel zurück in die Küche und setzte sich wieder auf seinen Stuhl.

»Mein Vater starb, als ich zwölf Jahre alt war, habe ich Ihnen das erzählt?«, fragte Amundsen.

Tommy schüttelte den Kopf.

»Ich musste der Mann in der Familie sein. Meine Mutter forderte das von mir. Ich hatte vier jüngere Geschwister. Ich erinnere mich noch heute daran, wie sie auf dem Boden zusammensackte, als plötzlich der Pastor und der Vorarbeiter in der Tür standen. Ich war in der Küche und hielt meine Geschwister zurück. Ich wollte nicht, dass sie meine Mutter so sahen.«

»Ihr Vater hieß Bjørn«, sagte Tommy. »Und Sie nannten sich Bjørn, als Sie Christel Heinze kennenlernten. Warum?«

Jan Amundsen schnaubte.

»Zuerst traf ich Wenche, eine hübsche Frau aus dem vornehmen Westen der Stadt. Sie saß auf viel Geld, ganz im Gegensatz zu mir. Ich war ein einfacher Polizist aus Grünerløkka, der vom PST rekrutiert worden war, dem Polizeilichen Sicherheitsdienst. Mein Vater war Kommunist und arbeitete als Schweißer in einer Werft. Das wirft nicht viel Geld ab, und meine Mutter war mit fünf Kindern allein zu Hause. Ich hatte den Verdacht, dass sie sich selbst ein paarmal verkauft hat, um uns durchzubringen. Wäre mein Vater noch am Leben gewesen, hätte ich den Job beim PST vermutlich nie bekommen. Welch Ironie des Schicksals. Ich habe in all den Jahren rechts gewählt, um nicht in Verdacht zu geraten, die gleichen Sympathien wie mein Vater zu teilen. Nach außen hin war ich ein konservativer Kommunistenhasser, Bergmann.«

»Sie haben Christel also gesagt, Ihr Name sei Bjørn?«

Jan Amundsen antwortete nicht, nickte aber ein paarmal.

»Anfangs«, sagte er. »Ich bekam irgendwie Panik, als sie

mich nach meinem Namen fragte. Ohne zu wissen, warum, dachte ich, dass sie mir gefährlich werden könnte. Ich arbeitete beim PST und wollte ihr meinen Namen nicht nennen, und das Erste, was mir einfiel, war der Name meines Vaters. Ab da hat sie mich Bjørn genannt und mir hat das nichts ausgemacht. Wenche hat sich nie sonderlich für meinen Vater interessiert, während Christel alles über ihn wissen wollte. Die Beziehung zu Christel war ein richtiges Zuhause für mich, verstehen Sie? Einmal Arbeiterklasse, immer Arbeiterklasse.«

Tommy wusste nicht, was er sagen sollte.

Erneut entstand eine Pause. Tommy versuchte, sich nicht allzu viel Gedanken zu machen. Am liebsten hätte er das Handy aus der Tasche genommen, um sicherzugehen, dass es auch wirklich alles aufnahm.

»Whisky? Cognac? Sie sind weit gefahren«, sagte Amundsen.

Tommy nickte.

Amundsen schenkte ihm ein Glas Whisky ein und nahm dann in einem Sessel am Kamin Platz.

Auf dem Couchtisch lag eine Reihe von Fotos von Christel Heinze. Amundsen zündete sich eine Zigarette an und starrte in den Kamin.

Tommy sah sich einige der Fotografien genauer an. Eine von ihnen zeigte einen jungen Jan Amundsen und eine noch jüngere Christel Heinze vor dem Nidarosdom in Trondheim. Ein Bild von Christel als Kind mit einem Erwachsenen an jeder Seite. Vermutlich ihre Eltern.

»Wenn ich sie nur nie kennengelernt hätte«, sagte Amundsen. »Diesen Gedanken habe ich so oft gedacht, dass ich darüber fast verrückt geworden wäre, Bergmann. Ich war von einem meiner Chefs aufgefordert worden, ein Grundstudium zu absolvieren. Ich sollte neben meinem Job als Polizist einen

Universitätsabschluss machen, um eine anständige Karriere verfolgen zu können. Ich hatte ein bisschen in Jura reingeschnuppert, aber das war nicht das Richtige für mich. Und dann traf ich sie, Christel. Hätte ich nur den Mut gehabt, Wenche zu verlassen, das Haus, die Ehe, all das aufzugeben. Was meinen Sie, ist Feigheit die schlimmste Eigenschaft von uns Menschen?«

»Ich weiß es nicht«, sagte Tommy und reichte ihm die Dokumentenmappe. Darin lagen die Kopie der Mitgliedsliste der Bærumer Arbeiterpartei, in die Amundsen sich 1975 mit seinem eigenen Namen eingeschrieben hatte; die Postkarten, die Arvid Storholt von Magdalena Heinze erhalten hatte; die Adressliste der Jablonskistraße; die Artikel über Maximow und die in der Zeitung abgedruckte Vermisstenmeldung von Christel Heinze.

»Das alles beweist nichts«, sagte Tommy. »Martin Kleive aber liefert Sie ans Messer.«

Amundsen nahm einen Zug von seiner Zigarette, lachte leise und starrte weiter in den Kamin.

»Ich werde Ihnen ein Beweis geben, Bergmann, nein, ein Geständnis. Ich bin der Bär. Hast du das gehört, Christian Wessel? Und ich habe Arvid Storholt getötet, den größten Feigling, den es hier auf Erden jemals gegeben hat.«

Tommy schnitt eine Grimasse.

»Ich bin vielleicht ein Schwein, aber Storholt war der Teufel. Er wusste verflucht gut, wer ich bin, als ich ihn festgenommen habe, aber er hielt all die Jahre dicht, weil er genau wusste, dass Sascha ihn sonst töten würde. Storholt ist Christel in den Rücken gefallen, Bergmann. Er hat sie geopfert. Sie den Russen auf dem Silbertablett serviert. Und nach seiner Entlassung hat er ihre Schwester besucht, Magdalena, und so getan, als wollte er herausfinden, was mit Christel passiert war. Er hat sich als der reinste Engel verkauft!«

»Und Sascha? Hätten Sie den nicht auch einfach umbringen können?«

»Sascha hatte mit Christels Tod nichts zu tun. Das war Spitskjin. Den hätte ich sicher getötet, wenn ich die Gelegenheit dazu bekommen hätte, aber der ist schon lange tot. Ich habe mich damit getröstet, dass wir alle an denselben Ort kommen werden. Sascha, Spitskjin, Storholt und ich.«

Jan Amundsen stand von seinem Sessel auf und ging hinüber zur Flügeltür: Er öffnete sie, trat in den Flur und zog die Schublade eines Eckschranks auf.

»Ich hoffe, dass Sie die Fotos von Christel gut aufbewahren«, sagte er und drehte sich zu Tommy um. »Das ist alles, was ich noch habe.«

Langsam hob er die Pistole an, die er in der Hand hielt, und schob sich den Lauf in den Mund.